JAMES VON LEYDEN

Schatten über Marrakesch

EIN MAROKKO-KRIMI

Aus dem Englischen
von Jens Plassmann

WILHELM HEYNE VERLAG
MÜNCHEN

Die Originalausgabe *A Death in the Medina*
erschien erstmals 2019 bei Constable,
an imprint of Little, Brown Group, London.

Sollte diese Publikation Links auf Webseiten Dritter enthalten,
so übernehmen wir für deren Inhalte keine Haftung,
da wir uns diese nicht zu eigen machen, sondern lediglich
auf deren Stand zum Zeitpunkt der Erstveröffentlichung verweisen.

Penguin Random House Verlagsgruppe FSC® N001967

3. Auflage
Deutsche Erstausgabe 06/2020
Copyright © 2019 by James von Leyden
Copyright © 2020 der deutschsprachigen Ausgabe
by Wilhelm Heyne Verlag, München,
in der Penguin Random House Verlagsgruppe GmbH,
Neumarker Str. 28, 81673 München
Redaktion: Thomas Brill
Printed in Germany
Umschlaggestaltung: Anke Koopmann | Designomicon
unter Verwendung von Motiven
von © Josephine Pugh/Arcangel
und © Craig Hastings/shutterstock
Abbildung Innenklappen: © dory aling/shutterstock,
© Werner Spremberg/shutterstock,
© Georgios Tsichlis/shutterstock
Satz: Leingärtner, Nabburg
Druck und Bindung: GGP Media GmbH, Pößneck
ISBN: 978-3-453-42418-0

www.heyne.de

Für meine Mutter

Prolog

Der Mann ließ die Griffe los und richtete sich auf, um zu Atem zu kommen. Ungeachtet der sengenden Mittagshitze trug er eine schwarze *djellaba*, deren Kapuze er über den Kopf gezogen hatte. Schweiß tropfte ihm vom Kinn. Wütend starrte er den Handkarren an. Die beiden Räder waren verschieden groß, und der permanente Zwang, links stärker zu drücken, verursachte ihm Blasen an dieser Hand. Er spielte mit dem Gedanken, den Karren einfach an Ort und Stelle stehen zu lassen, aber dann packte er doch mit einem Seufzen wieder zu und setzte seinen Weg fort. Ein paar Schritte weiter rammte er einen Laternenpfosten. Prompt verrutschte die gestapelte Kartonpappe, und die obersten Lagen glitten herunter. Laut fluchend trat er vor den Karren und türmte die platt gefalteten Kartons wieder auf, bevor es weiterging.

An der Avenue Mohammed Cinq hielt direkt neben ihm an der Ampel ein Bus, und er senkte den Kopf tief zu Boden. Doch die dicht an die Fenster gepressten Fahrgäste waren viel zu hungrig und erschöpft, um ihn eines zweiten Blickes zu würdigen. Vorsichtig überquerte er die Straße. Am Bordstein musste er den Karren dreimal mit aller Kraft nach vorn stoßen, bis die Räder endlich auf den Bürgersteig sprangen.

Als er am Bab Moussoufa die Stadtmauer erreichte, hatte der Berufsverkehr bereits nachgelassen. Nur noch eine halbe Stunde bis Sonnenuntergang, und der Polizist mit dem weißen Schultergurt, der hier normalerweise den Verkehr regelte, war bereits nach Hause gegangen. Der Mann schob den Karren durch eine Gasse mit hohen, fensterlosen Gebäuden. Inzwischen hatte er sich so weit an die verschieden großen Räder gewöhnt, dass er bloß einmal gegen eine Häuserwand schrammte. Unmittelbar vor ihm rannten zwei Jungs lachend aus einem Haus, versuchten sich gegenseitig an ihren T-Shirts festzuhalten und verschwanden in einem Eingang ein paar Türen weiter. Im Vorbeigehen hörte der Mann das Klappern von Geschirr und eine Frauenstimme, die »*Ara al-kubhz a Yasmina u al-qahwa!*« rief. »Hol das Brot, Yasmina! Und den Kaffee!« Der Duft von frisch gebackenem Brot rief ihm in Erinnerung, dass er seit Sonnenaufgang nichts gegessen hatte.

Als er den Bab Taghzout erreichte, war der Platz menschenleer. Keine Motorroller, keine Straßenhändler, keine Esel – nichts, was die Stille durchbrochen hätte. Alle Lebensmittelgeschäfte, alle Haushaltswarenläden waren geschlossen. Ein Händler hatte quer vor seinen Eingang einen Besen geklemmt, um anzuzeigen, dass er gleich wieder zurück sein würde. Der Mann beschleunigte seinen Schritt, schob den Karren durch das große Tor am Ende des Platzes, bog dann nach links in einen schmalen, von zugesperrten Werkstätten gesäumten Durchgang und kam schließlich durch einen zweiten kleinen, mit Stuck und Holzarbeiten verzierten Torbogen. Hier, nur ein paar Meter entfernt von der Moschee, blieb er stehen. Er fuhr sich über die Stirn und wischte nach kurzem Zögern mit dem Ärmel seiner *djellaba* auch die Griffe des Karrens ab. Anschließend untersuchte er kurz die aufgeplatzte Blase an seiner Innenhand und fluchte.

Ein plötzliches Knacken ließ ihn zusammenfahren. Der Muezzin begann, zum Gebet zu rufen. Wenig später nahmen die anderen Moscheen der Stadt den Gebetsruf auf.

1

Zehn Stunden zuvor

Der erste Tag ist immer der schwerste. Karim versuchte zu schlucken, doch das erfordert ein Mindestmaß an Speichel, und er hatte keinen. In ein paar Stunden würden seine Lippen aufplatzen, am Nachmittag die Bauchschmerzen einsetzen. Und er selbst war schuld daran. Seine Mutter hatte ihm kurz vor Sonnenaufgang einen Krug Wasser gebracht, ihn wachgerüttelt und ermahnt zu trinken: »*Shrob!*« Statt dem Rat zu folgen, hatte er sich umgedreht und weitergeschlafen. Als er das nächste Mal aufgewacht war, schien draußen bereits die Sonne.

Eine Fliege brummte am Sockel des Fensters. Karim beobachtete, wie sie die Scheibe hochkrabbelte, hinunterfiel und erneut zu klettern begann. Die Gegend hier war voller Fliegen, was längst nicht mehr am Müll lag, denn schließlich gab es jetzt diese funkelnagelneuen Kehrmaschinen, die mit ihren Spritzdüsen und Besen über den Jemaa schwirrten. Aber solange es Saftstände gab und Buden, an denen frittiert wurde, und Karren, auf denen sich klebrige Datteln türmten, so lange gab es auch Fliegen. Und vom zentralen Marktplatz bis zum Kommissariat war es nur ein Katzensprung.

Der Schreibtisch rechts von ihm war verwaist. Abdou verbrachte Ramadan mit seiner Familie im Ourika-Tal. Bestimmt hingen die Feigenbäume am Fluss gerade voller Früchte. Karim stellte sich vor, wie er in das weiche Fruchtfleisch biss und der

Saft ihm das Kinn hinablief. »*Astaghfiru Allah*«, sagte er leise. Möge Gott mir verzeihen.

Unten im Hof konnte er sehen, wie der Parkwächter zum Wagen des Captains ging und ein großes Stück Pappe vor die Windschutzscheibe klemmte. Dies war nun schon der sechsundzwanzigste Tag in Folge, an dem das Thermometer auf über vierzig Grad kletterte – den Berichten zufolge die längste solche Hitzephase, die jemals registriert wurde. Karim wusste noch, wie er als kleiner Junge einmal einen Mann gesehen hatte, der in der Mittagshitze umgefallen und gestorben war. Wie sich herausstellte, war er Diabetiker und hätte gar nicht fasten müssen, hatte es aber dennoch getan. »Warum fastet er, wenn er davon stirbt?«, hatte Karim damals seinen Vater gefragt.

»Weil er so ins Paradies kommt«, hatte sein Vater geantwortet. Er hatte die Worte ohne große Überzeugung ausgesprochen.

Die Fliege sauste durch den Raum, knallte gegen die offen stehende Tür des Aktenschranks, kämpfte sich im Zickzack Richtung Decke und machte es sich auf einem Flügel des Ventilators bequem. Vor inzwischen achtzehn Monaten war Karim frisch von der Polizeischule ins Kommissariat gekommen und hatte gleich einen Antrag eingereicht mit der Bitte, den Ventilator zu reparieren. Er hatte drei Formulare ausgefüllt. Eins für das Sekretariat des Captains, eins für den Leiter des Materiallagers und eins an die Abteilung, die mit der Verwaltung des Hauses betraut war. Abdou und Noureddine hatten ihn ausgelacht, allerdings war Karim bis heute nicht klar, ob sie seine Illusion, bei der Sûreté könnte etwas repariert werden, so urkomisch fanden, oder ob sie eher sein Bedürfnis nach mehr Behaglichkeit im Büro amüsierte.

Neben dem Gebrumm der Fliege war nur Noureddines Einhämmern auf die Tastatur zu hören. Der alte Mann steckte

Ramadan erstaunlich locker weg. Er gähnte nie, schlief auch nicht ein oder reagierte gereizt. Hatten die vielen Jahre Erfahrung ihn abgehärtet? Oder futterte er heimlich? Sofort schämte sich Karim für diesen Gedanken. Nour war ein anständiger Mensch, ein gläubiger Mann, und keiner von den vielen Heuchlern, die tagsüber die Läden fest geschlossen hielten, um sich die Mäuler zu stopfen. Wenn sie so etwas in der Öffentlichkeit täten, würden sie im Gefängnis landen. *Er selbst würde sie höchstpersönlich einsperren.*

Er öffnete seine Schublade und kramte in einer Sammlung neu aussehender Kugelschreiber und Uhren. Nachdem er eine Uhr ausgewählt hatte, stellte er die richtige Zeit ein, klappte den Ringordner auf seinem Schreibtisch auf und begann zu lesen.

1. Beurteilung des Gewichts

Sowohl das Gehäuse als auch das Band einer Breitling ist aus Edelstahl gefertigt. Aus diesem Grund sind Breitling-Chronografen für gewöhnlich recht schwer. Gehäuse und Band einer gefälschten Breitling werden dagegen vergleichsweise leicht sein.

Karim fielen die Augen zu. Die Fliege brummte … die Tastatur klackerte … seine Gedanken wanderten zu Ayesha und Lalla Fatima. Gewiss schnitten sie in der Küche gerade Gemüse klein. Wie gelang es ihnen bloß, solch köstliche Speisen zuzubereiten, ohne zu probieren? Vielleicht waren abends aber auch alle derart ausgehungert, dass sie Nebensächlichkeiten wie dem richtigen Abschmecken gar keine Beachtung schenkten. Wenn ein gieriger Löwe eine Gazelle zerfleischte, fragte er ja auch nicht nach Salz.

Ein kurzer Knall riss ihn aus seinen Überlegungen. Die Uhr war auf den Boden gefallen. Karim öffnete die Augen. Prüfend sah er zu dem alten Mann hinüber, ob der sein Eindösen bemerkt hatte, aber Noureddines Finger bearbeiteten weiter unverdrossen die Tasten.

Morgen würde das Fasten, so Gott will, schon leichter sein. Wenigstens war er nicht allein. Überall im Maghreb, überall in der *umma* übten Männer und Frauen Verzicht, aßen, tranken und rauchten tagsüber nicht, nahmen Abstand von unkeuschen Handlungen. Natürlich nahm die Zahl der Unfälle in dieser Zeit deutlich zu. Allein in Marrakesch war es im Vorjahr zu neunhundert Verkehrsunfällen gekommen. Andererseits sank die Zahl der Verbrechen. Wer brachte schon die Energie für eine Straftat auf, wenn er sechzehn Stunden am Tag fastete?

Er hörte lachende Stimmen im Treppenhaus. Frauenstimmen ... waren das Britinnen oder Amerikanerinnen? Trotz seiner zwei Jahre Englischunterricht fiel es Karim bis heute schwer, den Unterschied herauszuhören. Er streifte die Uhr übers Handgelenk und stand auf. *Nicht so schnell!* Rasch stützte er sich an der Kante des Schreibtischs ab. Jemand klopfte an der Tür.

»*Bonjour?*«

Ohne eine Antwort abzuwarten, trat eine junge Frau in den Raum – eine etwa zwanzigjährige Europäerin mit braunen Haaren, einer riesigen Sonnenbrille und weiter Baumwollhose. Ihre Schultern waren rot vor Sonnenbrand, und in ihrer Hand hielt sie eine halb volle Flasche Wasser. Hinter ihr kamen noch zwei weitere junge Frauen. Die eine war groß – größer als Karim – und trug eine Art Cowboyhut und ein eng anliegendes T-Shirt. Die andere hatte ihre langen blonden Haare zu einem Pferdeschwanz zusammengebunden, an beiden Armen glänzten breite silberne Bänder, und um die Hüfte hatte sie einen lilafarbenen Sarong geschlungen. Karim war dieser Touristentyp bestens vertraut. Sie trafen mit einem dieser Billigflüge aus Europa ein, feilschten in den Souks um irgendwelchen Modeschmuck und reisten dann weiter nach Essaouira oder in die Berge.

»*Parlez-vouz anglais?*«, fragte die junge Brünette und schaute von einem Polizisten zum anderen.

Noureddine deutete auf Karim und tippte weiter. Karim verwirrte die Situation ein wenig. Zwar waren westliche Frauen mit nackten Beinen und tiefen Ausschnitten in Marrakesch kein außergewöhnlicher Anblick, aber im Kommissariat begegnete man ihnen eigentlich nie. Wie bei exotischen Tieren, die sich außerhalb ihrer natürlichen Lebensumgebung bewegen, traten ihre Eigenarten hier irgendwie besonders stark zum Vorschein. Karims Blick wurde angezogen vom bauchfreien T-Shirt der groß gewachsenen Frau und vom Tattoo, das genau an dieser Stelle auf der bronzefarbenen Farbe prangte. Es zeigte eine Maus, die sich vor einer Katze nabelabwärts flüchtete und damit direkt in Richtung …

»*Do you speak English?*«, wiederholte die Frau mit der Wasserflasche.

Karim schüttelte sich kurz wach. »*A little*«, versuchte er es. »Bitte, setzen Sie sich. Ich bringe Ihnen …« Er schaffte rasch drei der Stahlrohrstühle heran und verzog gequält das Gesicht, als er sich einen davon gegen das Schienbein knallte. Die junge Brünette nahm Platz und trank einen Schluck.

»Ich möchte einen Diebstahl anzeigen. Mir wurde meine Tasche geklaut mitsamt Geldbörse, Handy, Reisepass, einfach allem.«

»So etwas müssen Sie anzeigen bei der *Police Judiciare*. Der Posten für Touristen ist am Jemaa el Fna.«

»Da war mir die Schlange zu lang«, erklärte die Frau bündig.

Karim nickte kaum merklich und schraubte die Kappe von seinem Füllfederhalter. Ob die Mädchen wohl einen echten von einem gefälschten Montblanc unterscheiden konnten?

»Sie heißen?«

»Melanie Murray.«

Karim drückte die Federspitze auf das Papier, aber es kam keine Tinte. Er schüttelte den Füller und versuchte es erneut. Vergeblich. Er legte den falschen Montblanc zurück auf den Tisch und fuhr seinen altersschwachen Computer hoch. »Melanie ...«

»Murray. M-U-R-R-A-Y.« Sie stand auf und kontrollierte den Bildschirm. »Nein, nicht *Murray Melanie*. Melanie ist der Vorname.«

Karim ignorierte sie und wandte sich den anderen beiden zu. »Ihre Namen, bitte.«

»Emma Stephenson.«

»Julie Stassinopoulos«, erklärte die Große mit dem Cowboyhut. »S-T-A-S-S-I-N-O-P-O-U-L-O-S.«

»Ausweise?«

»Meiner wurde mir gestohlen, wie ich Ihnen bereits erklärt habe«, blaffte Melanie, die auf ihren Platz zurückgekehrt war.

Ihre beiden Begleiterinnen reichten Karim die Ausweisdokumente. Das Papier der Pässe fühlte sich warm und feucht an. Er klemmte einen der Ausweise in die hinterste Reihe seiner Tastatur und begann zu tippen. »Haben Sie Fotokopien?«

»Warum sollten wir Fotokopien unserer Pässe haben?«, fragte Julie gereizt.

»Hören Sie, ist das wirklich nötig?«, mischte Melanie sich ein. »Sie haben doch die Daten bereits in Ihren Computer eingegeben. Außerdem sind es doch meine Sachen, die geklaut worden sind. Wozu brauchen Sie dann *ihre* Daten?«

»Jeder, der Anzeige erstattet, muss nachweisen, wer er ist.«

Melanie sprang wieder auf. »Hallo! Ich bin das! Mit den beiden hat das gar nichts zu tun. Ihnen wurde nichts geklaut!«

Karim nahm die Pässe und stand auf. »Bitte, warten Sie hier.« Er verließ den Raum, stieg die Treppe hinunter und war froh, einen Moment fortzukommen von diesen anstrengenden Frauen mit ihren lauten Stimmen und der freizügigen Bekleidung.

Im Erdgeschoss war die Hitze noch drückender. Schweißgeruch stieg Karim in die Nase. Ein Zivilist in einer kurzärmeligen *gandura* redete mit leiser Stimme auf einen Kollegen ein. Etwas weiter hing ein Polizist mit Pockennarben auf den Wangen schlaff in einem Stuhl und schlief.

»*Salamu alaikum*«, grüßte Karim. Keiner kümmerte sich um ihn.

Während er darauf wartete, dass der Kopierer Betriebstemperatur erreichte, durchblätterte er einen der Pässe. Es gab Stempel aus Indien, Vietnam, den Vereinigten Staaten, Australien und Indonesien. Niemand aus Karims Bekanntenkreis war jemals außerhalb des Maghreb gewesen, mit Ausnahme seines Cousins Majid, der in Frankreich lebte. Karim sah auf seinem Chronografen nach, wie spät es war. Das Wort *Chronograf* gefiel ihm. Auch das zusätzliche Gewicht an seinem Handgelenk gefiel ihm. Die Schwere hatte etwas Beruhigendes. Er fertigte zwei Kopien der Ausweise an und schaltete das Gerät wieder aus. Beim Hinausgehen spürte er, wie die Blicke der anderen Männer ihm folgten.

Als er ins Büro zurückkam, war Nour nicht mehr da. Vielleicht hatte der alte Mann beten wollen. Oder es war ihm unangenehm gewesen, so allein im Raum mit drei westlichen jungen Frauen zu sein. Karim händigte ihnen die Pässe wieder aus, setzte sich und dehnte die Finger. »Bitte, fahren Sie fort.«

»Passiert ist es gestern Abend«, hob Melanie an. »Wir überqueren den Jemaa-el-Dingsda-Platz. Wie heißt er noch?«

»Jemaa el Fna«, sagte Karim und tippte den Ort und das Datum *31. Juli*.

»Es war schon ziemlich spät. Ungefähr eins, würde ich sagen.«
Karim löschte *31. Juli* und tippte *1. August*.
»Wir waren alle ein wenig betrunken.«
Karim runzelte missbilligend die Stirn. Dass westliche Frauen Alkohol tranken, war ihm natürlich bekannt. Aber so ganz allein, und weit nach Mitternacht?
»Wir haben meine *Hen-Party* gefeiert«, fügte Emma hinzu.
»Was ist *Hen-Party?*«, fragte er verwundert. »*Hen* ... wie Huhn?«
Julie warf den Kopf in den Nacken und brach in ein kräftiges, herzliches Lachen aus, das tief aus dem Bauch zu kommen schien. Karim hatte noch nie eine Frau so lachen gehört.
»Wenn in England eine Junggesellin heiratet, veranstaltet sie vor der Hochzeit noch eine *Hen-Party*. Sie lädt all ihre Freundinnen ein, und sie gehen gemeinsam aus. Ich hielt es für eine schöne Idee, ein Wochenende in Marrakesch zu verbringen. Nur wir drei.«
»Sie reisen extra für eine Hühner-Party nach Marrakesch?«
»Herrgott, *Hen-Party* heißt das!«, schnaufte Melanie und sprang so erregt auf, dass sie ihren Stuhl umwarf. »Ein Junggesellinnenabschied! Können wir die Sache jetzt endlich hinter uns bringen? Wir haben es nämlich eilig! Wir müssen zum Flughafen!«
»Selbstverständlich«, versicherte Karim und erwiderte ihren Blick mit gleicher Schärfe. *Was waren ihre Probleme schon verglichen mit seinen?* »In welchem Riad wohnen Sie?«
»Dar Zuleika. Dort hat man uns zwar einen Stadtplan gegeben, aber wir haben uns trotzdem verirrt.«
Karim nickte. Als kleiner Junge hatte er sich ein oder zwei Dirham damit verdient, Touristen zurück aus der Altstadt zu lotsen. Heute verlangten die Kinder zwanzig dafür. Er hatte

sogar schon erlebt, wie ein Junge sechzig gefordert hatte. Mehr als die meisten Marokkaner am Tag verdienten!

»Wir hatten den Abend in einem Klub verbracht und waren auf dem Heimweg. Ein junger Typ fragte, ob wir Hilfe bräuchten. Wir sagten ja.«

»Dieser *Typ* – wie sah er aus?«, fragte Karim.

»Na, wie Marokkaner eben aussehen«, knurrte Julie vor sich hin.

»Er trug ein blaues Italien-Trikot«, antwortete Melanie. »Und er hatte sehr schlechte Zähne.«

Reflexartig fuhr Karim mit der Zunge über seine obere Zahnreihe. »Wie alt war er?«

»Vierundzwanzig? Fünfundzwanzig? Keine Ahnung! Ich war hundemüde!«

»Und was passierte dann?«

»Er führte uns durch ein Gewirr von Sträßchen, bis wir in einer Sackgasse landeten. Ich meinte: ›Das ist aber nicht Dar Zuleika.‹ Und er riss mir die Tasche von der Schulter und war sofort wie vom Erdboden verschluckt.«

»Was war alles in Ihrer Tasche?«

»Mein Handy – ein weißes iPhone –, mein Pass, meine Boardingkarte und meine sämtlichen Kreditkarten.«

»Verstehe, Sie wollen Schadensersatz von Versicherung«, brachte Karim krächzend hervor. Seine Zunge klebte inzwischen regelrecht am Gaumen, und es fühlte sich an, als hätte irgendein bösartiger *dschinn* ihm seine Speicheldrüsen geraubt.

»Nein!«, heulte Melanie auf. »Ich meine … ja, das wahrscheinlich auch, aber darum geht es doch nicht! Ich will mein Handy zurück. Da sind all meine Fotos drauf. Alle Bilder von unserem letzten gemeinsamen Abend! Und mein Pass ist auch weg!«

Emma schaute auf ihre Uhr. »Wir sollten los.«

Melanie bedachte Karim mit einem wütenden Blick. »Jetzt stecke ich wahrscheinlich noch tagelang ohne einen Penny in dieser vermaledeiten Stadt fest! Kapieren Sie?«

Während er ein Blatt in den Drucker einlegte, machte Karim sich in Gedanken eine Notiz, den Ausdruck *vermaledeit* in seinem Wörterbuch nachzuschlagen. »Sie müssen kaufen *timbre*, eine Marke. Zwanzig Dirham.«

»Und dann?«

»Zum Konsulat gehen, um neuen Ausweis zu bekommen.«

»Wie lange wird das alles dauern?«, jammerte Melanie verzweifelt.

Karim zuckte mit den Achseln und schob das Blatt über den Tisch. »Bitte hier unterschreiben.«

Am Flughafen Marrakesch-Menara war alles ruhig. In der Vorwoche hatten sich im Terminal noch all die Mittelschichtler der Stadt gedrängt, die zum Ramadan unbedingt flüchten wollten. Nun herrschte abgesehen von einer Handvoll Touristen, Gepäckträger und Schalterpersonal gähnende Leere. Die Türen der Ankunftshalle öffneten sich, und eine elegant gekleidete dunkelhaarige Frau mit Sonnenbrille trat nach draußen ins blendende Sonnenlicht.

Sofort kam Bewegung in die wartenden Taxifahrer. *Où allez-vous, madame? Palmeraie, Guéliz, Hivernage?*

Zwischen zwei Fahrern entstand eine kleine Rangelei. Eine offenkundige Autoritätsperson mit Sprechfunkgerät in der Hand schritt großspurig durch die Reihen, nahm den Koffer der Frau und geleitete sie mit viel Gehabe zum Wagen an der Spitze der Schlange. Er verstaute ihr Gepäck im Kofferraum des Taxis, öffnete die Fondtür und hielt mit einem Lächeln die Hand auf. Die Frau stieg ein, ohne ihn zu beachten.

Der Fahrer schaute grinsend in den Rückspiegel. »Zum ersten Mal in Marrakesch?«

»*J'habite ici. Bab Taghzout. Je connais le tarif – soixante-quinze dirhams.* Wenn Sie mehr verlangen, werde ich Sie bei der Polizei melden.«

Das Grinsen wich aus dem Gesicht des Fahrers.

Kay McKenzie sah zufrieden aus dem Fenster. Ihr Einkaufstrip nach Kairo war ein voller Erfolg gewesen. Sie hatte ein byzantinisches Kreuz erstanden, ein Kästchen mit Intarsien aus Perlmutt, zwei Kerzenhalter aus dem achtzehnten Jahrhundert, einen koptischen Stoff und eine Sammlung von Silbergelatineabzügen aus den Zwanzigerjahren. Sébastien hatte recht gehabt. Infolge der unsicheren politischen Lage war der Zeitpunkt zum Ankauf unglaublich günstig. Selbst die Antiquitätenhändler in Zamalek waren ihr bei den Preisen bereitwillig entgegengekommen.

In dieser Woche lag viel Arbeit vor ihr. Sie musste den Riad für die Betriebsferien schließen, die Einrichtung ihres Raritätengeschäfts in Angriff nehmen, sich mit einer Kundin treffen und die Geburtstagsfeier für Sébastien organisieren. Aber ihr gefiel das so. Sie brauchte ständig etwas Neues zu tun, hatte sie Freunden mal erzählt, am liebsten gleich mehrere Vorhaben parallel.

Ihr Handy piepte. Einer der eingeladenen Gäste schrieb, dass er leider nicht kommen könne. Das war der Nachteil daran, eine Party im heißesten Monat des Jahres zu veranstalten. Jeder, der es sich leisten konnte, kehrte in dieser Zeit Marrakesch den Rücken.

Die vertrauten Konturen der Koutoubia kamen in Sicht. Verglichen mit den Moscheen in Kairo war das Minarett dieses

Kirchenbaus betont schnörkellos und würdevoll. Vorbei an Gärten, deren Rosenbüsche ein prächtiges Farbenspiel boten, fuhren sie auf die Koutoubia zu. Am Horizont schimmerten die Hänge des Atlasgebirges im Dunst. Ja, sie war wirklich froh, wieder zurück zu sein. Dies war ihre Stadt.

Eine Werbetafel geriet ihr in den Blick, auf der neu entstehende Eigentumswohnungen angepriesen wurden. »*L'appartement de vos rêves à partir de 100 000 Dhs!*« Das mit Photoshop bearbeitete Bild auf dem Poster zeigte eine tief dekolletierte Schauspielerin, die Kay aus einer amerikanischen TV-Serie kannte. Ungläubig schüttelte Kay den Kopf. Das Immobilienprojekt richtete sich an eine überwiegend muslimische Zielgruppe. Welcher Idiot war der Meinung gewesen, deren Interesse am besten mit der Abbildung halb nackter Brüste wecken zu können?

Zehn Minuten später setzte das Taxi sie am Bab Taghzout ab. Der Platz lag menschenleer in der Mittagshitze. Die Ladenbesitzer hatten sich in die dunklen Innenräume ihrer Geschäfte zurückgezogen. Ein Zwiebelhändler hielt unter seinem Karren einen Mittagsschlaf. In der Durchreiche einer Fleischerbude umschwirrten Fliegen ein nicht näher bestimmbares Stück Fleisch. Das einzige Anzeichen von Leben waren die beiden kleinen Jungs, die unter einem der *bzar*-Bäume hockten und mit einem Stock einen toten Vogel untersuchten. Als sie Kay aus dem Taxi steigen sahen, hielten sie kurz inne und bettelten ohne viel Nachdruck um »*un dirham*«.

Kays Stimmung sank. Im Zuge der Stadtteilerneuerung sollte sich die Situation in heruntergekommenen Gegenden wie Bab Taghzout eigentlich verbessern. Kay fragte sich, was ihre Gäste wohl denken mussten, wenn sie mit Bildern von verträumten Minaretten und Palästen aus Tausendundeiner Nacht im Kopf erwartungsvoll aus dem Flieger stiegen und dann stattdessen verwesenden Abfall und marode, mit Graffiti überzogene Mauern zu sehen bekamen. Ihre Laune verdüsterte sich weiter, als sie Driss entdeckte, der direkt neben dem Müllcontainer in Jeans und T-Shirt wartete. Welchen Sinn machte es, extra einheitliche Dienstkleidung für die Angestellten zu entwerfen und anzuschaffen, wenn sie die dann nicht trugen?

Driss war noch nicht lange im Team. Sie hatte ihn von einem konkurrierenden Riad fortgelockt mit dem Versprechen auf einen Posten als *Operations Manager*. So wie er jetzt in lässiger Freizeitkleidung mit ihrem Koffer vor ihr herrannte, war Kay indes froh, dass sie ihn bislang noch nicht zum Manager ernannt hatte. Er legte ein solches Tempo vor, dass sie spürte, wie das Rückenteil ihres Kleides schweißnass wurde. Driss sah im Laufen über die Schulter zurück und sagte auf Französisch: »Ein Gast möchte gern verlängern.«

»Wer?«

»Mademoiselle Murray.«

»*Pas possible*. Wir schließen den Betrieb im Riad heute Abend.«

»Ihr wurde die Tasche gestohlen«, erklärte Driss.

»Nicht mein Problem«, schnaubte Kay.

»Sie kann nicht ausziehen.«

»*Pourquoi pas?*«

»Sie kann nirgendwohin. Der Ausweis wurde ihr auch gestohlen.«

Kays Miene verfinsterte sich weiter. Auf diese Unannehmlichkeit hätte sie liebend gerne verzichtet. Sie folgte Driss eine bröckelnde Mauer entlang, umkurvte einen Bettler und blieb in einem schmalen Gässchen vor einem etwa zwölf Meter hohen lachsfarbenen Haus mit kunstvoll gearbeiteten Holzgittern vor den Fenstern stehen. Driss klingelte. Nach einigen Sekunden öffnete sich die Tür, und das lächelnde Gesicht ihrer Hausdame kam zum Vorschein.

»*Bonjour*, Samira«, grüßte Kay erschöpft. »*S'il te plaît*, etwas zu trinken, bevor ich verdurste.«

Sie betrat den Innenhof, nahm unter einem Orangenbaum Platz und entledigte sich schwungvoll ihrer hochhackigen Schuhe. Der Brunnen plätscherte, und in der Luft lag der Duft von Lavendel. Durch die abgefallenen Blätter des Bougainvillea-Strauchs bahnte sich eine Schildkröte gemächlich ihren Weg. Eins der Hausmädchen kam mit einem Glas Orangensaft und einem Schälchen Nüsse. Kays Laune besserte sich schlagartig. Sie legte die Füße auf einen Stuhl und blickte zu der Palme hinauf, die sich weit in den Himmel reckte. Wie Sébastien ihr gleich zu Beginn versichert hatte, war es der über dreißig Meter hohe Baum, der diesem schönen Riad eine wirklich einzigartige Note verlieh.

Sébastien war in den Neunzigern nach Marrakesch gekommen, als die Europäer gerade damit begonnen hatten, die Riads der Stadt aufzukaufen. Rasch machte er sich die Schwäche zunutze, die diese Leute für althergebrachte marokkanische Bautechniken wie polierten *tadelakt*-Putz, Stuckverzierungen, filigrane Gitter und Holzschnitzereien hegten. Es dauerte nicht lange, und er beschäftigte fünf Handwerkerteams, um die Auftragsflut zu bewältigen. Einige Jahre später traf auch Kay in Marrakesch ein, die Taschen wohl gefüllt mit Geld aus ihrem Scheidungsvertrag. Sébastien war der Architekt, den ihr jeder empfahl. Es war Sébastien, der sie dazu ermutigte, den maroden Steinhaufen nahe der Sidi bel Abbès zu kaufen, und er war es auch, der den Bau entkernte, die Decken anhob und einen eigentlich illegalen kleinen Pool installierte. Um die nötigen Genehmigungen einzuholen, ging er sogar persönlich mit einem Bündel Dirhamscheinen beim zuständigen *moqaddam* im Planungsamt vorbei. Kurz nach Abschluss der Sanierung hatte Sébastiens Frau plötzlich verkündet, mit den gemeinsamen Kindern nach Paris zurückzukehren. Noch am selben Abend hatte Sébastien Kay zum Essen ausgeführt.

Vom Pool her war ein Klatschen zu hören. Kurz darauf tauchte Melanies Kopf aus dem Wasser auf. Die junge Britin stemmte sich am Beckenrand hoch, setzte sich in die Sonne und zog die Knie an die Brust. Um sie herum begann sich eine kleine Pfütze zu bilden. Melanie bemerkte, dass Kay sie ansah, und griff nach ihrem Handtuch.

»Oh, hallo. Sie sind bestimmt Kay. Ich bin Melanie.«

»Unsere unfreiwillige Bleiberin.«

»Hat Driss es Ihnen schon erzählt …?«

»Ja. Überaus ärgerlich.«

Melanie stand auf. »Ich war schon bei der Polizei. Das Konsulat hatte heute geschlossen, aber gleich morgen gehe ich hin. Offenbar können sie mir irgendein neues Reisedokument ausstellen. Allerdings wird es ein oder zwei Tage dauern.« Eine Weile war das Tropfen des Wassers auf den heißen *tadelakt* das einzige Geräusch. »Meine Freundinnen haben mir ein bisschen Geld dagelassen, das für die paar Tage reichen sollte.«

»Bis zum Wochenende können Sie bleiben. Spätestens am Freitag müssen Sie aber ausziehen, weil ich dann im Riad eine Feier gebe. Ach, und die Küche ist bereits geschlossen. Um Ihre Mahlzeiten müssen Sie sich also selbst kümmern.«

»In Ordnung«, sagte Melanie, winkte kurz und stapfte, eine Wasserspur hinter sich herziehend, davon.

Kay streckte den Arm aus und hob die Schildkröte hoch. »Na, hast du mich vermisst?«, flüsterte sie zärtlich.

Meine Medina
(aus Kays Blog)
Ramadan Mubarak! In meinem ersten Jahr in Marrakesch fiel der Ramadan in den Winter. Die Tage waren kurz und kühl. Jetzt sind die Tage sechzehn Stunden lang, und die Temperaturen steigen auf über vierzig Grad. Fasten wird zu einer gewaltigen Anstrengung. Als Europäer muss man Rücksicht darauf nehmen, dass die Menschen um einen herum müde und gereizt sind und zu Unfällen neigen. Wenn ein Pechvogel dir deine beste Kasserolle anbrennen lässt, zuck einfach mit den Schultern und sag: »C'est le Ramadan.« Ich war eben noch in der Küche, wo unser Hausmädchen Aziza eine antike Tonschüssel fallen ließ, die in tausend Teile zersprang. Sie sah mich erschrocken an. Ich habe nur gelacht. C'est le Ramadan!

Nachmittag in der Palmeraie. Im Schatten der Palmen lagen die halbwüchsigen Kameltreiber und dösten. In ein oder zwei Stunden würden sie aufstehen, ihre Tiere satteln und pfeifen und schreien, sobald sich Touristen zeigten, um sie zu einer Runde Kamelreiten anzulocken. Bis dahin genügte es ihnen völlig, die langen Mittagsstunden schlafend zu verbringen. In den eleganten Hotels und Country Clubs entspannten sich die Gäste am Pool, während livrierte Kellner umherliefen und eisgekühlte Getränke servierten. Der eine oder andere Gast hob bisweilen den Kopf von seiner Liege und verzog missbilligend das Gesicht, denn tief rumpelnde Geräusche störten die friedliche Ruhe.

Keine tausend Meter entfernt bearbeiteten Presslufthämmer,

Bulldozer und Bagger vier Hektar roten Boden. Begleitet vom Lärm der piependen Kräne und aufdröhnenden Motoren stützte ein Heer von Bauarbeitern Gruben ab, mischte Zement und schweißte Stahlträger.

Einer der Kräne stand direkt neben einem hohen Kuppelgebäude, das komplett eingerüstet war. Am Fuß des Gerüsts versuchten fünf Arbeiter unter größten Mühen, eine geschwungene Messingplatte an der Schlinge eines Krans zu befestigen. Ein groß gewachsener Franzose überragte die Marokkaner ähnlich wie der Kran das Gebäude. Die Platte wog eine halbe Tonne und war wegen ihrer gebogenen Form schwer zu handhaben. Während die Arbeiter sie in aufrechter Position hielten, schrie Sébastien, dem das dunkelblonde Haar in der Stirn klebte, Anweisungen zu einem Vorarbeiter, der sie dann auf Arabisch den Arbeitern zubrüllte. Endlich gelang es ihnen, die Platte zu befestigen, und der Vorarbeiter schwenkte den Arm Richtung Kranführer. Die Augen mit der Hand gegen das grelle Licht abschirmend verfolgte Sébastien, wie der Ausleger des Krans über das Dach schwang und die sich drehende Platte im Sonnenlicht aufleuchtete.

Während er der Platte nachsah, trat ein Junge zu ihm, zupfte ihn am Ärmel und deutete auf einen Mann in einer *djellaba*, der neben dem Tor stand. Sébastien nickte. Sobald die Platte sicher an ihrem Platz war, ging er zu dem Mann und ließ sich von ihm einen großen, mit Luftlöchern versehenen Karton zeigen. Sébastien schielte durch eines der Löcher und grinste breit.

Auf den Platz am Bab Taghzout kehrte wieder das Leben zurück. Es wurde gerufen und gelacht. Jugendliche mit freiem Oberkörper spritzten sich an einer Wasserleitung gegenseitig nass. Straßenhändler boten auf ihren Karren Wassermelonen und Kaktusfeigen an. Frauen mit Kopftüchern hockten sich an den Rand des Bürgersteigs und verkauften ofenfrisch warmes Fladenbrot. Eine der Frauen starrte den gelben Renault 4 an, der vor ihr einparkte. Es war weniger die Farbe, die der Frau auffiel. An dem Wagen fehlte das Dach.

Als Sébastien dem Besitzer der Autowerkstatt sagte, er wolle an seinem Renault 4 *le toit coupé* haben, antwortete der, für solch eine bescheuerte Idee gehöre eher Sébastien selbst der Kopf abgetrennt. Nach Abschluss des Umbaus und der knallgelben Lackierung musste der Werkstattbesitzer jedoch zugeben, dass der Wagen nun einen gewissen Beach-Buggy-Charme hatte. Wo immer Sébastien seitdem damit auftauchte, hupten die anderen Autofahrer und gaben ihm Daumen-hoch-Zeichen. Parkte er am Straßenrand, machten Passanten regelmäßig Selfies mit dem Wagen. Isabelle, Sébastiens Ex-Frau, weigerte sich allerdings, ihn zu benutzen. Ihrer Meinung nach hatte Sébastien eine völlig funktionstüchtige *quatrelle* ruiniert und stattdessen nun ein Auto, in dem man kein Stück durch die staubigen Straßen Marrakeschs fahren konnte, ohne sich die Kleidung zu versauen. Bei ihrer Trennung nahm Isabelle folgerichtig den Pajero mit nach Paris, während Sébastien die *quatrelle* sowie ein Haufen Schulden blieben.

Sébastien hob den Karton von der Rückbank und stürzte sich ins geschäftige Altstadttreiben. Alle paar Sekunden musste er um den Rand des Kartons lugen, um drohende Zusammenstöße zu vermeiden. Auf halber Strecke legte er neben einem unbebauten Grundstück eine Pause ein. Eine Gruppe junger

Männer spielte Fußball. Mit nackten Oberkörpern stürmten sie hin und her und schrien dabei ausgelassen. Fasziniert beobachtete Sébastien, mit welch ungezügelter Energie die Jugendlichen selbst im Ramadan bei der Sache waren. *Wie es ihnen gefiel, die eigene Härte und Belastbarkeit gerade auch unter den strengen Fastenregeln zu demonstrieren!* Der Ball sprang in seine Richtung, dicht gefolgt von einem der jungen Männer, dem Schweiß über den schlanken braunen Körper strömte. Sébastien fing den Ball, musterte den Jungen kurz und rollte ihm dann den Ball zu. Ein atemloses *»merci, mssju«*, schon eilte der Junge wieder davon.

Sébastien ging weiter, bis er das Dar Zuleika erreichte. Er stellte den Karton hinter sich auf den Boden und klopfte. Eins der Hausmädchen öffnete. Ihr Gesicht war verweint und gerötet. Als Sébastien fragte, was los sei, murmelte sie rasch etwas Unverständliches und verschwand. Ein paar Sekunden später erschien Kay, lächelte ihn an und stellte sich auf die Zehenspitzen, um Sébastian einen Kuss zu geben.

»Aziza scheint geweint zu haben«, erklärte er.

Kay machte eine wegwerfende Handbewegung. »Ach, sie hat eine Schüssel zerbrochen. Die hübsche grün-blaue aus Fès. Und ich hab gesagt, dass ich ihr das vom Lohn abziehe. Aber komm doch erst mal aus der Hitze!« In diesem Moment wurde ihre Aufmerksamkeit von dem dumpfen Knall abgelenkt, den ein zur Seite gekippter Karton verursacht. »Was ist denn das?«, fragte sie und bedachte Sébastien mit einem misstrauischen Blick. Er grinste nur, wandte sich um und griff in den Karton. Als er sich wieder zurückdrehte, hielt er in der Hand ein Äffchen, das mindestens ebenso verblüfft wirkte wie Kay.

»Sébastien, was um alles in der Welt …«

»Süßes Kerlchen, meinst du nicht auch?«

»Woher …«

»Für dich«, sagte Sébastien und trat an Kay vorbei in den Hof. Das Äffchen klammerte sich an sein Hemd. »Magst du ihn nicht?«

Kay verdrehte die Augen. Warum konnte ihr Sébastien nicht ein einziges Mal etwas Normales schenken? Was war falsch an einem Strauß Blumen oder irgendeiner Leckerei vom *chocolatier* an der Rue de la Liberté? Mit einer Flasche Sekt aus dem Kühlschrank stieg Kay hinauf zur Dachterrasse, wo Sébastien es sich auf einer Rattanliege bequem gemacht hatte und rauchte. Den Affen hatte er mit einem Stück Schnur an das Bein seiner Liege gebunden.

»Behalt ihn erst mal eine Weile«, sagte Sébastien. »Und wenn du ihn dann nicht haben willst, spenden wir ihn irgendeinem Wildtierreservat.«

»Einem Reservat? Wir sind in Marokko! Hier gibt es keine Reservate für Affen – schon gar nicht für Exemplare, die grausame Franzosen nur gekauft haben, um damit auf schamlose Weise bei ihren Freundinnen zu punkten.«

Sébastien gluckste belustigt. »Andere Riads haben ein Spa. Du hast einen Affen. Vielleicht kannst du ihm ja beibringen, Cocktails zu servieren.«

»Was frisst er denn?«

»*Filet Mignon.*«

Kay starrte Sébastien einen Moment an und schleuderte dann ein Kissen auf ihn. Lachend hielt er sich eine Hand vors Gesicht. »*Je sais pas!* Frag Driss, der wird's wissen.« Er stopfte sich das Kissen unter den Kopf.

»Und wo soll ich ihn bitte unterbringen?«

»Im Hof … in der Bibliothek … *comme tu veux*. Ich habe ihn von einem der *mecs* auf dem Jemaa gekauft. Sieh dir den süßen Fratz doch nur an! Der wird bestimmt riesig ankommen bei deinen Gästen.« Sébastien drückte die Zigarette auf dem Boden aus. Seufzend hob Kay den Stummel wie eine tote Wespe mit spitzen Fingern auf und warf ihn über die Brüstung.

»Willst du dich gar nicht nach meinem kleinen Ausflug erkundigen?«

»Ach ja – Kairo. Lief's gut?«

»Ich habe ein wundervolles antikes byzantinisches Kreuz erstanden. Und zehn Lehnert & Landrock-Fotografien.«

»Etwa Akte?«, fragte Sébastien mit leuchtenden Augen nach. »*Des femmes déshabillées?*«

»Nein. Landschaftsbilder. Vom Nildelta. Apropos Nil ...« Kay betrachtete ihn von der Seite. »Die Schiffe sind gerade kaum gebucht. Wie wäre es mit einer kleinen Nilkreuzfahrt? Ich wollte mir schon immer Abu Simbel und Luxor anschauen. Derzeit dürfte alles vollkommen menschenleer sein. Wir würden uns vorkommen wie Orientreisende im neunzehnten Jahrhundert, so herrlich einsam ist es! Vielleicht wenn die Arbeiten an der Serafina abgeschlossen sind ...«

Sébastiens Miene verdüsterte sich. »Falls die Arbeiten jemals abgeschlossen sind! Der Ramadan hat alles versaut. Ständig mangelt es an Material, und die Arbeiter laufen herum wie Zombies. Eigentlich soll Jamal im September anfangen, aber bislang sind wir nicht mal mit dem *gros œuvre* fertig, dem Rohbau. *C'est une catastrophe!*«

Kay sagte nichts. Als man Sébastien vor sechs Monaten gefragt hatte, ob er das Serafina-Projekt übernehmen wolle, hieß es aus seinem Mund noch, mit diesem Angebot würden all seine Gebete erhört. Ein solches *projet cinq étoiles* ermögliche es ihm, seine gesamten Verbindlichkeiten zu begleichen und beruflich wieder Tritt zu fassen. Mittlerweile jedoch jammerte er nur noch herum. Kay schenkte ihm nach.

»Reden wir lieber über etwas anderes«, startete sie einen neuen Anlauf. »Zum Beispiel über deine Party! Irgendwelche Extrawünsche auf den letzten Drücker? Feuerschlucker? Gladiatoren? Affe vom Grill?«

Sébastien stand auf, trat an die Brüstung und betrachtete die Moschee einige Häuser weiter. Gerade hatte der Gebetsruf eingesetzt. Er wartete, bis der Muezzin fertig war, dann sah er zu Kay. »Ich denke, wir sollten das Ganze absagen.«

Kay starrte ihn ungläubig an. »Absagen? Die Party?«

»So viele sind weg, es ist Ramadan ...«

Kay ging zu ihm und ergriff seinen Arm. »Es ist dein Fünfzigster, Sébastien! Die Einladungen sind längst verschickt! Womöglich macht's sogar Spaß! Weißt du noch – *Spaß?*«

»Der Zeitpunkt ist einfach nicht günstig.«

»Bei dir ist der Zeitpunkt nie günstig!«

Sébastien entzog sich ihrem Griff. »Ich muss los.«

»*Los?* Du bist gerade erst gekommen!«

»Ich ruf dich morgen an«, erklärte Sébastien nur, bevor er mit einem kurzen Abschiedsgruß die Treppe hinuntereilte.

»Aber Samira hat Abendessen gerichtet!«, rief Kay ihm nach. Sie sank benommen auf eine der Liegen und starrte den Affen an. Der Affe kratzte sich am Kopf und starrte zurück.

Melanie streifte vorsichtig zwischen den Essensständen auf dem Jemaa el Fna herum. Die dicht zusammengedrängten Koch- und Essbereiche verursachten ihr Platzangst. Jeder anzüglich grinsende Mann sah aus wie der brutale Kerl, der sie ausgeraubt hatte; die gekochten Schafsschädel schienen direkt aus einem

Horrorfilm zu stammen; und was war dieses teigige Zeug in den Schälchen?

Sie hatte den Riad vor zwei Stunden verlassen, um irgendwo etwas zu essen. Nachdem sie endlose Sträßchen durchlaufen und beim Abbiegen mehrmals Sackgassen erwischt hatte, war sie über ein Internetcafé gestolpert. Im Innern war es düster gewesen, und es hatte nach Schweiß gestunken. Sie zahlte also drei Dirham, setzte sich vor die unvertraut wirkende Tastatur und schrieb ihrem Arbeitgeber eine Mail, in der sie erklärte, was ihr zugestoßen war. Dabei starrte neben ihr ein Jugendlicher die ganze Zeit wie gebannt auf seinen Bildschirm. Sie folgte seinem Blick. Auf dem Monitor lief ein Sexvideo. Hastig verließ sie den Laden.

Wie anders war doch alles noch gewesen, als sie gemeinsam mit Emma und Julie die Stadt erkundet hatte! In einer pferdegezogenen *calèche* waren sie zusammen herumgefahren, hatten Sehenswürdigkeiten bewundert und gelacht, bis ihnen Tränen über das Gesicht liefen.

»*Only look good price Number 21 best food in town cheaper than Ryanair come back here excuse me!*«, warb ein Kellner und stellte sich ihr mit frechem Grinsen in den Weg, um sie zu seinen Tischen zu lotsen. »*Couscous d'agneau quarante dirhams le moins cher pourquoi pas chérie?*«

Melanie zögerte. Schließlich konnten unmöglich sämtliche Männer Straßenräuber und Sittenstrolche sein! Sie ließ sich von dem Kellner zu einem langen Klapptisch führen, an dem bereits einige Touristen saßen. Ein mit Zwiebeln angerichteter Tomatensalat erschien vor ihr, gefolgt von einem Teller in Olivenöl frittierter Auberginenscheiben, die zu ihrer Überraschung überaus lecker schmeckten. Von irgendwo drang das rhythmische Spiel der Tamtam zu ihr, übermalt vom klagenden Ton eines

Blasinstruments. Es schien, als würde in unmittelbarer Nähe ein Straßenfest gefeiert. Feuerwerkskörper schossen in den Himmel, strahlten rot und grün auf und fielen wieder zu Boden.

Vielleicht ist es doch nicht so schlimm hier, ging es ihr durch den Kopf.

Als Karim das Kommissariat verließ, stand die Sonne bereits tief über den Häusern. Ein Storch flog gemächlich in Richtung des Badi-Palasts. Ach, frei zu sein wie ein Vogel! Normalerweise würde er sich jetzt auf das Fastenbrechen im Kreise seiner Familie freuen. Er würde sich vorstellen, wie herrlich der erste Schluck Wasser über die Zunge rinnt, wie eine Dattel plötzlich schmeckt, als hätte man die Frucht noch nie zuvor gegessen. Aber er wusste, dass seine Mutter vor allem Khadijas Hochzeit besprechen wollte. Es blieben nur noch zwölf Wochen Zeit bis zur Feier, und er hatte bislang weder mit einem Restaurant die Lieferung des Essens ausgehandelt noch den türkischen Sänger engagiert, den Khadija sich so wünschte.

Er ging noch einmal im Kopf die Summen durch. Seine Mutter hatte ihm elftausend Dirham gegeben, Khadija viertausend, und auf seinem Konto bei der Post lagen achttausend. Selbst wenn er das komplette Gehalt der nächsten beiden Monate einrechnete, beim Catering knauserte und einen sehr preiswerten Veranstaltungsort anmietete, fehlten ihm zehntausend Dirham. Aber er war das Familienoberhaupt. Er war dafür verantwortlich, alles zu regeln.

Inzwischen zog er bereits in Erwägung, Khadijas Bräutigam um einen Zuschuss zu bitten. Die Vorstellung, bei seinem zukünftigen Schwager in der Schuld zu stehen, gefiel ihm zwar gar nicht, aber Zak war ein wohlhabender Mann, dem ein gut laufendes Geschäft und eine Wohnung in Daoudiate gehörten. Vielleicht könnte er zumindest die Kosten für das Essen übernehmen. Bei der Hochzeit von Karims Schwester Naïma hatten sich die Gäste noch zehn am Spieß gebratene Lämmer schmecken lassen und anschließend zur Musik der besten Kapelle der Stadt getanzt. Natürlich hatte damals noch sein Vater gelebt, und die Preise waren niedriger gewesen. In den letzten Jahren schien sich alles verdoppelt zu haben – nur sein Gehalt nicht, das beharrlich bei viertausend im Monat verharrte.

Karim dachte an die jungen Engländerinnen. Welche von ihnen heiratete noch? Die aufbrausende, die Melanie oder so hieß? Oder die mit dem Wickelrock? Wie viel ihr Vater wohl für die Hochzeit bezahlen musste? Und würde sie wie Khadija darauf bestehen, sich an diesem Tag viermal umzuziehen?

Um ihn herum eilten die Menschen mit Brot, Joghurt und Obst zum Abendessen nach Hause. Wer wie Parkplatzwächter oder Tankstellenpersonal weiterarbeiten musste, der hockte mit anderen auf dem Bürgersteig vor Töpfen mit *harira* und wartete auf den Gebetsruf. Als Karim am Verkehrskreisel die Straße überquerte, hörte er ein lautes Krachen. Ein schwarzer Minivan hatte das Rotlicht missachtet und die hintere Stoßstange eines *grand taxi* gerammt. Beide Fahrer stürzten sofort auf die Straße und begannen einander Vorhaltungen zu machen. Karim hätte sich einmischen und die beiden auffordern sollen, ihre Fahrzeuge am Straßenrand abzustellen, bis ein Kollege der Verkehrspolizei eintraf, aber wie alle anderen Passanten wollte er jetzt einfach nur so schnell wie möglich nach Hause. Er betrat den Souk und damit ein Gewimmel von Menschen, Karren, Mopeds und Eseln, die in sämtliche Himmelsrichtungen drängten, eingehüllt in ein miefiges Gemisch aus Auspuffabgasen und Rosenwasser.

Erleichtert bog er nach einer Weile in die ruhigere Derb Bourahmoune Lkbir. Ayesha öffnete ihm mit von der Küchenarbeit feuchten Händen die Tür. Seit zwanzig Jahren lebte sie bereits in Karims Familie. Als Säugling war sie an ihrer Haustür ausgesetzt worden. Karims Eltern hatten sie wie ein eigenes Kind aufgezogen und von ihr auch stets als ihrer Tochter gesprochen. Allerdings war Ayesha nach der Schule daheim geblieben, um im Haushalt zu helfen, während Naïma und Khadija erst studiert und danach Bürojobs in Guéliz angetreten hatten.

Sie nahm Karim die Jacke ab und folgte ihm in den offenen Innenhof mit dem gefliesten Boden und dem steinernen Springbrunnen, der schon lange nicht mehr ans Wasser angeschlossen war. In der Ecke stand ein kleines Sofa und ein Vogelkäfig mit einem Finkenpaar. Fünf Zimmer gingen vom Hof ab, darunter die winzige Küche, die Karims Vater kurz nach dessen Geburt mit einem Gasherd ausgestattet hatte. Seitdem waren bis auf ein paar Anstriche und die Girlande aus Plastikrosen, die Khadija um den Springbrunnen geschlungen hatte, keine wirklichen Veränderungen am Haus mehr vorgenommen worden. Karim warf einen Blick in den *salon*. Der Fernseher lief, aber niemand schaute hin. Lalla Fatima, Karims Mutter, trat aus der Küche. Die verhärmten Züge ließen sie älter aussehen als ihre dreiundfünfzig Jahre. Sie gab Karim einen Kuss auf die Wange.

»Abderrezak isst mit uns.«

Karims Puls beschleunigte sich. Wenn er einen Moment unter vier Augen mit Zak erwischte, würde er das Thema der Hochzeitsfinanzierung ansprechen, *inschallah*.

Er stieg hinauf in sein Zimmer und nahm ein frisches Hemd

von dem Stapel Wäsche, den Ayesha auf sein Bett gelegt hatte. Im Badezimmer tippte er gegen die Glühbirne über dem Waschbecken, bis sie flackernd zum Leben erwachte, dann wusch er sich das Gesicht. Er überlegte gerade, ob er sich noch rasieren sollte, da hörte er schon Stimmen im Innenhof.

Als er wenig später hinunterkam, stand vor dem *salon* ein Paar italienische Lederhalbschuhe. Karim kickte seine Sandalen daneben und trat durch die Tür. Der *salon* war ein niedriger fensterloser Raum, dessen Wände bis auf halbe Höhe mit blauen und weißen Fayencefliesen verziert waren. Ein niedriges Holzboard mit einem 42-Zoll-Fernseher und einem Hochzeitsfoto von Naïma und ihrem Bräutigam stand an einer Seite, gegenüber davon ein Couchtisch mit drei Diwanen. Auf dem hinteren saß Abderrezak, völlig in sein Handy vertieft. Karim hielt kurz inne und betrachtete seinen künftigen Schwager nachdenklich. Zak hatte mit sechzehn die Schule verlassen, um bei einem Steinehändler anzufangen. Acht Jahre später leitete er seine eigene Firma. Zak war eine gute Partie für Khadija, so viel war Karim klar, dennoch wollten letzte heimliche Zweifel an dieser Verbindung einfach nicht weichen. Empfanden so vielleicht alle Brüder gegenüber den Heiratskandidaten ihrer Schwestern?

»*Salamu alaikum.*«

»*Wa alaikum salam.*«

Zak gab Karim die Hand, ohne aufzusehen. Khadija brachte einen Teller mit süßem Gebäck und begrüßte ihren Bruder. Sie trug ihren besten Kaftan, und ihre Wangen waren vor Aufregung gerötet. Alle betonten ständig, wie sehr Khadija und Karim einander ähnelten. Sie hatten beide die grünen Augen der Chleuh und die gleiche leicht aufwärts gebogene Nase. Karim hoffte, dass Khadijas Kinder eher nach ihr schlagen würden und nicht nach Abderrezak mit seiner Adlernase und dem vorstehenden Kinn.

Lalla Fatima schob einen Servierwagen herein, beladen mit hart gekochten Eiern, Joghurt, schwarzen Oliven, Fladenbrot, einer silbernen Teekanne sowie einer Thermoskanne Kaffee. Ayesha folgte mit einer dickbäuchigen Flasche Coca-Cola und einem Tablett mit Tassen und Gläsern. Sie stellte den Ton des Fernsehers ab, prüfte aufmerksam, ob nichts fehlte, und setzte sich dann in die Nähe der Tür. Karim wählte den Platz zwischen ihr und Zak.

Er warf einen Blick auf seinen Chronografen. Noch zwei Minuten. Zak schälte ein Ei und türmte die Schalen zu einem kleinen Haufen auf. Khadija legte drei Datteln und ein Stück Süßgebäck auf ihren Teller. Ayesha goss sich ein Glas Milch ein. Lalla Fatima ließ sich nieder und kreuzte die Handgelenke auf ihrem Schoß. Noch eine Minute. Karim schloss die Augen und betete dafür, dass es ihm gelingen möge, seiner Schwester die Hochzeit zu geben, die sie verdiente.

Ein Gebet im Moment des Fastenbrechens wird stets erhört, heißt es beim Propheten – Friede und Segen sei mit ihm.

Ein Lautsprecher plärrte von der Moschee herüber. Das erste »Allahu Akbar« war kaum verhallt, das zweite noch nicht mal angestimmt, da griff schon jeder am Tisch zu. Zak stopfte sich das Ei in den Mund, Ayesha aß schmatzend eine Dattel, und Khadija gönnte sich eine dick mit Honig und Sesam überzogene *chebakia*. Lalla Fatima murmelte »*bismillah*« und schenkte fünf Tassen Kaffee ein. Karim hob ein Glas Wasser an den Mund und nahm einen tiefen Schluck.

O Allah, gefastet habe ich für Dich, ich glaube an Dich, und brechen werde ich mein Fasten mit Deinen Wohltaten.

Sie aßen, ohne zu sprechen. Die Frauen folgten der Soap-

Opera im Fernsehen. Als die Sendung zu Ende war, erklärte Lalla Fatima: »Ich habe mich mit der *negafa* getroffen, der Hochzeitsplanerin. Sie meinte, wir sollten zwei *takschitas* auf Maß anfertigen lassen und die anderen beiden ausleihen.«

Davon hörte Karim zum ersten Mal. Eine maßgeschneiderte *takschita* für eine Hochzeit würde zwischen sechs- und zehntausend Dirham kosten. »Können wir nicht nur ein Kleid machen lassen und drei ausleihen?«, fragte er.

»Zwei auf Maß und zwei ausleihen, so gehört sich das!«, erwiderte Khadija.

»Wie steht's denn mit Ayesha?«, warf Zak grinsend ein. »Bekommt sie auch eine *takschita*?«

»Sie wird eine rote *takschita* tragen«, sagte Khadija. »Mit goldenem Besatz. Stimmt's nicht, Ayesha?«

Ayesha errötete. »*Inschallah.*«

»Eine rot-goldene *takschita*?«, wiederholte Zak und zwinkerte ihr zu. »Wen willst du dir denn damit angeln, Ayesha?«

»Überhaupt keinen will sie sich damit angeln«, kam Lalla Fatima ihr zu Hilfe. »Sie will einfach bloß hübsch darin aussehen. Nicht, Ayesha?«

Ayesha wurde erneut rot, murmelte etwas Unverständliches und brachte rasch ein paar leere Teller in die Küche.

Zak wischte sich den Mund mit einer Serviette ab und wandte sich an Karim: »Ich gehe eine rauchen. Kommst du mit?«

Die Männer zogen Schuhe an und stiegen aufs Dach. Oben duckten sie die Köpfe an der Wäscheleine und hockten sich auf ein altes eisernes Bettgestell. Wie die meisten Familien in der Medina benutzten die Belkacems ihr Dach als Abstellfläche für ausgediente Sachen. Bei ihnen waren das ein Kühlschrank, ein Stuhl ohne Rückenlehne, zwei alte Autoreifen, eine Matratze, ein ausgehärteter Sack Zement, einige Stücke Kunststoffrohr,

Holzkisten und eine Sammlung von Einmachgläsern und Flaschen. Überragt wurde das ganze Chaos von einer altersschwachen Satellitenschüssel.

Zak holte seine Zigaretten heraus. Karim hatte sich eigentlich vorgenommen, während des Ramadan nicht zu rauchen, aber eine von Zaks Marlboros würde seine Konzentration schärfen. Er nahm einen tiefen Zug.

»Wie laufen die Geschäfte?«, fragte er.

Zak streckte den Arm aus und versetzte der Satellitenschüssel einen aufmunternden Stups. »Alle sind völlig verrückt nach Stein aus Ouarzazate. Gestern erschien ein Mann bei mir und bestellte allein hundertfünfzig Quadratmeter.«

»Dann dürftest du gut verdienen.«

»Das schon – bloß dass ich dafür meine Tage ständig in Ouarzazate verbringen muss.«

»Gefällt dir Ouarzazate nicht?«

Zak zuckte mit den Schultern. »Ouarzazate ist Ouarzazate.«

»Weißt du denn schon, ob du Zeit für eine Hochzeitsreise findest?«

»Keine Bange. Ich fahre mit deiner Schwester ganz sicher an irgendeinen schönen Ort ... nach Ouarzazate zum Beispiel!« Beide Männer lachten. Sie hörten das Anstoßen von Gläsern und fremdsprachige Stimmen von einer der benachbarten Terrassen.

Zak schaute über die Dächerlandschaft hinweg.

»Auch schon mal daran gedacht?«

»Woran?«

»Den Riad an Ausländer zu verkaufen. Ihr würdet vierzig *milyun* dafür bekommen. Oder mehr, wenn ihr den Müll hier entsorgt.« Er trat gegen das Bettgestell.

»Zak, kann ich dich ...«

»Deine Mutter könnte sich eine hübsche, neue Eigentumswohnung kaufen und wäre für den Rest ihres Lebens alle Geldsorgen los.«

»Ich muss mit dir über …«

»Womöglich bekommt ihr sogar fünfzig *milyun*! Wie viel verdienst du bei der Sûreté? Vier- oder fünftausend im Monat? Du könntest dich zur Ruhe setzen! Ich hab von einer Familie gehört, die ihr Haus für achtundsechzig *milyun* verkauft hat, und das Ding ist eine Bruchbude.«

Karims Handflächen waren schweißnass. »Zak, der Veranstaltungsort für die Hochzeit …«

»Was ist damit?«

»Er kostet allein zwölftausend Dirham. Dreißigtausend, wenn man Essen und Musiker dazurechnet. Das übersteigt unsere finanziellen Mittel. Und Khadija will unbedingt einen türkischen Sänger!«

Zak dachte eine Weile nach, dann stach er mit dem Zeigefinger gegen Karims Brust. »Sag ich doch!«

»Was meinst du?«

»Ich sag doch, ihr solltet den Riad verkaufen!«

Karim seufzte. Plötzlich hörte er aufgeregte Stimmen im Innenhof, dann eilige Schritte auf der Treppe. Keuchend erreichte Khadija das Dach.

»Karim, komm schnell!«

Karim trat an die Brüstung und sah hinab in den Hof, wo seine Mutter mit einem zehnjährigen Jungen sprach, in dem Karim den Sohn des hiesigen Muezzins erkannte.

»Was ist?«, rief Karim nach unten.

»Man braucht dich!«

Karim rannte hinunter in den Hof.

»Was ist passiert?«

»*Uqat mosiba*«, antwortete seine Mutter, die ganz blass im Gesicht war. »Etwas Furchtbares ist geschehen.«

»Komm!«, drängte der Junge und packte Karims Hand. »*Aji!*« Er zog Karim zur Haustür und rannte sofort die Derb Bourahmoune Lkbir hinunter. Karim beschleunigte seinen Schritt, bis er ebenfalls zu laufen begann. Mehrmals wandte der Junge den Kopf, um zu kontrollieren, dass Karim ihm noch folgte. Am Bab Taghzout rannte er direkt auf die Sidi bel Abbès zu.

In der schmalen Gasse neben der Moschee stand eine Gruppe Männer zusammen. Karim erkannte den Muezzin und einige der örtlichen Ladenbesitzer. Ein großer, ausladend gestikulierender Mann in Hemd und hochgekrempelter Hose stritt mit einem, der eine *djellaba* trug. Karim glaubte schon, es hätte ein Kampf stattgefunden. Die Gruppe wich auseinander, um ihn durchzulassen. Der große Mann deutete auf einen abgestellten Handkarren. Mit lauter Stimme verkündete er, dass der Karren ihm gehöre, ihm aber gestohlen worden sei und er deshalb – »Gott ist mein Zeuge« – nichts mit dem zu tun habe, was sich darauf befinde. Karim selbst bemerkte auf den ersten Blick nur einen Stapel zusammengefalteter Kartons. Er hob die oberste Lage fort, und ein winziges Stück roter Stoff wurde sichtbar. Nach der nächsten Pappe kam ein Arm zum Vorschein, der in einem roten Ärmel steckte. Noch ein Karton, und nun starrte er auf die Leiche einer jungen, etwa zwanzigjährigen Frau in rotem Kleid. Sie hatte lange schwarze Haare und lag zusammengerollt da, als würde sie schlafen. Für einen winzigen Moment erfasste Karim der panische Schrecken, es könnte Ayesha sein. Aber das Mädchen war kräftiger gebaut, hatte vollere Lippen und trug Makeup. An ihrem Hals ließ sich erwartungsgemäß kein Puls fühlen. Direkt über dem Ohr wies ihr Kopf eine hässliche Beule auf. Um die Verletzung herum waren die Haare blutverklebt. Den

Verfärbungen an den Armen nach zu urteilen, war sie mindestens zwölf Stunden tot. Neben ihr lag ein Stück Karton, auf dem mit schwarzem Marker geschrieben stand: *Mein Name ist Amina Talal, und ich bin eine Hure.*

2

Die zum Showroom umfunktionierte Bibliothek im Dar Zuleika war ein lang gestreckter, hoher Raum, vollgestopft mit Möbeln und Antiquitäten. Spiegel, Wandbehänge, orientalische Gemälde und alte Landkarten von Marokko füllten eine ganze Längswand. Gegenüber davon stand ein Bücherregal mit Skulpturen aus Regionen südlich der Sahara, Fliesen aus längst zerstörten Synagogen, Schüsseln der Fassis aus dem neunzehnten Jahrhundert, Berberschmuck und allerlei Krimskrams aus der Kolonialzeit. Von der Decke baumelten Kronleuchter und Laternen in allen Formen und Größen. Mitten im Raum thronte Kay auf einem Stuhl mit hoher Rückenlehne zwischen Stapeln von Teppichen und Brücken.

»Kay, meine Liebste! Du siehst aus wie die Königin von Saba!«

Lucinda Parker schwebte durch den Raum und küsste Kay auf die Wange. Lucinda war eine der Neuankömmlinge in Marrakesch. Mit sechzig hatte sie London verlassen und sich eine heruntergekommene Villa im Viertel Hivernage gekauft. Sehr zu Kays Missfallen hatte sie sich mit einer Reihe von attraktiven jungen Marokkanern, die sie ihre »Berater« nannte, an die Sanierung des Gebäudes gemacht.

Lucinda sank auf einen Armlehnstuhl, nahm eine Zeitschrift vom Couchtisch und fächerte sich Luft zu.

»Apropos Königin von Saba: Wie war's in Kairo?«

Kay reichte ihr ein Glas Sekt. »Heiß.«

»So heiß wie hier?«

»Nirgends ist es so heiß wie hier.«

»Hat Sébastien dich begleitet?«

Kay lachte kurz auf. »Viel zu beschäftigt.«

»Der Mann arbeitet einfach zu viel. Hoffentlich nimmt er sich wenigstens Zeit für seine Geburtstagsfeier. Wie kommt er denn damit zurecht, fünfzig zu werden?«

»Wer weiß das schon?«, antwortete Kay und dachte einen Moment darüber nach. Durchlebte Sébastien womöglich eine Midlife-Crisis? Waren seine Stimmungsschwankungen Symptome von Existenzangst? Wie ungeheuer französisch. Oder waren es Warnzeichen von etwas sehr viel Besorgniserregenderem – dem Ende ihrer Beziehung? Im November würde das Hotelprojekt abgeschlossen sein. Was, wenn Mohammed ihm ein neues Angebot unterbreitete? Diesmal irgendwo in den Golfstaaten? Was würde dann aus ihrer Beziehung? Sie wechselte das Thema.

»Wie läuft die Eingewöhnung?«

»Gut«, sagte Lucinda und fächelte sich den Hals. »Einiges verstehe ich aber noch immer nicht.«

»Zum Beispiel?«

»Wie viel Trinkgeld man dem Taxifahrer gibt. Ob man Jalousien nimmt oder besser Vorhänge.«

»Gar keins und Vorhänge – wäre mein Rat. Hast du Lust, dir ein paar der Dinge anzuschauen, die ich aus Kairo mitgebracht habe? Der Container trifft erst in zwei Wochen ein, aber einige der besten Stücke habe ich im Flieger mitgenommen.« Kay stellte ein hohes Messingobjekt auf den Couchtisch.

»Du meine Güte, ist das schwer!«, sagte Lucinda. »Was ist das?«

»Ein osmanischer Kerzenhalter aus dem achtzehnten Jahrhundert, vielleicht sogar früher. Der glockenförmige Fuß ist typisch für den Stil der Mamluken.«

Lucinda studierte die Ornamente am Fuß. »Bestimmt schrecklich teuer, was?«

»Na ja, ottomanische Kerzenhalter in solch gutem Zustand sind tatsächlich rar. Der Antiquitätenhändler in Zamalek hat sich auch nur schweren Herzens von ihnen getrennt.«

»Es gibt mehr als einen?«, fragte Lucinda sofort nach. Kay holte einen zweiten Kerzenständer hervor, den Lucinda in ihre freie Hand nahm. »Sie würden sich entzückend in meinem Esszimmer machen.«

»Genau das dachte ich auch.«

»Und wie teuer ...?«

»Ich könnte sie dir beide überlassen für ... sagen wir ... fünfhundert Euro.«

»Wärst du auch mit vierhundertfünfzig einverstanden?«

»Sicher.«

Kay packte die Kerzenhalter ein und musste sich ein Lächeln verkneifen. Dreihundert Gewinn! Nicht schlecht, wenn man bedachte, wie kurz sie erst im Antiquitätengeschäft war. Das gefiel ihr so an Marrakesch: Jeder, der über das nötige Selbstbewusstsein verfügte, konnte sich für das ausgeben, was auch immer er gerne sein wollte.

Lucinda ging zu den Stoffen hinüber. »Die sind hübsch. Sind das Tagesdecken?«

»Das sind antike jemenitische Sarongs. Wickelröcke. Wer möchte, kann sie natürlich auch als Tagesdecken benutzen.«

Lucinda deutete auf einen bestickten Musselinstoff. »Und das?«

»Das ist ein Leichentuch aus der Bekaa-Ebene. Es würde sich gut als Tischtuch machen.«

Lucinda warf einen Blick auf das Preisschild, dann nahm sie das Leichentuch und legte es auf den Couchtisch neben die eingepackten Kerzenständer. Sie nahm wieder Platz und richtete den Fall ihres Kleides.

»Wie gelingt es dir nur, ständig so viele bezaubernde Dinge zu finden? Orte wie Kairo müssen doch inzwischen vollkommen geplündert sein!«

»Es ist nicht mehr so leicht, wie es früher mal war«, gab Kay zu. »Und das betrifft nicht nur Kairo. Auch Istanbul, Rajasthan … wo immer ich hinkomme, habe ich das Gefühl, dass die besten Sachen schon weg sind.«

»Und wie schaffst du es trotzdem?«

»Ich suche einfach doppelt so gründlich wie andere Käufer. Und wenn gar nichts funktioniert und ich nicht finden kann, wonach ich suche, dann entwerfe ich es eben selbst. Wie dieser Stuhl, auf dem du gerade sitzt.«

»Der hier?« Lucinda drehte die Knie zur Seite, um ihn genauer betrachten zu können. »Dass du auch deine eigenen Möbel machst, hab ich gar nicht gewusst.«

»Oh, ich entwerfe so manches«, erklärte Kay betont beiläufig. In Wahrheit waren es bislang nur zwei Dinge gewesen: der Stuhl mit Armlehnen und eine Gartenbank. Aber warum sollte sie nicht auch Möbeldesignerin sein? Einen hingekritzelten Entwurf und einen fähigen Schreiner für die Ausführung, mehr brauchte es schließlich nicht.

Lucinda grübelte einen Moment. »Ich frage mich gerade, ob ich mir nicht von dir meinen Esstisch entwerfen lassen sollte.«

»Es wäre mir ein Vergnügen.«

Lucinda legte ihre Hand auf Kays Knie. »Weißt du was, meine Liebe? Es ist doch albern, dass du immer bloß hier ein Teil und da ein Teil beisteuerst. Du solltest einfach die gesamte Inneneinrichtung übernehmen – ich meine, alles! Willst du nicht mal vorbeikommen und dir die Sache ansehen?«

»Gerne doch«, antwortete Kay und hätte sich vor lauter Dankbarkeit fast dazu hinreißen lassen, Lucinda zum Abendessen einzuladen.

Es war schon nach Mitternacht, als Karim mit Amina Talals Vater vom Leichenschauhaus zurückkehrte. Wer sie so sah, hätte kaum sagen können, welcher der beiden gerade ein Familienmitglied verloren hatte. Während Omar Talal mit vor Schock noch ganz glasigem Blick die Gasse entlangschlurfte, trottete Karim neben ihm her, mit gesenktem Kopf und offenbar vollkommen in seiner eigenen Welt verloren.

Das letzte Mal begegnet, wirklich begegnet, war er Amina Talal als Achtjähriger. Omar Talal war früher ein anderer Mann gewesen, eine einschüchternde Erscheinung mit buschigen schwarzen Augenbrauen. Ihm hatte ein *hanut*, ein kleiner Lebensmittelladen, in der Derb Esh-Shems gehört. Karims Vater hatte ihn damals zum Haus der Talals mitgenommen, weil die beiden Männer »etwas Geschäftliches« bereden mussten.

Omar hatte mit ernster Miene die Tür geöffnet, und die beiden Männer waren irgendwo im Haus verschwunden. Plötzlich stand Karim also mit Amina, einem kleinen siebenjährigen Mädchen mit widerspenstigem Haar und großen schwarzen Augen, allein im Hausflur. Ein paar Minuten geschah nichts, dann nahm Karim den hölzernen Kreisel, den er stets in der Tasche hatte, und ließ ihn auf den Boden schnellen. Als er ihn wieder hochhob, bemerkte er, dass Amina ihn mit leuchtenden Augen beobachtete. Er wickelte die Schnur erneut um den Kreisel, ging zu ihr und stellte sich direkt hinter sie. Mit den Armen um sie greifend, drückte er ihr den Kreisel zwischen Daumen und Zeigefinger der einen Hand, schlang das Schnurende um die andere und trat einen Schritt zur Seite. Sie schaute ihn an. Er nickte, und sie riss an der Schnur. Sofort schoss der Kreisel aus ihrer Hand und raste den Flur entlang. Wahrscheinlich hätte er sich ewig weitergedreht, wäre er nicht von einer aufschwingenden Tür umgeworfen worden.

Erst Jahre später erfuhr Karim, dass sein Vater und Omar damals über ein Eheversprechen zwischen Amina und ihm gesprochen hatten. Sie waren jedoch in Streit geraten und hatten die ganze Sache abgeblasen. Danach waren sich Karim und Amina in der Medina immer mal wieder über den Weg gelaufen, hatten aber bis auf ein gelegentliches »salam« nie ein Wort miteinander gewechselt.

Schon als er Omar Talal über die Schwelle half, hörte Karim drinnen heftiges Schluchzen und Weinen. Im vorderen Zimmer saß Aminas Mutter inmitten einer Gruppe wehklagender Frauen. Aminas Bruder Abderrahim, ein bärtiger Fünfundzwanzigjähriger in weißer *dschallabiya,* führte die beiden Männer in den *salon.* Auf dem Tisch standen Teller mit nur halb verzehrtem Essen. Abderrahim klatschte in die Hände, woraufhin eine Frau eintrat, die den Blick sofort niederschlug und die Teller abräumte. Abderrahim platzierte einen Stuhl zentral im Raum und half seinem Vater beim Hinsetzen. Anschließend stellte er sich hinter den Stuhl, legte die Hände auf die Rückenlehne und sah Karim erwartungsvoll an. Karim nahm sein Notizbuch heraus.

»Wann haben Sie Amina das letzte Mal lebend gesehen?«

Si Omar starrte abwesend ins Leere. Abderrahim antwortete an seiner Stelle. »Am Sonntagabend um sieben Uhr. Sie ging zu ihrer Freundin Leila Hasnaoui, um für ein Examen zu üben.«

»Wo wohnt Leila Hasnaoui?«

»In Guéliz.«

»Wie ist Amina dorthin gekommen?«

»Sie hat den Bus genommen.«

»Kein Taxi?«

»Wir haben kein Geld für Taxis.«

Karim war überrascht. Selbst Ayesha konnte es sich leisten, ab und zu ein Taxi zu nehmen. Er schaute sich im Raum um. Auf einem schlichten Sideboard stand eine silberne Teekanne. Der gesamte Wandschmuck bestand aus einem schmalen Tuch mit einer Koransure. Dies muss das Zimmer gewesen sein, in dem sein Vater sich damals mit Omar nicht hatte einigen können, dachte Karim.

»Ging sie häufig zu Leila nach Hause?«

»Immer wenn sie einen Computer brauchte«, antwortete der Bruder.

Karim schaute ihn an.

»Wir besitzen keinen Computer«, erklärte Abderrahim.

»Warum hat sie nicht das *cyber* hier am Platz benutzt?«

»Mein Vater hält nichts von *cybercafés*.«

Karim warf einen Blick auf Omar, der im grellen Licht der Deckenlampe irgendwie eingefallen und zusammengeschrumpft wirkte. Es fiel schwer, sich diesen Mann als strengen, herrischen Vater vorzustellen. Die markanten dunklen Brauen waren inzwischen weiße Büschel, die einen eher komischen als bedrohlichen Eindruck machten.

»Was trug Amina, als sie fortging?«

»Eine graue *djellaba* und ein Kopftuch. Sie geht niemals ohne *djellaba* und Kopftuch raus.«

Karim dachte an die Gestalt im roten Kleid, deren Haare offen bis auf den Boden des Handkarrens fielen. »Habt ihr euch keine Sorgen gemacht, als sie nicht nach Hause kam?«

»Amina blieb gewöhnlich über Nacht bei Leila und ging dann am nächsten Morgen direkt von dort zur Hochschule. Wir haben sie erst heute zum *ftour* zurückerwartet.«

Bei der Erwähnung des Fastenbrechens rührte sich Si Omar plötzlich in seinem Stuhl und streckte die Hand Richtung Tisch, wo das Essen gestanden hatte.

»Was hat Amina denn studiert?«

Abderrahim nahm einen Plastikschnellhefter vom Sideboard und reichte ihn Karim. Auf dem Umschlag stand *Tourismus und Hotelgewerbe, Teil II*. Karim blätterte darin herum.

»Hat sie gestern Vormittag den Unterricht besucht?«

»Nein. Ich habe mich bei ihrer Lehrerin danach erkundigt.«

»Ich brauche die Telefonnummer von Leila Hasnaoui. Und ein Foto von Amina.«

Abderrahim verschwand, um die Sachen zu holen, und Karim legte seine Hand tröstend auf Omar Talals Schulter. Der alte Mann blickte starr geradeaus und massierte sich dabei die Knöchel. Er erinnerte Karim an einen Lobotomie-Patienten, den er in einer Klinik in Kenitra einmal zu befragen versucht hatte. Abderrahim kehrte mit einem Zettel und einem Passfoto zurück.

»Hast du schon mit Leila gesprochen?«

Abderrahim schüttelte den Kopf. »Amina ist uns genommen worden. Das ist alles, was im Moment zählt.«

Si Omar stemmte sich schwankend auf die Beine. Er sah Karim an, als würde ihm dessen Anwesenheit gerade erst bewusst werden. »Wer ... wer würde ... wer würde ...?« Seine Stimme brach ab.

Wer würde ein anständiges muslimisches Mädchen umbringen? Ja, wer würde so etwas tun, grübelte Karim. War Amina einer Verwechslung zum Opfer gefallen? Aber welche Erklärung gab es dann für die Kleidung? Und dann das Schild – dieses schreckliche Schild. Er war nur froh, dass er es verdeckt auf dem Handkarren in der Moschee zurückgelassen hatte. Die Familie würde noch früh genug davon hören. Würde Abderrahim seine Beherrschung weiter bewahren, wenn er erfuhr, dass man den Namen seiner Schwester derart besudelte?

»Ich melde mich«, sagte Karim und überlegte, was er zum Abschied noch hinzufügen könnte. Irgendeinen passenden Nachruf auf das Mädchen, dem er einst gezeigt hatte, wie man einen Kreisel zum Wirbeln brachte, und das um ein Haar seine Braut geworden wäre. Am Ende fragte er bloß: »Kann ich das Foto behalten?«

Vom Hausflur aus drängten immer mehr Frauen nach. Dicht an dicht standen sie vom Eingang bis ins vordere Zimmer, beklagten lautstark den Unglücksfall und wischten sich die Augen. Draußen auf der Gasse packte Abderrahim Karims Hand und presste sie gegen seine Brust. »Unsere Ehre und deine Ehre stehen hier auf dem Spiel«, raunte er ihm eindringlich zu.

Seinen Weg zurück zum Bab Taghzout bahnte sich Karim durch einen Strom von Familien, deren Kinder ausgelassen herumhüpften. Sie freuten sich darüber, während des Ramadan so lange aufbleiben zu dürfen.

Der Morgen war diesig, die Sonne von einem fahlen Gelb. Am Bab el-Khemis herrschte bereits reger Marktbetrieb. Lastenträger schoben mit Gebrauchtwaren beladene Karren hin und her. Schreiber saßen an Tischen und füllten für Kunden, die nicht schreiben konnten, amtliche Formulare aus. Um den letzten

Tisch hatte sich eine große Menschenmenge gebildet. Als Karim sich näherte, teilte sich die Menge, und der Rücken des Schreibers wurde sichtbar. Karim ging weiter, bis er dem Mann über die Schulter sehen konnte. Auf einem Blatt Papier stand in Arabisch: *Mein Name ist Amina Talal, und ich bin eine Hure.* Der Mann wandte sich um, riss seinen schwarzen, zahnlosen Mund weit auf und begann zu lachen. Sofort fielen alle Umstehenden in sein Gelächter ein.

Karim schreckte aus dem Schlaf, schleuderte das Bettlaken von sich und setzte sich auf. Sein Kopfkissen war nass vor Schweiß. Draußen war es noch dunkel. Eine Sekunde hielt die Verwirrung an, dann kamen ihm die Ereignisse des Vorabends nach und nach wieder in den Sinn.

Die Tochter vom besten Freund seines Vaters, ein Mädchen, das er zu einem früheren Zeitpunkt einmal hätte heiraten sollen, war tot. Sie hatte bei einer Freundin für eine Prüfung lernen wollen und war in der Aufmachung einer Prostituierten auf einem Handkarren gelandet, weggeworfen wie ein Stück Müll. Bestand die Möglichkeit – war es *vorstellbar* –, dass jemand die Tochter von Si Omar bestraft hatte, weil sie ihren Körper an Männer verkaufte? Selbst wenn sie um finanzieller Vorteile willen mit Männern geschlafen hatte, besaß kein Sterblicher das Recht, einen Mitmenschen deshalb zu töten. Dieses Recht blieb allein Gott vorbehalten!

In einer guten Stunde würde seine Mutter kommen, um ihn zu wecken. Er wischte sich mit dem Handrücken über die Stirn und öffnete das Fenster zur Gasse. Die Luft war heiß und schwer. Fremdsprachige Stimmen drangen schwach durch die stille Nacht. Waren es dieselben Stimmen, die Zak und er auf dem Dach gehört hatten – vor ein paar Stunden erst, die ihm jetzt wie Jahre, Jahrzehnte vorkamen? Er kletterte zurück ins Bett, obwohl er genau wusste, dass an Schlaf nicht mehr zu denken war. Im Kommissariat würde er als Erstes den Karren untersuchen lassen, nahm er sich vor. Er würde einen Experten für Handschriften hinzuziehen und sich mit Leila Hasnaoui unterhalten.

Plötzlich duftete es dezent nach Arganöl. Die Silhouette einer Gestalt stand in der Tür ... Ayesha! Sie trug einen weißen Kaftan, und die langen Haare fielen ihr offen über die Schultern. Auf nackten Füßen kam sie herüber und setzte sich auf die Bettkante.

»Ich habe gehört, wie du aufgeschrien hast.«

Karim stützte sich auf die Ellbogen. »Ich hatte einen Albtraum.«

»Wohin bist du gestern Abend denn noch gegangen?«

»Sidi bel Abbès. Ein Mädchen wurde tot auf einem Handkarren gefunden.«

Ayesha schauderte. »Wer war die Tote?«

»Amina Talal. Ich habe ihre Familie gekannt. Früher einmal.«

»*Allah yarhamha*, möge Gott ihr gnädig sein. Gab es Zeugen?«

»Nein. Alle waren beim *ftour*.«

»Soll ich dir etwas zu essen aufwärmen?«

Karim schüttelte den Kopf, zog Ayesha zu sich und vergrub sein Gesicht in ihrem wohlriechenden Haar. Einige Minuten lang hielten sie sich im Arm, dann küsste Ayesha ihn auf die Wange und verließ auf Zehenspitzen wieder sein Zimmer.

Karim ging ins Bad und spülte sich sorgfältig den Mund aus. Er wusch sich Hände und Arme bis zu den Ellbogen, stellte die Füße unter die Dusche und trocknete sich ab. Zurück im Zimmer rollte er seinen Gebetsteppich aus, hob die Hände an die Ohren und begann mit seinen Gebeten.

Die Luft im Neustadtviertel Guéliz war kühl und frisch. Frühmorgens, bevor die Sonne über die Häuser stieg, war die einzige Tageszeit, zu der Sébastien die Hitze erträglich fand. Nach zehn in einem offenen Wagen durch Marrakesch zu fahren, fühlte sich dagegen an, als würde man seinen Kopf in einen Heißluftherd stecken. Er parkte die *quatrelle* vor einem Café, marschierte vorbei an den gestapelten Tischen und zog an der Tür. Die war jedoch verschlossen. Da erst fiel ihm ein, dass Ramadan war. Er versuchte es am Zigarettenkiosk, aber auch der hatte zu.

»*Merde!*«

Sébastien stieg wieder in den Wagen und fuhr langsam die Straße hinunter auf der Suche nach einem vorschriftsmäßigen Parkplatz. Wie es der Zufall so wollte, war unmittelbar vor seinem Büro etwas frei. Er bremste, setzte zurück und hörte ein hässliches metallisches Knirschen.

»*Putain!*« Er hatte eins der parkenden Autos erwischt, einen schwarzen Lexus. Er schaute sich um, ob ihn jemand bemerkt hatte. Auf dem Bürgersteig stand ein Anzug tragender Marokkaner mit Handy am Ohr, der ihn entgeistert anstarrte. Sébastien sprang heraus, um den Schaden in Augenschein zu nehmen. Das Nummernschild des Lexus war eingedrückt, und die Stoßstange hing ein wenig schief. Der Mann im Anzug kam auf ihn zu. Er war Anfang dreißig, hatte einen Bart und kurz geschnittene Haare.

»*Ça va pas la tête?*«, meinte er erbost. »Haben Sie sie nicht mehr alle?«

Sébastien richtete sich auf. »*Ce n'est rien.*«

Dem Marokkaner fehlten kurz die Worte, dann sagte er nur: »Was heißt hier ›*das ist nichts*‹?«

Sébastien ignorierte ihn. Er nahm seine Ledertasche von

der Rückbank des Renault und machte sich auf den Weg ins Gebäude. Der Marokkaner ging in die Hocke, strich über die kaputte Stoßstange und starrte Sébastien hinterher.

Sébastien fuhr mit dem Aufzug in die oberste Etage, wo er die schwere gläserne Eingangstür mit der Aufschrift *Al-Husseini Group SARL* aufdrückte. Mit einem kurzen Nicken zur Frau am Empfang stapfte er den Gang entlang, nahm hinter seinem Schreibtisch Platz und legte den Kopf in die Hände. Der Unfall hatte ihn erschüttert, und das lag keineswegs an dem Schreck über den Zusammenstoß. Es war vielmehr die Tatsache, dass dieser Marokkaner einen Lexus fuhr.

Jahrelang hatte Sébastien einen Lebensstil gepflegt, von dem die meisten Marokkaner nur träumen konnten. Selbst als seine Geschäfte den Bach hinuntergingen, hatte er sich noch mit dem Gedanken trösten können, dass er, so düster seine Lage auch sein mochte, noch lange nicht auf das Niveau der Marokkaner gesunken war. Als französischer Staatsbürger gehörte er schließlich einem überlegenen Menschenschlag an. Inzwischen hatte sich das Blatt jedoch gewendet. In den letzten Jahren hatte die marokkanische Wirtschaft einen großen Aufschwung erlebt, während die französische abgeschmiert war. Marrakschis, die halb so alt waren wie er, fuhren einen funkelnagelneuen Lexus, während er in einer verbeulten *bagnole* herumtuckerte. Erst vergangene Woche hatte ein marokkanisches Pärchen bei *ihm*, Sébastien de Freycinet, Absolvent der *École nationale supérieure des Beaux-Arts* in Paris und seines Zeichens *maître-architecte* namhafter Riads und Hotels, angefragt, ob er ihnen einen Plan *für die Küche* zeichnen könne!

»*Monsieur de Freycinet?*«, hörte er seine Sekretärin Latifa sagen, die an den Schreibtisch getreten war. »*Vous désirez un café?*«

Sébastien nickte, schaltete seinen Computer an und wartete,

bis er hochgefahren war. Auf einem Tisch direkt am Fenster stand ein 3-D-Modell des Serafina Hotels. Damals im März bei seinem Bewerbungsgespräch hatte Mohammed Al-Husseini ihn zu diesem Modell geführt, den Arm um seine Schultern gelegt und mit lauter Stimme verkündet, dass er unbedingt jemand von Sébastiens Format brauche, um das Projekt in die Hand zu nehmen, weil seine gegenwärtigen Architekten nichts als ein »Haufen Schwachköpfe« seien. Über die folgenden fünf Monate hinweg war es Sébastien mit einer Mischung aus Bonuszahlungen und Rechnungskürzungen gelungen, das Bauvorhaben wieder auf Kurs zu bringen. Im Gegenzug hatte ein dankbarer Al-Husseini ihm eine Prämie von einhunderttausend Euro in Aussicht gestellt, sollte das Serafina termingerecht eröffnen.

Sébastien scrollte durch seine E-Mails. Eine Nachricht stammte von seinem Sohn Laurent, der für den 27. August seine Ankunft in Marrakesch ankündigte. Laurent war das Einzige von seinen zwei Kindern, mit dem Sébastien noch Kontakt hatte. Sein Besuch wäre das erste Wiedersehen mit seinem Sohn in zehn Jahren. Die E-Mail zu lesen hob Sébastiens Laune ein wenig, und er wollte schon antworten, als Latifa mit dem Espresso kam.

»Vergessen Sie nicht Ihre Telefonkonferenz mit Monsieur Al-Husseini um neun Uhr dreißig. Außerdem hat für heute ein Inspektor der Wilaya sein Erscheinen angemeldet, um Ihnen einige amtliche Dokumente zu überbringen.«

Sébastien seufzte erschöpft. Er hatte bereits erwartet, vom Planungsamt etwas zu hören. Vor einer Woche hatte ein Beamter der Serafina-Baustelle einen Überraschungsbesuch abgestattet und sich furchtbar über die Nichteinhaltung von Sicherheitsvorschriften aufgeregt. Jetzt war sein Vorgesetzter auf den Zug aufgesprungen, wahrscheinlich weil er *bakschisch* witterte. Sébastien würde den Inspektor zu seinem Mitarbeiter im Büro nebenan führen und die beiden Männer – von Marokkaner zu Marokkaner – einen Deal aushandeln lassen. So regelte man diese Dinge am besten.

Das Telefon klingelte. Inspektor Cherkaoui war eingetroffen. Sébastien trank seinen Espresso, nahm eine Akte und schritt den Flur hinunter zum Eingangsbereich. Die Frau am Empfangstisch deutete auf einen Mann, der in einem der Ledersessel saß. Sébastien ging hinüber, um ihm die Hand zu schütteln.

Es war der Fahrer des schwarzen Lexus.

»Ich … ich verstehe nicht.«

»Aziz wird die Sache übernehmen. Händigen Sie ihm Ihre Aufzeichnungen aus.« Hamid Badnaoui, Captain der *Préfecture du 4ème Arrondissement*, bedeutete mit einer knappen Handbewegung, dass das Gespräch beendet war. Karim sah sich im Raum um, als würde er nach irgendeiner höherrangigen Instanz suchen, an die er sich wenden konnte, dann drehte er sich um und marschierte hinaus. Dass es Überredungskunst erfordern würde, die Ermittlungen beim *quatrième* zu halten und nicht an die Zentrale abgeben zu müssen, damit hatte er gerechnet. Aber dass Badnaoui den Fall einem Kollegen im Haus übertrug, einem Mann, der denselben Rang bekleidete wie Karim selbst, auf die Idee wäre er nicht einmal in seinen schlimmsten Träumen gekommen.

Er ging nach oben in sein Büro und sackte auf seinen Stuhl.

»Er hat Aziz den Fall übertragen.«

Noureddine putzte sich die Brille mit einem Tuch. »Wer ist das Opfer?«

»Amina Talal, einundzwanzig. Ich kannte sie – ein wenig. Sie ging Sonntagabend zum Haus einer Freundin und ist am nächsten Tag nicht zum Unterricht erschienen.«

»Du hast sie gekannt?«

»Ihr Vater war ein Freund meines Vaters.«

»Vielleicht ist es besser, wenn du nichts mit den Ermittlungen zu tun hast.«

Karim sah ihn verwundert an. »Wie meinst du das?«

»Vielleicht bist du zu nahe dran.«

Nahe dran? Natürlich war er nahe dran! Amina Talal war die Tochter vom besten Freund seines Vaters. Er war einst quasi mit Amina verlobt gewesen. Ihre Familie verließ sich darauf, dass er den Fall löste. Abderrahim hatte ihm das unmissverständlich erklärt!

»Aziz ist ein guter Polizist«, fuhr Noureddine fort.

Sollte ihn das etwa beruhigen? Karim vergrub das Gesicht in den Händen. »Gott steh mir bei«, stöhnte er.

»Gott steht all jenen bei, die sich selbst behelfen«, bemerkte Noureddine in sanftem Ton.

Karim drehte den Stuhl und starrte zum Fenster hinaus. Auf der anderen Straßenseite stand der Parkplatzwächter in der Sonne und hielt ein Schwätzchen mit dem Polsterer. Immer wieder brach einer von ihnen in Lachen aus. Wie konnte man so ausgelassen lachen, wenn das Thermometer sich dem Siedepunkt näherte? Karim bemerkte, dass seine Stirn und Wangen nass vor Schweiß waren. Er sah sich nach einem Tuch um, mit dem er sich das Gesicht trocken wischen konnte, und gab sich am Ende mit seinem Ärmel zufrieden.

Noureddine nahm das Gespräch wieder auf. »Wie laufen denn die Vorbereitungen für die Hochzeit?«

Die Hochzeit. Karim fühlte sich, als hätte er einen Hieb in die Magengrube erhalten. »Hochzeitsfeiern sind heutzutage einfach irrsinnig teuer.«

»Schon mal überlegt, einen Nachtjob anzunehmen?«, erkundigte sich Noureddine. »Als Wachmann?« Während Karim die Uhrensammlung in seiner Schublade durchwühlte, sprach Noureddine weiter. »Auf diese Weise kannst du dir etwas dazuverdienen.« Karim wählte eine TAG Heuer aus und kritzelte etwas auf einen Zettel. »Und du musst dafür nichts weiter tun, als nachts in einer Hütte zu hocken und aufzupassen.«

»Was ist mit schlafen?«, erwiderte Karim. »Ich bekäme überhaupt keinen Schlaf mehr.«

»Pah. Während des Ramadan schläft von uns doch sowieso keiner. Außerdem kommst du in einer ruhigen Baracke draußen am Stadtrand eher zum Schlafen als mitten in der Medina, wo die Leute die ganze Nacht herumlaufen und auf ihren Dächern quasseln.«

Karim musste an den Straßenlärm vor seinem Zimmer denken und grunzte etwas Unverständliches.

»Ich weiß von einer Baustelle an der Route d'Ourika, wo sie gerade einen Nachtwächter suchen«, sagte Noureddine.

»Wie viel zahlen sie denn?«

»Dreißig die Stunde. Wenn sie erfahren, dass du Polizist bist, vielleicht auch fünfunddreißig.«

Karim griff nach dem Taschenrechner. Fünfunddreißig Dirham die Stunde … zweihundertachtzig Dirham die Nacht … dreißig Nächte … achttausendvierhundert Dirham. Genug, um zwei Kleider davon zu bezahlen. Darüber hinaus würde ihm ein Nachtjob Abstand zu Ayesha, zu seinem nervigen Schwager und zu den ständigen Diskussionen über die Hochzeit verschaffen. Zum ersten Mal seit dem Beginn des Ramadan fühlte Karim, wie seine Laune ein wenig stieg. Er nahm die Uhr und ging mit ihr zu Noureddine. »Echt oder Fälschung?«

»Was?«

»Die Uhr«, sagte Karim und ließ sie vor den Augen seines Kollegen baumeln. »Echt oder Fälschung?«

Seufzend griff Noureddine nach der Uhr, hielt sie ans Ohr, schüttelte sie kurz und lauschte erneut daran. »Fälschung.«

»Nein, daneben. Die ist echt. Willst du wissen, woran man's erkennt?«

Noureddine zuckte mit den Schultern. Karim holte einen marmornen Aschenbecher von Abdous Platz und legte die Uhr vor Noureddine auf den Schreibtisch. Während er seinen Kollegen mit ernster Miene anschaute, hob er den Aschenbecher und ließ ihn mit voller Wucht herunterkrachen. Die TAG Heuer zersprang in tausend Stücke. Karim brach in schallendes Gelächter aus.

»Beim Barte des Propheten!«, stieß Nour wütend aus. »Was glaubst du eigentlich …«

Ein Klopfen an der Tür unterbrach ihn.

»*Bonjour*, ich bin's noch mal«, sagte Melanie Murray und betrat das Büro. Rasch entsorgte Karim die Trümmer der Uhr im Papierkorb. »*Le consul Britannique m'a demandée* – nein – *il m'a suggestée* …«

Karim kehrte an seinen Schreibtisch zurück und rückte einen Stuhl zurecht. »*Please, sit down.*«

Melanie ließ sich dankbar auf den Stuhl sinken. »Der Konsul hat mir empfohlen, mich noch einmal bei Ihnen zu melden für den Fall, dass jemand meine Tasche abgegeben hat.«

Ihr Vormittag hatte nicht ganz den erwarteten Verlauf genommen. Eigentlich hatte Melanie damit gerechnet, bei ihrem Besuch im britischen Konsulat von einer mitfühlenden Seele empfangen zu werden, die sich ihre leidvolle Geschichte anhören und sie in den nächsten Flieger nach Hause setzen würde. Aber der Konsul war nicht einmal Brite gewesen! Er hatte ihre Angaben bloß mit einer gleichgültigen Kennen-wir-doch-alles-Haltung zu Papier gebracht und sie dann darüber informiert, dass die Ausstellung neuer Ausweisdokumente einige Tage in Anspruch nehme und sie in der Zwischenzeit bei Geldproblemen ihre Eltern kontaktieren solle.

»Sorry, nichts Neues«, erklärte Karim, der die Sache mit der gestohlenen Tasche völlig vergessen hatte. »Der Dieb – vielleicht verkauft er Handy und wirft Pass weg. Oder er verkauft Pass und wirft Handy weg.«

»Anscheinend soll ich mich morgen noch einmal bei Ihnen melden«, sagte Melanie lustlos und erhob sich müde. »Haben Sie vielleicht eine Visitenkarte oder so was?«

Karim holte ein Lineal aus der Schublade, schrieb Name, E-Mail-Adresse und Telefonnummer auf ein Blatt Papier, richtete das Lineal darunter aus, riss den Streifen ab und reichte ihn Melanie.

Sie las laut ab: »Lieutenant *Belkakem*.«

»Man spricht *Belkassem*.«

Melanie faltete das Papier und steckte es in ihre Tasche. »Schön, dann bis dann.«

In der Tür wäre sie fast mit einem Mann zusammengestoßen, dessen Gesicht von Pockennarben überzogen war. Der Stellvertreter von Aziz taxierte Melanie mit lüsternem Blick und stapfte an ihr vorbei zu Karim.

»Ihre Aufzeichnungen zu Amina Talal«, sagte er und streckte die Hand aus.

Sébastien folgte dem Bauinspektor ins Konferenzzimmer und versuchte dabei, von dessen Kleidung Rückschlüsse auf den Charakter des Mannes zu ziehen. Blütenweißes Hemd, schwarze Hose mit akkurater Bügelfalte und glänzend polierte Schuhe ließen nichts Gutes ahnen.

»Entschuldigen Sie *le petit accident*«, begann Sébastien. »Hätte ich gewusst, dass der Wagen Ihnen gehört, wäre ich …«

Der Inspektor sah ihn an. »Wären Sie was, *monsieur*?«

»Ich, *eh bien* …«

»Wären Sie aufmerksamer gewesen, meinten Sie das, *monsieur*?«

»Ja«, antwortete Sébastien kleinlaut.

Der Inspektor holte eine Akte aus seiner Tasche. »Soll das heißen, Sie fahren ansonsten liebend gern herum und ramponieren fremde Wagen, solange sie nur keinem Behördenvertreter gehören?«

Der Kragen in Sébastiens verschwitztem Nacken rutschte hin und her. »Ich habe mich doch bereits entschuldigt, *monsieur*. Es war ein Versehen, wie ich bereits gesagt habe. Ich habe an Ihrem Fahrzeug weiter keinen Schaden bemerkt, aber wenn Sie in diesem Punkt anderer Ansicht sind, bin ich gern bereit, für etwaige Reparaturen aufzukommen. Doch nun zur Sache. Aus welchem Grund wollten Sie mich sprechen?«

Cherkaoui reichte ihm ein Blatt, das überschrieben war mit »*Chantier Serafina – Infractions de Règlements*«. Es gab zwei Spalten. In der einen wurden Verstöße gegen die Baustellensicherheit aufgeführt, in der anderen sämtliche vorgeschriebenen Genehmigungen, deren Einholung versäumt worden war. Sébastien setzte sich an den Tisch, um sich eine Strategie zu überlegen. Er würde mit siebzigtausend anfangen. Das war mehr als so ein hochrangiger Behördenvertreter im ganzen Jahr verdiente.

Andererseits trug dieser Inspektor echte Lederschuhe und fuhr einen Lexus. Vielleicht war er es gewohnt, höhere Summen zu kassieren. Besser also mit achtzigtausend anfangen. Sollte Cherkaoui sich dann noch immer sträuben, würde er ihm einfach hunderttausend anbieten, um die Sache schnell hinter sich zu bringen. Sébastien schob das Papier in die Mitte des Tisches. »Ich bin mir sicher, wir können da eine Übereinkunft erzielen.«

Cherkaoui musterte ihn ausdruckslos.

»Eine Art Interessensausgleich«, versuchte es Sébastien, dem Cherkaouis beharrliches Schweigen langsam auf die Nerven fiel. »Vielleicht mithilfe eines *Spendenbeitrag*s?«

»So werden die Dinge nicht mehr geregelt«, antwortete Cherkaoui kühl.

»*Allez*, Monsieur Cherkaoui, wir sind doch alle Männer von Welt!«

»Sie haben achtundzwanzig Tage Zeit, um die Mängel zu beseitigen.«

»Wie viel wollen Sie?«

»Sind dann nicht sämtliche Missstände behoben, wird die Baustelle von Amts wegen geschlossen.«

»Neunzigtausend«, drängte Sébastien. »Mein letztes Angebot!«

Der Inspektor verstummte, und Sébastien konnte sich ein Lächeln nicht verkneifen. *Jeder hat eben seinen Preis!*

»Wenn Sie in dieser *manière* weitermachen, *monsieur*, sehe ich mich gezwungen, den Katalog der Verstöße um versuchte Bestechung zu erweitern«, sagte Cherkaoui schließlich.

Ausgerechnet in diesem Moment klingelte Sébastiens Handy, und der Name Mohammed Al-Husseini erschien auf dem Display. Sébastien bedeutete dem Inspektor, dass er den Anruf annehmen müsse. »*Attendez, monsieur, s'il vous plaît!*«, erklärte er und streckte ihm beschwörend die Handfläche entgegen, während er rückwärts aus dem Raum trippelte.

Draußen auf dem Flur riss er sofort das Handy ans Ohr. Die Stimme am anderen Ende klang eisig. »Mit wem haben Sie da gerade gesprochen?«

»Mit niemandem! Alles wunderbar.«

»Sie haben doch mit jemandem geredet. Gibt's ein Problem?«

»*Paf!* Ein paar Vorschriften, Sie wissen ja, wie die Marokkaner sind …«

»Welcher Marokkaner?«

»Ein Bauinspektor.«

»Was will er?«

Sébastien wischte sich über den Nacken. »Nichts – wir haben uns nur unterhalten, das ist alles. *Il n'y a pas de problème.*«

»Ich bezahle Sie dafür, Probleme zu lösen, nicht, für welche zu sorgen. Rufen Sie mich an, sobald Ihnen das gelungen ist.«

Die Verbindung wurde getrennt. Der Vertreter des Planungsamts, der gleich nach ihm aus dem Konferenzraum getreten war, hatte inzwischen das Ende des Flurs erreicht. Sébastien rannte ihm nach. »Bitte entschuldigen Sie meine Wortwahl. Ich wollte damit nicht sagen, dass Sie … dass wir …«

Aber Cherkaoui war bereits zur Tür hinaus.

»Hier müssen alle Möbel raus für die Party«, erklärte Kay mit Blick ins Esszimmer. »Stell Rosen auf den Kamin, aber schöne, langstielige, nicht diese billigen, die sie auf dem Markt verkaufen.«

»*D'accord, madame*«, antwortete Samira und fragte sich, wann sie Zeit zum Rosenkaufen finden sollte, wo sie noch so viel zu organisieren hatte.

Kay blieb stehen, um eine Stadtansicht von Meknès geradezurücken. Sébastien hatte ihr das Werk von Jacques Majorelle in den Anfängen ihrer Beziehung geschenkt, nachdem sie ein paar gemeinsame Tage in Meknès verbracht hatten. Kay konnte sich an den Ausflug noch gut erinnern. Während Sébastien eine Skizze der riesigen Vorratsspeicher von Sultan Mulai Ismail anfertigte, hatte sie auf einem Fels gesessen und laut aus dem Reiseführer vorgelesen. Abends liebten sie sich in ihrem Hotelbett und amüsierten sich bei dem Gedanken an diesen Fürsten des achtzehnten Jahrhunderts mit seinen angeblich 867 Kindern. Wie viele der heute lebenden Marokkaner, überlegten sie, konnten wohl zu Recht von sich behaupten, direkte Nachkommen des zeugungsfreudigen Sultans zu sein?

Die Eingangstür schlug zu. Driss eilte mit hochroten Wangen zu ihnen in den Hof und begann, erregt auf Samira einzureden. Kay verzog missmutig das Gesicht. Sie hatte ihrem Personal eingeschärft, sich in ihrer Gegenwart nicht auf Arabisch zu unterhalten. Sie wollte Driss bereits daran erinnern, als er sich an sie wandte.

»*Madame*, etwas Schreckliches ist passiert ... ein Mord.«

Kay wurde bleich. »Wo?«

»Bei der Moschee.«

»Wer ist das Opfer?«

»Ein marokkanisches Mädchen.«

»Woher weißt du das?«

»Draußen reden sie überall davon.«

Kay ging im ersten Moment nur ein einziger Gedanke durch den Kopf: *wenigstens keine Touristin*. Eine weitere Gräueltat an

Touristen konnte sich Marrakesch gerade überhaupt nicht leisten. Nicht nach dem Bombenanschlag auf das Argana, bei dem siebzehn Ausländer getötet worden waren und der überall in der Stadt zu einem katastrophalen Einbruch bei den Buchungen geführt hatte. Aber auch so war der Mord noch höchst besorgniserregend. Das Dar Zuleika lag unmittelbar im Schatten von Sidi bel Abbès. Die Gebetsrufe waren Teil des täglichen Lebens im Riad. In der Regel statteten Gäste nach ihrer Ankunft als Erstes der Moschee mit dem malerischen Innenhof und Mausoleum einen Besuch ab. Sie fragte Driss, was er noch wusste.

»Ihre Leiche lag auf einer *charrette*. Wie es heißt, war sie eine ...« Driss sagte etwas zu Samira.

Samira errötete und übersetzte: »Eine Prostituierte.«

»*Eine Prostituierte?*«

»Ja.«

In diesem Augenblick bewegte sich etwas über ihren Köpfen. Kay hob den Blick und sah Melanie, die sich über die Brüstung lehnte.

»Alles in Ordnung?«, erkundigte sich Melanie.

»Oh, hallo«, erwiderte Kay und bemühte sich um einen ungezwungenen Ton. »Wie wäre es mit einem Glas Limonade?«

»Äh ... okay.« Melanies Kopf verschwand außer Sicht.

Kay funkelte Samira und Driss durchdringend an und legte den Zeigefinger über ihre Lippen. »*Vous ne dites rien, vous comprenez?*« Die beiden nickten folgsam.

Melanie trat in den Innenhof.

»Haben Sie auf der Polizeistation etwas ausrichten können?«, fragte Kay. »Nein? Wie schade ... Samira! Limonade, *s'il te plaît!*«

Samira wischte sich die Tränen fort und verschwand in Richtung Küche. Kay nahm Melanie am Ellbogen.

»Was ist mit Samira?«, fragte die junge Britin.

»Ach, die ist nur gefühlsmäßig ein bisschen labil im Moment. Das liegt am Ramadan. Hab ich Ihnen eigentlich schon erzählt, woher der Riad seinen Namen hat? Kommen Sie, ich zeige Ihnen mal einen ganz besonderen Raum. Den wahrscheinlich außergewöhnlichsten Raum im ganzen Haus.«

Melanie war zwar verwundert über Kays Benehmen, ließ sich aber von ihr in den ersten Stock führen, wo Kay eine Tür mit der Aufschrift *Die marokkanische Braut* öffnete.

»Als ich den Riad kaufte, war hier enorm viel zu tun«, erzählte Kay. »Wir begannen sofort mit der Sanierung. Von morgens bis abends wurde gehämmert, überall war ständig Staub. Eines Tages fragte mich einer der Arbeiter, ob er an einer Wand ein paar alte Sockelfliesen entfernen könne – und zwar genau da.« Kay zeigte auf eine Glasscheibe zu Füßen Melanies. »Ich kam hoch, weil ich hoffte, die Fliesen womöglich an anderer Stelle wiederverwenden zu können. Die Wände sind hier fast einen Meter dick. Kaum hatte der Arbeiter die ersten Fliesen entfernt, kam ein Loch zum Vorschein – eine Art Geheimversteck.«

Kay drückte auf einen Schalter, und hinter der Scheibe leuchtete ein Licht auf. »Sehen Sie selbst.«

Melanie kniete sich auf den Boden. Das Loch reichte tief in die Wand hinein. Weiter hinten war ein Balken freigelegt, auf dem etwas auf Arabisch stand und dazu die englische Übersetzung.

»Lesen Sie«, forderte Kay sie auf.

Melanie holte Atem. »»Mein Name ist Zuleika. Ich bin vor siebzehn Sommern geboren. Nebenan wohnt Ismaïl, mein Liebster. Er hat pechschwarze Augen, und sein Lächeln bringt die Vögel zum Singen. Doch mein Vater will, dass ich meinen Cousin Abdillah heirate. Morgen muss ich dieses Haus verlassen. Ich werde mein Heim und meinen Liebsten nie wiedersehen.‹«

Melanie schaute zu Kay hoch. »Ist das echt?«

Kay nickte. »Es wurde vor etwa zweihundert Jahren geschrieben. Die Fliesen ähneln denen in der Moschee Sidi bel Abbès, die aus dem späten achtzehnten Jahrhundert stammen. Damals konnten nur sehr wenige Frauen lesen und schreiben, daher wird Zuleika vermutlich in wohlhabenden Verhältnissen aufgewachsen sein. Marokkanische Frauen verstecken ihre Wertsachen übrigens noch heute häufig hinter Sockelfliesen.«

Kay schaltete das Licht wieder aus und fuhr fort: »Die Geschichte geht aber noch weiter. Wie Sie bestimmt bemerkt haben, besitzt Dar Zuleika zwei Innenhöfe. Der zweite Hof war früher Teil eines eigenständigen Gebäudes. Ein paar Jahre nachdem ich den Riad hier eröffnet hatte, wurde dieses Nachbargrundstück zum Verkauf angeboten, und ich dachte mir: Warum nicht beide Riads zu einem einzigen, großzügigen verbinden? Noch am Tag der Vertragsunterzeichnung ging ich mit einem kleinen Hammer ins Haus nebenan, stieg die Treppe hinauf und suchte das Zimmer gegenüber von diesem auf. Ich kniete mich auf den Boden und klopfte die Wand ab. Schon bald hörte ich ein dumpfes *Klong*. Ich meißelte mit der Hammerspitze den Putz weg, der sich ohne Probleme entfernen ließ, und konnte wenig später bis auf die andere Seite sehen.«

Melanie warf erneut einen Blick in das Loch. Und tatsächlich war ganz hinten ein kleines Viereck Tageslicht auszumachen.

»Im Zimmer auf der gegenüberliegenden Seite wohnte Ismaïl. Einer von beiden – er oder Zuleika – hat dieses Loch gegraben. Wenn sie sich beide hinlegten, so wie Sie das gerade getan haben, konnten sie einander in die Augen sehen, konnten sich sogar die Hände reichen. An dem Tag, als Zuleika zum

Heiraten fortgehen musste, füllte sie das Loch wieder auf und verschloss es. Und der Durchbruch samt ihrer Botschaft blieb unentdeckt, bis wir ihn zweihundert Jahre später wieder freilegten.«

Melanie stand auf. Ihre Augen schimmerten feucht. »So etwas Bewegendes habe ich in meinem ganzen Leben noch nicht gehört.«

»Also, wie wäre es jetzt mit der Limonade?«, erklärte Kay fröhlich.

Nachrichten verbreiteten sich rasend schnell in der Medina. Und während sie durch die Gassen schwirrten und jeden *hanut*, jeden *hammam* durchliefen, ließen Spekulationen und Gerüchte sie anschwellen und immer neue Formen annehmen. Die unterschiedlichsten Umstände wurden hinzugefügt, Details aufgebauscht, Nebengerüchte weitergesponnen, bis am Ende etwas gänzlich Neues entstand. *Welche Version wohl seine Mutter und seine Schwestern zu hören bekommen hatten?* Dieser Gedanke ging Karim durch den Kopf, als er vor dem Riad stand. Eigentlich fehlte ihm derzeit die Kraft, sich ihren Fragen zu stellen.

Er drehte vorsichtig den Schlüssel und huschte leise hinein. Im Riad war alles still. Nirgends ein Zeichen von Zak, *alhamdulillah*. Lalla Fatima war in der Küche und schälte Erbsen in ein Sieb. Sobald sie Karim sah, stürzte sie auf ihn zu.

»Was hört man da über Amina Talal? *Miskina!* Das arme Mädchen! Bitte sag, dass es nicht wahr ist!«

»Komm, Mima«, sagte Karim sanft und führte seine Mutter zu dem kleinen Sofa im Hof. Er hockte sich vor sie und umfasste ihre Hände.

Sie sah Karim angsterfüllt in die Augen. »Wurde sie umgebracht ... *vergewaltigt?*«

»Ich weiß es nicht.«

»Du findest das schon heraus. Du wirst herausfinden, wer dieses schreckliche Verbrechen verübt hat.«

Karim holte tief Luft. »Ich bin nicht mit der Untersuchung des Falls betraut.«

Lalla Fatima starrte ihn verständnislos an.

»Sie haben die Ermittlungen einem anderen Polizisten übertragen. Er wird Licht in die Sache bringen, *inschallah.*«

Lalla Fatima musterte ihren Sohn aufmerksam, wusste jedoch, dass es besser war, ihn in dieser Frage nicht weiter zu bedrängen. Sie griff nach der Schachtel Papiertaschentücher, die auf dem Tisch stand. »Dein Vater hatte einmal gehofft, dass ...«

»Ich weiß, was Vater gehofft hat!«, fiel Karim ihr ins Wort. »Er hat gehofft, ich würde Amina heiraten! Das war ein alberner Plan, den er und Omar Talal vor langer, langer Zeit einmal ausgeheckt haben. Der Tod von Amina ist eine Tragödie, und so Gott will, werden wir herausfinden, was passiert ist. Aber sprich jetzt bitte nicht davon, was Vater sich erhofft hat!«

Lalla Fatima schnäuzte sich und sagte: »Ich werde nach dem *ftour* mal rübergehen und Lalla Hanane einen Besuch abstatten.«

»Nein. Du wirst schön hierbleiben. Und die Mädchen ebenfalls. Es ist draußen nachts nicht sicher. Nicht im Augenblick.«

»Könntest du uns nicht begleiten?«

»*La.*« Karim schüttelte energisch den Kopf. »Ich habe etwas Geschäftliches zu erledigen.«

»Was denn Geschäftliches?«

»Keine Sorge, ich bin um Mitternacht wieder zu Hause.«

»Mitternacht? Aber wir müssen doch über die Hochzeit reden! Es gibt noch immer so viel zu klären – die Gästeliste, ob die Hochzeit vor oder nach Aid el-Kebir stattfinden soll. Und wenn wir uns nicht bald für einen Veranstaltungsort entscheiden, sind die guten alle vergeben.«

»*Thiinay*, immer mit der Ruhe. Uns bleiben noch zwölf Wochen, um all diese Dinge zu entscheiden. Lass uns beim Essen darüber reden. Wo ist Ayesha? Ich hab einen Riesenhunger.«

Er hob seine Tasche auf und wollte gerade die Treppe hinaufsteigen, als er seine Mutter hinter sich leise sagen hörte: »Ich möchte den Riad verkaufen.«

»*Was?*«

Sie verdrehte das Papiertaschentuch in ihren Händen. »Ich möchte den Riad verkaufen.«

Karim eilte zum Sofa zurück. »Was sagst du denn da? Hat Zak dir das eingeredet? Wir haben genug Geld, mehr als genug jedenfalls, um für die Hochzeit zu bezahlen!«

Lalla Fatima starrte ihren Sohn erschrocken an.

»Glaubst du mir etwa nicht?«, fuhr er fort. »Also gut, schön – ich gebe es ja zu: Wir haben nicht genug Geld. Noch nicht. Aus diesem Grund gehe ich nachher noch einmal weg. Ich muss mir einen zweiten Job besorgen, einen Teilzeitjob. Aber keine Bange, wir bekommen das schon hin. *Ich* bekomme das hin.«

Lalla Fatima wirkte plötzlich ungeheuer klein. Ayesha kam aus ihrem Zimmer, um zu sehen, was der Lärm zu bedeuten hatte.

»Hol das Essen!«, befahl Karim ihr, aber Ayesha blieb trotzig stehen.

Seine Mutter blickte Karim traurig an. »Ich habe gar nicht gewusst, dass wir Geldprobleme haben.«

»Wir haben *keine* Geldprobleme!«, schrie Karim. »Wir sind

nur gerade ein bisschen knapp bei Kasse, mehr nicht. Uns fehlen höchstens zehn- oder zwölftausend. Es wäre vollkommen verrückt, das Haus zu verkaufen, nur um Khadijas Hochzeit zu finanzieren!«

»Das ist gar nicht der Grund, weshalb ich verkaufen möchte«, erklärte die Mutter leise. Eine Träne tropfte von ihrer Wange und versickerte im Stoff ihres Ärmels.

»Bei den Sieben Heiligen, Frau! Warum sonst willst du denn verkaufen?«

»Die Medina ist nicht sicher … du selbst hast es gesagt … Frauen werden umgebracht … am Ende geht es uns noch wie diesem armen Mädchen …«

Kaum hatte Karim seinen Irrtum begriffen, sank er auf die Knie und ergriff die Hand seiner Mutter. »Mutter, bitte verzeih! Ich bin müde und habe dich falsch verstanden. Ich dachte, Zak hätte dich auf die Idee gebracht, den Riad zu verkaufen, wie unsere Nachbarn es getan haben. Wir werden den Mörder von Amina Talal finden, das schwöre ich bei Gott. Die Medina *ist* sicher, sicherer als jeder andere Ort in Marrakesch. Sprich nicht von verkaufen. Dies ist unser Zuhause, *dein* Zuhause!«

Ayesha setzte sich neben Lalla Fatima, legte ihr den Arm um die Schulter und blitzte Karim strafend an. Mit schweren Schritten stieg er hinauf in sein Zimmer.

In Guéliz strömten die Menschen nach dem *ftour* auf die Straße. Mädchen schlenderten Arm in Arm an Männern vorbei, die Taxis heranwinkten. Familien betrachteten die Auslagen der Läden, während ihre Kinder in den Einfahrten Fangen spielten.

Im Terrassenbereich der Bar des Hotel Renaissance, den eine dichte Reihe Hibiskuspflanzen in großen Kübeln vom Bürgersteig abschirmte, trank Sébastien gerade sein zweites Bier. Während des Ramadan zog sich Sébastien nach Einbruch der Dunkelheit entweder ins Renaissance oder ins Café de Négociants auf der gegenüberliegenden Seite des Rondells zurück.

Sébastien war keineswegs aus reiner Vergnügungssucht so spät noch unterwegs. Sein winziges Apartment lag ganz in der Nähe am Boulevard Zerktouni, einer Straße voller Cafés und Restaurants, die während des Ramadan vielfach die ganze Nacht geöffnet waren. Schloss Sébastien in seinem Schlafzimmer das Fenster, erreichte die Temperatur im Raum binnen weniger Minuten unerträgliche Werte. Ließ er das Fenster offen, machten hupende Autos, laute Gespräche und ausgelassenes Gelächter jede Chance auf Schlaf zunichte. Und so hatte diese Konstellation zur Folge, dass er im Ramadan genau wie die Mehrheit der örtlichen Bevölkerung gewöhnlich erst kurz vor Sonnenaufgang ins Bett ging.

Heute Abend beschäftigte Sébastien seine Schlafenszeit allerdings herzlich wenig. Er hatte ein weit schwerwiegenderes Dilemma zu bewältigen – eins, das seine gesamte Existenzgrundlage gefährdete. Die Auflagen des Bauinspektors würden den Terminplan um mehrere Wochen zurückwerfen. Weigerte er sich, ihnen nachzukommen, konnte er im Knast landen. Kam er ihnen nach, würde sein Boss ihn feuern. Es war eine *Lose-lose-*Situation. Genau wie bei seinem beschissenen Apartment.

»*Monsieur?*« Ein junger Westafrikaner stand ein, zwei Schritte von seinem Tisch entfernt. In einer Hand hielt er Sonnenbrillen, in der anderen Designeruhren. »Omega, Longines ... *tu veux?*«

In aller Regel beachtete Sébastien Straßenhändler nicht

weiter, aber die schön geschnittenen Gesichtszüge des jungen Mannes fielen ihm sofort ins Auge.

»*Viens ici*«, forderte er ihn auf.

Karim blickte zum Fenster hinaus auf das nächtliche Gewimmel. Die *chebakia* mit Honig und Sesam lag ihm schwer im Magen, und das ständige Abbremsen und Anfahren des Busses verursachte ihm Übelkeit. Normalerweise hätte er für die Fahrt zur Route d'Ourika seinen Roller genommen, aber vor einer Woche war er etwas zu rasant um eine Ecke gebogen, und nun stand sein einziger fahrbarer Untersatz in der Werkstatt.

Auf dem Bürgersteig bemerkte er Familien, die Gebetsteppiche auf den Schultern trugen. Nach seiner Rückkehr vom Vorstellungsgespräch würde auch er zum Nachtgebet gehen. Er musste etwas für sein inneres Wohlbefinden tun. Khadija hatte sich beim Essen hysterisch aufgeführt und Serienmörder hinter jeder Ecke vermutet. Seine Mutter war den ganzen Abend damit beschäftigt gewesen, sich die Tränen aus den Augen zu tupfen, während Ayesha verschlossen daneben gesessen und kaum einen Bissen gegessen hatte. Nach einem derart anstrengenden Tag würde es seiner Seele guttun, am gemeinsamen Beten teilzunehmen.

Auf dem Platz neben ihm saß ein Teenager mit Kopfhörern über den Ohren, aus denen ein Song von Shakira drang. Shakira war eine von Ayeshas Lieblingssängerinnen. Wenn sie den Boden wischte, das Kopftuch um die Hüften geschlungen, und ein Song von Shakira kam im Radio, drehte sie immer laut auf. Das Bild brachte Karim zum Lächeln. Als kleine Kinder waren

Ayesha und er unzertrennlich gewesen. Ayesha war die eindeutig Wildere von ihnen beiden, hatte ständig Rangeleien mit den Nachbarjungs angezettelt oder sie zu Mutproben herausgefordert. Karim hatte sich dann oft die Hände vors Gesicht geschlagen und das Geschehen nur zwischen den Fingern hindurch verfolgt. Wenn es ihnen mit den anderen Kindern zu langweilig wurde, hatten sie sich aufs Dach verzogen, Pistazien geknabbert und die Schalen auf die Köpfe der Passanten geschnippt. Als Karim fünfzehn gewesen war und Ayesha zwölf, kam er eines Tages von der Schule nach Hause, und da saß Ayesha plötzlich mit *hidschab* in der Nische des Innenhofs und sprach leise mit Lalla Fatima. Kurz darauf erklärte ihm sein Vater, dass er von nun an Abstand zu Ayesha bewahren musste. *Sie war nicht länger ein Kind.*

Die Sterne strahlten hell vom Himmel, als Karim aus dem Bus stieg. Er verließ die Hauptverkehrsstraße und konnte wenig später etwas zurückversetzt die Umrisse eines dunklen Gebäudes erkennen. Auf einem verblichenen Schild stand: »Sherazade/ *Résidences de haut standing*«. Karim bog in den von Tamarisken gesäumten, unbefestigten Weg und lief weiter bis zu einer Hütte, vor der ein Dacia mit eingeschaltetem Parklicht stand. Ein Mann kletterte aus dem Wagen. Er trug eine *gandora* über seiner Hose und hielt eine Taschenlampe in der Hand.

»Ich bin Khalifa«, erklärte der Mann in einem brüsken Ton, der offenbar zeigen sollte, dass er an einem Ramadan-Abend eigentlich Besseres zu tun hatte, als auf der Baustelle Bewerber zu interviewen. Er ging zur Hütte, schloss auf und richtete den Strahl seiner Taschenlampe auf eine schmuddelige Matratze und eine Petroleumlampe.

Karim hörte das Knirschen von Autoreifen, drehte sich um und sah ein *petit taxi* auf sie zukommen. Neben dem Taxifahrer saß ein Fahrgast, und einen Moment lang fürchtete Karim schon, es könnte einen weiteren Bewerber für den Job geben.

»*Shouf*«, forderte Khalifa ihn auf und schwenkte seine Taschenlampe zu dem Rohbau, der so stark von Dickicht zugewachsen war, dass Karim unwillkürlich an das Märchenschloss in einem von Khadijas alten Kinderbüchern denken musste. Das Gebäude hatte vier Stockwerke, wobei das Erdgeschoss hinter dem Dickicht verborgen lag. In den oberen Etagen fehlten überall die Fenster, und vom Dach hing eine Kette, die wahrscheinlich Teil eines Flaschenzugs war.

»Kontrollgänge an der Baustelle um Mitternacht und um drei Uhr morgens. Achten Sie auf Leute, die Baumaterial klauen, auf dem Gelände pennen oder ficken wollen.«

Karim glaubte, sich verhört zu haben. »Wie bitte?«

»Die Diskothek Pacha liegt nur ein paar hundert Meter entfernt, und manchmal kommen junge Leute dafür rüber«, erklärte Khalifa und senkte den Lichtstrahl auf ein dunkles Viereck in dem überwucherten Bereich. »Passen Sie auf, wo Sie hintreten. Das da ist der Swimmingpool.«

»Warum wurden die Arbeiten an dem Gebäude eingestellt?«

Khalifa tat die Frage mit einer unwirschen Handbewegung ab und reichte Karim einen Schlüssel. »Für die Hütte. Dahinter gibt's einen Wasserhahn. Seien Sie um zehn hier.«

»Heißt das, ich hab den Job?«

»Zehn Uhr abends«, wiederholte der Mann, »bis sechs Uhr morgens. Und bringen Sie eine Taschenlampe mit.« Ohne ein weiteres Wort kletterte er in seinen Dacia und brauste davon.

Im selben Augenblick öffnete sich die Tür des Taxis, und der Fahrgast stieg aus. Er war mittelgroß und von unauffälliger Statur, viel mehr war bei der Dunkelheit nicht auszumachen. Mit einem beiläufigen Nicken Richtung Karim ging er zur Hütte.

Karim hätte ihm gern ein paar Fragen gestellt, aber das Taxi wendete bereits. Rasch lief er zum Fenster auf der Fahrerseite.

»Nehmen Sie mich mit zurück in die Stadt?«

»*Tla*«, antwortete der Fahrer mit einem Nicken. Beim Einsteigen schlug Karim ein Schwall aus Zigarettenrauch und Eau de Cologne entgegen. »Sind Sie der neue Nachtwächter?«, fragte der Fahrer, der ein Jeanshemd trug und in dessen geöltem Haar noch die Furchen zu sehen waren, die der Kamm dort hinterlassen hatte. Die Stereoanlage des Autos spielte leise Bollywood-Musik.

»*Inschallah*«, bestätigte Karim und deutete zur Hütte. »Und wer ist das?«

»Fouad? Er ist der Wachmann. Ich meine, der andere Wachmann. Gewöhnlich ist er bloß tagsüber hier.« Der Fahrer streckte die Hand aus. »Mein Name ist Rachid. Freut mich, Sie kennenzulernen.«

»Karim. Ganz meinerseits.«

»Rauchen Sie?«, fragte Rachid und hielt ihm ein zerknülltes Päckchen Marquise hin. »Wo wohnen Sie denn, Herr Karim?«

Karim zog eine Zigarette aus der Packung. »Bab Taghzout, im Riad meiner Mutter.«

»Da haben Sie Glück. Ich wohne in Targa. Meine Frau und ich haben dort eine winzige Zweizimmerwohnung gemietet, für die wir unverschämte dreizehnhundert im Monat bezahlen.«

»Immerhin haben Sie ein eigenes Auto.«

»Das hier?«, erwiderte Rachid und klopfte auf das Lenkrad. »Das gehört meinem Schwager.«

»Warum wurden die Arbeiten an dem Apartmenthaus denn eingestellt? Wie heißt es noch – Sherazade?«

Rachid zuckte mit den Schultern. »Keine Ahnung. Dafür ist das schon viel zu lange so, wie es jetzt ist. Mindestens drei Jahre.

Abgesehen von Fouad hat auch keiner Lust, hier draußen zu arbeiten. Vermutlich liegt es einfach zu weit außerhalb. Jetzt, wo Sie da sind, wird Fouad wahrscheinlich wieder die Tagschicht übernehmen. Haben Sie noch einen anderen Job tagsüber, Herr Karim?«

»Ja«, sagte Karim und zögerte kurz. »In einem Büro.«

»Wie sind Sie denn hergekommen? Mit der Linie 25? Ich könnte Sie fahren, wenn Sie wollen. Ich kann Sie hier absetzen, wenn ich mit meiner Schicht beginne, und morgens wieder vorbeikommen, um Sie abzuholen. Was meinen Sie? Ganz sicher besser, als in diesem Glutofen von Bus vor Hitze einzugehen!«

»Wie viel?«

»Ach, zahlen Sie einfach, was immer Sie möchten!«, antwortete Rachid mit einer wegwerfenden Handbewegung. »*Kima bghiti!*«

Karim hätte Rachid gerne noch mehr Fragen gestellt, aber er fühlte sich etwas flau im Magen. Die Zigarette war keine gute Idee gewesen. Er warf sie aus dem Fenster und lehnte sich in den Fahrtwind, um frische Luft zu bekommen.

Sie kamen an dem Werbeplakat für die neuen Eigentumswohnungen vorbei, das von Scheinwerfern angestrahlt wurde. »*L'appartement de vos rêves à partir de 100 000 Dhs!*« Rachid starrte zu der Frau in dem tief dekolletierten Kleid, die zu ihnen herablächelte.

»Eine echte *gazelle*, was? Bildschön! Fallen ihr schon fast raus, die Möpse, was?« Er lachte und drehte sich zu Karim um. »Alles in Ordnung mit Ihnen, Herr Karim? Sie sehen blass aus! Schieben Sie den Sitz zurück. Ich bringe Sie ruckzuck nach Hause. Lehnen Sie sich einfach zurück, und genießen Sie die Musik. Mögen Sie Bollywood? Gibt nichts Besseres auf der Welt!«

Karim schloss die Augen. Ihm schwirrte der Kopf, er musste dringend auf die Toilette, und dieser Fahrer und seine Musik machten ihn verrückt. *Dieses Taxi würde er jedenfalls nicht noch einmal nehmen. Nie und nimmer.*

Als sie endlich an der Sidi bel Abbès eintrafen, war Karim kurz davor, sich zu übergeben. Hastig drückte er die Beifahrertür auf, stellte die Füße auf den Bordstein und beugte sich vor, bis sein Kopf zwischen den Knien hing.

Rachid legte ihm eine Hand auf den Rücken. »Ist schon hart … der Ramadan.«

Karim krallte die Finger ins Polster und bemühte sich nach Kräften, dem Brodeln in seinen Eingeweiden ein Ende zu bereiten. Schweiß trat ihm auf die Stirn. Schier endlos verharrte er so. Endlich richtete er sich auf und tupfte sich mit einem Papiertaschentuch das Gesicht ab. Er atmete einige Male tief durch und brachte schließlich ein gequältes Lächeln zustande.

»Vielen Dank«, sagte er und griff nach seiner Geldbörse.

Rachid machte eine abwehrende Geste. »Kostet nichts. Ist doch Ramadan. Da müssen wir dem Nächsten beistehen.« Er reichte Karim eine Visitenkarte mit seiner Handynummer, wünschte »*Siir fid Allah*« und war mit einem knappen Winken verschwunden.

Karim sah sich die Karte an. Unter einer Zeichnung der Koutoubia stand: *Taxi 1547 – Toutes destinations – Randonnées – Aéroport.*

Er gab einem Bettler vor der Moschee eine Münze, schlüpfte aus seinen Schuhen und trat ein. Für einen Moment hielt er

Ausschau nach dem Handkarren, den er direkt neben dem Eingang zurückgelassen hatte, aber die vielen Gläubigen nahmen jeden Quadratzentimeter Raum ein. Der Andrang war so groß, dass einige in den Innenhof ausgewichen waren, und Karim entschied sich, ebenfalls dort unter freiem Himmel zu beten. Das Nachtgebet war gerade unterbrochen, und die Menschen unterhielten sich leise oder knieten in stummer Andacht. Eine Reihe von Männern in weißen Roben rückte zur Seite, um Karim durchzulassen. An einem freien Platz blieb er stehen, schloss die Augen und wartete darauf, dass das Nachtgebet wieder aufgenommen wurde. Ein sanfter Luftzug war hier draußen zu spüren. Das Gemurmel um ihn herum wirkte einschläfernd. Nach all den Anstrengungen dieses turbulenten Tages hatte der Übelkeitsanfall ihm die letzte Kraft geraubt. Am liebsten hätte er sich gleich hier auf dem Boden zusammengerollt und wäre eingeschlafen.

Plötzlich spitzte er die Ohren. Die beiden Männer in der Reihe vor ihm sprachen über Amina Talal.

»Es ist eine Warnung an all unsere Schwestern ... sie hat ihre verdiente Strafe gefunden ... Schande hat sie über ...«

Karim konnte nicht fassen, was er da hörte. Ein Mädchen aus anständiger Familie war ermordet worden, und diese Männer besaßen die Unverfrorenheit, ihr Andenken in den Schmutz zu ziehen!

»... sie war eine Dirne, eine ganz gewöhnliche Prostituierte ...«

Wie konnten sie derart vulgäre Dinge behaupten, noch dazu in einer Moschee!

»... ihr Geschlecht glühte noch von den Schwänzen Hunderter Liebhaber ...«

All die Anspannung, die sich in den vergangenen vierundzwanzig Stunden in seiner Brust angestaut hatte, brach sich plötzlich Bahn. Karim versetzte dem Hauptredner einen so wütenden Stoß, dass der kräftig gebaute Mann über den vor ihm Knienden stürzte. Sofort sprangen die Gläubigen um sie herum auf und wichen zurück, sodass eine freie Fläche entstand. Alle Blicke richteten sich auf Karim, und eine unheilvolle Stille trat ein. Rasch schob er sich durch die Menge und verließ auf wackligen Beinen die Moschee.

3

Meine Medina
Wir haben Zuwachs in unserem Team erhalten. Der Neue ist ein überaus freundlicher Zeitgenosse, besitzt allerdings die lästige Angewohnheit, in die Zimmer zu gehen und die Pompons von den Bettüberwürfen zu klauen. Wahrscheinlich haben Sie es bereits erraten, bei »ihm« handelt es sich um einen Affen – einen Berberaffen, um genau zu sein. Vorschläge zur Namensgebung sind übrigens willkommen! Das putzige Kerlchen ist stubenrein und scheint sich bevorzugt von Trockenfrüchten und Nüssen zu ernähren, obwohl mir heute Morgen ein Tischler aus glaubwürdiger Quelle berichtete, dass Affen auch Schokoriegel mögen. Der Tischler ist gemeinsam mit einem Heer an Bühnenarbeitern und Elektrikern hier, um Dar Zuleika für eine Party vorzubereiten. Es dürfte ganz schön was los sein: 150 Gäste, allerlei Unterhaltungskünstler sowie drei Büfetts mit marokkanischen, italienischen und japanischen Speisen. Unglücklicherweise ist eben gerade ein Scheinwerfer vom Dach gefallen, weil irgendjemand vergessen hat, die Klemme richtig festzuziehen. Er krachte durch die Orangenbäume auf den Boden, und der Affe hätte sich fast zu Tode erschreckt. C'est le Ramadan!

Herbst-Special: Wenn die Schatten länger werden und die Kuppen des Atlas schneebedeckt sind, ist die schönste Zeit, um Marrakesch zu besuchen. Unser Wochenendangebot umfasst

Halbpension und Flughafentransfer. Buchen Sie noch vor dem 30. August, und wir spendieren Ihnen noch einen kostenlosen Kochkurs dazu!

Nach der Rückkehr von den Nachtgebeten war Karim so erschöpft, dass er sofort ins Bett fiel und bis acht durchschlief. Durstig und ausgehungert wachte er auf und ärgerte sich darüber, dass seine Mutter ihn nicht rechtzeitig geweckt hatte, um noch etwas zu trinken und zu essen. Vor seinem Zimmer erblickte er über sich ein Rechteck aus strahlendem Blau. Der Tag würde wieder heiß werden. Er schlug gegen den Wasserhahn im Bad, rasierte sich mit dem heraussickernden Rinnsal und stopfte das Hemd in die Hose, während er in den Hof hinabstieg.

Als er den Platz am Bab Taghzout erreichte, lief ihm der Schweiß bereits über den Rücken. Er wählte den Weg vorbei am Shrob-ou-Shouf-Brunnen, wo ihm der stechende Ammoniakgeruch der anderthalb Kilometer entfernten Gerbereien in die Nase fuhr. Vor der Mouassine-Moschee wechselte er ein paar freundliche Worte mit den Kräuterverkäufern am Straßenrand, nur um eine Weile den anregenden Duft der frischen Minze genießen zu können. Am Jemaa mied er das gleißende Sonnenlicht auf dem Platz und blieb im schmalen Schattenstreifen an der Ostseite, bevor er in die Zitoun el Kedim mit all ihren Händlern und Gummiwarenverkäufern bog. Wenige Schritte vor dem Kommissariat bemerkte er den Parkwächter Bouchaïb, der zu ihm herübersah. Bouchaïb besaß die typisch dunkle Haut der Menschen aus der Souss-Ebene im Süden. Er trug eine verblichene Warnweste über seinem Hemd und lehnte auf seiner

Krücke, die er brauchte, weil er bei einem Traktorunfall ein Bein verloren hatte.

»*Sbah al-khair*, guten Morgen, Herr Karim!«, rief er vergnügt. »Heute sollen es sogar fünfundvierzig werden, heißt es!«

»Gott steh uns bei.«

»Ihre Lippen sind ganz rissig. Sie müssen mehr trinken.«

Karim nickte. Er schmeckte das Blut im Mund.

»Nichts Neues vom *moto*?«

Karim schüttelte den Kopf.

»Vielleicht ist es ja morgen fertig«, erklärte Bouchaïb grinsend. »So Gott will!«

Am Fuß der Treppe zu seinem Büro hielt Karim an, um die restlichen Knöpfe an seinem Hemd zu schließen. Aziz war bereits in seinem Büro. »Irgendwelche Neuigkeiten zu Amina Talal?«, erkundigte sich Karim von der Tür aus.

Aziz hob den Kopf und verzog das Gesicht zu einem Lächeln. »Wie sich herausgestellt hat, war sie ein ganz schönes Partygirl.«

»Wie meinen Sie das?«

»Sie ging häufig nach Guéliz.«

»Ja – um für einen Englischtest zu lernen.«

»Einen Englischtest? Hat sie Ihnen das etwa erzählt?« Aziz zwinkerte kurz dem pockennarbigen Kollegen zu, der brav kicherte. »Sagen wir es mal so: Ihre Hüften hat sie offenbar lieber bewegt als ihre grauen Zellen.« Pockennarbe lachte dröhnend.

Karim marschierte energisch direkt vor den Schreibtisch von Aziz. »Hören Sie gefälligst auf damit, in Rätseln zu sprechen! Was haben Sie herausgefunden?«

Aziz stand auf. »Das ist mein Fall, Belkacem, nicht Ihrer. *Siir fehalek!* Raus!«

Karim stapfte hinauf in sein Büro. Nun hatte er neben wahnsinnigem Durst auch noch bohrende Kopfschmerzen. Noureddine stand vor dem Aktenschrank.

»Den Job bekommen?«

Karim ließ sich auf seinen Stuhl fallen. »Heute Abend fange ich an.«

»Sonderlich erfreut scheinst du aber nicht darüber.«

Karim schwieg. Nachdenklich beobachtete er eine Fliege, die einen Schmierfleck auf der Fensterscheibe untersuchte. Badnaoui hatte Aziz den Talal-Fall übertragen, weil er ein arabischer Landsmann war. Er dagegen wurde mit Bagatellsachen abgespeist, weil er Chleuh war, ein Berber aus den Bergen. Die Berber bekamen immer bloß die Jobs, die sonst keiner wollte. Der einzige andere waschechte Chleuh im Kommissariat war der Hausmeister. Da konnte man den besten Abschluss der ganzen Welt machen, all das zählte nicht das Geringste, wenn der eigene Vater in Midelt oder im Rif geboren war und sein Leben lang nur Schafe gehütet hatte. Wäre Karim ebenfalls Araber, hätte Aziz ihn bestimmt nicht derart respektlos behandelt! Er hätte ihn darüber informiert, was er herausgefunden hatte, und Karim womöglich sogar nach seiner Meinung gefragt, denn immerhin war er als erster Polizist am Tatort gewesen. »Untereinander sollten Kollegen Ermittlungsergebnisse doch wohl austauschen«, platzte Karim wütend heraus.

Noureddine schaute vom Hängeregister auf. »Was?«

Karim versuchte sich zu konzentrieren. »Ich muss unbedingt wissen, was mit Amina Talal geschehen ist.«

»Wovon sprichst du?«

»Aziz will es mir nicht sagen, aber ich habe ein Recht darauf, es zu erfahren. Versteh mich richtig: Ich will mich überhaupt nicht in die Ermittlungen einmischen, will den Fall nicht wieder an mich reißen, ich gönne Aziz die Leitung in dieser Sache. Wie du selbst gesagt hast, er ist ein guter Polizist. Es ist bloß so, dass Amina Talal ... wir waren befreundet.«

Noureddines Miene verfinsterte sich. »Karim ...«

»Mehr als nur befreundet«, sagte Karim und schluckte schwer. Die Worte erstickten ihn beinahe.

»Karim ...«

»Wir ... wir waren verlobt.«

Eine Weile blieb es still im Raum. Dann schloss Noureddine die Aktenschublade und ging hinaus.

Entsetzt über seine eigene Idiotie rollte Karim den Schreibtischstuhl ein Stück zurück und presste die Augen zu. Was er gerade getan hatte, war falsch und unprofessionell gewesen. Er hatte einen dienstälteren Kollegen dazu gedrängt, für ihn aktiv zu werden. Nicht nur das – er hatte private Informationen über sich selbst preisgegeben, die nun garantiert auch Aziz und damit Pockennarbe und allen anderen im Haus zu Ohren kämen. Würden jetzt alle hinter seinem Rücken Witze über ihn reißen? Sich amüsieren über seine Verlobung mit einer Prostituierten?

Je länger Noureddine fortblieb, desto stärker wurde Karim von einer weiteren Angst ergriffen. Er hatte seine Beziehung zu Amina bedeutsamer klingen lassen, als sie gewesen war, und mit dieser vermeintlichen Nähe zum Opfer eine wunderbare Rechtfertigung für die Entscheidung Badnaouis geliefert, ihm den Fall zu entziehen. Er vergrub das Gesicht in den Händen. *Im Namen Allahs, des Barmherzigen, des Gnadenreichen. Dich, den allein wir preisen, den allein wir um Hilfe bitten. Weise uns den geraden Weg. Den Weg derer, die Deiner Gunst teilhaftig sind, und nicht den Weg derer, die Deinen Zorn erregt haben oder die in die Irre streben.*

Fünf Minuten später kam Noureddine zurück und setzte sich an seinen Schreibtisch.

»Aziz hat Aminas Freundin vernommen.«

»Leila Hasnaoui.«

»Ja. Ihrer Aussage zufolge haben Amina und sie an diesem Abend gar nicht zu Hause gelernt. Sie sind in einen Klub gegangen.«

»Einen *Klub*?«

»Ja. Sie haben Leilas Elternhaus um elf heimlich verlassen und sind dann knapp zwei Stunden in einem Klub tanzen gewesen. Amina hat den Klub so etwa um Viertel vor eins allein verlassen, und Leila ist kurz danach nach Hause gegangen. Sie hat Amina nie wiedergesehen.«

»Welcher Klub war das?«

Noureddine verschränkte die Arme. »Mehr hat Aziz mir nicht erzählt.«

Karim war empört. Amina war nachts durch die Klubs gezogen! Sie hatte ihren Körper zur Schau gestellt, hatte Bruder und Eltern belogen. Hatten die Männer in der Moschee doch richtiggelegen? Hatte sie ihre verdiente Strafe gefunden? *Bleibt in euren Häusern und putzt euch nicht heraus* – hieß es nicht so im Koran?

»Ich habe deine Verlobung mit Amina Talal nicht erwähnt«, sagte Noureddine. »Und wenn ich dir einen guten Rat geben darf, dann würde ich es an deiner Stelle auch nicht tun.«

Karim sprang auf und eilte zur Tür.

»Wohin willst du?«

Ohne zu antworten, rannte Karim hinaus.

Im Betreff der E-Mail stand nur »Cancellation«. Einen Grund gaben die Gäste nicht an. Es ließ sich daher auch nicht sagen, ob die Stornierung etwas mit dem Vorfall an der Moschee zu tun hatte. Dennoch gab es Kays Sorge neuen Auftrieb, der Tod des Mädchens könnte sich katastrophal auf die Geschäfte auswirken.

Bei ihrem Umzug nach Marrakesch war Kay von allen Seiten mit Warnungen bestürmt worden. *Marokko ist ein schönes Urlaubsziel, aber kein Platz, um sich selbstständig zu machen. Riads gibt's zu Hunderten in Marrakesch – warum sollte da irgendwer ausgerechnet in dieser Ecke absteigen?* Der letzte Kommentar stammte von ihrem Ex-Mann Jack, der sich darüber lustig machte, dass sie für ihr Boutique-Hotel ein schäbiges Viertel ausgesucht hatte, in das sich normalerweise kaum westliche Touristen verirrten.

Sie hatte all ihre Zweifler eines Besseren belehrt. Mit seinem edel-maroden Charme und den stilsicher individuell eingerichteten Zimmern war Dar Zuleika rasch zum Geheimtipp sämtlicher Reiseautoren aufgestiegen. Die Gäste liebten die riesige Palme, die exotischen Möbel, die Verbindung zwischen marokkanischer Tradition und modernem Luxus. Dazu lieferte Sidi bel Abbès mit ihrem uralten Mausoleum und Friedhof eine eindrucksvolle Kulisse. Kay stellte einen Koch ein und konnte sich vor Anfragen kaum retten. Shootings von Modefirmen folgten. Zwei Jahre lang war der Riad jeden Tag ausgebucht. Dann ließ das Interesse in fast unmerklichen Schrittchen nach. Neue, hippere Riads, die noch günstiger lagen, noch besser den zeitgemäßen Geschmack trafen, kamen auf den Markt. Der orientalische Look war auf einmal out, Minimalismus in. Zwar stiegen weiterhin genügend Gäste bei ihr ab, um den Laden über Wasser zu halten, und sie blieb auch in diversen Reiseführern gelistet, aber seine herausragende Stellung hatte Dar Zuleika eingebüßt. Und beim Anblick der leeren Spalten in ihrem Reservierungsbuch kam es Kay oft vor, als wäre ihre Zielgruppe wie eine Herde sprunghafter Gazellen, die auf der Suche nach prächtigeren Wasserstellen bereits jenseits des Horizonts verschwunden ist.

Mit der Bombenexplosion im Argana hatte die Nachfrage im April einen zusätzlichen Einbruch erlebt. Sämtliche Hotels und Reiseagenturen in Marrakesch hatten die Folgen dieses Anschlags zu spüren bekommen. Und jetzt das: ein Mord direkt vor ihrer Haustür. Noch dazu an einer Prostituierten. Der Tod von Amina Talal bedrohte nicht bloß Kays geschäftliche Existenz. Ihre gesamte *raison d'être* stand auf dem Spiel. Sie hatte hart für dieses Bild einer erfolgreichen Frau, die ein glanzvolles Leben in Marrakesch führt, gearbeitet. Solange sie durch die Innenhöfe schwebte, letzte Hand an die Dekoration legte, dem Personal Anweisungen erteilte und nebenher mit ihrem französischen Liebhaber flirtete, vermochte sie sogar selbst an diesen Traum zu glauben. Doch kam der Tod ins Spiel, war es vorbei mit dem schönen Bild. Sollten ihre Freunde in London die Neuigkeit erfahren, würden sie Kay bemitleiden oder – schlimmer noch – mit Schadenfreude reagieren. Natürlich blieb als absolute Notfalloption stets der radikale Schritt, alles zu verkaufen. Sie könnte mit einer Million Pfund in der Tasche nach London zurückkehren. Aber was sollte sie dort? Eine Firma gründen? Als was – Innendesignerin? Ohne jede Erfahrung, ohne Kontakte? Nein, in London gab es für sie nichts zu tun. Ihre Zukunft lag in Marrakesch. Hier war sie jetzt zu Hause.

Die Hände um eine Tasse Verveine-Tee geschlossen, saß sie in ihrem Büro und blickte sich um. Der kleine Raum, der erst nachträglich zwischen Küche und Wäscherei eingefügt worden war, wirkte zwar nüchtern und funktional, war jedoch von ihr mit derselben Sorgfalt eingerichtet worden wie die nobelsten

Zimmer im Haus. Über dem Schreibtisch standen ordentlich aufgereiht Archivboxen mit dem Logo, das sie selbst entworfen hatte: ein mit Henna in eine Handfläche geschriebenes *Z*. Ein flauschiger Ben-Ourain-Teppich führte bis zu dem von Bougainvillea eingerahmten Fenster, das eine schöne Aussicht auf den Innenhof bot. Sie hatte ein Auge für solche Dinge, das sagten ihr alle. Und in diesem Sommer würde sie ihr Talent erstmals angemessen in Szene setzen. Ihre Antik-Boutique bildete den Anfang. Der Auftrag von Lucinda kam dabei gerade recht.

Aber zuerst stieg am Freitag die große Party.

Vom Kuppeldach der Serafina hatte Sébastien einen herrlichen Panoramablick. Im Süden lag das Atlasgebirge. Schon vor Hunderten von Jahren hatte man damit begonnen, Wasser aus den Bergen entlang der Grundwasserleiter bis in die Stadt zu führen – eine Ingenieursleistung, die Sébastien stets bewundert hatte. Ihn faszinierte Wasser, seine technischen Herausforderungen ebenso wie die Möglichkeiten zur Landschaftsgestaltung, die es bot. Tief unter ihm konnte er die Umrisse der Teichlandschaft ausmachen, die das Hotel zu drei Seiten umschloss. In einem Monat würde dort eine komplette Lagune schimmern, mit einem Archipel, auf dem elegante Bungalows und Palmen standen. Geradewegs vom Hauptgebäude fort verlief ein fast zweihundert Meter langer und drei Meter breiter Kanal, den Sébastien genau in der Mitte der Zufahrt hatte anlegen lassen. Das Wasserband nannte sich Line of Water und stellte als Nord-Süd-Achse sinnbildlich eine Verbindung her zwischen dem palastartigen Kuppelbau hier und dem Atlasgebirge in der Ferne.

Nach der Übernahme des Projekts hatte Sébastien die ursprünglichen Pläne vollkommen überarbeitet und aufgewertet. Inzwischen war die Serafina ein höchst ambitioniertes Unterfangen, eine architektonische Sehenswürdigkeit, deren Realisierung Hunderten von Arbeitern aus der Gegend einen Job verschaffte und die bald schon zahlreichen Hotelkräften eine feste Beschäftigung bieten und für Millionen an Umsatz sorgen würde. Ungeachtet dessen hatten all die amtlichen Paragrafenreiter nur Augen für irgendwelche nichtigen Verletzungen von Bauvorschriften!

»*Excusez-moi, mssju!*«

Ein junger Mann, der sich das Hemd um den Kopf gewickelt hatte, kam mit einer Schubkarre auf ihn zu. Seine Sandalen flappten auf den Bohlen des Gerüsts. Da die Planken nur vierzig Zentimeter breit waren, musste sich Sébastien zurücklehnen, um den jungen Arbeiter vorbeizulassen. Sébastien verfolgte, wie er seine Ladung Sand auskippte, Zement zufügte und eine kleine Kuhle formte, die ein zweiter Mann vorsichtig aus einem Wasserschlauch durchnässte. Sébastien hatte entsetzlichen Durst. In seiner Umhängetasche befand sich zwar eine kleine Wasserflasche, aber er wollte nicht vor den Augen seiner Leute trinken, nicht im Ramadan. Die meisten Europäer würden sich um solche Feinheiten keine Gedanken machen, doch Sébastien wusste, wie sehr diese Männer derzeit litten. Und er mochte die marokkanischen Bauarbeiter. Er bewunderte ihre Bereitwilligkeit, Aufgaben gleich welcher Art einfach in Angriff zu nehmen, ihre Neigung, keinen Wert auf Schutzkleidung zu legen, und den Gleichmut, mit dem sie für bescheidene Entlohnung Zwölf-Stunden-Schichten absolvierten. *Wenn man das mit den überbezahlten Primadonnen auf französischen Baustellen vergliche!*

Hassan, der Baustellenleiter, eilte mit schweißnassem Gesicht auf ihn zu. »*Nous faire les dalles?*«, fragte er in gebrochenem Französisch.

Sébastien überlegte, wie mit den Bodenplatten verfahren werden sollte. Wenn sie alles nach Vorschrift erledigten, so wie es Hicham Cherkaoui verlangte, und erst Abstandhalter und ordnungsgemäße Betonstahlmatten verbauten, würden sie nicht vor morgen mit dem Einleiten des Betons beginnen können. Wenn sie Sébastiens Methode benutzten, wären sie bei Sonnenuntergang fertig.

»*Vas-y!*« Sie hatten keine Zeit zu verlieren.

Karim überlegte kurz, ob er den Bus nehmen sollte, dann hielt er Ausschau nach einem Taxi, und am Ende entschloss er sich, zu Fuß zu gehen. An der Koutoubia-Moschee fiel ihm plötzlich ein, dass er Leila Hasnaouis Adresse überhaupt nicht kannte. Er zog sich in den Eingang eines Eisenwarenladens zurück und suchte auf seinem Handy nach der Nummer, die Abderrahim ihm gegeben hatte. Eine Frauenstimme meldete sich.

»*Allu?*«

»Leila Hasnaoui?«

»Wer ist da?«

»Mein Name ist Karim Belkacem. Ich bin Polizist. Beim *quatrième arrondissement*, wo ...«

»Meine Tochter hat bereits mit der Polizei gesprochen.«

»Ich ... ich wollte ihr nur noch ein paar zusätzliche Fragen stellen.«

»Sie ist an der Uni.«

»Welche Hochschule besucht sie denn? Wann kommt sie nach Hause?«

Keine Antwort.

»Ich bin ein Freund von Amina Talal.«

»Haben Sie nicht eben noch gesagt, Sie sind Polizist?«

»Ich bin Polizist *und* ein Freund.«

Ein paar Sekunden lang herrschte Schweigen am anderen Ende, dann wurde die Verbindung getrennt. Karim drückte auf Wahlwiederholung. Es klingelte bestimmt eine halbe Minute, bis die Frau sich wieder meldete.

»Legen Sie bitte nicht auf, *a lalla*«, flehte Karim sie an. »*Allah ykhalik!* Ich habe nur eine einzige Frage: Leila und Amina sind am Sonntagabend in einen Klub gegangen. Welcher Klub war das?«

»Meine Tochter wird nie wieder in Klubs gehen. Sie hat uns entehrt. *Khelli-na!* Lassen Sie uns in Ruhe!« Die Frau legte auf.

Karim sackte kraftlos auf die Eingangsstufe. Seine Zunge fühlte sich dick geschwollen an, und ihm war schwindlig vor Hunger. Still und menschenleer lag die Gasse in der Sonne. Es schien, als hätte das gleißende Licht jedes Geräusch und jede Bewegung verschluckt. Gegenüber stand ein Handkarren und warf ein winziges Fleckchen Schatten. Tausende von Handkarren gab es in der Stadt – rote, braune, grüne, rechteckige, quadratische, mit Ladeflächen aus Metall, mit Ladeflächen aus Holz, Karren mit großen Rädern, Karren mit kleinen Rädern, Karren mit Griffen aus umfunktionierten Gerüststangen, Karren mit Aufschriften auf den Seiten, Karren mit Löchern im Boden. Ihnen allen gemeinsam war jedoch die Größe. Perfekt geeignet für einen im Schlaf zusammengeigelten menschlichen Körper – oder für einen toten. Hinter ihm drang aus den Tiefen des Eisenwarenladens das schwache Gemurmel von Männerstimmen. Karim legte den Kopf auf die Knie und schloss die Augen … alles war so friedlich … sanft trieb er dahin … er lag auf dem glühend heißen Deck eines Boots mitten auf dem Meer … er konnte das getrocknete Salzwasser auf den Lippen schmecken … nichts als Sonne und Meer … er stellte sich vor, vom Deck zu rollen … einzutauchen ins ruhige Wasser … langsam hinabzusinken … der Kiel des Boots weit über seinem Kopf … er lag auf dem Meeresboden, wurde hin- und hergeschaukelt … es war herrlich kühl hier unten auf diesem noch vom Sonnenlicht erreichten Grund, wo das Seegras sich wie lange gelockte Haarsträhnen vor- und zurückwiegte … vor und zurück …

Bram-brammm. Ein Motorrad sauste vorbei. Erschrocken riss Karim die Augen auf. Er beschloss, zum Dar el Bacha zu gehen, um nachzusehen, ob sein Roller schon repariert war. Er stand auf, klopfte sich den Staub von der Hose und hörte im Kopf, wie Noureddine sein nachlässiges Verhalten kritisierte: *So benimmt sich ein Vertreter der Sûreté nicht.* Beide Straßenseiten lagen in der prallen Sonne, und als er die Werkstatt erreichte, lief der Schweiß ihm in kleinen Bächen über Brust und Rücken. Zu seinem Entsetzen war der Scooter noch in exakt dem Zustand, in dem er ihn hergebracht hatte – mit heillos verbogener Gabel und fahruntüchtig. Aus dem Innern der Werkstatt tauchte der Mechaniker auf, Arme und Gesicht ölverschmiert, und grüßte grinsend: »*Salam.*«

»Sie haben mein *moto* ja noch nicht repariert!«

»Nächste Woche, *inschallah.*«

Karim seufzte enttäuscht. Der Gedanke, noch eine Woche zu Fuß unterwegs zu sein, war nur schwer erträglich. »Können Sie es nicht heute machen?«

»*Mashi momken.*«

»Was soll das heißen, *nicht möglich*?«

»Ramadan.«
»Was hat denn der Ramadan damit zu tun?«
»Wir schließen um zwei.«
»Dann eben morgen.«
»*Mashi momken.*«
»Warum das?«
»Ramadan.«
»Was hat der Ramadan damit zu tun?«
»Keine Ersatzteile.«
»Warum keine Ersatzteile?«
»Ramadan.«

Niedergeschlagen machte sich Karim auf den Rückweg ins Kommissariat. Er überlegte, welche Ausrede er Noureddine gegenüber für seine Abwesenheit vorbringen sollte. An der Tankstelle kurz hinter der Koutoubia hatte er einen Geistesblitz. Er würde in den Laden seines Freundes Youssef gehen und ihn über Produktfälschungen befragen. So konnte er Nour erzählen, er habe Nachforschungen betrieben. Schon besser gelaunt bog er links in die Moulay Rachid, am Restaurant Two Brothers noch einmal nach rechts und blieb vor einem Schaufenster stehen, in dem neue und gebrauchte elektrische Kleingeräte ausgestellt waren.

Seine Augen brauchten einen Moment, sich an das schummrige Licht im Innern zu gewöhnen. Elektrogeräte aller Art füllten Regalwände und Stellfläche – Klimaanlagen, Router, Satellitenempfänger, Handys, DVD-Spieler, Laptops, Spielekonsolen, Steckerleisten mit Überspannungsschutz, Kopfhörer, Lautsprecher, Küchenmixer. Hinter dem gläsernen Tresen stand Youssef mit eingestöpselten Ohrhörern und baute gerade ein Handy mit einem winzigen Schraubendreher auseinander.

»*Salamu alaikum!*«

Youssef war über eins achtzig groß und hatte selbst glatt

rasiert einen ausgeprägten Bartschatten. Lächelnd trat er hinter dem Tresen hervor, zog die Ohrhörer ab und umarmte Karim.

»*Wa alaikum salam!* Wie geht es dir, mein Freund?«

»Gut. Und selbst?«

»*Bikhair alhamdulillah!* Draußen ist es heißer als in der Hölle, hab ich recht? Wie wär's mit einer Sonnenbrille? Hier, nimm! Geschenk des Hauses.«

Karim lachte. »Nein, danke.«

»Wie wär's stattdessen mit einer Aircondition für Lalla Fatima? Die gute Frau leidet doch gewiss schrecklich.«

»Lalla Fatima geht es gut, Dank sei Gott.« Karim sah sich um. »Ich weiß noch, wie dein Vater den Laden geführt hat. Damals wollte jeder unbedingt einen Ghettoblaster haben.«

»Stimmt genau, mit Schieberegler und diesen lustigen Equalizern mit riesiger LED-Anzeige«, erwiderte Youssef amüsiert. »Was bringt dich her?«

»Ich führe gerade eine Untersuchung zu Produktfälschungen durch.«

Youssef kniff misstrauisch die Augen zusammen.

»*Thiina!*«, beruhigte ihn Karim. »Wenn ich jeden belangen wollte, der gefälschtes Zeug verkauft, müsste ich halb Marrakesch verhaften. Woher stammen all die Sachen eigentlich?«

»Alles Elektronische kommt aus China. Kleidung und Taschen werden hier im Maghreb hergestellt. Im Nachahmen sind wir Marokkaner doch spitze – schau dir bloß all die falschen Fossilien an, die wir für die Touristen machen!«

Karim zeigte ihm seine Breitling.

»Was hältst du davon?«

Youssef ergriff Karims Handgelenk. »So etwas nenne ich eine *falsche* Fälschung. Siehst du, wie der Sekundenzeiger läuft? Quarzwerk. Ultrabillig in der Herstellung. Neigt dazu, abrupt stehen zu bleiben.« Er zog unter dem Tresen eine andere Uhr hervor. »Die hier hat einen automatischen Aufzug, genau wie eine Rolex. Deshalb nenne ich so etwas eine *echte* Fälschung. Die halten jahrelang. Ich verkaufe die für einhundertfünfzig Dirham. Wie viel hast du für das Ding bezahlt? Fünfzig, sechzig?«

»Moment mal, du meinst also, es gibt zwei Arten von Fälschungen? Falsche Fälschungen, die von mieser Qualität sind, und niveauvolle Fälschungen beziehungsweise echte?«

Youssef lachte. »Es gibt Dutzende Arten von Fälschungen. Sie alle aufzulisten, würde eine Ewigkeit dauern.«

»Ich hab's nicht eilig«, sagte Karim und zog sich einen Stuhl heran. Seine Müdigkeit war auf einmal verflogen, und Durst verspürte er auch nicht mehr. Interessiert hörte er zu, wie Youssef den Markt für Produktfälschungen in allen Einzelheiten beschrieb und ihm die feinen Abstufungen in Preis und Qualität von *fast wie das Original* bis *fällt nach einer Woche auseinander* erklärte.

Schließlich streckte Karim die Arme aus und dehnte sich gähnend. »Laut meiner falsch gefälschten Uhr wird es Zeit für mich zu gehen.«

»Bleib doch noch! Was macht die Familie?«

»Allen geht es gut, Gott sei Dank. Khadija heiratet demnächst. Sie will vier *takschitas* und einen türkischen Sänger! Ich hab mir einen Nachtjob suchen müssen, um das alles zu bezahlen.«

»*Lhah ikimmel bekhir*«, meinte Youssef ermutigend. »Gott wird's schon richten. Und solltest du noch ein Hochzeitsgeschenk brauchen …« Er deutete auf einen Flachbildfernseher. »Hergestellt in Guangdong … echte Fälschung …«

Karim lachte. »Dann melde ich mich.«

Kay spießte eine Jakobsmuschel auf. »Was meinst du?«

Es war Sébastiens Idee gewesen, sich im Goya zu treffen. Generell mochte Kay es nicht, die neuesten In-Lokale der Stadt zu besuchen. *Ich bin doch nicht nach Marrakesch gekommen, um in einem Fondouk, das irgendeinem ehemaligen Musikproduzenten aus Paris gehört, Sushi zu essen*, hatte sie gebloggt. In Wahrheit war sie bloß neidisch. Goya und ähnliche Adressen erinnerten sie an den eigenen einstigen Ruhm, an die goldenen Tage, als alle nur vom Dar Zuleika sprachen. Antiquitäten, eigene Boutique, Inneneinrichtungen, Eventorganisation – das alles waren ihre Versuche, an die alten Erfolge anzuknüpfen. Als sie heute Morgen im Büro gesessen hatte, war ihr noch eine Idee gekommen: eine Firma, die sich auf das Renovieren von Riads spezialisierte. Die Zielgruppe: wohlhabende Europäer, die es in die Sonne zog. Ein solches Unternehmen könnte sie gemeinsam mit Sébastien führen, da sich ihre Talente in diesem Punkt hervorragend ergänzten. Abgesehen davon, dass es ihren Ruf aufpolieren würde, wäre es bestimmt lustig, wieder im bewährten Duo zu arbeiten und wie damals, als sie das Dar Zuleika renovierten, gegenseitig Ideen auszutauschen, zu flirten und herumzualbern, bis sie aus dem Lachen nicht mehr herauskamen. Kein Liebestrank von einem der vielen Arzneihändler auf dem Jemaa el Fna könnte Sébastiens Interesse an ihr erfolgreicher wiederbeleben. Sie hatte sich sogar schon einen Namen für die Firma ausgedacht: The Riad Thing.

»Gar nicht schlecht«, sagte Sébastien.

»Was?«

»Das Restaurant. *Pas mal.*« Er zeigte mit der Gabel zu einem Weidenkäfig mit seitlicher Öffnung, der von der Decke hing. »*Qu'est-ce que c'est?*«

»Requisite für irgendeine *burlesque*, würde ich sagen«, antwortete Kay in schroffem Ton. Solche leicht dekadenten Anspielungen waren genau nach Sébastiens Geschmack. Sie musterte ihn abschätzend. Mit seinen durchdringend blickenden blauen Augen, der Adlernase und diesen *beau-laid* Zügen sah er für fünfzig noch immer verdammt gut aus. Verdient hatte er es nicht, dermaßen attraktiv zu sein, nicht angesichts der vielen Stunden, die er jeden Tag arbeitete, nicht angesichts der Unmengen an Alkohol und sonstigem Zeugs, das er seinem Körper antat.

»Wir müssen Mohammed zur Party einladen«, sagte Sébastien. »Er kommt Freitag nach Marrakesch zurück.«

»Okay. Wann landet sein Flieger?«

Sébastien brachte einen zerfledderten ledernen Terminkalender zum Vorschein, der vor Quittungen überquoll. Die Seite für Freitag war leer, kein einziger Eintrag, nicht einmal seine eigene Geburtstagsfeier. In puncto Organisation war Sébastien ein hoffnungsloser Fall. Ständig vergaß er Termine, verlegte Unterlagen, und Steuererklärungen betrachtete er als persönliche Beleidigung. Sollten sie wirklich gemeinsam ein Geschäft aufziehen, würde sie den Papierkram erledigen müssen, entschied sie.

»*Aucune idée.*«

»Sag ihm, er soll pünktlich sein, wenn er kommen will. Das Programm im Riad beginnt um acht.«

»Welches Programm?«

»Ich habe ein Programm zusammengestellt.«

»Klingt fast, als wäre das deine Party«, bemerkte Sébastien spöttisch.

»Ich möchte nur, dass es ein voller Erfolg wird. Du nicht?«

»Wie ich bereits gesagt habe – *je m'en fous*. Irgend so ein dämlicher Bauinspektor lässt mir keine Ruhe, Mohammed lässt mir keine Ruhe – das ist alles, was mich derzeit kümmert!«

Sie verstummten für einen Moment, und Kay betrachtete die anderen Gäste. Zwei Männer mit langen gewellten Haaren, die nach Italienern klangen. Dahinter eine modisch gekleidete Frau, die allein saß und einem Kleinkind in einem Buggy zugurrte, und ganz hinten am letzten Tisch ein verliebtes Pärchen. Der Mann strich der Frau gerade mit den Fingerspitzen über die Wange. Wann hatte Sébastien sie das letzte Mal so zärtlich berührt? Wann hatte er ihr das letzte Mal ein Kompliment gemacht? Wann hatte er sie das letzte Mal *gefickt*?

»Hast du dir schon einen Namen für den Affen ausgedacht?«, fragte Sébastien.

»Driss hat ihn Momo getauft.«

»Du kannst das nicht *taufen* nennen. Schließlich ist er ein muslimischer Affe.« Sie lachten beide.

»Jedenfalls heißt er jetzt Momo. Driss hat im *hanut* Nüsse und Körner besorgt … ach Gott! Das habe ich ja ganz vergessen, dir zu erzählen!« Kay ergriff Sébastiens Hand. »Montagabend ist in der Medina eine junge Frau ermordet worden!«

»Eine junge Frau … ermordet?« Sébastien setzte sich erschrocken auf. »Wo?«

»Ihre Leiche hat man vor der Sidi bel Abbès gefunden.«

»Wer war es?«

»Ein Mädchen von hier.«

»Wurde sie erwürgt?«

»Keine Ahnung. Ihre Leiche lag auf einem Handkarren.«

»Nicht ausgeschlossen, dass *les barbus* dahinterstecken«, erklärte Sébastien düster. »Die Bärtigen.«

»Islamisten? Glaubst du wirklich?«

»Du musst nur mal freitags einen Blick in die Moscheen werfen. Die sind alle gerammelt voll. Und die Prediger sind Fanatiker.«

»Soll ich die Engländerin bei mir warnen? Allerdings erzählt sie dann womöglich all ihren Freundinnen davon. Du weißt ja, wie rasch so etwas die Runde macht! Die erste Stornierung hatte ich bereits.« Kay schlug sich die Hand vor den Mund. »Ach, mein Gott. Mir ist gerade eingefallen ... hoffentlich werden die Leute am Freitag keine Angst haben zu kommen ... zur Party, meine ich!«

Sébastien drückte ihren Arm. »Immer mit der Ruhe, Kay. Jetzt mal keine Paranoia. Wahrscheinlich steckt hinter dem Mord bloß irgendein familiärer Streit, ein eifersüchtiger Ehemann oder ...«

»Eben hast du noch gesagt, es könnten Islamisten gewesen sein!«

»Ich weiß nicht, wer es gewesen ist. Aber es ist eine lokale Angelegenheit, die nur die hiesige Bevölkerung betrifft. Auf Besucher hat das keinen Einfluss.«

»Mord ist Mord!«

»Wir wissen doch gar nicht, ob es Mord war. Erst mal abwarten, was die Polizei sagt.«

»Die Gegend ist damit belastet, verstehst du das nicht?«

»Kay, *arrête!* Von einem einzigen Mord lässt sich doch kein Tourist abschrecken. Denk an den 11. September. Das hat auch keinen Touristen davon abgehalten, New York zu besuchen.«

»New York ist eine riesige Stadt!«

»Marrakesch auch. In Städten wie Paris, Rom und London sind Morde und Vergewaltigungen doch an der Tagesordnung ... Touristen strömen trotzdem dorthin. Außerdem geschah die Tat im August, also zu einer Zeit, wenn sowieso kaum Touristen in der Stadt sind.«

»Du meinst, es wird Ausländer nicht davon abhalten, Marrakesch zu besuchen ... und sich hier Häuser zu kaufen?«

»Nein.«

»Bist du dir da sicher?«

»*Sûr et certain.*«

Kay winkte dem Kellner, um zu zahlen. »Sébastien ... mir ist da eine tolle Geschäftsidee gekommen.«

»Was für eine Art von Geschäft?«

»Es könnte einen Haufen Geld einbringen.«

»Was für eine Art von Geschäft?«, wiederholte Sébastien.

»Eine Firma, die auf die Restaurierung von Riads spezialisiert ist. Es gibt schon welche, die einzelne Bereiche abdecken, aber du und ich, wir könnten ein Gesamtpaket bieten. Alles, vom ersten bis zum letzten Schritt: das passende Objekt finden, renovieren, der ganze Papierkram, alles. Und das in Französisch *und* Englisch! Ich kann die Sache schon mal ins Rollen bringen, und du stößt dann dazu, sobald die Serafina fertig ist. Passt perfekt!«

Sébastiens Miene verdunkelte sich. »Es kauft doch keiner einen Riad, wenn direkt vor der Haustür Leute umgebracht werden.«

»Gerade hast du noch gesagt ...«

»Da hab ich nur vom Tourismus gesprochen. Immobilien sind etwas ganz anderes. *Ça ne vas pas marcher.*«

»Ausländer, die nach Riads suchen, gibt es immer!«

»Dann zieh die Sache allein auf. Ich bin zu beschäftigt.«

»Bis November müsstest du gar nichts tun.«

»November? So weit wage ich derzeit gar nicht zu denken!«

»Was willst du denn ab November machen?«, sagte Kay verzweifelt. »Dich in deiner Wohnung verkriechen und darauf warten, dass das Telefon klingelt?«

Sébastien verstaute den Terminkalender wieder in seiner Tasche. »Ich muss zurück auf die Baustelle. Wir gießen Beton.«

»Sébastien ... nach der Party, lass uns doch weggehen, nur für ein oder zwei Nächte. Wir könnten nach Essaouira fahren, uns am Strand ein Zimmer nehmen ...«

»*T'as pas compris?* Ich muss arbeiten!«
»Dann eben Ende des Monats.«
»Laurent kommt, schon vergessen?«
»Na, dann wenigstens ein Picknickausflug mit der *quatrelle*. Wir könnten in Ruhe reden …«
»Reden?«, erwiderte Sébastien und stand auf. »Worüber?«

»Oh, ich bin kein Araber. Ich bin Berber!«

Karim lächelte. Er saß wieder an seinem Schreibtisch und unterhielt sich mit Melanie. Bei seiner Rückkehr aus Youssefs Laden hatte sie im Büro auf ihn gewartet. Zu seiner Erleichterung fand er zudem eine Nachricht von Noureddine vor, der in die Zentrale gerufen worden war.

»Wir selbst nennen uns Amazigh oder Chleuh, was so viel wie Berber bedeutet. Wir haben eine andere Sprache, andere Kultur als arabische Menschen.«

»Soll das heißen, Sie sind gar kein Muslim?«, fragte Melanie und lachte unsicher. »Sorry, ich wollte nicht unhöflich sein.«

»Ich bin Muslim und besuche die Moschee. Wir Chleuh halten Fastenregeln wie alle anderen.«

»Es muss hart sein, bei dieser Hitze zu fasten«, sagte Melanie.
»Wir sind daran gewöhnt.«

Melanie deutete auf ihre Wasserflasche. »Stört es Sie?«
»Nein, bitte.«

Melanie nahm einen großen Schluck. »Gewöhnlich sitze ich nachmittags am Pool, um mich abzukühlen.«

»Ihr Riad hat einen Pool? Da haben Sie Glück.«
»Leider haben sie mich gerade rausgeworfen.«

»Sie müssen Ihren Riad verlassen?«

»Nur für ein paar Stunden, während sie die Vorbereitungen abschließen. Sie veranstalten eine große Feier am Freitag. Von meiner Handtasche gibt's wohl nichts Neues, wie?«

»Nein«, antwortete Karim, dem jetzt erst einfiel, dass er den für gestohlene und verlorene Wertsachen zuständigen Sergeant noch gar nicht informiert hatte. »Es ist Ramadan ... da dauert alles ein wenig länger.«

»Mir gefällt Marrakesch während des Ramadan. Gestern Abend habe ich wahnsinnig faszinierende Gebete aus der Moschee gehört.«

»Aus welcher Moschee? Moussaine?«

»Nein. Ich glaube, sie heißt Sidi bel Abbès.«

»Ah, wir sind Nachbarn. Ich war selbst gestern Abend in Sidi bel Abbès. Sie nennen sich *tarawih*, die Gebete, die Sie gehört haben.«

»Sie klangen wunderschön. Ich habe eine ganze Stunde draußen gestanden und mich wie in Trance gefühlt.«

»Moment – Sie sagen, Ihr Riad ist in der Nähe der Moschee?«

»Ja. Direkt um die Ecke.«

»Sie sollten da nicht rausgehen, nicht ohne Begleitung ... auf keinen Fall nach Sonnenuntergang. Montagabend hat man eine junge Frau tot an der Sidi bel Abbès gefunden.«

»Oh, mein Gott!«, rief Melanie entsetzt aus.

»Bis wir mehr wissen, ist Sidi bel Abbès keine gute Gegend für Frauen. Wann wollen Sie denn zurück in den Riad?«

»Keine Ahnung. Darüber habe ich mir noch gar keine Gedanken gemacht.« Melanie schluckte schwer. Zuerst wurde sie ausgeraubt, jetzt ein Mord. Marrakesch war schon ein furchterregender Ort!

Karim ließ nicht locker. »Wann gehen Sie zurück in den Riad?«

»Ich wollte heute Abend noch auf dem Platz etwas essen, also vermutlich so gegen acht.«

»Sie müssen jetzt sofort zurück!«, entschied Karim und sprang auf. »Kommen Sie mit, bitte. Ich besorge ein Taxi.«

Draußen auf der Straße herrschte bereits reger Verkehr. Karim sah sich um. Es war schon später, als er gedacht hatte. »Schlechte Uhrzeit«, rief er. »Taxis alle voll.«

»Ich laufe gerne … ehrlich«, erklärte Melanie.

Ein Taxi hielt an. »Sidi bel Abbès«, sagte Karim und legte die Hand auf den Türgriff.

»Ich muss zu den Agdal-Gärten, *beslama!*«, beeilte sich der Fahrer zu sagen und raste davon.

Karim drehte sich zu Melanie. »Wir gehen zu Fuß.«

Sie mischten sich in den träge kriechenden Verkehr. In Höhe des Jemaa el Fna begann Karim langsam, sich unbehaglich zu fühlen. War es nur Einbildung, oder verfolgten ihn tatsächlich die Blicke seiner Mitbürger? Verurteilten sie ihn, weil er hier an der Seite einer jungen Engländerin durch die Gassen lief?

Melanie sah sich aufmerksam um. Die Obststände leuchteten in der Abendsonne in prächtigen Farben. »Es ist so wunderschön! Unfassbar, dass hier etwas Schreckliches passieren kann.«

Karim musste unwillkürlich an den Bombenanschlag auf das Café Argana ein paar Monate zuvor denken. Sie hatten den Knall bis ins Kommissariat gehört und waren sofort an den Ort des Blutbads gerannt. Noch heute war das Gebäude mit Plastikbahnen verhängt.

»Hat er sich stark verändert über die Jahre – der Jemaa el Fna?«

Karim streckte den Arm aus. »Da drüben an der Ecke war

früher eine – wie heißt es auf Englisch – *bus station*. Jeden Morgen kam ein Bus mit Bauern. Auf das Dach packten sie Hühner, Gemüse und *bouya, le caméléon*.«

»Chamäleons? Warum das?«

»Magie. Die Zauberer werfen sie in Feuer, und *caméléon* explodieren, puff! Heute verkaufen sie *caméléon* an Touristen.« Karim wandte sich in die entgegengesetzte Richtung. »Ich weiß noch, da drüben sind Männer über Glasscherben gelaufen.«

»Und wo sind sie jetzt?«

»Weg. Schlecht für Tourismus. Die Wahrsagerinnen ... die Bettler ... die Männer, die Zähne ziehen ... alle weg.«

»Ich fahre am Samstag«, sagte Melanie nach einer Pause. »Deshalb bin ich auch gekommen. Um Ihnen das mitzuteilen. Morgen erhalte ich vom Konsulat neue Papiere.«

»Ich verstehe. Bitte weiter, es wird schon spät.«

Sie erreichten das Dar Zuleika, als die Sonne gerade über den Dächern unterging. Kay öffnete die Tür.

»Dies ist Lieutenant Belkacem«, erklärte Melanie in knappem Ton. »Ihm zufolge ist Montagabend hier ein Mord verübt worden. Haben Sie nichts davon gehört?«

»Ich glaube, Driss hat so etwas erwähnt«, antwortete Kay ausweichend.

Melanie wandte sich an Karim. »Auf Wiedersehen, Lieutenant.«

»*Au revoir*, Mademoiselle Murray. Passen Sie gut auf während der letzten zwei Tage in Marrakesch.«

Als Karim in die Derb Bourahmoune Lkbir kam, saß Abderrezak zu Hause im *salon* mit hochgekrempeltem Ärmel und betrachtete prüfend sein Nikotinpflaster. Karim sah ihn verwundert an.

»Darfst du denn im Ramadan ein Nikotinpflaster benutzen?«, fragte er.

»Der Koran verbietet nur, was durch den Mund zugeführt wird oder die Haut durchsticht.«

»Bestimmt ist doch alles verboten, was durch die Haut dringt.«

Zak rollte den Ärmel herunter. »Ein Nikotinpflaster unterscheidet sich doch nicht von einer Feuchtigkeitscreme. Hättest du etwa Einwände, wenn deine Mutter eine Feuchtigkeitscreme benutzt?«

»Man kann doch ein Nikotinpflaster nicht mit einer Feuchtigkeitscreme vergleichen! Mit einem Nikotinpflaster führst du deinem Blutkreislauf direkt Nikotin zu!«

»Was wird das denn jetzt?«, erwiderte Zak kichernd. »Ein Verhör?«

»Der Sinn des Fastens besteht darin, Verzicht zu üben«, redete Karim sich langsam in Rage. »Dann kannst du genauso gut den ganzen Tag rauchen!«

»Bist du jetzt auf einmal der große Koran-Experte?«

»*A draree!*«, beschwichtigte Lalla Fatima, die mit einer Kanne Kaffee durch die Tür trat. »Nicht streiten, Jungs. Die Sonne geht jeden Moment unter.«

Ayesha stellte eine Schüssel Fadennudeln mit Hühnchen und Zimt auf den Tisch, und Khadija brachte Teller. Karim bemühte sich, seine Gedanken zu sammeln. *O Allah, Dir zu Ehren faste ich, und mit diesem Essen, das Du mir gibst, breche ich das Fasten, und in Dich setze ich all mein Vertrauen.*

Der Gebetsruf erschall. *Allahu Akbar!* Karim hatte sich den ganzen Tag auf diesen Augenblick gefreut, und jetzt, da es so weit war, verspürte er kaum Appetit. Er zwang sich, etwas von den Hühnchen-Vermicelli zu essen, und lehnte sich dann zurück, um zusammen mit den anderen die Mittwochabend-Soap zu verfolgen. Über das Thema, das alle am meisten beschäftigte, wurde kein Ton gesprochen. Erst als die Sendung vorbei war, brach Zak das Schweigen.

»Wie Khadija mir erzählt hat, bist du es gewesen, der das tote Mädchen bei der Moschee gefunden hat, Karim. Abgelegt auf einem Handkarren wie ein Sack Mehl. Stimmt es, dass es sich um eine Prostituierte handelt?«

»Kein wahres Wort ist an diesem Gerede«, warf Lalla Fatima ein. »Amina Talal war ein anständiges Mädchen.«

»Verzeih, *a lalla*, ich wollte niemanden verletzen. Ich gebe nur wieder, was ich gehört habe.«

»Meint ihr, es war ein Verbrechen aus Leidenschaft?«, fragte Khadija.

»Eher religiöser Fanatismus«, erklärte Zak bestimmt. »Warum sonst wurde die Leiche des Mädchens direkt vor einer Moschee abgestellt? Na komm schon, Karim, was habt ihr rausgefunden? Oder ist das alles wieder streng geheim?«

»Ein Kollege leitet die Ermittlungen.«

Zak sah ihn erstaunt an. »*Bleti*, Moment mal ... hast du den Fall etwa nicht übernommen? Aber du bist doch als Erster am Tatort gewesen! Ich habe doch mit eigenen Augen gesehen, wie der Junge kam, um dich zu holen! Warum leitest du dann nicht die Ermittlungen?«

Karim antwortete nichts. Zak musterte ihn ein paar Sekunden lang, dann schnalzte er mit der Zunge. »Na, ich sag nur so viel: Die Wege der Sûreté sind unergründlich.«

Khadija fragte Karim, ob sie zur Schneiderin durften.

»Ich habe es dir doch bereits erklärt. Ihr geht nicht vor die Tür, es sei denn in Begleitung.«

»Begleitest du uns?«

»Ich kann nicht. Ich muss arbeiten.«

»Ich übernehme das«, sagte Zak gut gelaunt. »Ich habe heute Abend noch nichts vor.«

Karim runzelte die Stirn. »Es bringt Unglück, wenn der Bräutigam das Hochzeitskleid schon vor der Feier sieht.«

»Ich schau nicht hin ... versprochen!«, versicherte Zak lachend. »Die Damen können allein reingehen und mit der Schneiderin reden. Ich bleibe draußen und rauche eine Zigarette. Du kommst doch auch mit, Ayesha, oder?«

»Ich hab noch Sachen zu erledigen.«

»Ach, komm doch mit, Ayesha!«, bettelte Khadija. »Ich helfe dir auch beim Spülen!«

»Du kannst dir die Goldborte aussuchen, die du haben wolltest«, sagte Zak.

Ayesha schüttelte den Kopf. »Ich muss zum *hanut*.«

»Lebensmittel können wir anschließend aus einem *hanut* auf dem Weg mitnehmen.«

»Ich will aber zu dem *hanut* in der Kbour Chou.«

Khadija verzog das Gesicht zu einem breiten Grinsen. »Aha! Da, wo dieser hübsche Junge arbeitet. Der mit den Dreadlocks.«

»Ist das etwa dein Zukünftiger?«, neckte Zak sie. »Wie heißt er denn? Na los, Ayesha, erzähl schon ... ist das der, den du heiraten möchtest?«

Karim hatte mit wachsender Verärgerung zugehört. Jetzt platzte ihm der Kragen. »Du hast sie schon Montagabend wegen irgendwelcher Jungs aufgezogen, und nun willst du sie auch noch mit einem Gemüsehändler verkuppeln! Was geht dich das eigentlich an?«

»Nein«, sagte Ayesha in diesem Moment nur.

Alle waren überrascht. »Was, *nein*?«, fragte Khadija.

»Zak wollte wissen, ob ich den Jungen aus dem *hanut* heirate. Die Antwort lautet nein.«

»Und woher weißt du das so genau?«, bohrte Zak weiter.

»Weil mein Herz bereits für einen anderen schlägt«, antwortete Ayesha und schenkte Karim einen langen Blick, bevor sie auf dem Absatz kehrtmachte und den Raum verließ.

Khadija begann, die Teller abzuräumen. Karim stapfte mit dunkelrotem Kopf in sein Zimmer hinauf, um seine Tasche zu packen. Was hatte sich Ayesha bloß dabei gedacht? Ihn einfach so vor aller Welt als ihren künftigen Ehemann hinzustellen! Dazu würde es nie kommen. Dazu *konnte* es gar nicht kommen – nicht in tausend Jahren! Er wartete, bis Ayesha allein war, dann stürmte er in die Küche und packte sie am Ellbogen.

»Was sollte denn das eben?«

»Gar nichts sollte das«, erwiderte Ayesha.

»Du weißt doch, dass ich dich nicht heiraten kann. Warum läufst du dann herum und machst solche Anspielungen? Genauso gut kannst du gleich allen unser Geheimnis verraten!«

Karims Mutter erschien mit einem Stapel schmutziger Teller in der Tür. »Was schimpfst du hier mit Ayesha?«

Karim ließ Ayeshas Ellbogen los. »Ich schimpfe nicht mit ihr. Ich finde nur, sie sollte ihr Liebesleben nicht mit einem Mann bereden, der nicht einmal zur Familie gehört. Das ist alles.«

»Ein Fremder ist Abderrezak ja nun wirklich nicht. Und Ayesha hat gar nichts über ihr Liebesleben gesagt. Das hatte doch nichts groß zu bedeuten, habe ich recht, Ayesha?« Lalla Fatima stellte die Teller in die Spüle. »Wir stehen derzeit alle ziemlich unter Schock. Deshalb sollten wir besonders rücksichtsvoll miteinander umgehen. Komm, nimm sie in den Arm.«

Auf seinem Rückweg vom Mittagessen fiel Sébastien ein, wie sich das Problem Bauinspektor minimieren ließ. Statt die Bauarbeiten zu unterbrechen, würde er alles noch weiter beschleunigen. Sollte der Inspektor versuchen, die Baustelle zu schließen, würde Sébastien ihn beschuldigen, wegen des Blechschadens am Auto nur von persönlicher Rache getrieben zu sein. Die Mühlen der Justiz arbeiteten dank Ramadan extrem langsam, und bis die Behörden dazu kommen würden, eine zweite Anordnung zu erlassen, wäre der gesamte Rohbau abgeschlossen. Das Hotel wäre ein Fakt. Und angesichts der Bedeutung, die der Tourismus für Marrakesch besaß, war kaum damit zu rechnen, dass die Behörden auf einer nachträglichen Einhaltung der Vorschriften bestehen würden. Ein Richter, der den Rückbau eines Fünfzig-Millionen-Euro-Hotels befahl, bloß weil die Treppenstufen einen Zentimeter zu schmal waren, musste schon sehr mutig sein. Die Strategie blieb extrem riskant, aber hatte er überhaupt eine andere Wahl?

Umgehend ordnete Sébastien die Organisation einer Nachtschicht an. Hassan bekam den Befehl, erstklassige Bezahlung zu bieten und einzustellen, was er an Kräften bekommen konnte. Die Arbeiten würden rund um die Uhr fortgesetzt, mit Essenspausen um 19:30 Uhr, Mitternacht und 3:30 Uhr morgens. Bei Sonnenuntergang war das Heer der Beschäftigten an der Serafina bereits auf zweihundertfünfzig Männer angeschwollen.

Inzwischen war es zehn Uhr geworden. Umgeben von dröhnenden Motoren und kreischenden Maschinen standen Hassan und Sébastien im grellen Licht der aufgestellten Scheinwerfertürme. Es roch nach Diesel und Carbid.

Hassan machte sich Sorgen um den rasch schwindenden Vorrat an Baumaterial. »Wenn wir rund um die Uhr arbeiten«, brüllte er, und seine Wangen glänzten dabei vor Schweiß, »*pas de sable, pas de ciment!*«

»Ruf im Depot an.«

»Da gibt's nicht mehr viel zu holen. Ramadan!«

»Versuch's in Youssoufia oder Casablanca. Überall, wo es Sand, Kies und Zement gibt! Was macht die Ausrüstung?«

»Die letzten Generatoren kommen heute Nacht.«

»Ich möchte, dass du dir ein paar Leute schnappst und einen Zaun baust!«

»Einen was?«, schrie Hassan mit heiserer Stimme.

»Einen Zaun!«, brüllte Sébastien zurück. »Drei Meter hoch! Fangt an der Schranke an!«

»Um die ganze Baustelle?«

Sébastien nickte. »Nehmt Wellblech! Bestell davon auch noch Nachschub!«

Wenn sie schon rund um die Uhr arbeiteten, dachte Sébastien grimmig, dann konnten sie dabei auch auf Zuschauer verzichten.

»*Labas*, mein Bruder?« Rachid saß am Steuer des Taxis und rauchte. »Geht es Ihnen heute besser? Ja? *Alhamdulillah!* Mir? Ich hatte einen guten Tag. Weil ich den größten Teil davon verschlafen habe!«

Sie fuhren die Stadtmauern entlang, vorbei an dem Werbeplakat mit der spärlich bekleideten Schauspielerin und weiter auf die Route d'Ourika. Während Rachid unaufhörlich redete, beschäftigte Karim noch sein Wutausbruch gegenüber Ayesha. Letztlich war all seine Wut nichts als Frust. Nur zu gerne hätte er ihre Gefühle füreinander öffentlich gemacht, sie von den Dächern der Stadt geschrien, doch sie mussten in ihren Herzen fest verschlossen bleiben. Niemand durfte je davon erfahren.

Wann hatte sich ihre Beziehung geändert, hatte den Wandel vollzogen von Nähe zu Intimität? Karim war der Meinung, es geschah, als Ayesha in die Pubertät kam. Statt für Distanz zu sorgen, hatten die eindringlichen Ermahnungen seines Vaters sie lediglich verschwiegener handeln lassen. Sie verabredeten sich auf der Dachterrasse, wenn Ayesha dort die Wäsche aufhängte, oder trafen sich nach der Schule auf dem Markt beim Bab el-Khemis. Sie vertrauten einander ihre Wünsche an, ihre Geheimnisse und Ängste, und lachten miteinander. Wenn Karim Ärger mit seinem Vater hatte oder in der Schule von anderen drangsaliert wurde, holte er sich Ayeshas Rat. Im Gegenzug erzählte sie ihm von den stumpfsinnigen Mädchen aus dem *douar*, die sich allein für Make-up und Klamotten interessierten, während sie sich lieber über Bluetooth oder Parkour unterhalten hätte. Sie zählten beide die Stunden bis zu ihrem nächsten Treffen. Dann lagen sie auf dem Dach nebeneinander, wo niemand sie hören konnte, und Ayesha fragte, warum sie nicht heiraten konnten. »Ich bin doch gar nicht deine richtige Schwester, was soll daran so schlimm sein?«

Karims Antwort war immer die gleiche: »Der Koran verbietet es, Bruder oder Schwester zu heiraten, selbst wenn sie andere Eltern haben. Daher ist es sinnlos, überhaupt darüber zu reden.«

Als Karim an der Polizeiakademie angenommen wurde, hoffte er, die fast vierhundert Kilometer zwischen Kenitra und Marrakesch würden sie trennen und ihre Gefühle füreinander erkalten lassen. Ein Jahr lang schien der Plan aufzugehen. Karim unterhielt sogar eine kurze Beziehung zu einer Polizeischülerin auf der Akademie. Er lenkte seine Gedanken von Ayesha ab, indem er Zusatzausbildungen absolvierte, und brachte es so am Ende zum besten Schützen des gesamten Jahrgangs. Unmittelbar bevor er seine erste Stelle in Rabat antreten sollte, erlitt sein Vater einen tödlichen Herzinfarkt. Über Nacht stand die Familie ohne Ernährer da. Karim musste nach Marrakesch zurück und Ayesha die Schule verlassen, um Lalla Fatima im Haus zu helfen. Plötzlich wohnten Ayesha und Karim also wieder unter einem Dach, doch jetzt war Karim das Oberhaupt der Familie und noch stärker dazu verpflichtet, nicht gegen Sitte und Anstand zu verstoßen. Bei ihrem letzten Treffen auf dem Dach hatten sie auf dem Rücken liegend in den Nachthimmel gesehen, und Karim hatte Ayesha gesagt, dass sie wie Erde und Mond seien. Für immer miteinander verbunden, für immer den gegenseitigen Anziehungskräften unterworfen, doch auch dazu bestimmt, stets getrennt zu bleiben.

Die Wagenreifen holperten über die Buckelpiste zur Baustelle und rissen Karim in die Gegenwart zurück. Vor ihm wurden die Umrisse der Sherazade sichtbar, dann die Gestalt von Fouad, der im Scheinwerferlicht die Augen zusammenkniff.

»*Labas?*«, fragte Karim. »Alles in Ordnung?« Der andere Wachmann blieb stumm. Karim und Fouad tauschten die Plätze, und das Taxi fuhr davon. Langsam verklangen die letzten Fetzen Bollywood-Musik.

Selbst hier, fünf Kilometer vor der Stadt, war die Hitze erdrückend. In Nächten wie diesen drehten die Menschen durch, dachte Karim. Er öffnete die Tür der Hütte. Die Matratze bot zwar einen Hauch Bequemlichkeit, doch es fehlte ein Fenster, was ihm am Vorabend gar nicht aufgefallen war. Die Petroleumlaterne brannte und heizte die Luft noch zusätzlich auf. Immerhin überlagerte der Kerosingeruch die Ausdünstungen, die Fouad hinterlassen hatte, wie Karim erleichtert feststellte. Er hockte sich auf die Matratze, die so ekelhaft fleckig und schmutzig war, dass man lieber gar nicht weiter darüber nachdachte. Morgen würde er ein Laken mitbringen, *inschallah*. Er betrachtete die vier Holzwände, die nun vier Wochen lang sein nächtliches Zuhause darstellen würden. Mit dem Finger strich er über eins der rauen und splittrigen Kiefernbretter. Über seinem Kopf schwangen ganz sanft die Spinnweben. Beim Öffnen seiner Tasche bemerkte er zu seinem Ärger, dass er die Taschenlampe vergessen hatte. *Idiot.* Er nahm die Petroleumlampe und ging auf die Rückseite der Hütte. An der Standpumpe wusch er sich Hände, Unterarme und Füße, kehrte wieder vor die Hütte zurück und rollte seinen Gebetsteppich aus. Mit den Händen auf den Oberschenkeln sank er auf die Knie, streckte die Handflächen vor sich aus und begann, mit dem Oberkörper so tief zu pendeln, dass die Stirn den Teppich berührte.

Ehre sei Dir, o Allah, gelobt seist Du und geheiligt Dein Name, hoch lebe Deine Herrlichkeit, keinem soll gehuldigt werden neben Dir.

Nachdem er den Teppich wieder zusammengerollt hatte, machte er eine Runde über das Gelände. Im Licht der Petroleumlampe war der Pfad nur schwer auszumachen, und seine Hosenbeine blieben immer wieder am Dorngestrüpp hängen. Zehn Minuten später gab er auf und kehrte in die Hütte zurück.

Er legte sich vollständig bekleidet auf die Matratze und ließ die Tür auf, um auch den kleinsten Lufthauch auszukosten.

Durch den rechteckigen Ausschnitt konnte er die Silhouette des leer stehenden Gebäudes sehen. Ihn verlangte nach einer Zigarette. Hätte er doch nur Rachid um eine gebeten oder, noch besser, vor seiner Fahrt in diese Einöde ein Päckchen Marquise gekauft. Eine Stunde vertrödelte er mit seinem Handy. Auf den Wänden tanzte der Schatten einer Motte, die das Licht umflatterte. Im Spinnennetz über seinem Kopf bemerkte er zwei tote Motten. Er erschlug eine Stechmücke auf seinem Unterarm. Und noch eine.

Er rief sich in Erinnerung, wie Ayesha ihn angeschaut hatte bei ihrem Bekenntnis, dass ihr Herz bereits für einen anderen schlug. Was, wenn sie die Wahrheit gesagt hatte? Wenn sie tatsächlich einen anderen gefunden hatte? Es dauerte mehrere Stunden, bis er einschlief.

4

Karim saß im Büro, hatte ein Hosenbein hochgerollt und kratzte sich am Schienbein.

»Die Petroleumlampe hat gestunken, aber ich habe mich nicht getraut, sie auszumachen. Nicht dass irgendwelche Einbrecher auf die Idee kommen, das Gelände wäre unbewacht. Und weil die Tür offen stand, sind sämtliche Insekten aus der Gegend reingeflogen und haben mich halb aufgefressen.«

Noureddine lächelte. »Und was ist mir dir? Hast du etwas gegessen?«

»Eine Orange.«

»Das ist zu wenig. Es ist Ramadan, und du bist nachts nicht zu Hause. Du darfst nicht vergessen, mehr zu essen und zu trinken.«

»*Wakha*«, versprach Karim und schlug mit einer Klatsche nach einer Fliege am Fenster. »Und sonst?«, fragte er und gähnte. »Was gibt es Neues?«

»Aziz hat den Bruder von Amina Talal festgenommen.«

»*Was?*«

»Er wird gerade drüben im Hohlblock verhört.«

Karim warf die Klatsche auf den Tisch und stürmte Richtung Tür. Noureddine sprang auf und stellte sich ihm in den Weg.

»Ich kenne Abderrahim Talal!«, erklärte Karim erregt. »Er ist an der Uni, studiert Maschinenbau! Dass er seine eigene Schwester umgebracht haben soll, ist verrückt!«

Noureddine legte eine Hand auf Karims Brust und dirigierte

ihn zurück zu seinem Schreibtisch. »Es ist immer jemand, dem man es nie zugetraut hätte.«

»Aber die Talals sind eine hoch angesehene Familie. Welchen Grund sollte Abderrahim dafür haben, seine eigene Schwester zu töten?«

»Du hast doch selbst gesagt, der Bruder sei extrem prüde. Woher willst du wissen, dass er kein Islamist ist?«

»Bei den Sieben Heiligen!«, stöhnte Karim. »Einen Bart zu tragen heißt doch nicht gleich, dass er Islamist ist! Und selbst wenn er einer wäre, würde das nicht beweisen, dass er seine Schwester umgebracht hat! Irgendwie schnappen wir uns seit dem 11. September bei ungeklärten Verbrechen einfach nur den nächstbesten Spinner mit Bart und hängen es ihm an!«

»In Fällen wie diesem nimmt man immer zuerst die Angehörigen unter die Lupe.«

»*In Fällen wie diesem?*«, schrie Karim. »Wie viele Mordfälle sind dir schon begegnet, bei denen die Leiche einer Frau auf einem Handkarren vor einer Moschee abgelegt wird, zusammen mit einem Schild, auf dem ihr Name und ihr angeblicher Ruf stehen?«

Bevor Noureddine antworten konnte, war Karim bereits an ihm vorbei aus der Tür und auf der Treppe. Unten angekommen, rannte er quer über den Hof in einen hässlichen einstöckigen Bau. Im Kommissariat hieß das Gebäude allgemein nur »Hohlblock«, weil das Geld ausgegangen beziehungsweise – wie zynischere Stimmen behaupteten – in fremde Taschen gewandert war, noch bevor das Verputzen der Außenwände begonnen hatte. Das Ergebnis war daher ein grauer Betonklotz, der an einen einzigen riesigen Hohlblockstein erinnerte. Diesen ungeliebten Bau betrat Karim nun mit entschlossener Miene und blickte suchend in die zum Gang liegenden Fenster, bis er

Aminas Bruder entdeckte. Ohne zu klopfen, platzte er in den Raum. Zu seinem Entsetzen stand Captain Badnaoui persönlich neben der Tür.

Karim geriet ins Stocken. »Ich ... dieser Mann ... er ist unschuldig.«

Keiner sagte einen Ton. Pockennarbe setzte sich in Bewegung und trat so dicht vor Karim, dass ihre Schuhspitzen aneinanderstießen und seine Nase fast Karims Gesicht berührte. »Was wollen Sie hier?«

Karim deutete auf den Mann am Tisch. »Ich kann für diese Person bürgen. Ich habe ihn bereits vernommen!«

»*Siir!*«, fauchte Pockennarbe, schob Karim zurück in den Gang und schloss die Tür.

Karim stützte sich mit der Hand gegen die Wand und atmete ein paar Mal tief durch. Eine vorbeikommende Sekretärin machte einen weiten Bogen um ihn.

»Im Namen Allahs, was hast du denn jetzt wieder angestellt?«, rief Noureddine aus, als Karim sich in seinen Stuhl fallen ließ.

Karim antwortete nicht. Er loggte sich ins Intranet des Innenministeriums ein und klickte die Liste verdächtiger Islamisten an. Tatsächlich war auch der Name Abderrahim Talal dort aufgeführt.

Melanie lief durch die Gassen, verfolgt von kleinen Kindern, die kichernd »*un dirham, un stylo!*« wiederholten. Sobald sie sich umdrehte, nahmen die Kleinen kreischend Reißaus. Sie spürte, wie die Sonne durch den Stoff ihrer Bluse brannte, und wünschte sich, Lichtschutzfaktor 30 eingepackt zu haben. An der Ecke saß eine ledergesichtige alte Frau mit übereinandergeschlagenen

Beinen hinter etwas aufgestapeltem Gemüse. Melanie zeigte auf die Tomaten. Die Frau wog ein Kilo ab und brachte aus den Falten ihres Kaftans eine dünne Plastiktüte zum Vorschein. Melanie beugte sich mit einer Handvoll Kleingeld zu ihr, und die Frau nahm drei Münzen. Zufrieden über diesen kleinen Erfolg schlenderte Melanie weiter.

Nach einer Weile kam sie an ein rostiges doppelflügeliges Tor, das halb offen stand. Dahinter lag ein Friedhof, eine Wildnis aus Erdhaufen und von Rissen durchzogenen Steinen. Zwei Dohlen, die krächzend um einen Grabstein bogen, waren das einzige Zeichen von Leben. Am anderen Ende erhob sich das Minarett von Sidi bel Abbès.

»*Inglisch?*«

Melanie fuhr herum. Im Eingang eines Ladens stand ein Mann in braun-weißer *gandora*, mit einer steifen, runden Kappe auf dem Kopf. »Kbour Chou. Friedhof von Sidi bel Abbès, vielleicht zweihundert Jahre alt. Sie möchten Töpferware?«

Melanie wollte schon ablehnen, bemerkte dann aber die farbenfroh leuchtenden Teller auf dem Bürgersteig und fand, dass acht davon das perfekte Hochzeitsgeschenk für Emma abgeben würden. Der Ladenbesitzer schlug jeden Teller in Zeitungspapier ein.

»Ist das hier, wo das Mädchen umgebracht wurde?«, erkundigte sich Melanie.

Der Mann schaute kurz zu ihr auf, bevor er mit seinen Zähnen ein Stück braunes Klebeband von der Rolle riss. »Sehr, sehr schlecht für Marrakesch.«

»Wer war sie?«

»Sehr schlecht«, wiederholte er. Melanie wartete darauf, dass er den Kommentar näher ausführte, doch der Mann packte bloß und klebte zu, sog ab und zu geräuschvoll Luft durch die Zähne und schüttelte den Kopf. Schließlich reichte er ihr die beiden mit Schnur gebündelten Pakete. »Bitte erzählen Ihren Freunden, Marrakesch nicht so. Menschen in Marrakesch freundliche Menschen.«

Melanie bezahlte, und der Mann verschwand wieder in seinem Geschäft. Für den Rückweg vorbei an *hanuts* und Haushaltswarenläden orientierte sich Melanie an dem Minarett. Dennoch bog sie erst ein paar Mal falsch ab, bis sie auf einen lang gezogenen, von Werkstätten gesäumten Vorplatz kam. Unmittelbar vor ihr ragte das Minarett auf. In der Gasse neben der Moschee hockten Bettler auf dem Boden oder in Rollstühlen und formten eine Art Schlange. Irgendetwas an der schiefen Haltung ihrer Köpfe ließ vermuten, dass sie blind waren. Melanie setzte ihre Einkäufe ab, um einen Blick in ihren Reiseführer zu werfen.

Sidi bel Abbès ist einer der sieben Schutzheiligen Marrakeschs. Er wurde 1130 in Ceuta geboren und verstarb 1205 in Marrakesch. Sein Leben widmete er der Hilfe für die Schwachen und Versehrten. Zu Beginn des siebzehnten Jahrhunderts entstanden neben seinem Mausoleum eine Moschee und ein Friedhof. Diese »zaouia« genannte religiöse Gedenkstätte fungiert heute auch als Wohltätigkeitsstiftung für Blinde. Nicht-Muslimen ist es verboten, die Moschee zu betreten.

Melanie hörte, wie unter den Wartenden eine gewisse Unruhe entstand. Einer der Bettler musste offenbar ihre Anwesenheit wahrgenommen haben, und nun streckten auch die anderen murmelnd ihre Hände aus. Melanie nahm ihre Taschen und ging auf den Ersten in der Reihe zu. Seine Augen schimmerten milchig. Über dem lederfarbigen Gesicht war die Kapuze der *djellaba* bis auf den Hinterkopf zurückgerutscht. Da sie nicht wusste, was sie tun sollte, reichte Melanie ihm die Tüte mit den Tomaten. Der Mann führte sie an seine Nase, roch kurz daran und streckte dann erneut die Hand aus. In der Annahme, dass er die Tomaten nicht haben wollte, nahm Melanie ihm die Tüte ab, woraufhin der Bettler jedoch laut schreiend versuchte, sie wieder an sich zu reißen. Melanie griff hinein und legte ihm eine einzelne Tomate in den Schoß. Anschließend schritt sie die Reihe entlang und reichte auch den anderen jeweils eine Tomate. Das Gemurmel wurde lauter und drängender.

Verwirrt und verängstigt wich Melanie zurück. Ein Träger mit Baseballkappe und zerschlissener Jacke näherte sich ihr mit seinem Handkarren. Mit einer Kopfbewegung in Richtung der schweren Pakete zu ihren Füßen fragte er: »*Charrette?*«

Melanie nickte. Der Träger lud die Teller auf seinen Karren und folgte ihr zurück zum Dar Zuleika.

Es war Mittag, und die ungehindert in den Raum brennende Sonne ließ die Temperatur um noch ein paar Grad steigen. Karim hatte sein Hemd aufgeknöpft und kratzte einen Mückenstich auf seinem Bauch.

»Du weißt so gut wie ich, dass manch einer schon aktenkundig wird, bloß weil er sich einen Bart wachsen lässt oder weil ein böswilliger Nachbar irgendeinem Polizisten etwas ins Ohr flüstert. Das beweist noch lange nicht, dass er seine Schwester umgebracht hat!«

»Vielleicht wollte er sie gar nicht töten«, sagte Noureddine.

»Vielleicht hat er sie geschlagen, und sie ist gefallen. Es könnte ein Unfall gewesen sein.«

»Wenn es ein Unfall gewesen ist, warum hätte der Bruder sich dann mit dem Schild selbst belasten sollen? Nein, Amina Talal ist so zurechtgemacht worden, dass es wie ein Ehrenmord aussieht, und die Polizei hat den Köder prompt geschluckt!«

»Wie auch immer, dich hat es nicht zu kümmern. Du bist schon unangenehm genug damit aufgefallen, einfach so in die Vernehmung zu platzen. Mach dich endlich wieder an deine Arbeit. Und knöpf gefälligst dein Hemd zu!«

Karim stand auf und streifte suchend durch das Büro, bis er einen großformatigen Pappkarton fand, der ursprünglich für Tatortfotos benutzt worden war. Er klappte ihn als Sonnenschutz gegen die Scheibe, setzte sich an seinen Computer und las einen Bericht über den Handel mit Schmuggelware.

La fabrication, la commercialisation et l'importation d'une marchandise contrefaite sont punies comme un délit de confiscation et d'une amende, outre la destruction des choses contrefaites et la réparation du préjudice.

Er erspähte eine Fliege auf dem Rand des Papierkorbs und schlug nach ihr. Sie landete auf dem Boden.

En cette ère de production délocalisée, il est de plus en plus coûteux de vérifier l'origine des produits. Du fait même que la contrefaçon est par définition illégale il est très difficile d'estimer ...

Er erwischte eine weitere Fliege mit der Klatsche. Ob Abderrahim noch immer im Hohlblock war? Das Klingeln des Telefons auf seinem Schreibtisch riss ihn aus seinen Grübeleien. Es war

Captain Badnaoui, der einen Bericht über die erzielten Fortschritte hören wollte.

»Erzielte Fortschritte?«, stammelte Karim. Seine Lippen klebten, seine Zunge fühlte sich viel zu groß an.

»Bei Ihrer Untersuchung. Sie sind doch derzeit nur mit einer einzigen Untersuchung betraut. Soll ich vielleicht in Ihr Büro hochkommen und Sie daran erinnern, welche das ist?«

»Nein, Sir.«

»Morgen früh gleich als Erstes.«

»Ja, Sir, *inschallah*.« Karim legte den Hörer auf und warf Noureddine einen verzweifelten Blick zu. Aber auch sein Mentor schenkte ihm keine aufmunternden Worte.

»Töte eine Fliege, und sieben andere kommen zur Beerdigung«, sagte Noureddine lediglich.

»Was?«

»Die Fliegen. Schlag sie nicht tot. Das zieht bloß noch mehr an.«

Kay legte ihr Handy neben die Wanne und drehte das kalte Wasser auf. Nachdem sie sich die Haare zu einem Knoten hochgebunden hatte, fügte sie dem Bad ein paar Spritzer Lavendelöl hinzu. Vorsichtig stieg sie über den Rand, ließ sich ins Wasser hinab und schnappte heftig nach Luft. Ein kaltes Bad jagte ihren Ruheenergiebedarf immer in schwindelerregende Höhen. Zentimeter für Zentimeter tauchte sie tiefer ein, bis ihr das Wasser am Kinn stand und die Zehen das andere Ende berührten. Die Wanne war von Sébastien so bemessen worden, dass sie bequem für zwei Personen reichte, und sie fühlte sich immer wie ein kleines Kind, wenn sie allein darin badete.

Sie fragte sich, ob Sébastien wohl mit anderen Frauen schlief. Offene Beziehungen zu führen zählte zum gängigen Lebensstil der hier lebenden Ausländer – etwa so, wie ein eigenes Pferd zu haben oder sonntags zum Lunch in den Beldi Club zu gehen. Sie kannte eine Menge Frauen, die ihn attraktiv fanden. Eine bloße Affäre wäre kein Grund für ein Zerwürfnis. Wenn Sébastien jedoch nur noch zu ihr kam, weil es so schön bequem war, oder wegen ihres Geldes ... dann wäre das etwas anderes.

Samira klopfte an die Tür. »Ich gehe jetzt, *madame*.«

»In Ordnung, Samira, *merci*.«

»Die Männer sind mit dem Aufbau der Bühne fertig. Sie müssen nur noch die Kabel für die Lautsprecher verlegen. Und den Speisesaal haben wir aufgeräumt.«

»*C'est bon.*«

Samira stockte kurz und sagte dann: »Es gibt auch Neuigkeiten über das, was bei Sidi bel Abbès geschehen ist. Die Polizei hat den Bruder des toten Mädchens verhaftet.«

Kay drehte sich so abrupt in der Wanne um, dass Wasser über den Rand schwappte.

»Er ist einer von den Bärtigen«, fuhr Samira fort. »Er hat wohl herausgefunden, dass seine Schwester in Bars ging und sich mit Männern einließ.«

»Du meinst, die Sache war ein *Ehrenmord*?«

»Das wird zumindest erzählt, *madame*.«

»Großer Gott.«

»Da ist noch etwas.« Samira klang zögerlich.

»Ja?«

»Aziza möchte Freitagabend lieber nicht arbeiten. Sie hat Angst, durch die Medina nach Hause zu gehen. Soll ich mich nach Ersatz umsehen? Oder vielleicht Driss fragen, ob er sie begleiten kann?«

»Ja«, antwortete Kay abwesend.

»*À demain, alors.*«

Kay starrte den Schwamm in ihrer Hand an. Das Wasser fühlte sich plötzlich eiskalt an. Sie stieg aus der Wanne, streifte sich einen Bademantel über und überprüfte mit ihrem Handy die neuesten Nachrichten. Tatsächlich, da stand es: *Sidi bel Abbès: arrestation du frère*. Sie ging ins Schlafzimmer und versuchte zu verstehen, was diese Entwicklung zu bedeuten hatte. Ehrenmorde wurden in fernen Ländern von ungebildeten Fanatikern verübt. So etwas konnte doch unmöglich mitten in Marrakesch mit all seinen modernen Wohnanlagen und Starbucks-Filialen geschehen! Andererseits, wenn es ein Ehrenmord war, rangierte das unter potenziellen Gefahren für ihr Geschäft nicht sonderlich weit oben. Ein Ehrenmord ließ sich logisch begreifen, klar einordnen und abhaken als etwas, das keine Bedrohung für Ausländer darstellte. Sie hörte schon die empörten Stimmen ihrer Freundinnen: *Siehst du, wie der Islam die Frauen unterdrückt*. Zwei, drei Wochen lang würde der Mord das allgemeine Gerede beherrschen, dann wäre er vergessen. Sie rief Sébastien an, der gerade in seiner *quatrelle* auf dem Weg ins Büro war. Er hatte die Nachricht eben aus dem Radio erfahren.

»Meinst du nicht, das ist etwas weit hergeholt?«

»Während des Ramadan drehen die Menschen leicht durch. Und bei dieser Hitze ... aus Casablanca und Settat sind ebenfalls Morde gemeldet worden.«

»Also ... wenn der Bruder sie umgebracht hat, sind Ausländer doch eigentlich nicht davon betroffen, oder?«

»Nein«, gab Sébastien ihr recht und trat aufs Gas, da die Ampel auf Gelb sprang.

»Die Medina bleibt als Wohngegend attraktiv?«

»*Évidemment.*«

»Die Leute legen sich hier weiter Immobilien zu?«

»Ja.«

»Sollten wir in diesem Fall nicht über meine Idee reden? The Riad Thing?«

»Was für ein Ding?«

»Mein Plan von einer Firma für schlüsselfertige Riad-Angebote.«

»Nein«, erwiderte Sébastien und bremste kurz vor seinem Büro ab. Der *gardien* signalisierte ihm einen freien Parkplatz.

»Eben noch hast du gesagt, der Mord würde das Vertrauen der Leute nicht beeinflussen!«

»*J'ai plein de choses en tête!* Wir arbeiten jetzt rund um die Uhr.«

»Wir könnten das Vorhaben wunderbar auf der Party bekannt geben.«

»Im Beisein von Mohammed? Bist du verrückt?«

»Was sollte er dagegen haben? Ich rede ja nicht davon, die Firma sofort zu gründen, sondern erst, wenn ihr mit der Serafina fertig seid. Die Sache im Beisein von Mohammed zu verkünden bringt ihn womöglich davon ab, deine Mitarbeit als Selbstverständlichkeit zu betrachten, und ihm wird bewusst, dass du ein Architekt mit großen Plänen bist und keine abgehalfterte Branchengröße, die sich verzweifelt an ihre letzte Einkommensquelle klammert.«

Sébastien biss die Zähne aufeinander. Begriff Kay denn nicht, dass er schon lange kein Interesse mehr daran hatte, Riads für reiche Europäer zu renovieren? Marrakesch war vorbei. Wenn alles wie erhofft lief, würde er in einem Jahr am anderen Ende des Mittelmeers sein. Mohammed hatte mit ihm bereits über sein nächstes Projekt gesprochen. Die Grundsanierung eines

Hotels in Beirut. Beirut war eine Stadt, wo ein Mann noch einmal richtig von vorn anfangen konnte.

»Dafür hältst du mich? Eine abgehalfterte Branchengröße?«

Kay ruderte zurück. »Nein, ich meine doch nur, dass dies eine Chance sein könnte – für uns beide.«

»Ich kann dich kaum noch verstehen. Ich bin in der *quatrelle*.« Er drückte das Gaspedal durch, obwohl er bereits eingeparkt hatte.

Kay sprach lauter. »Kommst du heute Abend zum Essen vorbei?«

»Ich kann nicht weg von der *chantier*.«

»Dann sehe ich dich also nicht mehr bis zur Party morgen?«

»Nein.«

»Bitte denk dran, spätestens um acht hier zu sein!«

Hicham Cherkaoui war wütend. Er stand mit seinem Wagen vor der Serafina und beobachtete, wie die Arbeiter ein Tor errichteten. Ihm war klar, was der Architekt vorhatte. Er beschleunigte die Bauarbeiten, um den Ramadan auszunutzen. Eine zweite Verfügung zu erwirken würde jetzt bestimmt bis September dauern. Außerdem würde der Vorgang vom Planungsamt auf die Schreibtische der Richter wandern. Und diese geldgierigen Säcke taten doch alles für ein paar zusätzliche Euros.

Null Toleranz – so lautete die Politik seines Planungsamts. Drei Baustellen hatte er allein in den letzten Monaten dichtgemacht. Es hatte ablehnende Stimmen gegeben, Leitartikel in *La Vie Éco* und *L'Économiste*, in denen vor abgeschreckten Investoren gewarnt wurde. Aber wenn Behördenvertreter wie er jetzt nicht einfachste Sicherheitsstandards durchsetzten, wäre Marrakesch in zwanzig Jahren vollkommen zubetoniert. Dabei hatte er gar nichts gegen moderne Stadtentwicklung, ganz im Gegenteil. Er wünschte sich, dass die Welt mit Bewunderung auf seine Stadt sah. Aber Marrakesch war nicht irgendeine vergammelte Stadt im afrikanischen Busch, wo die Ausländer einfach machen konnten, was sie wollten. Marrakesch war eine moderne Metropole mit den entsprechenden Vorschriften und einer entsprechenden Verwaltung.

Herrgott, war das heiß! Er spuckte durchs Fenster in den Sand. Die Klimaanlage einzuschalten vermied er, weil deren Betrieb zu viel Geld verschlang. Er nahm das Fernglas und richtete es auf den Lastwagenfahrer, der sich gerade mit dem Wachposten an der Einfahrt unterhielt. Dahinter wurde an einem Kanal oder Pool gebaut, der eine enorme Länge zu haben schien. Hichams Vater hatte im Hotel Mamounia als Poolwärter gearbeitet. Fünfundzwanzig Jahre war er dort beschäftigt gewesen. Eines Tages war er früher nach Hause gekommen, hatte sich in ihrem Dreizimmerhäuschen an der Route de Safi hingesetzt und das Gesicht in den Händen vergraben. Stundenlang hatte Hichams Mutter nachbohren müssen, bevor er mit der Wahrheit herausrückte. Er hatte im Poolbereich gerade Handtücher nachgelegt, als ein Gast, ein Franzose, sich über seine kaputte Liege beschwerte. Der Mann war groß und hatte einen mächtigen Bauch, weshalb Hichams Vater vermutete, dass die Liege einfach unter seinem Gewicht nachgegeben hatte. Er bat den Gast, stattdessen doch lieber einen Stuhl zu benutzen. Der Franzose bekam einen Tobsuchtsanfall, schleuderte die Liege in den Pool und befahl Hichams Vater, ins Wasser zu springen und sie wieder herauszuholen. Sein Vater weigerte sich, woraufhin der andere ihn von hinten an den Armen packte, ins Büro der Hotelleitung schleppte und seine sofortige Entlassung verlangte. Die einzige Arbeit, die sein Vater danach noch finden konnte, war die eines Straßenkehrers. Er starb, noch bevor Hicham seinen Schulabschluss gemacht hatte.

Er setzte das Fernglas ab, nahm den Kostenvoranschlag der Werkstatt aus dem Handschuhfach und studierte ihn zum x-ten Mal. Den Lexus hatte er mit dem Geld finanziert, das er von der Wilaya erhalten hatte, als sie das Elternhaus für die Errichtung von Neubauten zwangsverkaufen mussten. Jeden Morgen polierte er Blech und Chrom so lange, bis er sich darin spiegeln konnte.

Er würde einen Weg finden. Keine Frage, er würde einen Weg finden.

Karim stand mit geschlossenen Augen unter der Dusche und achtete darauf, dass ihm kein Wasser in den Mund drang. Beim Abtrocknen blickte er durch das Fenster in den Hof hinunter. Khadija, Ayesha und seine Mutter liefen zwischen *salon* und Küche hin und her und sprachen mit erregten Stimmen über die Verhaftung von Abderrahim Talal.

Karim zog Jeans und langärmliges Hemd an, stopfte Bettlaken, Taschenlampe und Koran in den Rucksack und ging nach unten. Die Frauen warteten im *salon* auf ihn.

»Glaubst du, er könnte es gewesen sein?«, fragte Khadija sofort. »Traust du ihm zu, die eigene Schwester umzubringen?«

»Keine Ahnung«, antwortete Karim und ließ sich erschöpft auf einen Stuhl fallen. »So Allah will, werden wir es erfahren.«

»Du musst mit dem armen Jungen reden«, drängte Lalla Fatima aufgebracht.

»Wenn er ein Alibi hat, wird man ihn freilassen, so Gott will.«
»Ich halte ihn für schuldig«, erklärte Khadija.
»Wie kannst du so etwas auch nur denken?«, schnaufte Lalla Fatima.
»Vielleicht hat er sie geschlagen, weil sie herumgehurt hat.«
»Sprich nicht so über sie!«, wies ihre Mutter sie scharf zurecht. »Amina Talal war keine *Hu...*, sie war ein ehrenwertes Mädchen.«
»Woher willst du das wissen?«, fragte Khadija. »Woher willst du wissen, was in anderen Familien vor sich geht? Amina tut mir leid, natürlich habe ich Mitleid, aber wenn sie sich wirklich in Klubs rumgetrieben und mit Männern geschlafen hat, dann kann man nicht einfach behaupten, dass sie keine Schuld trifft.«
»Still, Khadija!«, zischte Lalla Fatima. »Die arme Familie hat einen doppelten Schicksalsschlag hinnehmen müssen. Erst Amina, jetzt Abderrahim. Was für entsetzliche Qualen die Eltern gerade durchstehen müssen!«
Khadija drehte sich zu Karim. »Vater hatte ganz recht, als er deine Verlobung mit Amina wieder löste.«
Ayesha schaute erstaunt auf. »Karim sollte Amina Talal heiraten?«
»Nur so eine alberne Idee von Si Brahim«, erklärte Lalla Fatima mit einem Lachen. »Ein kurzer Anfall der Verwirrung. Er hat es sich rasch anders überlegt. Du weißt doch, dass Si Brahim ständig darüber fantasiert hat, seine Kinder mit irgendwem zu verheiraten. Khadija hatte er bestimmt schon mit der Hälfte aller jungen Männer in der Medina zusammen gesehen.«
»Und wen sollte ich heiraten?«, wollte Ayesha wissen. Der Ruf des Muezzins ersparte es den anderen, diese Frage zu beantworten.
Karim goss sich einen Kaffee ein. Es war der vierte Tag des

Ramadan, und zum Glück hatte er seinen Appetit wiedergefunden. Nach einer Schale *harira*-Suppe aß er ein Omelette und ein paar *msemmen*. Gewöhnlich waren ihm die grießhaltigen Fladen zu schwere Kost, aber der erste verschwand so problemlos, dass er sich noch einen zweiten mit einem Klecks Marmelade gönnte. Er nahm sich einen Zahnstocher, legte die Füße hoch und schaute sich die Soap an, erleichtert darüber, dass Khadijas Verlobter ihm heute die kleine Verdauungspause nicht verderben konnte. Sobald die Werbung begann, wandte Lalla Fatima sich wieder an ihren Sohn.

»Du musst mit denen reden, Karim.«

»Mit wem?«

»Mit denen, die diese Ermittlungen leiten. Sag ihnen, dass Abderrahim ein anständiger Mensch ist. Er sucht die Moschee fünfmal am Tag auf.«

»Aus genau diesem Grund glauben sie ja, dass er Amina umgebracht hat.«

»Nein, nein. So etwas würde er nie im Leben tun!«

»Ich habe es ihnen bereits gesagt, Mima. Komme ich ihnen noch einmal damit, bin ich meinen Job los. Wenn Abderrahim nachweisen kann, wo er von Sonntagabend bis Montagfrüh gewesen ist, und man keine anderen Spuren findet, die ihn mit dem Verbrechen in Verbindung bringen, wird alles gut werden, *inschallah*.«

Lalla Fatima erhob sich. »Ich gehe Lalla Hanane besuchen. Die arme Frau muss ja ganz außer sich sein.«

»Nein«, verbot ihr Karim sofort. »Du gehst heute Abend nicht vor die Tür. Nicht, solange wir nicht sicher sind, dass wir den Richtigen gefasst haben.«

Melanie saß in den privaten Räumlichkeiten von Kay und kam sich vor, als wäre sie von der Schuldirektorin zum Tee empfangen worden. Nur dass eine Schuldirektorin nicht über ein solches Esszimmer verfügt hätte. Auf ihrer gesamten Länge von mindestens sechs Meter waren die Wände in einem solch intensiven Lapislazuliblau gestrichen, dass es fast den Augen wehtat. Auf dem Esstisch stand ein Strauß Strelitzien.

»Ich bräuchte Ihre Hilfe beim Servieren der Getränke. Im Gegenzug würde ich Ihnen die letzte Übernachtung nicht berechnen.«

Bei diesem Angebot musste Melanie nicht lange überlegen. Ihr fehlte sowieso eine Idee, wo sie den letzten Abend in Marrakesch verbringen sollte, und die aufwändigen Vorbereitungen für die Party hatten sie neugierig auf das Ereignis selbst gemacht. Es würde ihr eine Menge zu erzählen geben, wenn sie nach Hause kam.

»Was soll ich anziehen?«

Kay neigte den Kopf musternd zur Seite. »Sie scheinen etwa meine Größe zu haben. Kommen Sie mal mit.«

Melanie folgte Kay ins Schlafzimmer. Die Vorhänge waren zugezogen, sodass nur ein schmaler Streifen Sonnenlicht über den flauschigen weißen Teppich fiel. Während Melanie das metallene, mit Musselin verhängte Himmelbett bewunderte, nahm Kay ein dunkles schulterfreies Kleid aus einem Schrank. »So etwas vielleicht?« Sie hielt ein schlichtes Hauskleid daneben. »Oder das?«

Melanie schauderte. Die Kleider passten zu Frauen im Alter ihrer Mutter. »Da habe ich zu viel Angst, mir könnten Flecken draufkommen. Ich hätte selbst noch etwas dabei, das allerdings vielleicht ein wenig gewagt ist ...«

»Gewagt klingt gut«, sagte Kay und hängte die Kleider zurück in den Schrank.

»Möchten Sie es mal sehen?«

»Nein«, antwortete Kay nur und führte Melanie durch das Esszimmer wieder zur Wohnungstür. Unterwegs öffnete sie eine Schublade und zog eine Sonnenbrille mit extrem großen Gläsern heraus.

»Ach, übrigens, gehört die Ihnen?«

»Ja!«, rief Melanie. »Ich habe schon überall danach gesucht. Wo ist sie denn gewesen?«

»Offenbar hat Momo sie sich geschnappt. Ich habe sie unter dem Orangenbaum gefunden.«

»Ich hätte ihn eigentlich eher für einen Ray-Ban-Typen gehalten«, witzelte Melanie.

Kay verschob die Mundwinkel zu einem schwachen Lächeln.

Die junge Frau war hübsch. Sie hatte schulterlanges Haar und trug eine schwarze Jeans. Herangewinkt hatte sie das Taxi an der Ecke zur Avenue Mohammed Cinq.

»Route d'Ourika?«

»*Tla-i*«, forderte Rachid sie auf, und sofort breitete sich der Duft von Parfüm im Wagen aus. »Ganz schön heiß heute, was?«

»Reden Sie mit mir?«, erwiderte die junge Frau gelangweilt. »Da, wo ich arbeite, gibt's Aircondition.«

»Und wo ist das – im Pacha?«

»Bô-Zin.«

»Im Bô-Zin! Soll ein netter Laden sein, was man so hört!« Rachid drehte die Anlage lauter. »Mögen Sie Musik?«

Die junge Frau betrachtete prüfend ihre Fingernägel. »Solche nicht.«

»Mein Freund hier muss auch zur Arbeit. Er hat einen Job als Nachtwächter auf einer Baustelle. Eigentlich wird er dafür bezahlt, das ganze Grundstück zu bewachen. Aber so im Vertrauen, nur zwischen uns beiden … ich vermute eher, dass er die ganze Nacht schläft. Ha, ha!«

Das Mädchen schwieg beharrlich. Karim bewunderte die Art, wie Rachid unbeeindruckt weiterplauderte, obwohl jede Reaktion ausblieb. Wenn er es gewagt hätte, die junge Frau anzusprechen, wäre ihm bei so viel Nichtbeachtung kein Ton mehr über die Lippen gekommen. Zehn Minuten später hielt das Taxi vor dem Bô-Zin, und das Mädchen stieg aus. Rachid verfolgte, wie ihre Hüften in der engen Jeans schwangen, während sie zum Eingang ging.

»Wir wünschen uns immer, was wir nicht kriegen können, hab ich recht, Herr Karim?«

Karim verdrehte die Augen. »Einfach weiterfahren.«

Kurz darauf rumpelte das Taxi den Zufahrtsweg der Baustelle entlang. Prompt trat Fouad aus der Hütte. Karim war um eine freundliche Geste bemüht.

»Möge Gottes Schutz allzeit mit Ihnen sein! *Kolshi bekhair?* Alles gut?«

Fouad murmelte nur etwas Unverständliches. Was für ein merkwürdiger Zeitgenosse, dachte Karim. Das genaue Gegenteil von Rachid und dessen pausenlosem Gequassel. Womöglich war es unvermeidlich, zum wortkargen Einzelgänger zu werden, wenn man sechzehn Stunden täglich allein in einer Hütte hockte.

Als die beiden Männer fort waren, begab sich Karim mit seiner Taschenlampe, an die er diesmal glücklicherweise gedacht hatte, auf Inspektionsrunde. Vorsichtig bahnte er sich einen Weg durch das Dickicht und versuchte, die vagen Schatten im hohen

Gras zuzuordnen: ein alter Betonmischer, Zaunpfähle, die schwarzen Umrisse des Schwimmbeckens. Das tiefdunkle Innere des Gebäudes machte einen verbotenen Eindruck. Er wusste nicht mehr, ob Khalifa auch gesagt hatte, dass er drinnen kontrollieren sollte. Er blieb stehen und lauschte. In der heißen Nachtluft war ein *Bum-bum-badda-bum* aus dem Pacha zu hören. Irgendwo rechts von ihm bellte ein Hund.

Er riss einen hölzernen Zaunpfahl aus dem Dickicht und trat damit den Rückweg an. Fouad hatte die Petroleumlaterne in der Hütte brennen lassen, und die Motten flatterten hilflos in den Spinnweben. Die Hitze in dem engen Raum war kaum zu ertragen. Binnen weniger Minuten war Karim schweißgebadet. Er verstaute den Holzpfahl unter dem Bett, um sich notfalls damit verteidigen zu können, und leuchtete mit seiner Taschenlampe die fleckige Matratze ab. In der Oberseite klaffte ein gut ellenlanger Riss. War da ein Rascheln gewesen, das aus dem Innern kam? Das dreckige Ding war ebenso prall mit unergründbaren Schrecken angefüllt wie die Nacht. Karim ging raus, wusch sich und entrollte seinen Gebetsteppich.

Gott ist groß. Gott ist groß. Ehre sei Dir, o Gott, und Dein sei alle Lobpreisung. Gesegnet sei Dein Name, und verehrt sei Deine Herrlichkeit. Dich allein beten wir an, und Dich allein bitten wir um Beistand.

Einen Verdächtigen verhaften kann man nur, wenn man ausreichend Beweise gegen ihn hat. Das war das Erste, was er auf der Polizeischule gelernt hatte.

Weise uns den wahren Weg. Den Weg derer, die Dein Wohlgefallen gefunden haben, nicht den Weg derer, die Deinen Zorn erregten oder die das Ziel aus den Augen verloren.

Aziz musste also irgendwelche Beweise gegen Abderrahim Talal in der Hand haben.

Mein Gott, vergib mir, vergib mir. Gott erhört all jene, die ihn preisen.

Wenn Aziz keine Beweise in der Hand hatte – Beweise, die auch vor Gericht Bestand haben würden –, dann musste er zumindest so getan haben. Karim war derart verwirrt, dass er seine Gebete nicht zu Ende bringen konnte. Er hielt den Kopf in den Wasserstrahl und zählte eine volle Minute ab. Dann ging er zurück in die Hütte, zog sich aus und brachte dreißig Liegestütz zustande. Er trocknete sich mit seinem Handtuch ab und spannte das Laken über die Matratze. Die Flecken schienen durch den dünnen Baumwollstoff. Er legte sich hin und schloss die Augen. *Bum-badda-bum* machte das Pacha. *Ärf-ärf* machte der Hund. *Ssss-ssss* machten die Stechmücken. Selbst das um den Kopf gebundene Handtuch vermochte den Krach nicht abzustellen. *Bum-bum, ärf-ärf, ssss-ssss.*

Er träumte, dass er und Ayesha nackt auf dem Dach des Riad lagen. Mit einem Schrei fuhr er aus dem Schlaf. Auf dem durchgeschwitzten Laken sitzend schlug er den Koran auf.

5

»Auf meinem Weg zur Arbeit ist heute ein Vogel vom Himmel gefallen.«

Bouchaïb sortierte Ein-Dirham-Münzen auf der Motorhaube eines Autos. »Er fiel mir direkt vor die Füße ... platsch! So dicht, wie Sie jetzt stehen! So einen Vogel habe ich noch nie gesehen. Blau mit braunen Flügeln. Vielleicht oben aus dem Norden oder irgendwo aus dem Süden. Sie hätten es bestimmt gewusst, Herr Karim. Aber stellen Sie sich das einmal vor: Da ist dieser Vogel womöglich Hunderte von Kilometern über die Wüste geflogen, und kaum dass er Wasser vor sich sieht, fällt er tot vom Himmel!«

»Wie ein Mensch, der am letzten Tag des Ramadan vor Durst stirbt.«

»*Besahh!* Was treibt Sie zu so früher Stunde denn schon her?«

»Ich muss noch einen Bericht für Captain Badnaoui fertigstellen«, antwortete Karim, der vor Erschöpfung fast umkippte. Sein Mund fühlte sich an, als wäre er vollgestopft mit Asche. Jede Hoffnung, dass es sich draußen an der Route d'Ourika besser schlafen ließ, hatte sich zerschlagen.

Bouchaïb schaute zum Himmel, wo die letzten Sterne gerade in einem Meer von Orange verschwanden. »Schätze, uns steht wieder ein Tag Gluthitze bevor. Wird wohl nicht mehr lange dauern, bis wir fünfzig Grad haben, was?«

Das Kommissariat war wie ausgestorben. Selbst der Diensthabende in der Wache schlief. Als Karim an den Büros im Erdgeschoss vorbeikam, blieb er stehen und starrte den Arbeitsplatz von Aziz an. Einer plötzlichen Regung folgend, durchquerte er den Raum und nahm Platz. Bis auf einen Ablagekorb aus Draht und die Schreibunterlage war der Schreibtisch leer. Karim durchsuchte die Schubladen. Was hatte Aziz bloß mit dem Pappschild gemacht? Er zog gerade an der obersten Schublade, als eine Stimme sagte: »*Sbah al-khair*.«

Karim hätte fast einen Herzinfarkt bekommen. Aber es war nur eine Putzfrau im Arbeitskittel, die den Abfall aus den Papierkörben einsammelte. Als sie mit ihrem Wagen weitergehen wollte, sprang Karim auf.

»Halt!«

Unter dem Vorwand, ein wichtiges Schreiben versehentlich in den Müll geworfen zu haben, durchwühlte er ihren großen Plastiksack, fand jedoch nichts von Interesse. Nur ein zerknülltes Flugblatt, ein paar Zahnstocher und die Zeitung von gestern.

Sollten Kay letzte Zweifel beschlichen haben, ob ihre Kompetenz für Lucindas Auftrag wirklich ausreiche, so verflogen diese spätestens, als sie zum ersten Mal ihren Fuß in die Villa setzte. Eine hässliche Mischung aus gefliesten Böden und primitiv eingezogenen Zwischenwänden und Blenden schien ihr entgegen. Erst versteckt hinter all dem angestrichenen und lackierten Zierrat entdeckte sie einige hübsche Originalbauteile aus den Dreißigerjahren. Um dem Haus wieder ein Gesicht zu geben, musste sie also nur die neuzeitlichen Zusätze wieder entfernen und ein oder zwei geschmackvolle Sessel aufstellen. Während sie sich umschauten, sparte Kay nicht mit bewundernden Ausrufen.

»Die Fläche hinter dem Bett würde ich durch eine Wand abtrennen mit Öffnungen hier« – sie deutete mit dem Finger – »und hier, was einen begehbaren Kleiderschrank ergäbe. Es würde dir erlauben, diesen herrlichen Fries richtig zur Geltung zu bringen.«

»Eine Wand?«, wiederholte Lucinda skeptisch. »Das wäre eine ziemlich aufwändige Maßnahme. Würden wir Sébastien benötigen, um so etwas zu bewältigen?«

»Nicht unbedingt. Ich denke da an eine simple Trennwand, wie wir sie im Zimmer *Arabischer Kaufmann* eingezogen haben.«

»Könnte Sébastien nicht alles ein wenig im Blick behalten?«

»Dazu besteht wirklich keine Notwendigkeit«, erwiderte Kay gereizt. »Wenn ich den Arbeitern erkläre, was sie tun sollen, bekommen sie das schon allein hin. Außerdem hat Sébastien gerade mit der Serafina mehr als genug zu tun.«

»Hast du die Hotelanlage eigentlich schon einmal besucht? Ich habe darüber in der *Tribune* gelesen. Es klang wahnsinnig beeindruckend!«

Monatelang hatte Kay auf Sébastien eingeredet, sie doch einmal auf der Baustelle herumzuführen, aber nie schien er Zeit zu haben. Allerdings hatte sie die Pläne gesehen und war überzeugt, dass das Hotel ein Riesenerfolg würde. Der geniale Einfallsreichtum Sébastiens gepaart mit den tiefen Taschen Mohammeds würde dafür sorgen, dass der Bau selbst in einer mit eindrucksvollen Hotelbauten so reich gesegneten Stadt wie Marrakesch noch herausragte. Natürlich freute sie sich für ihren Freund, war glücklich darüber, dass er endlich ein prestigeträchtiges Projekt hatte finden können, das seinem überragenden Talent gerecht wurde, und dennoch verspürte sie auch Neid. Das Hotel würde Sébastien berühmt machen.

»Die Gartenanlagen werden wirklich ein Traum«, schwärmte Lucinda. »So eine Art Lagunenlandschaft mit Wasser überall.«

»Ja, so sagt man. Sollen wir weitermachen? Wie sieht es mit dem Bett aus? Ist das nach deinem Geschmack?«

»Nein. Tofiq – du weißt schon, der Typ, der mir hilft – hat einen befreundeten Schreiner damit beauftragt, aber der hat es viel zu niedrig gebaut. Anscheinend mögen die Marokkaner ihre Betten zwei Fingerbreit über dem Boden.«

»Ich könnte dir ein maßgefertigtes Bett mit einem verzierten Sockel und Kopfteil besorgen. Die Höhe könntest du beliebig wählen.«

»Wunderbar!«

Kay machte sich Notizen. »Was ist mit den Terrassentüren?«

»Tausch sie aus! Die klemmen fürchterlich.«

»Also ich an deiner Stelle würde sie behalten. Sie müssen ein wenig überarbeitet werden, das ist alles. Die Griffe sind reinstes Art déco.«

»Ich hatte eher an zwei hübsche Schiebetüren gedacht.«

»Schiebetüren würden dir natürlich einen besseren Blick in den Garten ermöglichen, das stimmt.«

»Wer hat eigentlich die wunderschönen Schiebetüren in deiner Bibliothek gemacht?«

Kays Miene verfinsterte sich. »Sébastien.«

»Ich hab übrigens ein fantastisches Geschenk für ihn gefunden«, verkündete Lucinda begeistert. »Du weißt doch, wie er ständig mit losen Papieren in der Hand herumläuft, richtig?« Sie schwenkte eine lederne Schultertasche in der Luft. »*Voilà!*«

»Sehr schön«, sagte Kay. Solche Dinger fand man in den Souks zu Hunderten. Sébastien würde sie hassen.

»Es soll eine Überraschung werden, also nicht verraten!«

»Würde mir im Traum nicht einfallen«, versprach Kay und packte ihre Sachen ein. »Ich sollte jetzt auch besser wieder nach Hause. Es sind immer noch furchtbar viele Dinge zu klären vor der Party.«

»Ich bin ja schon so gespannt!«, rief Lucinda verzückt und flüsterte ihr beim Abschied noch rasch zu: »Und überleg dir doch noch mal, ob wir Sébastien nicht besser in die Arbeiten miteinbeziehen. Nur für Dinge, wo es *kompliziert* wird.«

Captain Badnaoui überflog die zwei Seiten Text. »Was bildet nun das größte Problem? Handtaschen? Turnschuhe? Uhren?«

Karim wusste nicht, was er antworten sollte. Sein Bericht bestand aus kaum mehr als einer Zusammenfassung der Auskünfte, die Youssef ihm gegeben hatte, erweitert um ein paar statistische Angaben aus dem Internet.

»Alle drei bilden ein Problem«, begann er stockend. »Bei allen drei sind die Produktionszahlen hoch, und alle drei …«

»Ich finde hier gar keine Empfehlungen.«

Karims Zunge fühlte sich an wie einer dieser Streifen Altreifen, aus denen die Schuhmacher in der Rue Riad Zitoun Sandalen fertigten. »Bei der Quelle anzusetzen macht keinen Sinn, da alles, was an diesem Ende geschieht, also bei der Herstellung, außerhalb unserer Kontrollmöglichkeiten liegt, zumindest wenn die Sachen aus China kommen, was auf, ähh, neunzig Prozent der gesamten …«

»Wer sind denn die Zwischenhändler? Leute hier aus dem Maghreb oder Chinesen?«

Karim hätte tausend Dirham für ein Glas Wasser und eine Ausrede, es trinken zu dürfen, gegeben. »Die sind, ähh, da bin ich mir nicht sicher.«

Badnaoui lehnte sich in seinem Stuhl zurück und musterte Karim eingehend. »Wie haben Sie Ihren Abschluss noch gemacht – mit Auszeichnung?«

»Mit *lobenswert*, Sir.«

»Na, dann geben Sie mir mal was zu loben!«

»Was genau wäre das, Sir?«

»Etwas, das ich dem Ministerium vorlegen kann. Etwas, das die dann den Europäern zeigen können. Das Zeug hier« – er hob die beiden Blätter hoch –»finde ich jederzeit im Internet.«

Karim wurde rot. »*Wakha*, Sir.«

»Und halten Sie sich von Amina Talals Bruder fern«, sagte Badnaoui und warf den Bericht zurück über den Tisch. »Vergessen Sie Abderrahim Talal. Konzentrieren Sie sich auf Calvin Klein.«

Meine Medina

Manche Besucher erleben nie das wahre Marokko. Der einheimischen Bevölkerung kommen sie nur nahe, wenn sie dem Personal in ihrem Fünf-Sterne-Resort ein Trinkgeld zustecken. Doch abseits von allzeit heruntergekühlten Räumen und kostspielig bewässerten Gärten gibt es stille Gässchen, wo Frauen ihr Wasser noch immer an Pumpen abfüllen und Katzen vor den Moscheen in der Sonne dösen. Einmal abgesehen von Elektrizität und Kanalisation verläuft das Leben in der Medina noch genauso wie vor Jahrhunderten. Mag sein, dass du von einem mit Brennholz bepackten Esel angerempelt wirst oder ein Wasserverkäufer direkt neben dir mit seiner Schelle läutet, aber nur so wirst du das wahre Marokko mit all seinen Wundern erleben.

Affen-Update: Ein oder zwei Leser haben geschrieben und erklärt, wir sollten keinen Affen als Haustier halten. Meine Antwort darauf lautet, dass Momo hier vor einem Leben auf dem Jemaa el Fna gerettet wurde. Zwar ist der Jemaa für Besucher ein überaus unterhaltsamer Ort, die Tiere auf dem Markt werden jedoch in engen Käfigen gehalten und müssen Tag und Nacht ihre Kunststücke vorführen. In den Höfen des Dar Zuleika, wo es acht Orangenbäume zur Auswahl gibt und so viel Nüsse, wie er nur essen kann, führt Momo ein weitaus angenehmeres Leben. Also, bitte keine erhobenen Zeigefinger!

Im Ramadan verließen sämtliche Angestellte und Ermittler das Kommissariat freitags schon zu den Mittagsgebeten. Bis auf den Diensthabenden in der Wache und eine einsame Stenotypistin, die noch eine wichtige Arbeit abschließen musste, war am späten Nachmittag das Gebäude daher menschenleer. Karim überquerte den Hof, blinzelte kurz in der Sonne und verschwand im Hohlblock. Seine Schritte hallten im leeren Flur. Geknickte Pappstücke hielten die Türen der abgehenden Zimmer offen, und die heiße Luft trug den Geruch von Desinfektionsmittel. Karim drückte die doppelflügelige Durchgangstür zum Treppenhaus auf und stieg die Betontreppe ins fensterlose Untergeschoss hinab. Zum Einbau einer Lüftungsanlage war man nicht mehr gekommen, und so herrschte hier unten die atemraubende Schwüle eines *hammam*.

Die einzige Haftzelle schien auf den ersten Blick leer zu sein. Dann machte Karim eine Gestalt aus, die mit angezogenen Knien in der Ecke kauerte. Aus einem Rohr in der Wand sickerte eine zähflüssige rostbraune Masse.

»Abderrahim!«, zischte Karim.

Abderrahim hob den Kopf. Seine Haare schimmerten feucht, und an seinem Kinn zeichnete sich ein dunkelrotes Hämatom ab. Als er Karim sah, ließ er den Kopf wieder sinken.

»*Abderrahim!*«, wiederholte Karim etwas lauter. »Ich hatte nichts damit zu tun. Du hast doch selbst erlebt, wie sie mich behandelt haben, als ich ins Vernehmungszimmer kam. Der Fall ist mir sofort entzogen worden.« Er schaute sich erst vorsichtig nach rechts und links um, bevor er das Gesicht an die Gitterstäbe presste und weitersprach: »Hör mir genau zu! Wenn du hier in der Zelle sitzt, heißt das, dass sie nichts gegen dich in der Hand haben, verstehst du? Keine stichhaltigen Beweise! Erzähl ihnen einfach, wo du Sonntagnacht gewesen bist. Gib ihnen ein Alibi!«

Leises Gelächter drang aus der Ecke. Einen Moment lang glaubte Karin schon, Abderrahim hätte den Verstand verloren. Dann hob Aminas Bruder noch einmal den Kopf.

»Mit wie viel Jahren hast du angefangen, im Ramadan zu fasten?«, fragte er.

»Zwölf«, antwortete Karim, dem der Tag noch deutlich vor Augen stand.

»Ich war sieben. Ich halte die Fastenregeln ein, seit ich sieben bin. Ich bete fünfmal am Tag, genau wie es mein Vater stets getan hat. Ich habe in meinem ganzen Leben keinen Alkohol und keinen Tabak angerührt. Einmal wöchentlich unterrichte ich in einer Schule für Kinder aus benachteiligten Familien. Nächstes Jahr, *inschallah*, werde ich zur *hadsch* nach Mekka reisen. Deine Kollegen werfen mir vor, ein Islamist zu sein. Wenn es jemanden zum Islamisten macht, dass er sein ganzes Leben Allah weiht, dann haben sie damit recht. Ein solcher Islamist bin ich.«

»Deinen Eltern wurde bereits eine Tochter geraubt! Lass sie nicht auch noch den Sohn verlieren!«

Abderrahim spuckte in einen Eimer. »Du wärst Amina ein guter Ehemann gewesen.«

»Wo bist du von Sonntagabend bis Montagmorgen gewesen? Warst du die ganze Nacht zu Hause? Bis deine Eltern aufgestanden sind? Können sie das bezeugen und dir ein Alibi geben?«

»Ein Alibi? Wenn ich mein Alibi angebe, bin ich schon bald nicht mehr der Einzige in diesem stinkenden Loch.«

Abderrahim stand mühsam auf, wobei er sich mit einer Hand an der Wand abstützte, und schlurfte steif und unter Schmerzen durch den Raum. Karim begriff, dass er Stockschläge auf die Fußsohlen erhalten hatte. Diese Prügelmethode hinterließ keine sichtbaren Spuren, doch die Schmerzen waren kaum zu ertragen. Solche *Sohlenstreiche* wurden vor allem bei Terrorismusverdacht noch immer angewandt, um Geständnisse zu erwirken. Ermittler wie Karim und Noureddine verabscheuten diese Praktiken, die ihrer Meinung nach bei einer modernen Sûreté keinen Platz hatten.

Abderrahim klammerte sich an die Gitterstäbe. Seine Augen waren rot und blutunterlaufen. »Die erste Nacht des Ramadan ist eine heilige Nacht. Für meine Schwester allerdings nicht, wie es scheint ...« Er stieß ein bitteres Lachen aus. »... aber für mich und für alle, die diesen heiligsten aller Monate zu ehren wissen. Ich habe die ganze Nacht an den Gebeten teilgenommen und mich vor Sonnenaufgang mit meinen Freunden zu einem Mahl zusammengesetzt.«

»Na bitte! Damit hast du ein Alibi!«

»Mit meinen Freunden bei der Al-Adl wa Al-Ihssane.«

Der Name war Karim bekannt. Al-Adl wa Al-Ihssane war eine zwielichtige, halblegale islamistische Organisation, deren Zusammenkünfte die Behörden seit Jahren zu verhindern suchten.

»Um zu beweisen, dass ich meine Schwester nicht umgebracht habe, müsste ich die Namen meiner Freunde preisgeben. Dann marschieren deine Kollegen zu meinen Freunden nach Hause und nehmen sie fest. Und so wie ich deine Kollegen kennengelernt habe, hängen sie diese Menschen vermutlich anschließend an den Füßen auf. Du siehst also, ich kann entweder ein Alibi angeben und damit andere belasten oder weiter schweigen und mich selbst belasten. Na, Herr Lieutenant – was soll ich Ihrer Meinung nach da tun?«

Abderrahim spuckte blutigen Schleim auf den Boden, schleppte sich hinkend zurück und hockte sich mit angezogenen Knien in die Ecke.

Niemand käme auf die Idee, den Boulevard Zerktouni als attraktive Gegend zu bezeichnen. Die Straße war ein ödes Sammelsurium aus Sechzigerjahre-Wohnblocks, farblosen Geschäften, Cafés, Speiselokalen sowie einer Tankstelle und besaß nur einen einzigen Lichtblick: die Jacarandabäume, die von März bis Oktober leuchtend blau blühten. An diesem Freitagabend aber gelang es nicht einmal den Jacarandablüten, Sébastiens Stimmung ein wenig zu heben. Ein heißer Wind war aufgekommen und tauchte den Bürgersteig in Staubwirbel. Die wenigen Fußgänger liefen mit gesenkten Köpfen, als ob der heiße Wind sie aller Lebenskraft beraubt hätte. Einsam und verlassen harrte der Parkwächter, der sich seinen Schal wie eine unter Zahnschmerzen leidende Cartoonfigur um den Kopf gebunden hatte, auf seinem Plastikstuhl aus. Sébastien stellte die *quatrelle* ab und lehnte sich seufzend im Sitz zurück. Er dachte an die Party am heutigen Abend. Würde er eine Rede halten, seinen Boss die ganze Zeit bemuttern müssen? Er stellte sich seine Freunde vor – die, die anwesend sein würden – und fühlte … nichts.

Er war fünfzig Jahre alt. Er arbeitete härter, als er je in seinem Leben gearbeitet hatte. Seine Beziehung war am Ende. Sein Apartment ein Witz. Und ein *conard* von Bauinspektor hatte es auf ihn abgesehen.

Sébastien las die Geburtstagsglückwünsche, die sein Sohn geschickt hatte. Als seine Kinder damals aus Marrakesch fortgezogen waren, hatte Sébastien vom ersten Tag an darauf geachtet, dass der Kontakt nicht abriss. Er meldete sich zu jedem Geburtstag und schickte Geld, wenn sie eine Prüfung bestanden hatten. Irgendwann reagierte Sophie vollkommen unvermittelt nicht mehr und änderte ihre E-Mail-Adresse. Eine Erklärung für ihr Verhalten hatte sie nie gegeben, aber Sébastien hatte daraufhin seine Anstrengungen noch verstärkt, wenigstens die Verbindung zu seinem Sohn aufrechtzuerhalten. Laurents Besuch war die einzige Sache, auf die er sich freute.

Er stieg hoch in sein Apartment, zog die Arbeitsschuhe aus und warf sich aufs Bett. Das Kissen fühlte sich kühl und einladend an.

Karim spürte den heißen Wind auf den Wangen, während er die Houmane El-Fetouaki entlanglief. Die Minivan-Fahrer, die gewöhnlich auf dem öffentlichen Parkplatz zusammenstanden, waren offenbar bereits zu Hause. Nur der leichte Uringeruch zeugte noch von ihnen. An der Koutoubia legte Karim eine kurze Pause ein und schaute zu den goldenen Kugeln hoch, die an der Spitze des Minaretts übereinandergetürmt waren. Wie sein Vater ihm als Kind einmal erzählt hatte, war die oberste der drei Kugeln einst von der Frau des Sultans Yusuf ibn Taschfin gespendet worden – als Buße dafür, dass sie während des Ramadan gegessen hatte. Sie hatte ihren gesamten Goldschmuck in den Schmelztopf werfen müssen, um für ihre Verfehlung Wiedergutmachung zu leisten. Karim konnte sich überhaupt nicht vorstellen, gegen das Fasten zu verstoßen, ganz egal wie drängend die Umstände auch sein mochten. Diese Einstellung verband ihn mit Aminas Bruder. Das bevorstehende Wochenende würde er mit Gottes unermesslichem Beistand ganz dem Gebet, den reinen Gedanken und edlen Taten widmen.

Im Souk Semmarine hatten die Geschäfte nach den Freitagsgebeten schon wieder geöffnet. Hinter der Arset ben Brahim bemerkte Karim eine schlaksige Gestalt mit hochgekrempelten Hosenbeinen – der Träger an der Sidi bel Abbès! Die langen Arme über die Griffe seines Karrens ausgestreckt, war er in eine angeregte Unterhaltung mit einem anderen Träger vertieft. Karim beschleunigte seine Schritte.

»*Salamu alaikum.*«

»Ach, der Typ von der Polizei«, erwiderte der Träger bloß nuschelnd.

Karim betrachtete den Karren genauer und erkannte ihn an den unterschiedlich großen Rädern und dem Loch in der Seiteneinfassung.

»Wann hat die Polizei Ihren Karren denn wieder freigegeben?«

Der Träger löste die Arme von den Griffen und richtete sich auf. »Wovon reden Sie?«

»Wann haben Sie den Karren zurückbekommen?«

»*Ma fhamtch*«, antwortete der Mann und hob verständnislos die Hände. »Was soll die Frage?«

»Ich habe Ihnen doch am Montag gesagt, dass wir Ihren

Karren mitnehmen müssen, um ihn nach Spuren zu untersuchen, und dass Sie ihn dann Ende der Woche zurückbekommen.«

»Kam keiner. Ich bin am Dienstag zur Moschee, und die haben mir den Karren gegeben.«

»Um wie viel Uhr?«

»Vor dem Mittagsgebet.«

»Hat jemand Ihre Aussage aufgenommen? Ein Polizist der Sûreté?«

»Nein.«

Karims Beunruhigung wuchs. »Haben Sie Ihren Karren seitdem benutzt?«

Der Träger grinste, und eine Reihe fauler Zähne wurde sichtbar. »Womit ernähre ich wohl meine Familie?«

Karim war entsetzt. Aziz hatte grundlegendste polizeiliche Verfahrensweisen missachtet. Etwaige Fingerabdrücke oder DNA-Spuren an den Griffen des Karrens waren nun nicht mehr verwertbar.

»Und was haben Sie mit den Pappkartons gemacht?«

»Der Karren war leer, als ich ihn abgeholt habe.«

»Leer?« Karims Schläfe hämmerte, während er versuchte, eine Erklärung zu finden. Natürlich konnte Aziz noch vor dem Mittagsgebet an der Moschee gewesen sein, um Spuren zu sichern und die Kartons mitzunehmen. Die zweite – und wahrscheinlichere – Variante jedoch lautete, dass Aziz überhaupt nichts getan hatte. Karim behielt diese Gedanken aber lieber für sich. »Wie Sie mir Montagabend erzählt haben, lassen Sie Ihren Karren normalerweise hier draußen vor dem *hanut* stehen, richtig?«

»Ja.«

»Und beim *ftour* am Montagabend wurde er gestohlen?«

»Nein. Gestohlen wurde er Sonntagnacht.«

»Warum haben Sie mir das denn nicht gesagt?«, erwiderte Karim aufgebracht.

»Sie haben mich nicht gefragt.«

Langsam wünschte Karim, er hätte einen anderen Heimweg eingeschlagen. »Danach haben Sie den Karren erst am Montagabend wiedergesehen, und da lag das Mädchen drauf?«

»Ja.«

»Wer hat den Karren entdeckt?«

»Der Muezzin, wer sonst?«, erklärte der Mann gedehnt, als würde er mit einem Fünfjährigen sprechen. »Er hat doch seinen Sohn geschickt, um Sie zu holen. Wissen Sie noch?«

Der zweite Träger mischte sich ein. Er trug eine Jogginghose und einen schmuddeligen Pullover. »Wie man so hört, haben Sie den Bruder des Mädchens verhaftet.«

»Er wird befragt, das ist alles.«

»Ich bin ihm schon in der Moschee begegnet. Er ist einer von den Bärtigen.«

Karim dankte den Trägern für ihre Hilfe. Wäre er nicht ein so gläubiger Muslim gewesen, hätte er sich womöglich gefragt, ob nicht irgendeine bösartige Macht ihm derzeit ständig Hindernisse in den Weg legte oder versuchte, ihn an der Nase herumzuführen. Aber im Ramadan gab es keine Teufel. *Die Tore zur Hölle sind verriegelt, die Teufel in Ketten, sagt der Prophet, Friede und Glück mit Ihm.* Karim wiederholte die Worte, bis er daheim war.

»*Salam!*«

Karims Stimme hallte im leeren Innenhof. In der Küche traf er Ayesha an.

»Wo sind die anderen?«

»Zak zeigt ihnen die Wohnung.«

»Und du wolltest nicht mit?«

»Irgendjemand muss sich ja ums Essen kümmern.«

Karim lehnte sich an die Küchenplatte und schaute Ayesha zu, die ein paar hart gekochte Eier schälte. Er überlegte, wie sich die gespannte Stimmung zwischen ihnen beenden ließ.

»Was hältst du von meiner Uhr?«, fragte er schließlich. »Ich kann dir auch so eine besorgen, wenn du möchtest. Eine für Damen. Was hättest du denn lieber, eine TAG Heuer oder eine Breitling?«

»Egal.«

Karim seufzte. Noch über eine Stunde, bis er endlich in den Genuss von segensreichem Wasser und noch segensreicherem Paracetamol kommen würde. Da ihm nichts Besseres einfiel, berichtete er einfach, wie sein Tag verlaufen war.

»Ich habe mit Aminas Bruder gesprochen. Er behauptet, bei einem illegalen Gebetstreffen gewesen zu sein, weigert sich jedoch, es als Alibi anzugeben, weil er damit seine Glaubensbrüder in Schwierigkeiten bringen könnte. Besonders sympathisch ist er mir zwar nicht, aber ich glaube ihm. Ich habe auch mit dem Besitzer des Handkarrens geredet. Gestohlen wurde der Karren nicht am Montagabend, sondern schon Sonntag – in der Nacht, in der Amina verschwand.«

Ayesha hörte interessiert zu. »In welchem Viertel liegt denn der Klub, den Amina und Leila besucht haben?«

»Guéliz.«

»Waren sie da öfter?«

»Ja.«

»Woher hatten sie das Geld, um in Klubs zu gehen?«

»Viele dieser Läden verlangen keinen Eintritt, zumindest nicht von Frauen. Solange man nichts trinkt, kann man die ganze Nacht da verbringen, ohne einen Dirham auszugeben.«

Ayesha begann damit, die Eier in Scheiben zu schneiden. »Und um wie viel Uhr haben sie den Klub verlassen?«

»Das ist das Interessante. Amina ging allein, so gegen eins. Um diese Uhrzeit verkehren keine Busse mehr, also muss sie zurück in die Medina gelaufen sein. Ein Taxi wäre auch eine Möglichkeit, aber Abderrahim zufolge konnte sie sich Fahrten mit dem Taxi nicht leisten.«

»Was hatte Amina an?«

»Ein rotes Kleid.«

»War sie geschminkt?«

»Lidschatten und Lippenstift.«

Ayesha arrangierte die Scheiben auf einem Servierteller und bestreute sie mit Cumin. »In die Medina ist Amina nicht zurück.«

»Woher willst du das wissen?«

»Kein Mädchen geht nachts in diesem Aufzug aus einem Klub einfach nach Hause und riskiert, von einem erbosten Vater erwischt zu werden.«

Karim überzeugte das nicht. »Du meinst, der Täter hat Amina in Guéliz umgebracht, dann einen Karren gestohlen, der vor einem *hanut* in der Medina stand, ihn den ganzen Weg zurück nach Guéliz geschoben, Aminas Leiche aufgeladen und ihn zwölf oder fünfzehn Stunden später wieder zurück in die Medina gebracht? Das ergibt doch keinen Sinn.«

»Ich behaupte doch gar nicht, dass sie in Guéliz umgebracht worden ist. Ich bin nur der Meinung, dass sie nicht direkt nach Hause in die Medina gegangen wäre – jedenfalls nicht, ohne sich vorher umzuziehen.«

»Wenn sie nicht sofort zurück in die Medina ist, muss sie erst zu Leila gewollt haben. Warum ist sie dann aber nicht mit Leila zusammen aus dem Klub weg?«

Ayesha zuckte mit den Achseln. »Frag Leila.«

Die Haustür öffnete sich, und ein paar Sekunden später betraten Lalla Fatima und Khadija, beide noch ganz atemlos vor Begeisterung, die Küche.

»Die Wohnung ist ein Traum«, erklärte Khadija und nahm ihr Kopftuch ab. »Sogar eine Spülmaschine ist vorhanden!«

»Wir haben uns mit einem Paar unterhalten, das einen Stock tiefer wohnt«, ergänzte Lalla Fatima und begann, Ayesha bei den Vorbereitungen des Essens zu helfen. »Sie haben eine vierjährige Tochter, die gerade in die Schule gekommen ist.«

»Eine *Privatschule*!«, rief Khadija verzückt aus.

Karim entfloh den schwärmerischen Berichten und zog sich in den *salon* zurück. Zu seinem Missfallen hatte Zak es sich dort bereits auf dem Diwan gemütlich gemacht und tippte auf seinem Handy. Karim setzte sich zögernd.

»Ah, Karim, *salam*. Ich mache gerade eine Aufstellung, für welche wohltätigen Zwecke ich spende. Ich denke, in diesem Jahr gebe ich eine Hälfte meiner *zakat* an die Armen von Hay Mohammedi, und die andere möchte ich gern einem Seniorenheim zukommen lassen. Hast du dir schon überlegt, was du mit deiner *zakat* machst?«

Karim hatte sich so stark auf die Finanzierung der Hochzeit konzentriert, dass er an die Notwendigkeit, noch Geld für Almosen beiseitezulegen, gar nicht gedacht hatte.

»Sprecht ihr über die *zakat*?«, sagte Lalla Fatima, die mit einem Tablett Geschirr ins Zimmer kam. »Ich habe seit meiner Hochzeit jedes Mal zweihundert Dirham gespendet. Das sind jetzt sechsundzwanzig Jahre! Ich habe keine einzige *zakat* ausgelassen … nicht einmal, als die Zeiten wirklich schwer waren.«

»Na, dann solltest du aber langsam auf zweihundertfünfzig erhöhen, *a lalla*«, erklärte Zak lachend. »Denk nur allein an die Inflation!«

Lalla Fatima gluckste amüsiert und verteilte Teller, Tassen und Besteck auf dem Tisch. Vor Zak stellte sie einen Aschenbecher. Einen Aschenbecher! Karim glaubte seinen Augen nicht zu trauen. Zak wurde es also gestattet, nach dem Essen im *salon* zu rauchen. Hätte Karim es früher gewagt, sich am Tisch eine Zigarette anzustecken, wäre er von seinem Vater geohrfeigt worden.

»Ich habe ein gutes Jahr gehabt«, fuhr Zak fort. »Deshalb spende ich diesmal fünftausend Dirham.«

Lalla Fatima nickte zustimmend. »Gute Taten bringen im Ramadan noch größeren Lohn.«

»Wie wahr, wie wahr, Mima.« Zak hob theatralisch die Hände. »Weißt du was? Ich werde die Summe auf zehntausend verdoppeln!«

Karim sprang verärgert auf. »Die Wohltätigkeit ist als Akt der Demut gedacht! Nicht als Anlass zur Prahlerei!«

Lalla Fatima und Zak tauschten verwunderte Blicke aus, dann zwinkerte Lalla Fatima ihm zu.

»Achte nicht weiter auf Karim. Er ist bloß hungrig.«

Sébastien schlief tief und fest, als das Handy klingelte. Träge richtete er sich auf. Der Klingelton verstummte.

»Wo stecken Sie denn?«, dröhnte eine ärgerliche Stimme auf der Mailbox.

Sébastien brauchte einen Moment, bis er begriff, dass es

Mohammed Al-Husseini war. Erschrocken sah er auf die Uhr: halb neun. Er hatte vier Stunden geschlafen! In panischer Eile sprang er vom Bett auf und riss das Bügelbrett aus dem Schrank. Während das Bügeleisen heiß wurde, nahm er seinen Anzug von der Rückseite der Tür, streifte die Hose über und versuchte, sich daran zu erinnern, ob Kay einen Dresscode erwähnt hatte. Er packte ein zerknittertes Hemd, fuhr ein paar Mal mit dem Eisen darüber, zog Hemd und Sakko an und stürmte die Treppe hinunter. Auf der Straße bemerkte er, dass er den Autoschlüssel vergessen hatte. Fluchend rannte er zurück nach oben und schnappte sich den Schlüssel vom Nachttisch. Wo er schon mal hier war, öffnete er die Schublade, nahm ein Briefchen Kokain heraus und streute die Hälfte des Inhalts auf die Tischplatte. Er zog zwei Linien, schnupfte sie und spurtete wieder nach unten. Das Handy klingelte erneut. Er setzte rasch die *quatrelle* in Bewegung und presste sich dann das Telefon ans Ohr.

»Hey, Geburtstagskind!«, rief Kay. »Wo bist du?« Sie stand im Hof des Riad, umringt von Gästen.

»Auf dem Weg zum Flughafen.«

»Was?« Fast hätte Kay sich vor Schreck den Cocktail übers Kleid gegossen.

»Ich muss noch Al Husseini abholen.«

»Aber die Party hat längst begonnen!«

»*Ne t'inquiète pas.* Bin gleich da.«

»Sébastien, lass doch den Flughafen. Dreh einfach um, und komm direkt zum Riad. Hörst du mich?«

»Bin in einer Stunde da.«

»Alle warten hier schon!«

»*A très bientôt.*«

»Wag es bloß nicht …«

Sébastien schaltete sein Handy aus und warf es auf den

Beifahrersitz. Er bog von der Avenue Mohammed Cinq ab und fuhr durch Hivernage. Die Straßen waren leer. Der Wind hatte sich gelegt, und die ersten Sterne leuchteten am Himmel. Vor dem Kreisverkehr sah er den einen Wegweiser Richtung Flughafen und den anderen zur Passstraße Tizi n'Test. Wenn er jetzt die Straße in den Hohen Atlas nahm, würde er morgen früh in Taroudant sein. Er umkurvte das Rondell einmal ... zweimal ... und bog dann mit einem resignativen Aufstöhnen, das all das elende Chaos in seinem derzeitigen Leben bündelte, zum Flughafen ab.

Sein Boss stand auf dem Parkplatz und telefonierte. Mohammed Al-Husseini war ein kleiner Mann von makellos gepflegtem Äußeren, dessen Mimik eine schauspielerreife Bandbreite besaß. Während er unentwegt auf und ab marschierte und in sein Handy redete, weiteten sich seine Augen vor Entsetzen oder senkten sich seine Mundwinkel verächtlich. Sébastien trommelte mit den Fingern auf dem Lenkrad. Ihm war heiß und unwohl in seinem Anzug. Er wollte endlich zur Party kommen, nicht weil er sich dort zu amüsieren erwartete oder weil er Kays Zorn fürchtete, sondern nur, um so schnell wie möglich betrunken zu sein. Endlich nahm Mohammed das Handy vom Ohr und kam herüber.

»Wo haben Sie denn gesteckt, verflucht nochmal!«

Mohammed klopfte den Staub vom Beifahrersitz, bevor er einstieg. Sébastien verstaute die Reisetasche im Kofferraum und drehte den Zündschlüssel.

»Wir können auf dem Bab Taghzout parken und von dort aus laufen.«

»Bab Taghzout? Wir fahren nicht zum Bab Taghzout.«

»Wollen Sie etwa erst noch ins Méridien?«, fragte Sébastien besorgt. Ein Umweg über das Hotel seines Chefs wäre enorm zeitraubend, da Mohammed dort bestimmt ausgiebig duschen und sich vor dem Spiegel herausputzen würde.

»Natürlich nicht.«

Sébastien seufzte erleichtert auf.

»Ich will zur Serafina.«

Sébastien schnürte es die Kehle zu. »Aber die Party ...«

»Ich will mir die neue Nachtschicht ansehen, von der Sie mir berichtet haben. Also los, fahren wir. *Allez!*«

»Aber ... ich hatte eigentlich vor, Ihnen die Baustelle morgen früh zu zeigen!«

»Morgen früh ... *pah!* Unangekündigte Besuche sind immer am besten. Dann erwischen wir diese faule Bande, wenn sie nicht damit rechnet.« Mohammed hob drohend den Zeigefinger. »Ich weiß nur zu genau, wie die marokkanischen Arbeiter sind, Sébastien. Vergessen Sie nicht, ich habe mich mit der Serafina schon herumgeschlagen, lange bevor Sie dazugestoßen sind!«

Melanie war auf ihrem Zimmer und betrachtete sich im Spiegel.

Als sie gemeinsam mit Emma und Julie ausgerechnet im Zimmer *Osmanischer Sultan* gelandet war, hatten sie noch gekichert über den Namen an der Tür, die opulenten Möbel und das Gemälde über dem Bett, auf dem ein paar halb nackte Frauen vor einem auf dem Diwan liegenden Sultan tanzten. Jetzt, so kurz vor ihrer Abreise, stellte Melanie jedoch fest, dass ihr der Raum mit all seiner prunkvollen Einrichtung fehlen würde. Durch das aufwändig geschnitzte Fenstergitter hörte sie Musikgeklimper und die Stimmen der ersten Gäste.

Sie strich an ihren Hüften das samtweiche rote Catsuit glatt, das sie auch beim Junggesellinnenabschied getragen hatte. Da sie seitdem eher noch abgenommen hatte, brachte der eng anliegende Einteiler ihren Körper perfekt zur Geltung. War das Outfit zu freizügig? Sie spielte zögernd am Reißverschluss. Dann rief sie sich in Erinnerung, dass dies ihr letzter Abend in Marrakesch war und sie diese Menschen nie wiedersehen würde. *So what the hell!* Sie zog die Augenbrauen nach und trat aus dem Zimmer.

Im Gang wäre sie fast mit zwei Frauen zusammengestoßen – die eine in einem goldenen Lamé-Badeanzug, die andere in einem hautengen Kleid … nein, es war gar kein Kleid, sondern *Body Painting*! Bevor Melanie sich noch richtig von dem Schreck erholt hatte, riss die Woge aus Lärm und wildem Spektakel sie bereits mit. Scheinwerferstrahlen durchzogen diagonal den Hof und erhellten eine lange Bühne, auf der Akrobaten ihre Kunststücke vorführten. Dazu wummerte Techno aus den Lautsprechern. Wo auch immer sie hinschaute, überall tanzten die Leute. Auf den Stühlen, auf dem Dach, ja, sogar im Swimmingpool!

Samira kam mit einem Tablett Cocktails auf sie zu. Statt ihres schlichten Kaftans trug sie heute ein weißes Chiffonkleid und ein rosenumranktes Stirnband.

»Hallo, Mademoiselle Melanie. Hier … Ihre Maske. Und Ihr Tablett.« Sie reichte Melanie eine weiße Karnevalsmaske mit zwei schwarzen Tränen unter den Augenschlitzen und das Tablett mit Getränken.

»*Bonne soirée!*«

Nachdem Karim sich den Dreck und Schweiß abgewaschen hatte, sprach er seine Gebete sowie zwei *dua* mit der Bitte um Vergebung. Er setzte sich auf die Matratze, die er vor dem

Beziehen erst großzügig mit Citronella und Flohpulver behandelt hatte. Heute Nacht würde er – mit Gottes Hilfe – Ruhe und Trost finden. Er schlug den Koran auf und begann zu lesen.

Die da spenden in Überfluss und Mangel, die den Zorn unterdrücken und den Mitmenschen vergeben; wahrlich, Allah liebt, die da Gutes tun.

Er wurde müde. Das Citronella und das flackernde Licht wirkten einschläfernd. Genau in diesem Augenblick strich etwas an seinem Bein entlang. Er klappte das Buch zu und erschrak bis ins Mark. Am Ende des Betts hockte eine fette Ratte. Sie war so groß wie sein Fuß, hatte gelbe Augen und einen langen glatten Schwanz, und sie sah aus, als würde sie direkt aus dem tiefsten Innern der Hölle kommen. Ohne den Blick von dem Tier abzuwenden, tastete Karim unter dem Bett nach dem Zaunpfosten. Langsam hob er ihn seitlich in die Höhe und ließ ihn auf die Ratte herabsausen. *Daneben!* Die Ratte hüpfte auf den Boden, schoss zur Tür hinaus und verschwand in der Dunkelheit. Karim sprang vom Bett, um die Matratze zu untersuchen. Widerwillig griff er in den Schlitz, tastete vorsichtig darin herum und brachte schließlich einen Hühnerknochen zum Vorschein. Hatte die Ratte etwa darin ein Nest gebaut?

Er rannte nach draußen, sammelte ein paar Armladungen Äste, Zaunpfosten und allerlei Gestrüpp auf und warf das Ganze zu einem Haufen zusammen, den er anschließend großzügig aus dem Kanister begoss, mit dem Fouad die Petroleumlaterne nachfüllte. Dann schleifte er mit beiden Händen die Matratze aus der Hütte, schleuderte sie auf den Stapel und entzündete ein Streichholz. Sekunden später stand der gesamte Scheiterhaufen in Flammen. Ein paar Minuten lang starrte er ins Feuer, während ihm die Schweißperlen das Gesicht hinabliefen. Das Holz war knochentrocken, und rasch schälte sich in der Hitze der Bezug

der Matratze wie eine Tierhaut ab und legte die Eingeweide frei. Plötzlich erfasste Karim Panik, die Flammen könnten auf die Hütte überschlagen. Hektisch schob er die Matratze mit einem Zaunpfahl in die andere Richtung, wobei ihm die Härchen auf dem Handrücken verbrannten. Jetzt loderte das Feuer allerdings gefährlich nah am Gebüsch. Als Reaktion auf diese neue Bedrohung begann Karim, mit den nächstbesten Behältern immer wieder zur Pumpe zu laufen, um Wasser über das Dickicht zu schütten. Beim Versuch, einige der Pflanzen zusätzlich platt zu trampeln, rutschte er an einer leeren Flasche aus und trat mitten in einen Scheißhaufen. Inzwischen stieg beißender Rauch in mächtigen Wolken von der Matratze auf.
Bei den Sieben Heiligen!

Der Abstecher zur Serafina war gut verlaufen. Von seinem Beifahrersitz in der *quatrelle* aus hatte Mohammed die Nachtschicht in Augenschein genommen und sich anschließend zufrieden geäußert. Alles in allem waren sie kaum zehn Minuten geblieben. Und das Beste – dieser *salopard* Cherkaoui hatte sich rechtzeitig nach Hause verdrückt!

Den Weg vom Parkplatz zum Riad bewältigte das ungleiche Paar aus hoch aufgeschossenem Franzosen und zwei Köpfe kleinerem Katarer zu Fuß. Sébastien schloss das Sakko, holte noch einmal tief Luft und läutete. Die Tür des Dar Zuleika flog auf, und ein Schwall an Musik und Gelächter drang ihnen entgegen. Sofort wurde Sébastien von seinem Freund Yves, einem stämmigen glatzköpfigen Franzosen, in die Arme geschlossen. Immer mehr Gäste stürmten auf sie ein, wuschelten Sébastien durch die

Haare oder schlugen ihm auf den Rücken. »*Salut, vieux conard!* Wo hast du dich denn rumgetrieben, alter Halunke?« Da er in Begleitung seines Chefs war, bat Sébastien alle, ihnen ein wenig Platz zu machen, und am Ende marschierten die beiden Männer wie Rockstars durch die Menge in den Hof. Kay kam mit ihrer goldenen Maske auf sie zu und schlang die Arme um Sébastiens Hals.

»Happy Birthday, mein Schatz!«

Sébastien war angenehm überrascht. Sollte Kay über seine Verspätung verärgert gewesen sein, verbarg sie es jedenfalls geschickt. Sie streckte die Hand aus.

»Mr. Al-Husseini, Kay McKenzie. Freut mich, Sie kennenzulernen.«

»Ganz meinerseits, Miss McKenzie«, erwiderte Mohammed und blickte einem dunkelhäutigen Kellner hinterher, der nur mit einer Maske und einem Tüllröckchen bekleidet war. »Dies ist eine, ähh … erstaunliche Party.«

»Darf ich Ihnen einen *jus panaché* anbieten? Oder einen Tee? Wir haben Orangenblüten, Verveine, Hibiskus, Minze … oder möchten Sie lieber etwas Stärkeres?« Kay hakte sich bei ihm unter und führte ihn zur Bar.

Sébastien war wie gelähmt. Von allen Seiten bedrängten ihn die Gratulanten. Eine vollbusige Frau, die er nur vage wiedererkannte, küsste ihn auf die Wange.

»Happy Birthday, Sébastien! Ich bin's, Lucinda!«

Eine Kellnerin mit Flügeln aus weißen Federn nahm ihn an der Hand und platzierte ihn auf der Bühne in einen thronähnlichen Stuhl mit hoher Rückenlehne. Als er nach oben schaute, sah er über sich eine Seiltänzerin, deren weißes Kostüm und goldene Schärpe sich markant vom Nachthimmel abhoben.

Während Kay mit Mohammed Al-Husseini plauderte, bemerkte

sie, wie Sébastien sich mit großen Augen umsah. So viel zu seinen ständigen Nörgeleien. Er kam ihr vor wie ein kleines Kind im Zirkus. Die Künstler, das Essen, die Kostüme – alles funktionierte wunderbar. Und was ihre eigenen schlimmen Vorahnungen betraf, so hatte bislang noch kein einziger Gast die Vorkommnisse an der Sidi bel Abbès erwähnt.

Die Akrobatin hatte das andere Ende des Seils erreicht und machte sich mit einem brennenden Reifen auf den Rückweg. Alles klatschte und johlte. Aufgeschreckt von dem Applaus sprang Momo von der Brüstung im ersten Stock und flüchtete in einen Flur. Unmittelbar vor ihm öffnete sich eine Badezimmertür, und ein kicherndes Pärchen stolperte heraus. Momo raste an ihnen vorbei, hangelte sich auf das Geländer im zweiten Innenhof und sprang von dort auf einen Ast des Orangenbaums, der mit einer bunten Lichterkette geschmückt war.

»Da ist ja das süße Äffchen wieder!«, rief eine Frau aus.

»Passen Sie bloß auf«, warnte Melanie grinsend, die mit einem Tablett unmittelbar daneben stand. »Das Biest ist gefährlich. Mir hat es die Sonnenbrille geklaut!«

Verwundert neigte die Partybesucherin den Kopf zur Seite, als sie Melanies lupenreines Britisch hörte. »Eine *englische* Kellnerin? Das ist aber nun wirklich exotisch.«

»Mein Name ist Mel. Ich bin schon ein wenig beschwipst, aber sagen Sie es nicht weiter.«

»Ich bin Léticia. Ihr Geheimnis ist bei mir gut aufgehoben – vorausgesetzt, Sie geben mir noch einen dieser köstlichen Cocktails.« Im anderen Innenhof brandete wieder Applaus auf. »Sollen wir mal nachsehen, was los ist?«

Melanie zögerte. »Ich muss noch die Drinks verteilen.«

Léticia nahm vier Cocktails, schüttete sie ins Blumenbeet und reichte den Letzten dann Melanie. »Jetzt nicht mehr.«

Sie stiegen die Treppe hinauf und wählten einen Beobachtungsposten ganz am Ende des Balkons. Unter ihnen standen die Besucher dicht gedrängt um beide Seiten der Bühne.

Léticia deutete mit dem Finger. »Da haben wir unseren Golden Boy.«

Melanie beugte sich vor. *Der berühmte Sébastien.* Irgendetwas an dem blonden Mann kam ihr bekannt vor. Vielleicht bloß ein Filmstar-Phänomen, oder es lag an der Tatsache, dass er der einzige Gast ohne Maske und Kostümierung war. Kay stand mit einem Mikrofon in der Hand neben ihm und bat um Ruhe.

»Als ich seinerzeit nach Marrakesch zog, erzählten mir alle, der beste Architekt der Stadt sei Sébastien de Freycinet. Er sei ein Zaubermeister, hieß es, *un sorcier*, der Trümmerhaufen in Paläste verwandelt. Schon bei unserer ersten Begegnung verfiel ich seinem Bann. Aber niemand warnte mich davor, dass dieser Zauberer auch einen Fehler besaß … er kommt nämlich ständig zu spät!« Alle lachten. »Für seine heutige Verspätung lautet seine Entschuldigung übrigens, dass er unserem ehrenwerten Gast, Mohammed Al-Husseini, erst noch die Fortschritte zeigen wollte, die der Bau des neuen Serafina Palace Hotels macht. Dieses Haus wird nach seiner Öffnung fraglos *das* Hotel in Marrakesch sein – nach dem Dar Zuleika, versteht sich!« Es wurde geklatscht und gejohlt. »Wie all seine Werke – und wie das grauenhafte Auto, in dem er herumfährt – ist auch Sébastien de Freycinet ein absolutes Unikat. Auf dich, mein Schatz – alles Gute zum Fünfzigsten!« Alle erhoben die Gläser und jubelten.

»Aber Moment mal!«, fuhr Kay mit theatralischer Geste fort. »Wie es aussieht, ist unser Zaubermeister gar nicht standesgemäß gekleidet. Was meint ihr – sollen wir ihn in seinen Umhang hüllen?«

Die Menge brüllte begeistert ihre Zustimmung. Das Licht im

Innenhof ging aus, und ein Musiker begann, auf einer Tamtam einen langsamen Rhythmus zu schlagen. Der Strahl eines Scheinwerfers richtete die Aufmerksamkeit auf die Seiltänzerin hoch über der Menge. Die Artistin wand die Enden des Tuchs, das sie sich als Schärpe umgebunden hatte, um das Seil und glitt in einer Serie eleganter Schwünge zu Boden. Als ihre Füße die Bühne berührten, zog sie kurz, und das goldene Tuch schwebte in ihre Hände herab. Sie faltete es einmal der Länge nach, dann ein zweites Mal, nahm zwei Ecken und hielt sie mit raumgreifender Geste in die Höhe: Aus dem Tuch war ein goldener Umhang geworden. Tosender Applaus setzte ein. Eine zweite Akrobatin in weißem Leotard kam auf die Bühne gerannt, vollführte zwei Saltos und landete am Ende direkt vor dem Thron. Das Scheinwerferlicht war jetzt auf Sébastien gerichtet. Das zweite Mädchen drehte ihm den Rücken zu und bog den Oberkörper nach hinten, bis ihre Hände die Lehnen des Throns zu fassen bekamen. Langsam ging sie in die Brücke und streckte sich dann zum Handstand aus, sodass ihr Gesicht nun kopfüber in einer Höhe mit dem von Sébastien war. Sie küsste ihn auf den Mund. Die Zuschauer verfolgten das Geschehen inzwischen so fasziniert, dass sie nicht einmal Zeit zum Klatschen fanden. Die Akrobatin zog die Beine an und schnellte lautlos auf die Rückenlehne des Throns, wo ihre Füße sicher auf der Kante balancierten. Sie stand jetzt über Sébastien. Während ihre Partnerin sich mit dem goldenen Umhang näherte, griff das Mädchen auf der Rückenlehne nach unten, hob Sébastiens Arme und streifte ihm das Sakko ab. Als sie es über ihren Unterarm legte, fiel etwas Flaches aus einer der Taschen und landete auf dem Boden. Eine Kreditkarte, hatte es den Anschein.

Melanie und Léticia verrenkten die Hälse noch mehr, um besser sehen zu können. Kay, die am dichtesten stand, beugte sich hinab und hob die Karte auf. Es handelte sich um eine marokkanische *carte nationale*, darauf das Passbild einer jungen Frau mit Kopftuch und der Name »Talal, Amina«. Sébastien sprang mit entsetztem Gesichtsausdruck auf und riss Kay die Karte aus der Hand.

6

»Eigentlich sollen Sie doch Schäden verhindern, nicht verursachen!«

Rachid konnte nicht verbergen, wie komisch er das Ganze fand. Im Morgengrauen raste das Taxi zurück in Richtung Stadt.

»Diese Matratze hätte schon längst zerstört werden sollen! Sie steckte voller Ratten!«

»Ratten leben doch nicht in Matratzen!«, erwiderte Rachid lachend.

»Sie war mit unzähligen Flecken überzogen! Weiß der Teufel, wovon die alle stammten.«

»Hätten Sie nicht einfach eine neue besorgen können? Warum unbedingt in Brand stecken?«

Jetzt musste auch Karim lachen. Ihm schwindelte vor Erschöpfung regelrecht der Kopf. »Was werden Sie Fouad sagen wegen der Matratze?«, fragte er und klopfte sich etwas Ruß von der Hose.

»*Thiina*. Ich erzähl ihm einfach, dass die Lampe umgefallen ist und die Hütte bestimmt in Flammen aufgegangen wäre, hätten Sie nicht so schnell reagiert. Nach meiner dramatischen Schilderung stehen Sie am Ende noch als Held da.«

»Worüber reden Sie denn sonst so mit Fouad? Mit mir hat er die ganze Woche kein einziges Wort gesprochen.«

»Sehr gesprächig ist er nicht, das stimmt. Allerdings quassle ich auch genug für zwei!«

»Woher kommt er?«

»Er ist der Neffe von Khalifa oder der Sohn eines Cousins oder irgend so was. Er ist eben ein bisschen ...« Rachids Zeigefinger drehte ein paar Kreise vor der Stirn.

»Dachte ich mir schon«, murmelte Karim. »Keiner, der noch halbwegs bei Verstand ist, würde so einen Job machen.«

»Sehen Sie's lieber positiv«, riet Rachid. »Wir haben Samstag. Das Einzige, was Sie heute tun müssen, ist richtig ausschlafen!«

Zu Hause hängte Karim seine Jacke an den Springbrunnen, stieg auf Zehenspitzen die Stufen hinauf und zog seine schmutzigen Sachen aus. Er wollte gerade unter die Dusche steigen, da klingelte sein Handy. Im ersten Schreck dachte er schon, es wäre Khalifa, der ihn wegen des Feuers bei der Sherazade zur Rede stellen wollte, aber dann erkannte er die Nummer von Noureddine.

»*Sbah al-khair*«, meldete sich Noureddine. »Im Talal-Fall hat es eine Entwicklung gegeben. Abderrahim Talal wird nicht länger verdächtigt, seine Schwester umgebracht zu haben.«

»*Alhamdulillah!*« Karim war so erleichtert über die Nachricht, dass er gar nicht daran dachte, Noureddine zu fragen, warum er ihn deshalb morgens um halb sieben anrief.

»Aziz hat einen anderen verhaftet.«

»Wen?«

»Den Vater.«

»*Den Vater?*«, wiederholte Karim fassungslos und packte den Duschvorhang so fest, dass er ihn fast aus der Halterung gerissen hätte. »Das ist absurd!«

»Gar nicht mal so absurd, wie es den Anschein macht.«

»Schon den Bruder zu verhaften war schlimm genug! Jetzt den Vater ... unglaublich! Aziz ist geradewegs in die Falle getappt!

Es handelt sich nicht um einen Ehrenmord – begreift er das nicht! Das will uns der Täter doch nur glauben machen! Den Vater zu beschuldigen ist blanker …«

»Omar Talal hat gestanden.«

Karim blieben die Worte im Rachen stecken.

»Du wirst auf dem Kommissariat erwartet«, fuhr Noureddine fort. »Umgehend. Der Alte sagt, er unterschreibt nichts, solange du nicht anwesend bist. Ach, und um deiner Frage zuvorzukommen: Nein, Abderrahim Talal wurde nicht freigelassen. Man hat ihn nach Kenitra gebracht, wo er wegen seiner Mitgliedschaft in Al-Adl wa Al-Ihssane vernommen werden soll.«

Karim zog sich wieder an und schleppte sich langsam nach unten. Die Finken zwitscherten in ihrem Käfig, und in der Spüle stand noch der Abwasch vom Vorabend. Alles schien wie an einem normalen Wochenende. Doch als er die Eingangstür hinter sich verschloss, hatte er das Gefühl, der Himmel müsste jeden Moment über ihm einstürzen.

Momo tollte durch den Hof. Er kletterte über die Tische, untersuchte die benutzten Teller und stieß mit dem Finger gegen ein halb aufgegessenes Stück Kuchen. Kurz darauf erschien Driss und fuchtelte mit seinem Besen durch die Luft.

»*Siir!* Verschwinde!«

Im ersten Stock lag Sébastien in Hemd und Hose quer über Kays Bett und hatte die Augen geschlossen. Am Fußende stand Kay mit finsterer Miene.

»Also?«

»Mmm?«

»Was hat dieser Ausweis in deiner Tasche zu suchen?«

»Nichts.«

»Du weißt, wessen Ausweis das ist, oder? Der von Amina Talal! Das ist das Mädchen, dessen Leiche an der Moschee gefunden wurde!«

»Amina Talals gibt's vermutlich Dutzende.«

»Was hast du mit ihr zu schaffen? Hast du sie gefickt?«

»*Calme-toi.*«

»Antworte mir! Oder ich erzähle der Polizei von dem Ausweis!«

»*T'es folle* ...«

»Da hast du recht. Es ist wirklich verrückt von mir gewesen, mir das all die Jahre von dir gefallen zu lassen und dann auch noch eine Party für dich zu schmeißen, mit hundertfünfzig Gästen und Gott weiß wie vielen Künstlern. Hast du irgendeine Vorstellung, wie lange ich dafür gebraucht habe?«

»Ich habe keine Party gewollt.«

»Und die ganze Zeit über vögelst du irgendwelche Nutten! Womöglich bringst du sie auch noch um, was weiß ich?«

Sébastien setzte sich auf und kratzte sich den Bauch. »Sie war keine Nutte.«

»Was war sie dann?«

»Jemand, der sich um einen Job beworben hat.«

Die Antwort brachte Kay aus dem Konzept. »Was meinst du mit *um einen Job*?«

Sébastien gähnte ausgiebig. »Viele Mädchen melden sich bei unserer Firma, weil sie eine Stelle möchten. Jeder Zweite in Marrakesch würde nur zu gern in der Serafina arbeiten. Das Mädchen ist letzte Woche bei uns im Büro erschienen. Da unser Personalleiter nicht anwesend war, hat der Empfang mich gebeten, das Bewerbungsgespräch zu führen.«

Kay blieb misstrauisch. »Warum hat sie dir ihre *carte nationale* gegeben?«

»Wäre es nicht besser, endlich mal einen Kaffee zu machen, statt hier Gestapo zu spielen?«

Sébastien stieg aus dem Bett und stakste unsicher in die Küche. Kay folgte ihm. Verschlafen nuschelte er weiter: »Wenn ein Marokkaner sich um eine Stelle bewirbt, muss er einen gültigen Ausweis vorlegen, wie dir sicherlich bekannt ist! Da das Mädchen recht qualifiziert erschien – sie hatte gerade ihren Abschluss in *hôtellerie* gemacht –, sagte ich ihr, sie solle ihren Studentenausweis dalassen, damit wir ihre Referenzen überprüfen könnten. Sie hatte den Ausweis aber nicht dabei, daher ließ sie stattdessen ihre *carte nationale* da. Sie sagte, sie würde sie wieder abholen, tauchte jedoch nie auf. Also wollte ich den Ausweis einfach an ihrer Uni abgeben, habe es aber vergessen.« Er goss heißes Wasser auf das Pulver in der French-Press-Kanne. Als Kay stumm blieb, drehte er sich zu ihr um. »*Quoi?* Glaubst du im Ernst, ich hätte sie umgebracht?«

»Nein, aber ...«

»Mir war nicht mal bewusst, dass es dieselbe ist, die man tot an der Sidi bel Abbès gefunden hat. *La pauvre*, sie sprach gut Französisch und Englisch und hätte problemlos eine Anstellung an der Rezeption bekommen. Vielleicht sogar einen Ausbildungsplatz fürs Management.«

Kay hielt den Ausweis hoch, der auf dem Tisch lag.

»Was willst du jetzt damit machen?«

»*Je m'en fous*«, antwortete Sébastien mit einer wegwerfenden Handbewegung.

Kay wusste, dass er jeden Moment wieder einen seiner Sprüche von wegen »*Ich bin wirklich viel zu beschäftigt, um mir über so einen Scheiß Gedanken zu machen*« von sich geben und

Richtung Palmeraie davonrauschen würde. Sie steckte den Ausweis ins Küchenregal, während er zwei Becher Kaffee eingoss.

Die meisten Gläubigen lagen noch im Bett, um möglichst weit in den Tag und damit in die Fastenzeit hineinzuschlafen. Karim nahm die wenigen Gestalten in den Souks kaum wahr, als er mit bleichem Gesicht zum Kommissariat eilte. Er fragte sich, was ihn dort erwarten würde. Ihm stand das Bild von Omar Talal noch vor Augen, wie dieser am Montagabend bei der Identifizierung von Amina im Leichenschauhaus zu Boden gesackt war. So reagierte kein Vater, der seine Tochter selbst umgebracht hatte!

In der tief stehenden Morgensonne blinzelnd, überquerte Karim den Jemaa. In Gedanken legte er sich eine Verteidigungsrede für Omar zurecht, die Aziz von dessen Unschuld überzeugen musste. Wenn Omar Talal tatsächlich ein Mensch war, der seine Tochter wegen eines nächtlichen Klubbesuchs umbrachte, dann hätte Amina es doch niemals riskiert, in ihrem Disco-Aufzug zu Hause aufzulaufen. Der Widerspruch war bereits Ayesha aufgefallen. Aber wie sollte er Omar helfen, wenn der bereits gestanden hatte?

»Schon wieder so früh, Herr Karim!«, begrüßte ihn Bouchaïb, wie immer bestens gelaunt. »Demnächst tauchen Sie noch nachts zur Arbeit auf! Schon das Neueste gehört?«

»Was?«

»Die Fälle von Hitzschlag steigen rasant. Bislang schon zwölf Tote!«

Drinnen führte ihn Pockennarbe gleich in den Vernehmungsraum. Es war derselbe Raum, aus dem sie ihn zwei Tage zuvor ohne große Umschweife hinausgeworfen hatten. Aziz saß am Tisch und starrte einen braunen Sack an. Es dauerte einen Moment, bis Karim erkannte, dass der braune Sack Omar Talal in seiner *djellaba* war. Die Lippen des Mannes bewegten sich unablässig, während seine Finger eine Gebetskette in der Hand drehten. Karim wandte sich direkt an ihn.

»*Salamu alaikum a sidi*«, begann er leise. »Ich bin's, Karim, *weld* Brahim.«

Die Wangen von Si Omar waren eingefallen, seine Haut hatte den Gelbstich eines Kranken. »Gelobt sei Allah, Allah der Barmherzige ...«

»Ich bin der Sohn von Brahim Belkacem.«

»Gelobt sei Allah, Allah der Barmherzige ...«

»Brahim war mein Vater. Ihr Freund. *Wisch aqellti alih?* Erinnern Sie sich?«

Omar Talal starrte seine Perlen an. »Allah ist allwissend, Seine Weisheit grenzenlos ... ich suche Vergebung bei Allah ...«

Aziz sprang auf. »Das ist doch reine Zeitverschwendung! Der Mistkerl hat bereits gestanden, dass er es war!«

»Der Mann ist ein *hadschi*!«, fuhr Karim ihn an. »Er ist nach Mekka gepilgert! Erweisen Sie ihm gefälligst ein wenig Achtung!«

Aziz lehnte sich drohend über den Tisch. »Geben Sie zu, Ihre Tochter umgebracht zu haben?«

»... Ehre sei Allah ...«

»Na los, Alter. Sie kam nach Alkohol und Zigaretten stinkend aus irgend so einem widerwärtigen afrikanischen Tanzschuppen nach Hause, und Sie haben eben getan, was jeder ehrbare Vater getan hätte, und ihr eine Tracht Prügel verpasst. Aber dann ist das Temperament mit Ihnen durchgegangen, richtig? Sie haben zu fest zugeschlagen, sie stürzte und brach sich den Schädel. Ist es nicht so gewesen?«

»… Lob sei Allah dem alles Verzeihenden …«

»Haben Sie es getan? Ja oder nein? Raus damit!«

»Dem Mann geht es nicht gut!«, schrie Karim dazwischen. »Er braucht einen Arzt!«

Omar Talal gab ein leises Krächzen von sich. Pockennarbe beugte sich zu ihm herab.

»Wie war das, Alter? Was haben Sie gesagt? Schuldig?«

»Mmm.«

»Heißt das *ja*?«

Omar streckte die Handflächen aus. »Schuld tragen wir alle.«

Pockennarbe verdrehte die Augen. Aziz schob ein Blatt Papier und einen Kugelschreiber über den Tisch. »Unterschreiben!«

»Im Namen Allahs, der alles sieht …«

Pockennarbe packte Omar an der Schulter. »Herr im Himmel, Sie haben doch bereits zugegeben, es getan zu haben, Sie alter Trottel. Jetzt unterschreiben Sie endlich das verdammte Geständnis!«

»Sie Gotteslästerer«, schrie Karim, riss Pockennarbes Hand fort und stellte sich schützend vor Omar wie vor ein Kind, das von Hunden bedrängt wird.

Einen Moment herrschte Stille. Si Omar blickte nacheinander die drei anderen an. »Schuldig sind wir alle«, wiederholte er mit einem traurigen Lächeln. »Sehen Sie nicht? Schuldig sind wir alle. *Maschallah!*«

»Unterschreiben!«, sagte Aziz und knalle den Stift auf den Tisch.

Si Omar streckte den Daumen in die Luft.

»Was möchtest du, alter Mann?«, fragte Aziz, plötzlich sehr viel freundlicher, als wäre ihm gerade eine Ahnung gekommen. »Das hier?« Er griff nach einem Stempelkissen.

Omar Talal nickte nur. Aziz ging mit dem Stempelkissen um den Tisch herum und legte es vor den Mann in der *djellaba*. Omar drückte seinen Daumen auf das Kissen.

Karim verfolgte die Entwicklung entsetzt. »Überlegen Sie genau, was Sie da tun, Si Omar. Bitte! Ich beschwöre Sie!«

Omar unterzeichnete das Papier in aller Ruhe mit einem schwarzen Daumenabdruck, woraufhin Aziz es eilig an sich riss. Pockennarbe zerrte Si Omar auf die Beine und schob ihn zur Tür hinaus. Aziz folgte ihnen, drehte sich noch einmal kurz um und sagte zu Karim: »Sie können gehen.«

Sprachlos vor Schock sank Karim auf seinen Stuhl zurück. Alles war so schrecklich schnell gegangen. Gerade hatte Omar Talal schriftlich gestanden, seine Tochter umgebracht zu haben. Der arme Kerl war dermaßen verwirrt im Hirn, dass er alles gestanden hätte. Und nun hatte er vor den Augen von drei Polizisten sein eigenes Todesurteil unterzeichnet. Mit seinem Daumen. *Seinem Daumen!* Karim sprang auf, raste den Korridor hinunter und bückte sich dabei kurz, um einen von Si Omars gelben Schlappen aufzuheben.

Draußen im Hof war Pockennarbe eben dabei, Si Omar auf die Rückbank eines Polizeiwagens zu bugsieren. Aziz erteilte derweil dem Fahrer seine Anweisungen.

»Halt!«, schrie Karim. »*Huwa ummi!* Er ist Analphabet! Omar Talal – er kann weder lesen noch schreiben!«

Aziz blickte Karim verständnislos an.

»Begreifen Sie denn nicht? Er kann das Schild überhaupt nicht geschrieben haben!«

»Schild?«, erwiderte Aziz. »Welches Schild?«

Er schlug mit der Faust auf das Autodach, und der Wagen brauste davon.

Der *traiteur* war ein großer, gutmütiger Mann. Im Foyer des Festsaals saß er mit Karim und Lalla Fatima unter dem einzigen brennenden Kronleuchter zusammen und erzählte von aktuellen Entwicklungen in seiner Branche.

»Manche Paare sparen sich das Tanzen. Manche sparen sich die Musik sogar komplett. Früher war das alles ganz anders, stimmt's, Lalla? Ich weiß noch, wie hier Orchester bis sechs Uhr morgens gespielt haben.«

»Können wir jetzt über die Konditionen für die Hochzeit meiner Schwester reden?«, bat Karim mit steinerner Miene.

»Natürlich.« Der *traiteur* zog ein Notizbuch aus der Tasche seiner *gandora* und begann, eine Liste aufzustellen. »*Aywa*, dann wollen wir mal sehen ... ein gegrilltes Lamm *mechaoui* ... Reis, Salat und Nachtisch für einhundert Personen ...«

»Und ein Video«, bemerkte Lalla Fatima.

»Selbstverständlich. Ein Video.«

Während der *traiteur* im Plauderton weitersprach, rief sich Karim die trostlose Szene aus dem Vernehmungsraum noch einmal in Erinnerung. Da eröffnete sich ihm die Chance einzugreifen und die katastrophale Lage der Familie Talal abzumildern, und prompt verpatzte er sie. Jetzt hatte alles eine verhängnisvolle Eigendynamik bekommen. Karim wusste, wie es in den Gefängniszellen aussah. Selbst ein junger und gesunder Mensch wurde nur schwer mit solchen Zuständen fertig. Als er das Verhör im Kopf erneut durchspielte, fand er jedoch in einer Nebenbemerkung den Strohhalm, an den es sich vielleicht noch klammern ließ. Aziz war unabsichtlich herausgerutscht, dass es sich um einen afrikanischen Klub gehandelt hatte. Karim zog sein Handy aus der Tasche und gab die Information in die Suchfunktion ein. Ein Resultat wurde angezeigt: »Club Afrique, Rue Oum Errabia, Guéliz«.

Der *traiteur* schwärmte in höchsten Tönen von einem Filmemacher, den er kannte. »Normalerweise dreht er Dokumentarbeiträge fürs Staatsfernsehen! Und für Hochzeiten verlangt er lediglich zweitausend Dirham!«

»*Bezaf*«, wandte Karim sofort scharf ein, ohne von seinem Handy aufzusehen. »Entweder er geht mit dem Preis runter, oder wir müssen uns nach einer anderen Möglichkeit umschauen. Was ist mit Musikern?«

»Ich kann Ihnen eine vierköpfige Gruppe mit Tambourin, Geige, Laute und Keyboard für zweitausend besorgen. Ein Sänger würde noch einmal fünfhundert kosten.«

Lalla Fatima nannte den Namen des türkischen Sängers, den Khadija unbedingt haben wollte. Der *traiteur* pfiff durch die Zähne. »So jemand würde mindestens sechstausend Dirham verlangen.«

»Zu viel.«

»Aber Khadijas Herz hängt doch an diesem Sänger«, beschwor Lalla Fatima ihren Sohn.

»Türke oder Gäste – da muss Khadija sich eben entscheiden. Wenn sie den Türken will, muss sie die Gästezahl reduzieren.«

Der *traiteur* brach das einsetzende Schweigen. »Sänften hätten Sie gewiss auch gerne, richtig?«

»Natürlich!«, rief Lalla Fatima sofort begeistert.

»Zwei Sänften mit jeweils fünf Trägern in Kostümen, das wären also zweitausend Dirham.«

»Kostet eigentlich alles gleich zweitausend Dirham?«, fuhr Karim auf. Bei der Vorstellung, dass sein Schwager wie ein Pascha durch den Raum getragen wurde, knirschte er unwillkürlich mit den Zähnen. »Für Sänften zahlen wir nicht!«

Seine Mutter machte ein entsetztes Gesicht. »Eine Hochzeit ohne Sänften, das geht doch nicht!«

»So ganz richtig ist das nicht, Lalla«, versuchte der *traiteur*, die Situation zu entspannen. »Familien vom Land verzichten beispielsweise oft auf Sänften.«

»Wollen Sie damit etwa unterstellen, wir wären arm?«, fauchte Karim.

»Nicht im Geringsten, mein Herr!«, erwiderte der *traiteur*, dem klar wurde, dass er an diesem Punkt nicht weiterkam. »Lassen Sie mich doch mal sehen, ob wir eine Summe finden, die für Sie akzeptabel ist.« Er griff nach seinem Taschenrechner. »Speisen und Getränke für einhundertzwanzig Gäste ...«

»*Einhundert* Gäste.«

»Einhundert Gäste ... und Servierpersonal ... der türkische Sänger ... der Videomann ... dann wären wir bei sechsundfünfzigtausendsechshundertundvierzig Dirham. Sagen wir runde fünfundfünfzigtausend, einverstanden?«

»Vierzigtausend«, sagte Karim. »Unser letztes Angebot.«

Der *traiteur* zog ein beleidigtes Gesicht. »Bei Allah, ich weiß gar nicht, was ich dazu sagen soll, *a sidi*! Ich mache Ihnen einen Vorschlag: Im Gedenken an Ihren toten Herrn Vater gewähre ich Ihnen einen Nachlass von fünftausend Dirham. Alles in allem also fünfzigtausend!«

»Zweiundvierzigtausend, oder wir suchen uns einen anderen.«

»Ich kann unmöglich noch weiter runtergehen, *a sidi*. Damit würde ich meinen eigenen Kindern das Essen vom Teller nehmen!«

Karim half Lalla Fatima aufzustehen.

»Also schön«, stöhnte der *traiteur*. »Zweiundvierzigtausend. Hand drauf.«

Karim zog eine Rolle Banknoten aus der Tasche. »Hier sind zehntausend. Weitere zwanzigtausend bekommen Sie von mir Ende des Monats.«

Draußen auf der Straße spannte Lalla Fatima ihren Sonnenschirm auf. Die Hitze und das grelle Licht waren erdrückend. Karim schlug vor, ein Taxi zu nehmen, aber seine Mutter lehnte ab. Sie mussten Geld sparen für die Hochzeit, auch wenn Karim eben einen günstigen Preis ausgehandelt hatte.

Im Flugzeug nach Manchester saßen nur wenige Passagiere. Melanie streckte sich über eine gesamte Sitzreihe aus, schloss die Augen und versuchte, nicht den widerlichen Geruch nach überbackenem Käse in die Nase zu bekommen, der aus der Reihe hinter ihr herüberwehte. Die Party war so rasend schnell vergangen, dass sie im Grunde noch immer in ihrem Kopf weiterlief, mit dumpfen Beats, plötzlich aufblitzenden Bildern, Gesprächsfetzen und Gelächter. Sie konnte es kaum erwarten, Emma und Julie von der Seiltänzerin zu erzählen, von den japanischen Spezialitäten und von dem gut aussehenden Italiener in dieser hautengen Hose, der sich vor ihrer Zimmertür an sie gepresst hatte. Wer weiß, was noch alles geschehen wäre, hätte Driss sie nicht gestört und sie gebeten, sich zu beeilen, da das Taxi bereits wartete. Wenig später hatte sie den mit Müll übersäten Hof durchquert und dabei einen schuldbewussten Blick zu dem Blumenbeet geworfen, in das Léticia die Cocktails geschüttet hatte. Zum Glück war Kay viel zu sehr mit Sébastien beschäftigt gewesen, um etwas zu bemerken.

Die Augen halb geöffnet, richtete Melanie sich auf, griff nach der Flasche Sidi Ali, die sie zwischen die Sitze geklemmt hatte, und trank einen Schluck. Sobald die Wasserflasche wieder verstaut war, ließ Melanie sich zurück auf den Rücken fallen.

Plötzlich wusste sie, wo sie Sébastien schon gesehen hatte.

Auf den Arm ihres Sohnes gestützt, schleppte sich Lalla Fatima durch die glühend heißen Gassen. Alle paar Schritte hielt sie an, um sich die Stirn zu wischen und ihren Atem zu beruhigen. Karim fürchtete bereits, dass sie jeden Moment ohnmächtig würde. Ab und an spendete eine zerfledderte Palme ein wenig Schatten. In Torbögen und überdachten Durchgängen verschnauften sie kurz neben Katzen und Bettlern. Als sie die Souks erreichten, bot ein freundlicher Händler ihr seinen Stuhl an. Zitternd nahm Lalla Fatima Platz, und Karim bedrängte sie, im Namen Gottes des Barmherzigen das Fasten zu brechen und etwas Wasser zu sich zu nehmen. Sie weigerte sich.

Eine Weile blieben sie noch und beobachteten die Menschen, die vorbeikamen – ein gebückt laufender alter Mann in einer weißen *djellaba*, der von den Mittagsgebeten kam, oder eine junge Frau mit Baby auf dem Rücken, die Reis und Oliven kaufte. Der Ladenbesitzer reichte Lalla Fatima den Kartondeckel eines Schreibblocks, um sich damit Luft zuzufächeln.

»Mima, ich wollte dich schon die ganze Zeit etwas fragen«, durchbrach Karim, der neben ihr hockte, das Schweigen. »Worüber haben Vater und Omar Talal sich eigentlich zerstritten?«

Lalla Fatima hörte auf zu fächeln. »Weshalb fragst du das?«

»Reine Neugier.«

»Du kennst die Geschichte.«

»Erzähl sie noch einmal.«

Lalla Fatima stieß einen Seufzer aus. »Dein Vater und Omar waren seit ihren gemeinsamen Kindertagen in den Bergen eng befreundet. Sie hüteten zusammen die Ziegen der beiden Familien. Sie gingen zusammen nach Marrakesch. Sie fanden zusammen ihre ersten Jobs. Aber dann fing dein Vater an, die Abendschule zu besuchen. Er lernte lesen und schreiben, und schließlich gelang es ihm, eine Stelle als Buchhalter zu bekommen.«

Karim musste an das Foto denken, das auf Lalla Fatimas Nachttisch stand. Es war in einem Studio aufgenommen worden und zeigte einen sorgfältig frisierten Mann in einem dunklen Anzug, dessen Unterarm auf dem angewinkelten Bein lag.

»Omar dagegen benutzte seine Ersparnisse für die Pilgerfahrt. Er war sehr stolz darauf, als Erster aus seinem Dorf nach Mekka gereist zu sein. Als Amina auf die Welt kam, legten er und dein Vater das Versprechen ab, euch beide miteinander zu verheiraten, wie es früher fester Brauch in Chleuh-Familien gewesen ist. Aber mit den Jahren sahen sich die beiden Männer immer seltener und entfremdeten sich.«

»Ich weiß noch, wie sie miteinander stritten, als wir Omar zu Hause besuchten.«

Lalla Fatima nickte. »Omar warf deinem Vater vor, nur noch am Geld interessiert zu sein. Dein Vater meinte zu Omar, er sei ein engstirniger Fanatiker geworden. *Safi* ... aus und vorbei.« Sie legte den Pappdeckel aus der Hand. »Sie haben nie wieder ein Wort miteinander gewechselt.«

»Mutter«, begann Karim vorsichtig. »Ich bin heute Morgen im Kommissariat gewesen. Si Omar ... er war auch da. Zusammen mit zwei Ermittlern. In einem Vernehmungsraum. Er hat gestanden, Amina umgebracht zu haben.«

»*Ahnou hadschi li katguliya?*«, erwiderte Lalla Fatima mit gequälter Miene. »Was redest du da? Omar mag ein strenger Vater sein, aber er hat seine Tochter geliebt! Niemals würde er sie umbringen, nicht in tausend Jahren! Was haben sie mit ihm angestellt? Haben sie ihn mit Gewalt dazu gebracht, es zu gestehen? Gott, mach, dass es nicht so ist!« Ihre Augen füllten sich mit Tränen. »Warum können sie diese arme Familie nicht in Frieden lassen und stattdessen den Mann finden, der dieses schreckliche Verbrechen tatsächlich verübt hat?«

Schweigend starrte Karim zu Boden und drehte dabei den Griff des Sonnenschirms zwischen den Fingern. Seine Mutter erhob sich abrupt.

»Bring mich nach Hause. Ich muss zu Lalla Hanane.«

Sébastien klopfte an die Tür des Hotelzimmers.

»Ah, Sébastien!«, rief Mohammed Al-Husseini, der im Morgenmantel mit einer Tasse Kaffee in der Hand öffnete. »Wo ist Jamal?«

Typisch Mohammed, dachte Sébastien. Ohne das kleinste Dankeschön für die nette Party gestern direkt zum Geschäftlichen.

»Wird jeden Moment hier sein.«

Während Mohammed duschte, setzte sich Sébastien an den Couchtisch und ließ die Ereignisse im Dar Zuleika noch einmal Revue passieren. Er war genauso erstaunt gewesen wie alle anderen, als ihm der Ausweis aus der Tasche fiel. Er hatte ihn völlig vergessen. Glücklicherweise hatte die Höhe der Bühne dafür gesorgt, dass Mohammed – genau wie die anderen Gäste – nicht genau sehen konnte, worum es sich handelte. Bei Kay allerdings war er sich noch immer nicht ganz sicher, ob seine Erklärung sie überzeugt hatte. Mit Komplimenten für die Party hatte er jedenfalls nicht gespart und den Ausweis zugleich beharrlich als Nebensächlichkeit abgetan.

Er schaute sich im Hotelzimmer um. Es war die Art von Zwei-Zimmer-Suite, wie Mohammed sie bevorzugte. Sein Boss hätte sich natürlich auch das Mansour leisten können oder sogar das Royal Golf Palmeraie, das nur wenige Minuten von der Serafina entfernt lag. Aber er entschied sich stets für das Méridien, das funktional, preiswert und anonym war. Hier konnte er ein und aus gehen, ohne dass jemand etwas bemerkte oder Fragen stellte.

Mohammed kehrte in einem langärmligen weißen Hemd und Bluejeans zurück. »Diese Leute von der Nachtschicht. Wie viel zahlen Sie denen?«

»Hundertfünfzig.«

»Brauchbare Arbeiter? Nicht irgendwelche Faulenzer und Versager, die sonst keiner haben will?«

»Alles erfahrene Kräfte. Hassan hat das überprüft. Da die meisten Baustellen über Ramadan geschlossen sind, hatten wir freie Auswahl.«

»Ha!«, rief Mohammed und lachte glucksend. »Während alle anderen pennen, geben wir richtig Gas. So mag ich das!«

Es klopfte, und Jamal trat ein. Jamal Boussoufa war ein liebenswerter, breitschultriger Bär von Mann, der eine erfolgreiche Inneneinrichtungsfirma in Casablanca führte. Sébastien hatte in ihm einen nützlichen Verbündeten gegenüber einem schwierigen Boss gefunden.

»*Merhaba. Tafaddal, tafaddal. Kayf allik?*«, begrüßte Mohammed ihn mit breitem Grinsen.

»Alles gut, Gott sei Dank«, antwortete Jamal und setzte sich an den Couchtisch. Nach ein wenig Small Talk klappte er den Laptop auf und schaute die anderen erst an. »Die Zeitabläufe bereiten mir Sorgen.« Ursprünglich sollte die Serafina erst an Neujahr eröffnen, aber Mohammed hatte den Termin um zwei Monate vorverlegt, als er davon hörte, dass ein Konkurrent die Eröffnung seines neuen Hotels für Dezember plante.

»Zum Teufel mit Zeitabläufen!«, schnaubte Mohammed. »Zeigen Sie mal her, worum es geht!«

Jamal stellte die letzten Umsetzungsideen vor, und Sébastien nickte zustimmend. Ihm gefiel der Vorschlag mit der weißen Stuckdecke im Atrium und einer zehn Meter langen Empfangstheke aus poliertem Travertin. Jamal hatte auch den genialen Einfall, die Line of Water bis ins Gebäudeinnere fortzuführen, was den ewigen Streitpunkt, wo genau der Kanal enden sollte, auf elegante Weise löste. Kaum hatte Jamal seine Ausführungen beendet, verkündete Mohammed schon sein Urteil.

»Da ist nirgends ein Kronleuchter.«

Der Einwand traf Jamal unvorbereitet. »Kronleuchter? Wir haben gar nicht genug Zeit, um einen Kronleuchter in dieser Größe anfertigen zu lassen. Meinen Sie wirklich …«

»Dann kaufen wir eben einen fertigen, verflucht nochmal! Vom Internet haben Sie doch wohl schon gehört, oder? Und wo ist mein Marmorboden?«

»Ich dachte, dieser Stein aus Ouarzazate würde für eine bessere …«

»Ich habe Marmor verlangt.«

»Marmor ist teuer, kostet etwa neunundzwanzig Euro pro Quadratmeter.«

»Woher beziehen Sie denn den Scheiß? Aus Beverly Hills, oder was?«

Schweißperlen traten Jamal auf die Stirn. »Sicher, dass Sie Marmor wollen?«

»Ich habe schon vor acht Wochen erklärt, dass ich Marmor will. Haben Sie mir etwa nicht zugehört? Und achten Sie auf anständige Qualität. Ich will keinen Berg Verschnitt haben. Ach, und das mit dem Wasser im Restaurantbereich finde ich grässlich. Sieht aus wie ein dämlicher Swimmingpool.«

Sébastien konnte die Enttäuschung seines Kollegen zwar gut nachempfinden, war aber auch erleichtert darüber, ausnahmsweise nicht derjenige zu sein, an dem Mohammed seine Wut ausließ. Nach dem Gespräch brachte er Jamal zurück zum Bahnhof und versuchte, ihn ein wenig aufzuheitern.

»Ich schwöre bei Gott, für diesen Mann zu arbeiten hat meine Lebenserwartung um einige Jährchen verkürzt. Gestern Abend bin ich seinetwegen zu spät zur Party gekommen – zu meiner eigenen Party zum Fünfzigsten! Wir kamen volle zwei Stunden nach allen anderen an, weil er darauf bestand, erst noch zur Baustelle zu fahren. Pure Absicht, da bin ich mir sicher.«

Jamal lächelte. »Und auf der Party hat er nicht genervt?«

»Er stand in der Ecke und hat sämtliche Frauen begafft, aber – *grâce à Dieu* – natürlich keine Einzige angequatscht. Ich habe allerdings mitbekommen, wie er sich einen Cocktail genehmigte, als er glaubte, unbeobachtet zu sein. Was mich auf den Gedanken bringt, dass er eben vielleicht ja nur verkatert war und deshalb so eine schlechte Laune hatte. Ich bin davon überzeugt, dass er letzten Endes deinen Vorschlägen zustimmen wird. Obwohl, seinen Kronleuchter wirst du ihm wohl besorgen müssen!«

Sie fuhren über die Mohammed Cinq, und der heiße Wind blies ihnen ins Gesicht. »Warum lässt er sich eigentlich ständig von dir herumkutschieren?«, fragte Jamal, als sie am Bahnhof ankamen. »Warum nimmt er sich keinen Chauffeur?«

»Chauffeure reden. Bei mir weiß er, dass ich keine Geschichten über ihn verbreite.«

»Ja, schon, aber ... dieser Wagen ... ich meine, ich finde ihn toll, aber eine Limousine ist es nun nicht gerade.«

»Limousinen kosten Geld«, erklärte Sébastien grinsend. »Und du kennst doch Mohammed. Da geht Wirtschaftlichkeit vor Stil.«

Kann ein Mensch seinen Glauben verlieren? Kann ein vormals frommer Muslim sich von seiner Religion abwenden? Karim breitete seinen Gebetsteppich auf dem Innenhof aus und versuchte sich in Erinnerung zu rufen, wann sein Vater aufgehört hatte, die Moschee zu besuchen. War es nach seiner Auseinandersetzung mit Si Omar gewesen?

Als Karim ein kleiner Junge gewesen war, verlangte sein Vater von ihm, täglich zehn Koranverse auswendig zu lernen. Abends nach dem Essen wurde er abgefragt, und er durfte erst ins Bett gehen, wenn er die Verse flüssig aufsagen konnte. Samstags musste er vor allen Bekannten und Nachbarn, die zufällig zu Besuch waren, dann sämtliche fünfzig Verse aufsagen. Mit acht – also etwa zu der Zeit ihres verhängnisvollen Besuchs im Haus der Talals – blieben diese Prüfungen plötzlich aus. Sein Vater zog sich zurück und begann, die Werke von Sufi-Mystikern wie Ibn Arabi zu studieren. Er schaute nun auf alle herab, die den *hadsch* absolvierten, weil sie seiner Meinung nach damit nur versuchten, sich einen Platz im Himmel zu erkaufen. In seinen letzten Lebensjahren erklärte er Karim immer wieder, dass der wahre Weg allein über das eigene Gewissen führe.

Karim sah hinüber zur Tür des Zimmers, das seinem Vater früher als Arbeitszimmer gedient hatte. Da Lalla Fatima die steile Treppe nicht mehr bewältigen konnte, war sie inzwischen dort eingezogen. Er warf einen Blick auf die Uhr. Sie schlief jetzt bereits zwei Stunden. Von ihrem Besuch bei Lalla Hanane war sie vollkommen erschöpft nach Hause zurückgekehrt. Trotz seiner Sorgen um ihre Gesundheit war Karim froh, dass sie in dieser Stunde der Not der anderen Frau beigestanden hatte. Durch ihre Bereitschaft, den langjährigen Zwist zwischen den Familien einfach auszublenden, hatte sie mehr Nachsicht demonstriert als ihr verstorbener Ehemann. Auch er, Karim, sollte sich um ein versöhnlicheres Auftreten bemühen, vor allem im Hinblick auf Ayesha. Wenn keine Seite bereit war nachzugeben, verhärteten sich solche Spannungen bloß.

Karim legte die Hände auf die Brust und betete zu dem einen Gott, der den Himmel hoch droben und die Erde darunter, der das Meer und alles, was darin ist, erschaffen hatte. Und um Dünkel und Hochmut aus seinem Herzen zu vertreiben, fügte er noch ein *dua*-Bittgebet an. Er wollte gerade seine Mutter aufwecken, als die Eingangstür ins Schloss fiel und Ayesha erschien. In ihrer Hand baumelte ein totes Huhn. Karim hatte ihr so viel zu erzählen, dass er gar nicht wusste, womit er anfangen sollte. Während er die Verhaftung von Omar Talal schilderte, stand sie stumm neben dem Springbrunnen und hörte aufmerksam zu.

»Weißt du, was ich denke?«, sagte sie anschließend.

»Was?«, erwiderte Karim gespannt.

»Du solltest dringend mal auf die Bremse treten.«

»Wie meinst du das?«, fragte Karim erstaunt und folgte ihr in die Küche.

»Du machst einen völlig überdrehten Eindruck. In den letzten paar Tagen bist du ... gar nicht du selbst gewesen.«

Karim seufzte. »Ich habe Dinge gesagt, die ich bedaure. Ich habe es geduldet, dass mich gewisse Ereignisse der letzten Zeit in Rage bringen, und diese Wut dann an anderen ausgelassen.«

Ayesha setzte sich an den Tisch, stellte sich einen Eimer zwischen die Füße und begann, das Huhn zu rupfen.

»Du hättest mir von deiner Verlobung mit Amina Talal erzählen sollen.«

»Es hatte nichts zu bedeuten. Ich schwöre! Ich war noch ein kleiner Junge. Es war das Gleiche wie die Mitteilung, dass ich mit sechzehn für die Hochschule vorgemerkt war. Vollkommen abstrakt, ohne jede Bedeutung. Ich hatte es komplett vergessen ... bis Montagabend.«

Ayesha nickte. Mit einer ruckartigen Abwärtsbewegung riss sie jedes Mal vier oder fünf Federn gleichzeitig aus. »Und du bist sicher, dass ein Schild auf dem Karren lag, als du Aminas Leiche gefunden hast?«

»So etwas bildet man sich doch nicht ein. Die Wörter standen auf einem Stück Pappkarton von der Größe eines Tablets.«

»Hat sonst jemand es gesehen?«

»Keiner der Beteiligten hat es später erwähnt«, antwortete Karim und verfolgte, wie Ayesha das Huhn umdrehte und die Federn auf der anderen Seite ausrupfte. Sie war sehr geschickt mit ihren Händen, dachte er. Wenn jemand in der Familie irgendein handwerkliches Problem hatte, wandte er sich an Ayesha. Mit zwölf hatte sie bereits alle Rezepte von Lalla Fatima nachkochen können, und mit vierzehn reparierte sie Handys. Wäre sie es, die heiratete und auszog, der Haushalt würde zusammenbrechen.

»Du musst zur Sidi bel Abbès zurück«, sagte sie. »Such nach Zeugen.«

»Es gab keine Zeugen.«

»Bist du da sicher?«

»Der eine oder andere Bettler vor der Moschee vielleicht, aber die sind alle blind.«

»Blinde Leute hören Dinge.«

»Nicht die von Sidi bel Abbès! Die hat alle der *dschinn* erfasst, und jetzt hören sie nur noch Stimmen in ihren Köpfen.«

»Wie du willst«, erklärte Ayesha nüchtern und stand auf, nachdem sie die letzten verbliebenen Federn mit einer Messerklinge entfernt hatte. Sie klopfte sich die Federn vom Schoß, legte den Vogel kopfüber ins Spülbecken und wusch sich die Hände. Als sie wieder zu Karim schaute, rümpfte sie die Nase.

»Du stinkst nach Rauch.«

Erst jetzt wurde Karim bewusst, dass er noch immer die schmutzigen Sachen von letzter Nacht trug. Er berichtete Ayesha von seinem Abenteuer mit dem Feuer, und endlich breitete sich ein Lächeln auf ihrem Gesicht aus. Wenn es ihm gelang, sie so zum Lächeln zu bringen, hüpfte Karims stets das Herz vor Freude.

»Warum nimmst du nicht die Matratze vom Dach mit?«, schlug sie vor.

»Das alte Riesending? Das bekäme ich überhaupt nicht ins Taxi. Wahrscheinlich würde es nicht einmal in die Hütte passen! Warum gehen wir nicht zusammen zum Bab el-Khemis? Wir könnten ein wenig über den Markt bummeln und gemeinsam nach einer Matratze suchen. Samstags gibt's da immer so viel zu entdecken!«

»*Momken*, mal sehen.« Sie krempelte die Ärmel hoch und begann, Möhren zu schneiden. »War Amina sehr schön?«

Karim zeigte ihr das Foto, das Abderrahim ihm gegeben hatte. Ein Kopftuch tragendes Mädchen mit hohen Wangenknochen und dunklen Augenbrauen lächelte darauf verschmitzt in die

Kamera. Ayesha betrachtete es lange. Als sie den Kopf wieder hob, glänzten ihre Augen feucht.

»Wie kann bloß jemand ein so schönes Mädchen umbringen?«

Während das Personal den Riad aufräumte, verzog sich Kay aufs Dach, um in Ruhe nachzudenken. Die Party war die monatelangen Vorbereitungen wert gewesen. Sie hatte damit ihren Status als eine Doyenne des hiesigen Gesellschaftslebens wiederhergestellt. Zwei Reporter wollten Porträts verfassen und dafür demnächst vorbeikommen. Der einzige Wermutstropfen war der Ausweis in Sébastiens Sakkotasche gewesen.

Sie schaute über die Dächer hinweg zur Sidi bel Abbès. An genau dieser Stelle hatte sie auch bei ihrer ersten Begegnung mit Sébastien gestanden. Damals war sie fünfunddreißig gewesen, frisch geschieden und *in den besten Jahren*, wie ihre Freundinnen ihr ständig versichert hatten, während sie sich mit Zukunftssorgen quälte. Auf den Riad war sie im Internet gestoßen. Das Gebäude war zwar eine einzige Ruine und ziemlich weit weg vom alten Marktplatz, aber sie brauchte irgendein Projekt, und alle redeten davon, wie sehr Marrakesch im Trend lag, also nahm sie den nächsten Flug von Gatwick.

Die ersten Eindrücke waren eher entmutigend – die Zimmer dunkel, die Gänge verwinkelt, und dort, wo ein Loch im Boden als Klo gedient hatte, stank es so stark, dass sie sich die Nase zuhalten musste. Und dennoch, der Riad insgesamt war riesig und für den Preis, den der Makler genannt hatte, ein echtes Schnäppchen. Auf ihre Frage, wie man die Renovierung eines solchen Trümmerhaufens am besten anging, verwies sie der Makler sofort an Sébastien. Am selben Nachmittag noch kam er im Riad vorbei.

Mit einem Zollstock in der Hand durchstreifte Sébastien die Anlage und zeigte dabei mit ausladenden Armbewegungen, wo er eine Treppe oder ein Badezimmer einbauen würde. Auf die Wände zeichnete er so lange mit Kreide die neuen Umrisse ein, bis Kay lachend darauf hinwies, dass der Riad ihr ja noch gar nicht gehöre. Im Verlauf ihres Gesprächs rief dann auch noch ihr Anwalt aus London an, um ihr mitzuteilen, dass Jack Widerspruch gegen die Scheidungsvereinbarung eingelegt habe.

Daraufhin schüttete Kay bei Sébastien ihr Herz aus und erzählte, wie Jack ihr gemeinsames Geld verprasst hatte, fortwährend fremdgegangen war und über ihre künstlerischen Ambitionen stets nur gelästert hatte. Sébastien erklärte, dass sie dann zweifellos *le destin* nach Marrakesch verschlagen habe. Auch er verdanke es dem Schicksal, hier – an diesem Ort mit seiner roten Erde und seinem intensiven Licht – die eigene Bestimmung gefunden zu haben. Kay lauschte verzaubert. Einen Mann zu treffen, der offen über seine Gefühle sprach und materielle Dinge für zweitrangig hielt – wie erfrischend das war! Sie liebte seine Begeisterungsfähigkeit, die Art, wie er ihren Arm berührte oder temperamentvoll gestikulierte, wenn ihm ein Punkt besonders wichtig war, ohne dabei die marokkanische Hausbewohnerin, die ihnen gerade Minztee anbieten wollte, überhaupt wahrzunehmen. In seiner Gegenwart erschien ihr die Welt plötzlich voller Möglichkeiten. Einen verfallenen Riad zu renovieren war gewagt, verrückt, und damit das genaue Gegenteil von ihrem häuslichen Leben in Belsize Park. Als sie damals gemeinsam auf dem Dach standen und beobachteten, wie die Schwalben kreuz und quer über den Abendhimmel sausten, da spürte Kay förmlich, dass ihr Leben – ihr *wahres* Leben – erst jetzt begann.

Samiras Stimme aus dem Innenhof riss sie aus ihren Erinnerungen. »*Le riad est prêt, madame.*«

»*J'arrive.*«

Kay ging nach unten. Sie war zu einem Entschluss gekommen: Es bestand keinerlei Zusammenhang zwischen Amina Talals Bewerbung um eine Stelle und ihrem Tod nur eine Woche später. Ein reiner Zufall. Sie war auch keine Prostituierte gewesen, sondern bloß ein marokkanisches Mädchen, das von den Chancen träumte, die westliche Frauen als selbstverständlich betrachteten.

Am Bab el-Khemis schlenderten Karim und Ayesha vergnügt zwischen Schränken und alten Badewannen umher. Ayesha begutachtete den Innenraum einer Kühl-Gefrier-Kombination.

»Hier sollten Khadija und Zak sich die Möbel für ihre Wohnung besorgen.«

Karim lachte. »Zak hat es nicht nötig, auf einem Secondhandmarkt einzukaufen. Er ist ein wohlhabender Mann.« Nachdem Ayesha eine neue Hülle für ihr Handy bekommen hatte, erstand Karim eine in Plastikfolie eingeschweißte Matratze, bei der es sich den Versicherungen des Händlers zufolge um eine original Simmons – *d'origine!* – handelte. Karim schleppte sie zum nächsten Taxistand, wo sie sich auf eine Mauer setzten und zuschauten, wie die anderen Besucher ihre Einkäufe in und auf die Wagen luden.

»Ich möchte gern eine Reise unternehmen«, murmelte Ayesha verträumt.

»Und wohin?«

»Ins Zat-Tal.«

»Was willst du denn da?«, fragte Karim überrascht.

»Ich bin im Zat geboren«, antwortete Ayesha lächelnd. »Si Brahim hat es mir gesagt.«

Karim starrte sie mit offenem Mund an. Davon hatte er nichts gewusst. Sie hatten das Baby an einem Tag, als die Frauen aus den Bergen in der Stadt ihre Waren verkauften, auf ihrer Türschwelle gefunden. Wie hätte Si Brahim da sagen können, ob Ayeshas Mutter aus dem Zat stammte und nicht etwa aus Amizmiz oder Ouirgane? Ayesha schob die Hände unter die Oberschenkel und schaukelte mit den Beinen.

»Siehst du? Nicht nur du hast Geheimnisse!«

»Wann hat er dir das gesagt?«

»Ein Jahr vor seinem Tod, als du auf der Akademie warst. Das Zat ist ein grünes Tal, durch das sich ein Fluss schlängelt. Straßen gibt es nicht, zumindest keine richtigen. Nach dem, was Si Brahim erzählt hat, entspringt in einem kleinen Ort namens Tighdouine eine Quelle mit sprudelndem Wasser.«

»Wie in Oulmès?«

»Noch köstlicher! Er meinte, das köstlichste Wasser im ganzen Maghreb. Und an den Hängen grasen Schafe mit gedrehten Hörnern, und es gibt zig verschiedene Arten Schmetterlinge.«

Karim stellte sich die Landschaft vor. »Klingt hübsch.«

»Du könntest mich auf deinem *moto* hinbringen«, schlug Ayesha vor und sah ihn erwartungsvoll von der Seite an.

Karim lachte. »Das steht doch in der Werkstatt! Und angeblich sind keine Ersatzteile zu bekommen.«

»Dann eben, wenn es repariert ist, *inschallah*.«

»Selbst wenn mein Roller fährt, schafft er allenfalls fünfunddreißig Kilometer die Stunde! Und wie soll er die Berge hochkommen?«

Ayeshas Züge verhärteten sich. »*Khasni nimschi*«, erklärte sie und sprang von der Mauer. »Ich muss los. Lalla Fatima wartet bestimmt schon.«

Karim gab ihr Geld, um die Matratze mit einem Handkarren nach Hause transportieren zu lassen, und nahm sich dann ein Taxi nach Guéliz.

Die Rue Oum Errabia lag in einer Ecke des neuen Stadtteils, die Karim nicht kannte. Auf der einen Straßenseite reihten sich moderne Apartmenthäuser aneinander, auf der anderen Hotels und Restaurants. Nachdem Karim eine Weile die Restaurantseite entlanggelaufen war, kam er zu einer Leuchtreklame mit der Silhouette eines tanzenden Mädchens, unter der in großen Buchstaben *Club Afrique* stand. Noch war die Diskothek zu, der Eingang mit einem schweren Vorhängeschloss gesichert. Als Karim seine Nase gegen eins der Fenster presste, sagte hinter ihm plötzlich eine männliche Stimme: »Über Ramadan bleibt der Klub geschlossen, *a sidi*.«

Die Stimme gehörte einem Parkwächter, der ihn von der Straße aus beobachtete. Der Mann war irgendwo in den Siebzigern und trug einen blauen Arbeitskittel von Atlas Peintures über Hemd und Hose.

»*Salamu alaikum!*«, grüßte Karim lächelnd und schaute sich auf der leeren Straße um. »Scheint eine ruhige Gegend zu sein.«

»Abends ändert sich das. Nach neun finden Sie hier keinen Parkplatz.«

»Haben Sie auch Sonntagabend gearbeitet?«

»Ich arbeite hier jeden Abend. Und das schon seit neunundzwanzig Jahren!« Der Mann ließ eine Münze in die Luft schnellen und fing sie mit einer Hand auf.

Karim trat zu ihm und zog das Foto von Amina Talal aus der Tasche. »Haben Sie dieses Mädchen Sonntagabend gesehen?«

»Ist das Ihre Freundin?«, fragte der Parkwächter, während er die Augen zusammenkniff und das Foto auf Armlänge vor sich hielt. »Ja, die war hier.«

»Sicher?«

»Ich kenn die alle – vor allem die Hübschen! Sie trug ein rotes Kleid. Kam mit einer Freundin – auch eine von den Hübschen. Sie waren schon häufiger da.«

»Haben Sie gesehen, wie das Mädchen im roten Kleid den Klub verlassen hat?«

Der alte Mann nickte.

»Gemeinsam mit ihrer Freundin?«

Der Parkwächter dachte eine Weile darüber nach. »Nein. Sie ging mit einem *berrani*.«

»Einem Fremden?«, wiederholte Karim und spürte, wie sein Körper sich anspannte. »Was für eine Art Fremder?«

»*Ma ereftch*«, erwiderte der Alte achselzuckend. »Er trug einen Anzug, das ist alles, woran ich mich erinnere. Draußen vor dem Klub waren gerade viele Leute. Alle warteten auf ihre Fahrer und wollten ein Taxi. Ich habe ordentlich Trinkgeld bekommen an diesem Abend!«

»Haben die beiden auch ein Taxi genommen?«

Nachdenklich kratzte sich der Parkwächter am Kinn. »Keine Ahnung. Ich bin den ganzen Abend hin- und hergesprungen, musste Taxis besorgen oder Fahrern beim Ausparken helfen. Ich habe nicht die kleinste Pause machen können. Und nun ist sie wohl weg – Ihre Freundin, was?«

Karim zögerte. »In gewisser Weise schon.«

»Sie wirkte betrunken.«

»*Betrunken?*«

»Sie schwankte wie eine Palme im Wind. Allerdings trinken die meisten der Mädchen, die herkommen, auch Alkohol.«

Während Karim sich diese neue Information noch durch den Kopf gehen ließ, griff er in seine Hosentasche und reichte dem alten Mann eine Zehn-Dirham-Münze.

Der Parkwächter drückte das Geldstück gegen die Stirn. »Möge Gott Sie behüten und beschützen und es Ihnen tausendfach vergelten.«

Rachid schnallte die Matratze aufs Dach seines Taxis. Vor einer Stunde war die Sonne untergegangen, und in den Geschäften, *coiffeurs* und Imbissständen am Bab Taghzout brannte überall Licht.

»Wie viel haben Sie dafür bezahlt? Vierhundert? Nicht schlecht. Dolidol-Matratzen sind die besten. Zumindest behaupten sie das im Fernsehen. Aber man kann ja nicht alles glauben, was sie so im Fernsehen erzählen. Nichts als Lügen und Schwachsinn.«

»Der Verdienst von zwei Nächten«, brummte Karim.

»*Malesch*, auf jeden Fall besser als das alte Drecksding«, erwiderte Rachid, während er sich aus dem Fenster lehnte, um die Matratze über ihm in die richtige Position zu ziehen. »Ich würde mir ja eine neue Jacke kaufen, wenn ich das Geld dazu hätte, aber meine Frau sagt ständig, dass sie all unser Geld für Lebensmittel braucht.«

»Unser Geld gehört uns einfach nicht mehr selbst«, pflichtete Karim ihm bei.

»Das Einzige, was ich mir noch leiste, sind Zigaretten und CDs«, erzählte Rachid weiter und bog vom Platz ab. »Hören Sie sich das nur an – Shreya Ghosal. Tolle Stimme, was?«

Karim griff nach der Hülle der CD. Für ihn klang die Sängerin wie eine schreiende Katze. Kein Vergleich zum ordentlichen, melodischen Gesang einer Fairuz. Aber er behielt seine Meinung für sich. »Sind das Raubkopien?«

Rachid nickte. »Klar, drei Dirham im Souk.«

Karim nahm das Begleitheft heraus. Es war eine billige Fotokopie mit verwaschenen Farben, genau wie auf den DVDs, die Khadija ständig kaufte. Der Markt für gefälschte Produkte ging offenbar weit über Taschen und Uhren hinaus.

»Bollywood-Musik scheint im Maghreb sehr populär zu sein.«

»Ich kenne sie alle«, schwärmte Rachid sofort. »Vor allem die Sängerinnen natürlich. Am besten gefallen mir Shreya Ghosal und Sunidi Chauhan. Engelsgleiche Stimmen, sage ich Ihnen. Irgendeine Gesellschaft muss man doch haben, wenn man die ganze Nacht arbeitet, *iyek?*«

Auf ihrem Weg entlang der Stadtmauer lösten nun voll besetzte Cafés und Restaurants die kleinen Geschäfte und *harira*-Stände ab. Ganz Marrakesch schien auf den Beinen, um zu feiern.

»Arbeiten Sie nur nachts?«, fragte Karim.

Rachid steckte eine Pistazie in den Mund und knackte die Schale mit den Zähnen. »Wir wechseln uns ab. Derzeit fahre ich die Nachtschichten.«

»Dann müssen Sie doch alle Klubs und Diskotheken kennen?«

»Klar doch! Schließlich bin ich Taxifahrer!«

»Schon mal von einem Laden namens Club Afrique gehört?«

»Club Afrique?«, wiederholte Rachid und bremste ab. »Ja. Liegt direkt hinter dem Hotel de Marrakech. Warum?«

»Reine Neugier«, antwortete Karim achselzuckend.

Rachid lachte auf. »Dafür fehlt Ihnen das Kleingeld, mein Freund. Die Frauen da ...« Er rieb Daumen und Zeigefinger gegeneinander.

»Was ... Prostituierte?«

»Habe ich jedenfalls gehört.« Rachid brach noch eine Pistazie auf. »Gehen Sie lieber ins Pacha oder das Three Fives. Da kenne ich die Türsteher. Die lassen Sie umsonst rein.«

»Kennen Sie den Türsteher vom Club Afrique auch?«

»Der Laden interessiert mich überhaupt nicht, um ehrlich zu sein. Viel zu klein. Und er schließt sehr früh, was zur Folge hat, dass alle auf einmal gehen. Dann herrscht auf den Straßen da mehr Gedränge als an einem Freitagabend im Marjane. Die großen Klubs vor der Stadt haben dagegen eigene Parkplätze und bleiben bis fünf Uhr morgens auf. Entsprechend gleichmäßig verteilt sich dort die Kundschaft. In manchen Nächten mache ich nichts anderes – immer nur hin und her zwischen Pacha oder Three Fives und Innenstadt. Pro Fuhre sechzig Dirham. Vier Stück davon, und ich habe meinen Verdienst drin.«

»Wann schließt denn der Club Afrique?«

Rachid zündete sich eine Zigarette an. »Um zwei.«

Karim war so vertieft in ihre Unterhaltung, dass er die Sache mit dem Feuer völlig vergessen hatte. Daher stürzte ihn der Anblick von Fouad, der vor der Sherazade in den Resten der halb verbrannten Matratze herumstocherte, für einen Moment in Verwirrung. Noch immer stieg Rauch aus der Asche, und der Gestank von verbranntem Kunststoff lag in der Luft.

Rachid fand die ganze Situation offenbar äußerst amüsant, während Karim sofort aus dem Wagen sprang und sich an Fouad wandte. »Alles in Ordnung?«

»*Mashi mezyan,* gar nicht gut«, verneinte der Wachmann, und in dem Sekundenbruchteil, den er aufblickte, bemerkte Karim seine scharf blitzenden Augen. So schaute kein Schwachkopf, sondern eher jemand, der krankhaft schüchtern und völlig ungeübt in sozialen Kontakten war.

»Das Ding war alt und verdreckt«, erklärte Karim in sanftem Ton. »Ich habe eine neue gekauft – eine bessere.«

»Hast du das gehört?«, plärrte Rachid dazwischen und band die eingeschweißte Matratze vom Dachgepäckträger. »Er hat dir eine neue Matratze besorgt! Hier, bring sie rein. *Andek!* Langsam, langsam. Nicht über den Boden schleifen!«

Unter großer Anstrengung schleppte Fouad das sperrige Plastikbündel in die Hütte. Unterdessen hatte Karim den Stock aufgehoben und versuchte, die angekohlten Reste auseinanderzuschieben.

»Ich hab da eine bessere Idee«, rief Rachid, öffnete den Kofferraum und brachte einen Benzinkanister zum Vorschein. Er schüttete einen ordentlichen Schwall über den halb verbrannten Haufen, und sofort schossen Flammen in die Höhe. Bald war von der alten Matratze nur noch Asche übrig.

Als Rachid kurz darauf mit Fouad davonfuhr, beugte er sich noch einmal aus dem Fenster und rief zurück: »Und schlaf gut, Bruder!«

7

Si Brahim hatte Lebensregeln geliebt. Nie mit leerem Magen zu Bett. Morgens essen wie ein König, mittags wie ein Edelmann, abends wie ein Bettler. Betrachte Ramadan als Reise, bei der tagsüber die Gebete deine Haltestationen sind und nachts die Essensrunden deine Leuchttürme.

Karim hatte gegessen, was Ayesha ihm eingepackt hatte. Er hatte einen Liter Wasser getrunken und seine Gebete gesprochen. Dennoch wollte der Schlaf nicht kommen. Er setzte sich in die Tür und starrte in die brütend heiße Nacht. Wie viele Nachtwächter vor ihm hier schon gesessen, Fingernägel gekaut, geraucht und sich nach ihren Liebsten gesehnt hatten? Im Lichtschein der Laterne konnte er zerlumpte Klamotten, leere Flaschen und einen weggeworfenen Pizzakarton ausmachen. Kein Wunder, dass es hier Ratten gab. Er hoffte sogar ein wenig, dass sich eine blicken ließe, damit er Vergeltung üben konnte. Vom Feuer zeugte nur noch ein schwarzes Stück Erde und der hartnäckige Geruch nach verbranntem Kunststoff. Lustlos rappelte er sich auf, nahm seine Taschenlampe und absolvierte seine Runde.

Sein Vater hatte ihm mal erklärt, wie sehr der König ehrliche Staatsbürger brauche. Nach den bleiernen Jahren würde das Königreich ein goldenes Zeitalter durchlaufen, und in dieser Phase der Offenheit und des Wohlstands käme jeder zu Erfolg, solange er nur hart arbeite und sich ein reines Gewissen bewahre. Und trotzdem stapfte er jetzt mitten in der Nacht durch diese von

Ratten verseuchte Einöde, während im Mordfall Amina Talal Indizien ignoriert wurden und seine Kollegen ihn hinter seinem Rücken auslachten. Da wäre er doch als Ziegenhirt in den Bergen besser dran!

Hoppla! Er stoppte abrupt an der Kante zu einem großen schwarzen Loch. Ein Schritt weiter, und er wäre in den Pool gestürzt. Er leuchtete mit seiner Taschenlampe. Kacheln bröckelten von den Seitenwänden. Am tiefen Ende baumelte lose eine rostige Leiter, die von Vogelkot überzogen war. Karim trat einen Stein ins Becken, der über den Boden schlitterte und zwischen welken Eukalyptusblättern stecken blieb.

Zurück bei der Hütte wusch Karim sich Hände und Füße. An einem unverbrannten Stück Boden rollte er seinen Gebetsteppich Richtung Osten aus, hielt die geöffneten Handflächen erst kurz nach oben und presste sie dann an die Brust.

All meine Gebete, meine Opfergaben, mein Leben und mein Tod gehören fürwahr Dir, Gott, dem Allmächtigen, der nicht Seinesgleichen hat.

Eine halbe Stunde später ging er nach drinnen und legte sich auf die neue Matratze. Mit einem Laken bezogen fühlte sie sich eigentlich ähnlich an wie die alte – schwammig und unbequem eben. Karim schloss die Augen. Nichts. So viel zur berühmten Simmons *d'origine*! Mit einer kurzen Handbewegung erschlug Karim eine Stechmücke. Er drehte sich auf den Rücken, schaute zu den Spinnweben an der Decke und wälzte sich wenig später wieder auf die Seite. In Höhe seiner Lendenwirbel begann sich der Schweiß zu sammeln. Irgendwo krähte ein Hahn. In Gedanken sagte er die 109. Sure auf. Er sagte sie noch einmal auf. Insgesamt elf Mal, um jeden *shaitan*, jeden Teufel, von ihm fernzuhalten und Schlaf zu finden. Draußen wurden im Mondlicht die Konturen des aufgegebenen Rohbaus sichtbar. Rachid brachte bestimmt gerade die letzten Fahrgäste vom Pacha in die Stadt. Seine Mutter und Schwestern würden jetzt gemeinsam das *sahur* essen, die letzte Mahlzeit der Nacht.

Minute um Minute verstrich. Im ersten Zwielicht wurden Grün- und Violetttöne erkennbar, gefolgt von den Umrissen des Betonmischers und den Ästen der Zypressen. Die Dämmerung ging in den Morgen über, und die rosafarbenen Wolken lösten sich in einem Meer aus Blau auf. Mit einem tiefen Seufzer löschte Karim die Lampe. Den Kopf in den Händen vergraben, hockte er anschließend auf der Türschwelle, bis das Taxi Nummer 1547 eintraf und Fouad ausstieg. Diesmal war Karim derjenige, der wortlos an seiner Ablöse vorbeitorkelte.

»Guten Morgen, mein Freund«, begrüßte Rachid ihn fröhlich. »*Wisch nästi mezyan?*«

»Nein, ich habe nicht gut geschlafen«, antwortete Karim. Pistazienschalen knirschten unter seinen Schuhen. »In Wahrheit habe ich überhaupt nicht geschlafen.«

»Nicht einmal mit der neuen Matratze? Gott steh Ihnen bei! Vielleicht hätten Sie doch besser eine Dolidol gekauft. Ich habe Ihnen ja gesagt, das sind die besten.«

»Auf dieser Hütte lastet ein Fluch. Keiner findet darin Schlaf.«

Rachid lachte. »Fouad bekommt's hin.«

»Verbringt er so etwa den ganzen Tag? Er schläft?«

»Keine Ahnung. Nach allem, was ich weiß, könnte er genauso gut den ganzen Tag am Schwanz spielen.«

Karim starrte aus dem Seitenfenster. Sein Schädel drohte zu zerbersten, und Rachids Witzeleien zusammen mit dem pausenlosen *La-lilei-la* dieser grauenhaften Bollywood-Musik verschlimmerten alles bloß noch. Kurz vor dem Kreisverkehr am Ende der Avenue Guemassa ließ ihn etwas erschrocken hochfahren.

»Da!«

Sie kamen gerade an der großen Werbetafel vorbei. Der Ausschnitt der leicht bekleideten Frau war mit schwarzer Farbe beschmiert. »Das Plakat – jemand hat es ... zensiert!«

»Ja, hab ich eben schon gesehen«, sagte Rachid und seufzte. »Muss sich jemand extra eine Leiter und einen Eimer Farbe besorgt haben. Und ganz schön schnell müssen sie gewesen sein. Als ich kurz nach vier vorbeikam, waren sie schon fertig.«

»Wer tut so was?«

»Fanatiker. Die Bärtigen. Wer sonst?«

Karim musste an das Gespräch denken, das er in der Moschee zufällig mitgehört hatte. »Die Menschen werden immer intoleranter.«

»Da hast du recht, Bruder. Als würden wir hier unter den Taliban leben!«

Auf dem Bab Taghzout war die Hitze groß genug, um den Saft in den *bzar*-Bäumen zum Köcheln zu bringen. Wer unbedingt etwas zu erledigen hatte, huschte rasch über den Platz, um so bald wie möglich wieder aus der Sonne zu kommen. Und jeder, der so töricht war, ohne Hut oder Kopftuch nach draußen zu gehen, riskierte einen Hitzschlag. Sébastien hielt sich dicht an der Häuserzeile und achtete sorgsam darauf, den schmalen Streifen Schatten nicht zu verlassen. Bei seiner Ankunft am Dar Zuleika schwirrte ihm bereits der Kopf.

Samira öffnete und schaute ihn überrascht an. »*Bonjour, monsieur. Madame n'est pas là.*«

»*Aucun souci*. Ich wollte nur ein paar meiner Geschenke abholen.«

Die Bühne im Innenhof war bereits abgebaut. Die gereinigten

roten Läufer hingen über den Stühlen, um in der Sonne zu trocknen. Sébastien tat das Personal leid, das am heißesten Tag des Jahres arbeiten musste. Von seinem Schattenplatz im Orangenbaum aus verfolgte Momo, wie er die Stufen zu Kays Wohnung hinaufstieg. Seine Geburtstagsgeschenke lagen noch in der Küche, wo er sie deponiert hatte. Die Champagnerflaschen packte er alle in eine große Einkaufstasche. Eine davon würde er daheim gleich in den Kühlschrank stellen – das einzige Haushaltsgerät in seinem Apartment, das voll funktionsfähig war – und öffnen, wenn er von der *chantier* nach Hause kam. Das wäre dann seine kleine Belohnung, sein Geburtstagsgeschenk an sich selbst. Er warf einen Blick auf die Stelle im Küchenregal, wo Kay den Ausweis hingelegt hatte. Ihm stockte das Herz. *Der Ausweis war weg.* Er strich mit den Fingern über das Regalbrett, kletterte auf einen Stuhl und wäre in seiner Hektik fast heruntergefallen. Kochbuch um Kochbuch zog er heraus, packte es am Rücken und durchblätterte die Seiten. Er inspizierte Schubladen und Fensterbänke, tat das Gleiche im Schlafzimmer. Hatte Kay den Ausweis womöglich in ihrem Büro versteckt? *Oder hatte sie ihn der Polizei übergeben?*

Zurück in der Küche trank er ein Glas Wasser und versuchte, logisch zu denken. Wirklich gravierend war die Sache nicht. Schließlich hatte er sich nichts zu Schulden kommen lassen – nichts Schlimmes jedenfalls. Er räumte die Kochbücher wieder ordentlich ins Regal, sah sich ein letztes Mal in der Küche um und öffnete die Tür. Samira kam mit einem Teppich auf dem Arm die Treppe hoch. Er wollte sie schon fragen, ob sie den Ausweis gesehen hatte, ließ es dann aber lieber bleiben.

»*J'ai récupéré mes affaires.*«

Samira nickte nur kurz.

»Vielen Dank für die Unterstützung bei der Feier«, fügte er auf Arabisch hinzu.

»*La schukran aila ouajib.* Gern geschehen.«

Im Innenhof drehte sich Sébastien noch einmal um und sah, wie Samira ihn von der Brüstung im ersten Stock aus beobachtete.

Während Sébastien sich auf den Rückweg zum Bab Taghzout machte, lief Karim gerade in entgegengesetzter Richtung zur Sidi bel Abbès. Durch die Sohlen seiner Schuhe konnte er die heißen Pflastersteine spüren. Alles blendete vor Helligkeit. Vertrocknet und eingeschrumpft lagen die Müllhaufen in der Gasse. Halb ohnmächtig erreichte Karim den stuckverzierten Durchgang vor der Sidi bel Abbès. Jeden Moment würden die Mittagsgebete beginnen, und vor der Moschee hatten die Bettler bereits ihre Plätze eingenommen.

Eine milde Gabe aus Liebe zu Allah, sidi; *möge Gott Ihre Eltern segnen,* sidi; *bitte,* sidi; *Gott schütze Sie,* sidi … *Al'Allah! Al'Allah!*

Ein spindeldürrer junger Mann in zerschlissener roter Hose saß wenige Meter vom Eingang entfernt auf dem Boden, die Beine weit vor sich ausgestreckt. Karim sprach ihn an.

»Möge Allah dein Leben erleichtern! Möge er dir Wohlstand und ein langes Leben bescheren. Weißt du irgendwas über das tote Mädchen, das Montagabend hier gefunden wurde?«

Der junge Mann richtete seine blinden Augen auf Karim. »*Eine milde Gabe aus Liebe zu Allah!*«

Karim wiederholte seine Frage. Als erneut eine Antwort ausblieb, hob der Bettler daneben, ein alter unrasierter Mann in einer schmutzigen *djellaba,* den Kopf. »Gepriesen sei Allah. Ich habe den Karren gehört.«

Karim starrte den Mann an. Seine Beine waren oberhalb der

Knie amputiert, und er saß in einem Rollstuhl, der sich an zwei Griffen schieben ließ.

»Was genau hast du gehört?«

»Ich habe gehört, wie der Karren ankam. Möge Allah Ihre Eltern und Ihre Kinder beschützen.«

Der Jüngere mit der roten Jeans öffnete den Mund und stieß abgehackt und undeutlich ein paar Worte aus: »… kam … Karren … Räder … dirr-*dah*, dirr-*dah* …«

»Schweig, Bashir!«, rüffelte ihn der Alte. »Gar nichts hast du gehört. Du willst bloß, dass dieser ehrenwerte Mensch dir Geld gibt. Sei ruhig!«

»Dirr-*dah*, dirr-*dah*!«

Der alte Bettler beugte sich zur Seite und verpasste ihm einen Klaps auf den Hinterkopf, aber der Jüngere packte blitzschnell zu und biss so fest in die Hand des anderen, dass der vor Schmerz aufschrie. Karim wollte jede Aufmerksamkeit vermeiden und fuhr nervös dazwischen: »Schluss damit! Ich gebe euch beiden was, aber nur wenn ihr nicht mehr streitet! Habt ihr sonst noch etwas gehört?«

Der Alte knurrte den Jüngeren wütend an, während er seine Hand massierte, und sagte dann: »Ich habe seine Stimme gehört.«

»Ehrlich?«, fragte Karim sofort gespannt zurück. »Ist es die Stimme eines Ausländers gewesen?« Er richtete sich kurz auf, um zwei Moscheebesucher in weißen *djellabas* vorbeizulassen, und sank wieder in die Hocke. »Ist es die Stimme eines *Fremden* gewesen?«

Der junge Blinde schaukelte mit dem Oberkörper vor und zurück und murmelte dabei unablässig: »Dirr-*dah*, dirr-*dah*.«

»Idiot!«, zischte der Alte.

»Klang die Stimme nach einem Franzosen?«, bohrte Karim ungeduldig nach. »Oder einem Engländer?«

»Engländer? Nein, ein Engländer war das nicht.« Der alte Mann streckte seine Hand aus, und Karim drückte eine Fünf-Dirham-Münze hinein. Prüfend wog der Mann das Geldstück in seiner Handfläche.

»Was hast du gehört?«, fragte Karim.

»Was ich gehört habe, sollte keiner lebenden Seele zu Ohren kommen. Einzig Allah, dem Allwissenden, Allhörenden.«

Seufzend legte Karim noch eine Münze in die Hand. Er beugte sich tief genug, um den faulen Atem des Mannes riechen zu können. Der Alte schrie ihm ins Ohr.

»Gott verfluche den Maulesel, der dich zur Welt gebracht hat!«

Entrüstet wich Karim zurück und wollte schon davongehen, da rief der alte Mann ihm nach: »Genau das hat er gesagt! *Allah inaal l-hmaar lee weldek.*«

Sechs Kilometer außerhalb von Marrakesch plantschten französische Familien im Pool des Beldi Country Club. Vor allem in den Sommermonaten, wenn die Pools und schattigen Gärten eine willkommene Erholungspause von der Hitze boten, kamen die Vorzüge der Anlage zur Geltung.

»Ah, da bist du ja!«, rief Lucinda und bewältigte mit ihrem tänzelnden Gang die letzten Schritte zu Kays Tisch, wo sich die beiden mit einem Kuss auf die Wange begrüßten.

»Bist du mit dem Taxi gekommen?«, fragte Kay.

»Ja. Ich habe den Fahrer draußen warten lassen. Bei der Hitze nachher an der Straße ein Taxi auftreiben zu müssen ist wirklich das Letzte, wonach mir der Sinn steht.«

»Was beweist, wie gut du dich bereits eingelebt hast.«

Der Kellner erschien, und Lucinda gab nach einem kurzen Blick in die Karte ihre Bestellung auf. »Ich gratuliere übrigens zu der fantastischen Party«, fuhr sie anschließend zu Kay gewandt fort. »Die Seiltänzerin war wirklich eine brillante Idee!«

»Vielen Dank.«

»Ich hatte sogar Gelegenheit, mich mit Mr. Husseini zu unterhalten. Ein bezaubernder Mann!«

»Ja. Ich verstehe auch nicht, warum sich Sébastien immer über ihn beschwert.«

»Der gute Sébastien! Hat er den Abend wenigstens genießen können?«

Kay lachte auf. »Ich denke schon.«

»Bestimmt hast du schrecklich viel zu tun … jetzt, da du die Sache mit der Party hinter dir hast.«

»Ach, nur dies und das – den Riad für die Betriebsferien schließen, die Läufer im Haus waschen, die restlichen Artikel für meine Boutique inventarisieren. Ich würde den Laden nach Möglichkeit gerne schon im September eröffnen, zeitgleich mit der neuen Saison im Dar Zuleika.« Kay zog ihr Notizbuch aus der Handtasche. »Wie wäre es, wenn wir die Pläne für deine Villa rasch durchgehen, bevor das Essen kommt?«

»Muss das sein? Es ist so herrlich, hier einfach nur zu sitzen und den Schatten zu genießen.«

»Nur schnell ein paar Kleinigkeiten klären. Der Maler schafft es im Ramadan nicht mehr, aber der Tischler wäre verfügbar, und auf den kommt es an. Er baut uns nämlich den begehbaren Kleiderschrank. Mit zwei Bereichen für die Kleideraufbewahrung. Ich habe Skizzen mitgebracht. Hier – schau sie dir mal an.«

»Weißt du was, meine Liebe?«, unterbrach sie Lucinda und nahm die Sonnenbrille ab. »Ich bin zu einem Entschluss gekommen. Ich denke, wir sollten erst einmal warten mit der Renovierung, solange Ramadan ist und du so viel zu tun hast und all das.«

»Was soll das heißen?«, fuhr Kay überrascht auf. »Jetzt habe ich doch schon alles durchgeplant. Ich habe mir extra Zeit in meinem Terminkalender freigehalten!«

Lucinda steckte sich eine Olive in den Mund. »*Du* hast anderes zu tun. *Ich* habe anderes zu tun. Und der Maler hat offenbar auch anderes zu tun. Schnaufen wir also alle erst einmal in Ruhe durch und sehen dann im neuen Jahr, woran wir sind. Obendrein wird Sébastien dann auch Zeit haben und uns ein wenig zur Seite stehen können.«

»Aber was ist denn mit der Inneneinrichtung – dem Tisch und den Teppichen? Du kannst doch nicht bis Januar wie auf einem Campingplatz hausen!«

»Ach, darum kann Tofiq sich kümmern. Das sind doch banale Dinge.« Lucinda drückte Kays Hand. »Weit unter deinem Niveau.«

Kays Gesicht war inzwischen dunkelrot angelaufen. Sie sprang vom Tisch auf. »Wenn du meine Hilfe nicht benötigst, dann habe ich – wie du ganz richtig bemerkt hast – anderes zu tun.«

»Aber meine Liebe – das Essen! Es muss jeden Moment kommen!«

Doch Kay war bereits auf dem Weg zum Parkplatz, wo sie die beiden Taxifahrer in einem Schattenfleck neben einer Mauer fand. Bei ihrem Anblick brachen die Männer verblüfft ihre Unterhaltung ab und standen auf. Während ihr Fahrer rasch die Wagentür für sie öffnete, wandte Kay sich noch kurz an seinen Kollegen: »Sie können fahren. Ihre Dienste werden nicht mehr benötigt.«

Die gesamte Rückfahrt saß Kay mit zusammengepresstem

Kiefer im Wagen und bekam kaum etwas von dem mit, was der Taxichauffeur über die letzte Entwicklung im Fall Talal zu berichten wusste.

»Erst der Bruder, jetzt der Vater. Als Nächste verhaften sie noch die Mutter!«

Zu Hause angekommen, schmerzte Karim jeder einzelne Knochen im Leib. Der Mangel an Schlaf und Essen sorgte dafür, dass er sich schlaff und matt fühlte.

In der Entsagung liegt Freude. Im Fasten liegt Freude.

Wann hatte er das letzte Mal Freude empfunden? Wahrscheinlich in Kindertagen, als er zusammen mit Ayesha durch die Gassen gerast war. Er konnte sich nicht daran erinnern, jemals Freude empfunden zu haben, seit er erwachsen war. Erwachsen zu sein bedeutete bloß, Verantwortung zu tragen und für andere sorgen zu müssen.

Lalla Fatima arrangierte in der Küche Pasteten auf einem Serviertller. »Was gibt's Neues von Si Omar?«, erkundigte sie sich ängstlich.

»Ich weiß es nicht, Mima«, sagte Karim und lehnte sich an den Türrahmen. »Ich bin unterwegs gewesen.«

»Wird er wenigstens anständig behandelt?«

»Keine Ahnung.«

»Wie kam er überhaupt dazu, dieses Geständnis zu unterschreiben?«

»Warum denkst du eigentlich, ich wüsste auf alles eine Antwort?«, entgegnete Karim und ließ sich auf einen Stuhl am Tisch fallen. »Verzeih, Mima. Ich habe die ganze Nacht nicht geschlafen. *Ana mhlouk.* Wie gerädert.«

Lalla Fatima legte ihrem Sohn die Hände auf die Wangen. »Armer Junge! Dieser Job tut dir nicht gut.«

Sie nahm vom oberen Regalbrett eine Tablettenpackung und reichte sie ihm. Karim beäugte die Schachtel skeptisch.

»Was ist das?«

»Sie helfen dir einzuschlafen. Ich habe sie nach dem Tod deines Vaters genommen.« Karim wollte schon protestieren, aber Lalla Fatima schloss seine Hand um die Packung. »Nimm sie einfach mit. Nur für alle Fälle.«

Sie trat zurück an die Arbeitsplatte, riss ein Stück Frischhaltefolie von der Rolle und spannte es über die Pasteten. »Ich gehe jetzt zu Lalla Hanane.«

»Schon wieder?«, fragte Karim. Erst wechselten die beiden Familien jahrelang kein einziges Wort miteinander, und nun ging seine Mutter zum dritten Mal in einer Woche Lalla Hanane besuchen!

»Sie braucht mich, Karim.«

»Was sie braucht, ist ein Anwalt.«

Lalla Fatima blickte ihn hoffnungsvoll an. »Können wir ihr nicht Geld für einen Anwalt geben?«

»Nein, Mima. Wir brauchen jeden Dirham für die Hochzeit. Und selbst wenn wir Geld im Überfluss hätten, würden wir Lalla Hanane damit nicht helfen können ... jedenfalls nicht, solange Omar darauf beharrt, für Aminas Tod verantwortlich zu sein.«

Seine Mutter setzte sich neben ihn an den Tisch. »Ist Abderrahim denn freigekommen? Kann er seinem Vater helfen?«

»Noch nicht«, erwiderte Karim in deutlich milderem Ton. »Aber bald, *inschallah*.« Er hielt es für besser, ihr nichts davon zu sagen, dass Abderrahim nach Kenitra verlegt worden war. »Hat Lalla Hanane dir denn irgendwas erzählt? Irgendwas, das erklären würde, warum Si Omar dieses Geständnis abgelegt hat?«

»Nur, dass er sehr streng war mit Amina. Einmal hat er einen Lippenstift in ihrem Zimmer gefunden und sie grün und blau geschlagen. Wenn sie ausging, hat er jedes Mal ihre Handtasche kontrolliert. Vielleicht glaubt er ja inzwischen, dass er ihr gegenüber zu hart gewesen ist und dass sie mit ihren heimlichen Abstechern in die Disco nur gegen seine unnachgiebige Art aufbegehren wollte.«

Diese Information würde Omar bloß noch stärker belasten, so viel war Karim klar. Jeder würde darin bestätigt sehen, dass er seine Tochter in einem Ehrenmord umgebracht hatte.

»Wenn du Omar helfen möchtest, frag Lalla Hanane nach dem Namen der Schule, die Amina und Leila besuchten.«

»*Wakha*«, sagte seine Mutter nickend.

Karim verfolgte, wie sie sich zum Gehen fertig machte. »Musst du denn ausgerechnet jetzt Lalla Hanane deinen Besuch abstatten? Die Sonne brennt gerade gnadenlos!«

»Es ist ja nicht weit. Ich tauche einfach meinen *hidschab* in Wasser. *Stets einen kühlen Kopf bewahren*, hat dein Vater immer gesagt.«

»Ich glaube nicht, dass er das so gemeint hat.«

»Gott wird mich schon beschützen.«

»Dann lass mich wenigstens mitkommen.«

»Nein.« Lalla Fatima hielt ihr Kopftuch unter den Wasserhahn, wrang es aus und band es sich um. »Du musst schlafen.«

»Soll ich Ayesha bitten, dich zu begleiten?«

»Lass sie hier. Sie ist in den letzten Tagen in einer merkwürdigen Stimmung.«

Nachdem er sie zur Tür gebracht hatte, kehrte Karim in den Innenhof zurück und stieg die Treppe hinauf. Oben fiel ihm die offen stehende Tür zum Dach auf. Karim kletterte weiter und kauerte sich vor der letzten Stufe so tief zu Boden, dass er fast unsichtbar blieb. Draußen war Ayesha damit beschäftigt, die Wäsche aufzuhängen. Er beobachtete aufmerksam, wie ihr Haar in der Sonne glänzte, mit welcher Behändigkeit sie sich bückte und wie sich dabei der sanfte Schwung ihrer Hüften abzeichnete. Als Ayesha schließlich den Korb aufnahm und zur Tür trat, wäre sie beinahe über ihn gestolpert.

»Oh!«

Karim packte sie an der Taille und hielt sie wie eine russische Ballerina in der Luft, um sie vor einem Sturz zu bewahren. Der Wäschekorb dagegen fiel polternd die Stufen hinab. Karim spürte, wie Ayeshas Muskeln erst hart wurden und sich dann wieder entspannten. Das Gewicht ihres Körpers, die Weichheit ihres Bauchs – das alles prägte sich ihm in Sekundenbruchteilen ein. Dazu roch sie nach Arganöl und sonnenwarmer Haut.

Altbekannte Mahnungen gellten in seinen Ohren. *Unreine Frauen sind für unreine Männer, und unreine Männer sind für unreine Frauen! Kann ein Mensch weiter vom rechten Weg abkommen als der, der ohne die Führung Allahs allein den eigenen Begierden folgt?*

»Du hast mich erschreckt!«, sagte Ayesha, als sie schließlich das Gleichgewicht wiedergefunden hatte. Mit erhitzten Wangen nahm sie neben ihm Platz und richtete sich die Haare.

»Ich wollte dich nicht …«, begann Karim, brach aber ab. Der Moment war vorbei.

»Wie ist es denn an der Moschee gelaufen?«, erkundigte sich Ayesha.

»Der Moschee?«

»Hast du irgendwelche Zeugen gefunden?«

Karim erzählte ihr von dem Fluch, den einer der Bettler gehört hatte.

»Klingt nicht wie einer der üblichen Flüche«, sagte Ayesha.

»Du solltest deinen Kollegen davon unterrichten. Den, der die Ermittlungen leitet.«

»Aziz?« Sofort schäumte Karims Verärgerung wieder auf. »Was soll das bringen? Ich hab ihm auch das mit dem Schild erklärt, und er hat nicht das Geringste unternommen. Er hasst mich. Alle hassen mich da. Warum sonst haben sie mich von dem Fall abgezogen, he?«

»Weil du Amina privat gekannt hast?«

»Ein Vorwand, nichts weiter. Begreifst du das denn nicht? Ich bin jung, hab einen guten Abschluss von der Akademie und bin Chleuh. Drei Dinge, die mich von ihnen unterscheiden. Prompt behandeln sie mich wie einen Außenseiter.«

»Bist du sicher, dass du dir das nicht alles bloß einbildest?«

»Ständig wirfst du mir vor, dass ich mir irgendwas bloß einbilde! Die Sûreté ist ein verschworener Haufen. Da wäscht eine Hand die andere. Die interessanten Fälle verteilen sie einfach unter sich, und mir schieben sie dann die Krumen zu, die übrig geblieben sind. Ausnahmslos dämliche, belanglose Arbeiten, die sonst keiner erledigen möchte!«

Ayesha stand auf und nahm den Wäschekorb. »Dann weißt du ja jetzt, wie ich mich fühle.«

»Was meinst du?«

»Du bist auf die Polizeischule gegangen, Naïma hat studiert, und Khadija hat einen Bürojob. Ich mache die Wäsche.«

Karim blickte erstaunt auf. »Aber so ist das doch nicht!«

»Und ob es so ist! Ich werde behandelt wie ein Dienstmädchen, mit dem man machen kann, was man will.« Mit diesen Worten stapfte sie nach unten.

Bei ihrer Rückkehr empfing Kay menschenleere Stille im Dar Zuleika. Ein sanfter Windhauch brachte die Blätter des Orangenbaums, in dem Momo im Halbschlaf döste, zum Rascheln. Vor Kay lag ein langer, ereignisloser August, ganz allein im Riad. Nur Driss würde sporadisch vorbeikommen, um den Garten zu wässern und nach Momo zu sehen. Mit der Einrichtung der Boutique konnte sie erst ernsthaft beginnen, wenn Samira aus dem Urlaub zurück war. Und ihr erster Auftrag – die Inneneinrichtung, mit der sie sich einen Namen als Designerin hatte machen wollen – war gerade auf die lange Bank geschoben worden.

Als Kay ihre Handtasche auf den Küchentisch warf, bemerkte sie ein Kochbuch, das unter der Anrichte auf dem Boden lag. Sie stellte es zurück ins Regal und sah dabei, dass die *carte nationale* nicht mehr dort steckte. Gestern war sie noch da gewesen, das wusste sie genau. Eine Weile suchte sie, auf allen vieren kriechend, vergeblich den Küchenboden danach ab, dann wählte sie einen Kontakt auf ihrem Handy.

»Samira?« Kay hörte, wie Samiras Kinder im Hintergrund spielten. »Haben die Zimmermädchen heute meine Wohnung aufgeräumt?«

»Nein, *madame*, wir hatten mit den Teppichen zu viel zu tun. Möchten Sie, dass sie das noch erledigen?«

»Ist sonst jemand im Riad gewesen?«

»Nein, außer Monsieur Sébastien niemand.«

Kays Herz setzte einen Schlag aus. »Monsieur Sébastien?«

»Ja. Er kam, um seine Geburtstagsgeschenke abzuholen.«

Kay spürte, wie sie ein eisiger Schauer überfiel.

8

Am Montagmorgen schloss die Rezeptionistin der Al-Husseini Group schon um acht Uhr die Türen der Büroetage auf. Sie kam montags gerne zeitig, um noch die neuen Zeitschriften auszulegen und frische Blumen in die Vase zu stecken. Kaum hatte sie sich an ihren Tresen gesetzt, um die Post zu sortieren, sprang sie schon wieder auf.

»*Salamu alaikum, ya sayyid Al-Husseini, kaif halak?*«

Dass der Firmenchef heute vorbeischaute, traf sie vollkommen unvorbereitet. Welch ein Glück, dass sie diesmal langstielige Rosen für die Vase gewählt hatte. Sie führte den bedeutenden Mann den Flur hinunter zum Konferenzraum.

»Die anderen werden sicherlich gleich da sein.«

Mohammed Al-Husseini fühlte sich unangenehm aufgebläht. Im Hotel war ihm um Mitternacht Hähnchen *mkalli* mit reichlich Olivenöl und Zwiebeln serviert worden. Warum mussten die Marokkaner immer alles übertreiben? Heute Abend würde er nur etwas frisches Obst essen und früh zu Bett gehen.

Nach der Besprechung beabsichtigte er, den Rest des Tages auf der Baustelle zu verbringen. Der Franzose jammerte zwar ständig herum wie ein altes Weib, aber mit der Einführung einer Nachtschicht hatte er die richtige Entscheidung getroffen. So würde man die Serafina bereits am 9. November, einen Tag nach dem Opferfest und damit volle fünf Wochen vor dem Mandarin Oriental, eröffnen können. Vom ersten Spatenstich bis zur feierlichen Inbetriebnahme wären gerade mal achtzehn Monate vergangen – eine beeindruckend kurze Bauzeit, wie sie nicht einmal seinem Vater je gelungen war. Und der hatte über eine eigene Baufirma verfügt!

Nach seiner Ernennung zum Minister hatte Anwar Al-Husseini seinem Sohn Mohammed einen Scheck über zehn Millionen Riyal überreicht und ihn aufgefordert, gefälligst aus Doha zu verschwinden. Mohammeds Wahl war auf Marrakesch gefallen. Auf touristischem Gebiet verfügte Marrakesch über mehr Potenzial als Dubai, wo er zur Schule gegangen war, und die steuerlichen Vergünstigungen waren besser als etwa in London, wo er auf einen MBA-Abschluss hin studiert hatte. Das absolut Beste an Marrakesch aber war, dass ihn dort fünftausend Kilometer von seinem Vater trennten.

Nach einem kurzen Klopfen betraten zwei seiner Angestellten den Konferenzraum. Die gehetzt wirkende Frau im Geschäftskostüm war Mouna, die Marketing Managerin der AHG. Sie hatte beim Eingang der Textnachricht, die sie über dieses Meeting informierte, noch im Pyjama gesteckt. Ihr auf den Fersen folgte ein pummeliger IT-Spezialist mit einem Bündel Kabel in der Hand. Während Mouna ihren Laptop auf dem Tisch aufbaute, fahndete der IT-Mann unter dem Tisch nach einer Steckdose. Mohammed lächelte. Er liebte den Anblick von Angestellten, die verzweifelt darum bemüht waren, zu Diensten zu sein.

»Wir beschleunigen derzeit insbesondere die Fertigstellung der Kuppel, damit wir sie in den Mittelpunkt unserer Werbemaßnahmen stellen können«, begann Mouna.

»Erzählen Sie mir keine Dinge, die ich bereits weiß. Zeigen Sie mir lieber die ersten Anzeigen.«

Mouna öffnete auf ihrem Laptop den Entwurf eines computergenerierten Bildes mitsamt Text und Schlagzeile. »Wie Sie sehen, haben wir die Schlagzeile vergrößert. Ganzseitige Anzeigen sind in den maßgeblichen Zeitungen der Vereinigten Arabischen Emirate, Katars und Marokkos geschaltet, wobei wir einen durchschnittlichen Rabatt von zwanzig Prozent auf den Listenpreis erzielen konnten. Soll ich Ihnen den Media-Schedule per Mail zukommen lassen?«

Mohammed brummte etwas Unverständliches. Missmutig betrachtete er den dicklichen Mann, der noch immer auf dem Boden herumkroch. Einen anständigen Fußtritt, das brauchte dieser Kerl!

»Alle Verwaltungsstellen im Hotel sind bereits besetzt. Morgen führen wir Bewerbungsgespräche für sämtliche Servicebereiche. Es haben sich schon ein paar sehr interessante Kandidaten gemeldet.«

Ein Bild strahlte plötzlich von der Projektionsfläche am anderen Ende des Konferenzraums, und der IT-Spezialist tauchte unter dem Tisch wieder auf.

»Also schön«, fuhr Mouna erleichtert fort. »Dann sehen wir uns doch kurz ...«

Es klopfte an der Tür, und die Frau vom Empfang steckte den Kopf herein. »Entschuldigen Sie, *ya sayyid Al-Husseini*«, sagte sie mit besorgter Miene. »Es gibt da ein Problem.«

»Was für ein Problem?«, bellte Mohammed sofort. »Sehen Sie nicht, dass wir beschäftigt sind?«

»Auf der Baustelle ist ein Unfall passiert. Ein Mann ... er ist gestürzt ...«

»Und warum belästigen Sie mich damit?«

»Sorry, es ist bloß ...«, brachte die junge Frau mit sichtbarer Mühe heraus. »Der Mann ist tot.«

Niemand konnte sich an eine solche Hitze erinnern. Nicht Lalla Fatima. Nicht der *hadschi* ein paar Häuser weiter. Nicht die Frau vom abendlichen Wetterbericht. Überall in Marokko wuchs die Zahl der Todesopfer vor allem unter den ganz Jungen und den ganz Alten. Das Agrarministerium erließ landesweite Warnungen vor erhöhter Brandgefahr. Im Radio trugen Expertenrunden Tipps für das Fasten bei großer Hitze zusammen.

Karim hatte auch in dieser Nacht auf der Baustelle keinen Schlaf gefunden. Er fühlte sich so schwach, dass gewiss schon der leichteste Stoß genügen würde, ihn in tausend Teile zerspringen zu lassen. Der Badezimmerwaage zufolge hatte er drei Kilo abgenommen. Kraftlos schleppte er sich Richtung Kommissariat. Unterwegs hielt er bei einem Schuster, der ihm den Gürtel ein Loch enger machen sollte. Beim Warten versuchte Karim, die Entwicklungen des Wochenendes zu rekapitulieren. Erstens, das vermeintliche Geständnis von Omar Talal war unsinnig. Zweitens ... was war noch zweitens gewesen? Ein *dschinn* grinste ihm unverschämt ins Gesicht. Möglicherweise war es aber auch nur die überhitzte Luft. Oder ein Fahrradfahrer.

»Morgen, Chef!«, grüßte Bouchaïb gut gelaunt, als Karim keuchend vor der Wache eintraf. »Schon von dem Feuer an der Route de Fès gehört? Ausgelöst von Sonnenstrahlen, die ein Spiegel reflektiert hat! Zehn Tote!«

Karim antwortete nicht. Es war der Beginn einer neuen Woche, und er hätte sich am liebsten in irgendein Erdloch verkrochen.

Noureddine saß, makellos wie immer, an seinem Schreibtisch und ordnete Akten.

»*Sbah al-khair.* Wie ich hörte, hat der Vater der kleinen Talal gestanden. Dann kannst du dich ja jetzt ganz auf deine Produktfälschungen konzentrieren. Badnaoui meinte, er hätte dir Vorschläge zum weiteren Vorgehen gemacht.«

Karim starrte Noureddine unverwandt an. Es hatte nicht der Wahrheit entsprochen, als er Ayesha gegenüber behauptet hatte, dass alle Kollegen ihn hassten. Nour hasste ihn nicht. Er hatte Karim nicht nur in dessen erstem Jahr im Kommissariat als Betreuer zur Seite gestanden, er hatte ihn sogar nach Hause zum Essen eingeladen. Für ihn war er mehr ein freundlicher Onkel als ein Vorgesetzter. Ihm schuldete Karim Dankbarkeit und Gehorsam. Und so platzte es aus Karim heraus: »Amina Talal ist zuletzt in Begleitung eines Ausländers gesehen worden, aber ihre Leiche wurde an der Sidi bel Abbès von einem Mann abgelegt, der in einem arabischem Dialekt fluchte. Ihr Vater kann weder lesen noch schreiben, also kann er auch nicht das Schild geschrieben haben, das bei der Leiche gefunden wurde. Was bedeutet, dass mindestens zwei Personen in Amina Talals Tod verwickelt gewesen sind, von denen keine ihr Vater war. Aziz hat den Falschen verhaftet.«

Noureddine packte seinen Schreibtisch an den Seitenkanten, und für einen Moment befürchtete Karim schon, er würde ihn gleich auf ihn schleudern. »Karim, was du da ständig tust ... deine Nase in den Talal-Fall stecken ... das ist nicht mehr normal, das ist schon fast ... *krankhaft*.«

»Hab ich etwa darum gebeten, bei Omar Talals Vernehmung anwesend zu sein?«, konterte Karim trotzig. »Du selbst hast mich doch hinbeordert.«

»Ich hab aber nichts davon gesagt, dass du heute hier auftauchen und wilde Anschuldigungen in die Welt setzen sollst!«

»Die Vernehmung war eine Farce. Aziz hat bloß einen alten kranken Mann eingeschüchtert und zugleich ein entscheidendes Indiz ganz einfach ignoriert. Er hat sich nicht einmal die Mühe gemacht, den Handkarren zu untersuchen.«

»Kannst du das alles belegen?«

»Aziz hatte keinerlei Beweise dafür, dass Abderrahim Talal die Tat begangen hat, und er kann ebenso wenig beweisen, dass Omar Talal es gewesen ist. Der Mann ist als Polizist absolut unfähig!«

Karim schluckte erschrocken. Jetzt war er zu weit gegangen. Abfällige Bemerkungen über einen angesehenen Kollegen zu machen war ein narrensicherer Weg, selbst demnächst auf einer dieser Polizeistationen im Nirgendwo zu hocken, wo das schwerwiegendste Verbrechen ein paar gestohlene Schafe waren.

Nour erhob sich von seinem Platz. »Komm.«

»Wohin?«, fragte Karim überrascht.

»Die Polizei in der Palmeraie hat unsere Unterstützung angefordert. Wenn du dich schon nicht um deine eigene Arbeit kümmerst, kannst du mir wenigstens bei meiner helfen.«

»Worum geht's?«

»Ein Toter«, antwortete Noureddine und setzte seine Sonnenbrille auf. »Auf einer Baustelle.«

Karim erinnerte der Anblick an Aufnahmen, die er vom Felsendom in Jerusalem gesehen hatte. Selbst so komplett eingerüstet glänzte die Kuppel des Hotels wie pures Gold. Nachdem sie sich gegenüber dem Architekten und seinem Vorarbeiter ausgewiesen hatten, gingen die vier Männer um die Frontseite des Gebäudes herum zu der Stelle, wo neben einem Krankenwagen eine zerknitterte Plane auf dem Boden lag.

»Er gehörte zum Wachdienst«, sagte Hassan.

Karim bückte sich und hob die Plane an. Der Körper darunter wirkte seltsam verdreht, ein Bein war in einem unmöglichen

Winkel abgespreizt. Das Alter des Opfers schätzte er auf Mitte vierzig. Die Nase des Mannes war so zertrümmert, dass die Reste sich in den Oberlippenbart gedrückt hatten. Vom linken Augenlid bis zur rechten Schläfe klaffte eine Wunde, die wie ein groteskes Lippenpaar aussah.

»Wann ist es passiert?«, fragte Noureddine die beiden Verantwortlichen auf Französisch.

»*À sept heures du matin*«, antwortete der groß gewachsene Architekt. »Er ist vom Gerüst gefallen.«

Karim blickte zu den Planken hoch über seinem Kopf. Alle paar Sekunden lief eine schattenhafte Gestalt darüber, und die Bohlen wölbten sich ein wenig.

»*Il faisait quoi?*«, erkundigte er sich.

»Was soll er schon gemacht haben da oben?«, erwiderte Sébastien leicht gereizt. »Seine abschließende Runde hat er gedreht.«

Noch ein Wachmann auf Nachtschicht, dachte Karim und empfand eine gewisse Verbundenheit mit dem Kollegen.

»Ich bin um halb sieben gekommen«, fuhr Sébastien fort. »Oben auf dem Dach ist er dann an uns vorbei und hat noch *bonjour* gesagt. Und kurz darauf hat unten jemand aufgeschrien, und der Wachmann war verschwunden.«

»Wie hat er denn bei der letzten Begegnung auf Sie gewirkt, *monsieur*?«

»Müde, ein wenig mürrisch. Es war eben das Ende seiner Schicht.«

»Hat ihn jemand fallen sehen?«

»Ein Elektriker, der da drüben in der Grube ein Kabel verlegt hat. Er steht unter Schock.«

Während Hassan sich aufmachte, den Augenzeugen zu holen, bemerkte Karim, wie Noureddine auffordernd in Richtung

Gerüst blickte. Karim nickte und marschierte um die Ecke zum Eingang. Die Ausmaße des Innenraums waren gewaltig. Mindestens sechzig Meter Durchmesser und dreißig Meter hoch. Ein paar Sonnenstrahlen durchbrachen die Düsternis. An einer Seitenwand waren Stuckateure damit beschäftigt, Armierungsgewebe einzuspachteln. Karim stieg die weit geschwungene Treppe direkt neben ihrem Podest hoch. Auf halbem Weg klingelte sein Handy. Es war eine Textnachricht seiner Mutter, die aus vier Worten bestand: »Polytechnique du Sud, Guéliz«.

Beschwingt von dieser Information überquerte er das Obergeschoss und trat durch ein bogenförmiges Fenster hinaus in einen Wald an Gerüststangen. Das goldene Dach blendete, wo Sonnenstrahlen darauf fielen. An der Unfallstelle schienen alle Bohlen intakt zu sein. Auch das Geländer machte einen stabilen Eindruck, allerdings klaffte zwischen Bohlen und Handlauf eine knapp ein Meter breite Lücke, durch die der Wachmann gerutscht sein konnte. Karim wollte die Hände auf das Geländer stützen, zog sie aber sofort wieder zurück. Das Metall war glühend heiß. Aber was für ein Ausblick! Er konnte über die Palmen hinweg bis zur Busstation am Bab Doukkala sehen. Die Baustelle unter ihm war eine riesige Fläche zerwühlter Erde, auf der dröhnende Maschinen baggerten, schoben und räumten. Das Heer an Arbeitern war groß genug, um eine Kleinstadt damit zu bevölkern. Neben Noureddines Peugeot konnte er ein gelbes Fahrzeug ausmachen, das ein offener R4 zu sein schien. Ein dritter Wagen parkte gegenüber der Einfahrt zur Baustelle. Ein schwarzes Auto, neben dem ein Mann stand. Wenn er den Blick zwischen den Planken hindurch unmittelbar nach unten richtete, sah er auf die Köpfe von Noureddine und dem Vorarbeiter. Noureddine unterhielt sich mit dem Augenzeugen. Wo aber steckte der Franzose?

»*Ça y est?*«, fragte prompt eine Stimme hinter ihm.

Karim wäre vor Schreck fast das Herz stehen geblieben. »Nein, ich bin noch nicht fertig«, erklärte er Sébastien, sobald er die Fassung wiedergefunden hatte. »*Et vous, monsieur?* Haben Sie alles überprüft? Wie ist es denn Ihrer Meinung nach zu dem Sturz gekommen?«

»Er kam hoch, um seine Runde abzuschließen, war müde und hat den Halt verloren.«

»Er fiel? Das ist alles?«

»*C'est le Ramadan*«, sagte Sébastien mit einem Achselzucken.

»Hat es schon viele Unfälle auf dieser *chantier* gegeben?«

»Hier und da Schnittverletzungen. Nichts Ernstes.«

»Hat sich jemand dem Wachmann genähert, als er hier oben war? Oder sich mit ihm unterhalten?«

»Nein«, antwortete Sébastien genervt. »Unfälle passieren eben. *C'est dommage, mais c'est le Ramadan.*«

Karim war dieser Franzose, für den der Tod eines Angestellten bloß eine lästige Unannehmlichkeit darzustellen schien, zunehmend unsympathisch. Mit seinem Handy fotografierte Karim die Bohlen, das Geländer und – weil er ihm weiter im Weg stand – Sébastien.

»*Qu'est-ce que tu fais?*«, erboste der sich gleich.

Ohne ihn weiter zu beachten, stieg Karim nach unten, setzte sich zu Noureddine in den Wagen und fragte ihn, was der Elektriker ausgesagt hatte.

»In überaus wortreicher Form eigentlich nur, dass er gesehen hat, wie etwas Schemenhaftes auf den Boden aufgeschlagen ist.«

Sie folgten dem Krankenwagen, der die Leiche abtransportierte, zur Ausfahrt, wo sie ein Mann wild gestikulierend zum Anhalten zwang. Es war derselbe, der Karim schon bei seinem

Rundblick vom Dach aufgefallen war. Baustellenstaub hing ihm in Haaren und Kleidung.

»Sind Sie von der Polizei?«, fragte er atemlos. »Mein Name ist Hicham Cherkaoui. Ich bin bei der Wilaya und ermittle gerade wegen Verstößen gegen Sicherheitsvorschriften. Wie ich gehört habe, ist heute Morgen ein Mann zu Tode gekommen. Haben Sie irgendwelche Anzeichen von unzureichenden Sicherheitsmaßnahmen bemerkt, etwa fehlende Bohlen auf dem Gerüst oder fehlende Leitern? Wenn grob fahrlässiges Verhalten den Tod des Mannes verursacht hat, sind Sie befugt, die Bauarbeiten zu stoppen.«

Karim wechselte einen Blick mit Noureddine. »Wir müssen jetzt erst einmal die Ergebnisse der Autopsie abwarten.«

»Autopsie?«, wiederholte Hicham höhnisch. »Was soll Ihnen denn eine Autopsie verraten? Dass dem Mann ein Messer im Rücken steckt?«

»*Momken*«, erwiderte Karim achselzuckend. »Warum nicht?«

»Er wurde doch nicht umgebracht! Er stürzte ab, weil hier alles völlig unsicher ist! Ich observiere diese Baustelle schon seit Tagen. Solche Unfälle liegen hier förmlich in der Luft, da können Sie hinschauen, wo Sie wollen. Hey! Hiergeblieben!«

»Der Ramadan bringt in den Menschen wirklich die verrücktesten Züge zum Vorschein«, bemerkte Noureddine, als sie auf die Straße bogen.

Sébastien war das Gespräch zwischen den Polizisten und Hicham Cherkaoui nicht entgangen. Wütend stürmte er in den kleinen Baustellencontainer mit dem einzelnen Fenster, der ihm als Büro diente, und schlug die Tür so fest hinter sich zu, dass die ganze

Stahlkonstruktion bebte. In diesem Moment klingelte sein Handy, und Kays Name leuchtete im Display auf.

»Hast du sie gefickt?«

Es dauerte ein paar Sekunden, bis Sébastien verstand, worauf Kay sich überhaupt bezog.

»Du bist hier gewesen, um den Ausweis des Mädchens zu holen«, legte sie nach. »Die einzig mögliche Erklärung dafür ist, dass du etwas zu verbergen hast.«

»Ich hab den Ausweis nicht genommen!«, widersprach Sébastien verärgert. »Wie ich dir bereits erklärt habe: Das Mädchen hat nach einem Job gesucht! Ich habe nicht einmal gewusst, dass es die ist, die ermordet wurde, bis du es mir gesagt hast!«

»Tatsache bleibt, dass du extra hergekommen bist, um den Ausweis zu holen.«

»Ich bin da gewesen, um meine Geschenke zu holen!«

»Und das ausgerechnet um die Mittagszeit?«, ätzte Kay mit Verachtung in der Stimme. »Als du genau wusstest, dass ich nicht da sein würde?«

»Ich musste Mohammed zum Hotel bringen, und auf dem Rückweg zur Baustelle habe ich angerufen.«

»Du hast dir den Ausweis geholt!«

»Ich kam, um den Champagner zu holen! Der Ausweis war bereits weg, als ich auf dem Regal nachgesehen habe.«

»Aha! Du gibst also zu, nach dem Ausweis gesucht zu haben! Eben hast du noch behauptet, nur wegen der Geschenke vorbeigekommen zu sein.«

»Bin ich auch.«

»Wenn du mich hier für dumm verkaufen willst, können wir uns dieses Gespräch auch sparen!«, blaffte Kay zurück und legte auf.

Sébastien war stinksauer. Was bildete sie sich ein, ihn so zur

Rede zu stellen! Die letzten Zweifel, was die Beendigung seiner Beziehung zu Kay betraf, waren gerade verpufft. Die Sache war vorbei.

Es klopfte an der Tür, und ein etwa fünfzehnjähriger Junge mit einem silbernen Tablett trat ein, der als Laufbursche auf der Baustelle diente und im Kantinenzelt aushalf. Er stellte ein Glas Minztee auf den Tisch, legte zwei Stückchen Zucker daneben und blieb stumm in der Ecke stehen. Sébastien setzte sich und zündete sich mit zitternden Händen eine Zigarette an. Einen Moment lang spielte er mit dem Gedanken, Kay zurückzurufen, um ihr zu sagen, dass sie sich doch ins Knie ficken solle, aber dann fiel ihm der tote Wachmann wieder ein und Hicham Cherkaoui, der draußen vor dem Tor auf Posten stand. Bei den vielen Problemen derzeit konnte er es sich wirklich nicht leisten, in weitere Scharmützel verwickelt zu werden. Daher rief er lieber Jamal an, um ihn vom Tod des Wachmanns zu unterrichten.

Jamal war von der Nachricht erschüttert. »War der Mann betrunken?«

»Das glaube ich nicht. Wahrscheinlich schlichtweg übermüdet.«

»Was meinst du? Wird es eine Untersuchung geben?«

»*Dieu nous en garde!* Nur das nicht! Mir sitzt bereits die Stadtverwaltung im Nacken, das reicht völlig!«

»Was sagt Mohammed dazu?«

»Er gibt mir die Schuld, *évidemment*. Seiner Meinung nach hätte der Wachmann gar nicht auf dem Dach sein sollen. Dabei ist er doch bloß da oben gewesen, weil Mohammed ständig befürchtet, die Männer könnten Kupfer stehlen oder während der Arbeitszeit Kief rauchen.«

»Hat die Polizei auch Mohammed befragt?«

Sébastien lachte auf. »Der hat es vorgezogen, sich drinnen wie ein Schuljunge, der etwas angestellt hat, zu verstecken.«

Sie wechselten zu arbeitsrelevanten Themen. Jamal hatte einen Händler ausfindig gemacht, der ihnen in der ersten Septemberwoche Marmor liefern konnte. Sébastien zog mit den Zähnen die Kappe von einem schwarzen Marker und notierte hinter sich auf dem Wandkalender *marbre* im Feld des 5. September.

»*Écoute*, Jamal – ich würde mir gerne ab dem 27. August für drei Tage freinehmen. Könntest du hier für mich einspringen? Der *gros œuvre* sollte bis dahin stehen.«

»*Aucun souci*. Ich werde Ihre Hoheit bei Laune zu halten suchen.«

Sobald das Gespräch beendet war, zog Sébastien mit dem Marker eine Linie unter die letzten drei Augusttage und trug darüber *S congé* ein. Urlaub! Er trank seinen Tee, reichte dem Jungen die Tasse und sagte ihm, er könne gehen.

In der Pathologie mit ihren weiß gekachelten, nach Desinfektionsmitteln riechenden Böden herrschten angenehm kühle Temperaturen. Da Noureddine gerade in ein Gespräch mit einem der Kittelträger vertieft war, gab Karim vor, auf die Toilette gehen zu wollen, und verschwand im Flur, an dessen Ende er einige dick mit Gummi gepolsterte Türen aufdrückte. Schlagartig wurde es noch ein paar Grad kälter. Schwefelgeruch stieg ihm in die Nase. Vier Autopsietische aus Edelstahl, dazwischen Ablaufkanäle und an den Decken über die gesamte Länge Lüftungsrohre.

»Ja?«, fragte eine Stimme.

Karim drehte sich um und sah einen der hier arbeitenden Assistenten vor sich, der eine Plastikschürze über weißer OP-Kleidung trug.

»Karim Belkacem, Sûreté.«

Aufmerksam studierte der Mann Karims Dienstausweis. »Belkacem. *Wisch nta Schleha?* Ein Chleuh? Bist du mit Si Brahim Belkacem verwandt?«

»Er war mein Vater.«

Der Pathologiehelfer streckte ihm die Hand entgegen. »Mein Name ist Mounir Ouheddou. Wir gehören derselben Familie an. Mein Vater ist der Cousin deines Vaters!«

»*Mutsharrifin*, Mounir!«, rief Karim erfreut aus und schlug ein.

Der etwa Dreißigjährige mit den dichten schwarzen Locken und den tief liegenden Augen machte auf Karim einen aufgeweckten, freundlichen Eindruck.

»Was treibt dich hier runter?«, wollte er von Karim wissen.

»Wir untersuchen den Tod eines Wachmanns«, antwortete Karim und warf einen ängstlichen Blick zur Tür, da er jeden Moment damit rechnete, Noureddine könnte hereinspazieren. »Sag mal, Mounir. Ich habe letzten Montag, spätabends, die Leiche einer jungen Frau namens Amina Talal hergebracht. Ist ihre Autopsie schon abgeschlossen?«

»Amina Talal?«, wiederholte Mounir und zog die Liste auf einem Computerbildschirm zu Rate. »Talal … Talal … nein, bislang nicht.«

»Aber das ist schon eine Woche her!«

»Die Dienstzeiten sind wegen Ramadan gekürzt. Dazu diese Hitzewelle – na, du kannst dir ja denken, wie viele Opfer es da gibt.«

Karim senkte die Stimme. »Mounir, bei dieser Leiche hat ein wichtiges Beweismittel gelegen. Ein Pappschild. Womöglich haben die Notfallsanitäter es auch getrennt eingeliefert.«

Mounir scrollte in den Listen herum. »Also ins System eingegeben wurde nichts. Möchtest du einmal nachsehen, ob es direkt bei der Leiche liegt?«

Karim nickte. Trotz der Kälte trat ihm der Schweiß aus den Poren. *Die Sache hier konnte ihn seinen Job kosten.*

Mounir streifte ein Paar Latexhandschuhe über und ging zu der Wand mit den Kühlfächern. Er zog eine der großen Schubladen auf und öffnete den Reißverschluss an dem Leichensack darin. Karim starrte auf die gräulich fahlen Gesichtszüge von Amina Talal. Er wandte aus Respekt vor der Toten seinen Blick ab, während Mounir in dem Sack herumtastete.

»Hier ist nichts.«

Karim ließ die Schultern sinken. Nachdem Mounir den Sack wieder geschlossen und das Fach zugeschoben hatte, wollte er schon die Handschuhe ausziehen, als er etwas daran bemerkte.

»Wo wurde die Leiche gefunden?«

»Vor der Moschee Sidi bel Abbès. Warum?«

Mounir streckte den Finger aus, und Karim erkannte die winzigen Körner, die am Latex hafteten.

»Sand?«

»Ja.«

»Wie man ihn am Strand findet?«

Genau in diesem Moment schwangen die Türen auf, und Noureddine trat in die Kühle. Sein Blick wanderte fragend zwischen Karim und Mounir. »Das ist Mounir Ouheddou«, stammelte Karim hastig. »Ein Verwandter von mir. Wir haben uns nur ein wenig darüber ausgetauscht, was alle so machen ...«

Mounir und Noureddine nickten einander steif zu.

»Jetzt komm«, forderte Noureddine seinen Untergebenen auf. »*Yallah.*«

Die beiden Kriminalbeamten verabschiedeten sich, doch

wenige Sekunden später kam Karim noch einmal zurückgehetzt und bat Mounir schwer schnaufend: »Kann ich die Handschuhe mitnehmen?«

»Du hast doch da drüben deine Nase hoffentlich nicht schon wieder in den Talal-Fall gesteckt?«, fragte Noureddine, als er den Peugeot vor dem Kommissariat parkte.

»Nein, nein, bestimmt nicht!«, versicherte Karim und bemühte sich, nicht allzu panisch zu klingen. »Wir hatten uns nur so viel zu erzählen, Mounir und ich.«

Noureddine musterte Karim wenig überzeugt. »Wer anderen eine Grube gräbt, fällt selbst hinein.«

»Was willst du denn damit sagen?«

»Finger weg vom Talal-Fall. Dafür ist allein Aziz zuständig. Ich warne dich nicht noch einmal, *fhemti*? Gib dem Fall des toten Wachmanns ein Aktenzeichen und schreib einen Bericht. Sollte der Mann verheiratet gewesen sein, informiere die Witwe.«

Kaum hatten die beiden Männer das Kommissariat betreten, rief jemand »Belkacem!«, und der wachhabende Polizist steckte den Kopf durch die Fensterluke der Anmeldung. Er hielt ihnen eine abgewetzte Handtasche entgegen, die Karim verständnislos anstarrte.

»Vielleicht die Tasche, die der jungen Engländerin gestohlen wurde, hmm?«, half ihm Noureddine auf die Sprünge.

De: Belkacem Karim [mailto: kBelkacem46@wanadoo.ma]
Envoyé: lundi 8 août 14:00
À: <Melanie Murray>
Objet: Hand bag

Dear Mademoiselle Murray,
hoffentlich Sie sind sicher zurückgekommen nach zu Hause. Heute jemand hat gefunden Ihre Handtasche in Derb Jdid, Medina. Die Tasche liegt hier im Kommissariat. Sie enthält:

1. eine Ledertasche »Top Shop«
2. einen Lippenstift »Rimmel«
3. einen Damenartikel »Lillet«
4. eine Bordkarte Easyjet (halb) mit Gepäckaufkleber
5. einen Bibliotheksausweis »Manchester Public Library«

Kein Geld, Kreditkarten, Pass und auch kein iPhone, I am sorry.
   Hochachtungsvoll grüßend
   K. Belkacem
   Lieutenant

Die Hitze draußen traf Kay wie ein Keulenschlag. Schon nach wenigen hundert Metern musste sie stehen bleiben und etwas trinken. Auf dem Vorplatz der Moschee mit der abgeschrägten Umfriedung hielt sie erneut an und sah einigen Kindern aus dem Viertel dabei zu, wie sie Himmel und Hölle spielten. Kay hatte der religiösen Stiftung von Sidi bel Abbès bislang erst einen einzigen Besuch abgestattet, und zwar kurz nach ihrem Umzug in die Stadt, als sie hinging, um sich über die allzu durchdringend plärrenden Lautsprecher zu beschweren. Prompt drehte der Muezzin am nächsten Tag die Verstärkeranlage nur noch weiter auf. Frauen waren in den Moscheen eben nicht sonderlich gern gesehen, schon gar nicht westlich gekleidete Europäerinnen.

Sie zögerte kurz vor dem Durchgang in einen zweiten Innenhof, der noch größer und kunstvoller gestaltet war als der erste. Links vor ihr war das Mausoleum mit dem grünen Dach, in dem die Gebeine des Heiligen aufbewahrt wurden. Rechts erstreckte sich eine Art Arkadengang, in dem blinde Frauen und Männer in Rollstühlen saßen. Normalerweise wurde Kay auf der Straße ständig angestarrt, daher war es angenehm, hier auf diesem Innenhof zu stehen, ohne den Blick irgendeines Marokkaners auf sich zu spüren. Das wohltuende Gefühl verflog rasch. Schon schlich sich ein junger Mann näher.

»*Vous cherchez quelque chose, madame?*«

»*Non, merci*«, sagte Kay nur und drehte ihm den Rücken zu, da sie ihn für einen Fremdenführer hielt.

»*Je suis le gardien de Sidi bel Abbès*. Hätten Sie gerne ein paar Informationen?« Er deutete auf das niedrige Gebäude neben Kay. »Das ist übrigens das Schlachthaus.«

Kay rümpfte leicht angeekelt die Nase.

»Wenn jemand der *zaouia* ein Lamm spendet, schlachten wir es dort und verteilen das Fleisch anschließend an unsere – wie soll ich sagen – Gemeinde. Wir unterhalten eine Stiftung für die Blinden. Die Einzige in ganz Marrakesch. Wir leben allein von Spenden.« Den letzten Satz betonte er auffordernd.

»Wo wurde denn die Leiche der jungen Frau gefunden? Die auf dem Handkarren?«

Nun war es am *gardien*, Abscheu zu signalisieren. »Draußen in der Gasse.«

Kay ließ ihn wortlos stehen und ging hinaus. Sofort begannen die dort in wirrer Reihe wartenden Bettler damit, Segenswünsche zu murmeln. *Möge Ihre unermessliche Güte belohnt werden, im Namen Gottes des Allergnädigsten, des barmherzigsten Gottes, möge Gott Ihnen allzeit Gesundheit und Wohlergehen sichern.* Kay schaute sich um. Die mit Kopfstein gepflasterte Gasse war gut drei Meter breit und von hoch aufragenden Häuserwänden und Mauern eingefasst, die einen leichten Bogen beschrieben. Etwa die Hälfte der Gebäude war renoviert. Ihre Fassaden leuchteten terrakottafarben, die Türen schimmerten frisch versiegelt. An allen restlichen, maroden Häusern bröckelte dagegen großflächig der Putz ab. Ein paar Meter weiter hatte ein Schneider sein Geschäft zur Gasse hinaus.

»Gott danke es Ihnen tausendfach!«, rief eine Stimme. Sie gehörte einem jungen Bettler in roter Hose, der dabei den Kopf in Kays Richtung wirbelte.

»*Je n'ai pas d'argent.*«

Ein Mann in einem Rollstuhl mischte sich ein. »*Pas de problème, madame. La prochaine fois, inschallah!*«

Der Junge mit der roten Hose wollte noch etwas sagen, schloss jedoch rasch wieder den Mund, als der andere ihm einen Schlag auf den Hinterkopf versetzte.

Der Tote, Abdel-Latif Blaoui, CIN. A454188, lag in etwa 2,5 m Abstand vom Gerüst bäuchlings auf dem Boden.

Karim tippte nicht weiter. Der Fall des zu Tode gestürzten Wachmanns war zwar recht interessant, aber seine Erschöpfung zusammen mit der Hitze im Raum ließ seine Augenlider immer schwerer werden. Er grub die Fingernägel in die Handflächen und sah sich nach einer Beschäftigung um, die ihn wachhalten würde. Wie kam es bloß, dass er nachts in der Hütte keinen Schlaf fand, aber tagsüber bei jeder Gelegenheit sofort einnickte?

Die Pappe im Fenster hatte sich in der Hitze bereits verzogen. Vier tote Fliegen lagen darunter, direkt neben einem vergilbten Tatortfoto, das sich von der Pappe gelöst hatte. Karim konnte sich noch an den Fall erinnern. In Casablanca hatte eine Frau gemeinsam mit ihrem Liebhaber den Ehemann aus dem Weg geräumt, indem sie einen Auftragskiller anheuerten, der ihn erschoss. Alle drei saßen jetzt lebenslängliche Haftstrafen ab. Auf der anderen Seite des Raums war Nour gerade in ein endloses Telefonat mit jemandem aus der Zentrale vertieft. Karim betrachtete den Inhalt von Melanie Murrays Handtasche, der noch immer auf seinem Schreibtisch aufgereiht lag. Er nahm den Lippenstift und drehte die Kappe ab. Eigentlich könnte er damit gut seine rissigen Lippen einfetten. *Besser nicht.* Im Ramadan Lippenstift aufzulegen war vermutlich verboten. Außerdem würde Noureddine beim Anblick seines Kollegen mit knallrot gefärbten Lippen bestimmt glauben, jetzt hätte er endgültig den Verstand verloren. Karim musste lachen, schlug sich aber sofort die Hand vor den Mund. Grundloses Lachen würde Noureddine nicht weniger alarmieren. Darüber musste er erneut lachen. Karim griff nach der leeren Handtasche, die am Bein seines Schreibtisch lehnte, öffnete sie und steckte die Nase hinein. Ein muffiger Geruch mit einem Hauch Parfüm. Mit beiden Händen stülpte er das Futter nach außen, um sicherzugehen, dass er nichts darin vergessen hatte. Ein Papierbon flatterte zu Boden und landete direkt neben ein paar toten Fliegen. Es war eine Garderobenkarte. Karim drehte sie um. Auf der Rückseite war ein tanzendes Mädchen abgebildet ... *die Silhouette eines tanzenden Mädchens.* Im Nu saß er wieder an seiner Tastatur.

Dear Mademoiselle Murray,
stimmt es, dass Sie den Club Afrique besucht haben bei Ihrem Aufenthalt in Marrakesch? Ich fand eine Garderobenkarte in Ihrer Handtasche. Das tote Mädchen Amina Talal, von dem ich Ihnen erzählte, war am 31. Juli auch im Club Afrique. Wenn ich mich richtig erinnere, sagten Sie, dass Sie in der Nacht vom Diebstahl Ihrer Handtasche auch in einem Klub waren. Waren Sie im selben Klub am 31. Juli? Bitte, geben Sie mir Antwort.
Im Anhang ist ein Foto von Amina Talal zum Identifizieren.
    Mit erlesensten Grüßen
    K. Belkacem
    Lieutenant

Eine halbe Stunde später erhielt er Antwort.

Sehr geehrter Lieutenant Belkacem,
ja! Wir waren an diesem Tag im Club Afrique. Es war unser letzter Abend. Wir trafen so gegen halb elf dort ein und sind etwa um ein Uhr gegangen. Eine furchtbare Vorstellung, dass wir genau zur selben Zeit dort gewesen sein müssen wie das arme Mädchen! Ich habe Ihre E-Mail an Emma und Julie weitergeschickt, aber keine von uns kann sich an sie erinnern. Es war ziemlich dunkel, der Laden proppenvoll, und wir hatten, um ehrlich zu sein, schon einiges intus.
    Ihre Melanie Murray

PS: Vielen Dank für Ihre Benachrichtigung wegen der Handtasche. Sie war ziemlich billig – werfen Sie sie einfach weg.

Bei den Sieben Heiligen! Was tat das weh zu pissen! Karim trat aus der Kabine und starrte in den gesprungenen Spiegel über dem Waschbecken. Er versuchte sich auszumalen, wie die schicksalhafte Nacht in dem afrikanischen Klub wohl abgelaufen war: Eine Band spielt, Amina in ihrem roten Kleid, die drei Engländerinnen, die ihre *Hen-Party* feiern, überall wird gelacht und getanzt. Dann musste irgendwas dafür gesorgt haben, dass Amina abrupt aufbrach. Und um diesen Punkt zu klären, musste er mit Leila sprechen. Während er sich die Hände wusch, tauchte eine vertraute Gestalt im Spiegel auf. Pockennarbe beugte sich über das Nachbarwaschbecken, schnäuzte sich zwischen Daumen und Zeigefinger die Nase und schleuderte den Schleim ins Becken. Nach dem Händewaschen bedachte er Karim mit einem schiefen Grinsen, bevor er nach dem schmuddeligen Handtuch griff. Ein letztes Grinsen Richtung Karim, dann marschierte er hinaus, und die Tür knallte hinter ihm zu. Karim hob die feuchten Hände, überlegte es sich aber anders und rieb sie lieber an seiner Hose trocken. Zurück in seinem Büro fand er eine neue E-Mail vor.

> Sehr geehrter Lieutenant Belkacem,
> wie mir eben eingefallen ist, kenne ich noch jemanden, der an diesem Sonntagabend im Club Afrique gewesen ist.
> Sein Name ist Sébastien de Freycinet, ein französischer Architekt. Er ist der Freund der Frau, die das Dar Zuleika führt. Vielleicht können Sie ihn ja auch nach dem toten Mädchen fragen?
> Ihre
> MM

Unter einem stahlblauen Himmel stieg Karim um zehn vor fünf die Stufen zur Polytechnique du Sud hinauf. Trotz der drückenden Hitze ging er fast beschwingt. Endlich hatte er für den geheimnisvollen Ausländer, der mit Amina den Klub verlassen hatte, ein mögliches Gesicht. Der Franzose, der ihm gegenüber heute Morgen so unverschämt aufgetreten war, hatte sich noch in einem zweiten Todesfall zu verantworten! Der Talal-Fall stand kurz davor, in seine Einzelteile zerlegt zu werden – wie eins dieser puzzleartigen Trickkästchen, die sie in den Souks verkauften.

In Zweier- und Dreiergruppen traten Studenten aus dem Gebäude. Drinnen stieß Karim auf einen schläfrig wirkenden Pförtner, der auf seine Frage hin nur wortlos zu zwei Mädchen deutete, die gerade aus einem Unterrichtsraum kamen. Rasch lief Karim hinüber.

»Leila Hasnaoui?«, fragte er. Das Mädchen war klein, hatte mandelförmige Augen und trug einen langärmligen Kittel, der über ihre Bluejeans fiel. »Ich bin Lieutenant Belkacem von der Sûreté. Kann ich Ihnen ein paar Fragen stellen?«

Sofort bog ihre Begleiterin ab, und Leila ging schneller.

»Es dauert auch nicht lange«, fügte Karim hinzu und versuchte, Schritt zu halten.

»Mein Bruder wartet.«

»Sie haben am Abend des 31. Juli mit Ihrer Freundin Amina Talal den Club Afrique besucht.«

Für einen Moment trat ein gequälter Ausdruck in ihr Gesicht, und Karim fürchtete schon, sie würde in Tränen ausbrechen.

»Haben Sie den Klub gemeinsam verlassen?«

Inzwischen waren sie vor dem Gebäude angelangt, wo sich die Studenten in kleinen Gruppen unterhielten oder Richtung Bushaltestelle schlenderten. Ein junger Mann in einem grauen

Sweatshirt näherte sich, packte Leila am Unterarm und wollte sie wegziehen.

»Hey!«, rief Karim und legte dem Mann eine Hand auf die Schulter. »Das ist eine Polizeiangelegenheit!«

Der junge Mann stieß Karim von sich. »Polizeiangelegenheit – *ftou*! Sie hat schon genug Fragen beantwortet. Lass sie gefälligst in Ruhe.«

Mit einer schnellen Bewegung drehte Karim dem Mann den Arm so weit auf den Rücken, dass der vor Schmerz aufjaulte.

»Von wegen. *Du* lässt sie gefälligst in Ruhe. Es sei denn, du bist scharf darauf, die Nacht angekettet in einer Zelle zu verbringen, *fhemtini*?« Er löste seinen Griff, und der junge Mann wich fluchend ein Stück zurück.

Leila sah von Karim zu ihrem Bruder.

»Und jetzt erzählen Sie mal, was geschehen ist«, forderte Karim sie mit Nachdruck in der Stimme auf.

»Es war viel los … in diesem Klub«, begann Leila zögerlich. »Eine Menge Leute … ich bin auf die Toilette gegangen. Als ich herauskam, konnte ich Amina nirgends sehen … ich bin raus auf die Straße, aber da war sie auch nicht.«

»Wie kamen Sie darauf, sie könnte draußen sein?«

»Der Franzose meinte, sie sei gegangen.«

»Franzose?«, wiederholte Karim, dessen Puls plötzlich raste. Aus dem Augenwinkel bemerkte er, wie Leilas Bruder auf sein *moto* stieg.

»Wir haben im Klub einen Franzosen kennengelernt … er hat sich zu uns gesetzt und sich mit uns unterhalten … als ich von der Toilette zurückkam, sagte er, dass Amina sich unwohl gefühlt habe und nach Hause gegangen sei.«

»Zurück in die Medina?«

Leila machte ein paar Schritte Richtung *moto*. Ihr Bruder ließ ungeduldig den Motor aufheulen. »Keine Ahnung.« Sie umklammerte ihre Tasche mit beiden Händen und nahm hinter ihrem Bruder auf der Sitzbank Platz.

Karim war ihr gefolgt. »Dieser Franzose ... war der auffällig groß? Ungefähr fünfzig Jahre alt?«

Leilas Bruder legte einen Gang ein, und das *moto* schoss davon. Karim rannte hinterher und rief: »Ist der Franzose mit Amina gegangen?«

Der Motorroller verschwand um die Ecke.

9

Die Hitze lag über dem Land wie eine Decke. Karim riss den Filter von einer Zigarette, zündete sie über der Petroleumflamme an, inhalierte tief und starrte in die Dunkelheit.

Und zu Seinen Zeichen gehören die Nacht und der Tag und die Sonne und der Mond. Werft euch nicht vor der Sonne anbetend nieder, und auch nicht vor dem Mond, sondern werft euch anbetend vor Allah nieder, der sie erschuf.

Geschöpfe der Nacht schwirrten und flatterten um ihn herum. Er hatte keinen Appetit auf das Essen, das er mitgebracht hatte.

Einen Fastentag mit leerem Magen zu beginnen, ähnelt einem Gang über das Hochseil ohne Sicherheitsnetz.

Die Euphorie, die er eben noch empfunden hatte, war einer nur allzu vertrauten Verzweiflung gewichen. Sein Gehirn hatte die Arbeit eingestellt. Jedes logische Denken war abgelöst worden von wahllosen Zitaten und vage erinnerten Redensarten.

Vier takschitas *und ein türkischer Sänger. Gott verfluche den Maulesel, der dich zur Welt gebracht hat!*

Wohin war der Franzose mit Amina gegangen? Dieser Fall war kein Puzzle, sondern ein Berg *seffa* – unzählige wild ineinander verdrehte und verschlungene Fadennudeln. Mit jeder Stunde wurde das Geschrei in seinem Schädel lauter.

Töte eine Fliege, und sieben andere kommen zur Beerdigung. C'est le Ramadan.

Er nahm die Schlaftabletten, die Lalla Fatima ihm gegeben

hatte, aus der Tasche und drehte die Schachtel zwischen den Fingern. Am Ende brachte er es doch nicht fertig, eine zu nehmen, da er Angst hatte, sie würde sein Hirn mit verstörenden Träumen füllen. Besser wäre es, etwas zu essen. Besser wäre es, etwas zu trinken. *Besser wäre es, seine Gebete zu verrichten!* Karim wusch sich den Schweiß aus dem Gesicht, putzte sich die Zähne und breitete seinen Gebetsteppich auf dem Boden aus.

O Gott, erfülle mich mit dem Rechten, auf dass ich mich fernhalte von allem Verwerflichen, und erlöse mich dank Deiner Gnade von jedem Begehr nach dem, was neben Deiner ...
Erneut hatte er Probleme, sich auf seine Gebete zu konzentrieren. Es herrschte eine Luft wie im Glutofen – eine Luft, der jegliche Feuchtigkeit entzogen war. *Die Flammen der Hölle erwarten die Sünder und Ungläubigen.* Ein Hund bellte, und postwendend fielen alle anderen Hunde der Nachbarschaft in sein Gebell ein. Karim dachte an Ayesha und daran, wie er sie oben auf der Treppe aufgefangen hatte. Wie weich ihre Haut gewesen war ... wie flach und erwartungsvoll ihr Atmen! Weiter so zu tun, als wollte er beten, war inzwischen lächerlich geworden. Karim ging zurück zur Standpumpe, nahm einen Schluck Wasser und setzte sich dann in der Hütte aufs Bett, wo er mechanisch in ein hart gekochtes Ei biss. Er verschluckte sich, musste prusten, fiel auf die Knie und versuchte verzweifelt, die Eierbrocken aus der Luftröhre zu husten. Als er sich ein wenig erholt hatte, wischte er den verspritzten Dotter auf und tupfte sich die Augen trocken. Er trank etwas Milch und schlug seinen Koran an der Stelle mit dem Lesezeichen auf.

Verboten sind euch eure Mütter und eure Töchter und eure Schwestern, eures Vaters Schwestern und eurer Mutter Schwestern, die Brudertöchter und die Schwestertöchter, eure Nährmütter, die euch gesäugt, und eure Milchschwestern ... Eine Stunde verging.

Karim wurde schlagartig wach. Das Geräusch klang wie ein brechender Zweig. Er legte den Koran aus der Hand und schlich mit der noch ausgeschalteten Taschenlampe zur Tür. Auf der Schwelle blieb er stehen und spähte in die Dunkelheit. Ganz schwach waren murmelnde Stimmen zu hören. Karim schlich auf Zehenspitzen hinaus. Nach ein paar Schritten spürte er nicht mehr federndes Gestrüpp, sondern weichen lehmigen Grund unter den Füßen. Dornige Zwergpalmen stachen ihn in die Beine. Er hatte das Gefühl, dass die anderen mit angehaltenem Atem lauschten. Unvermittelt schaltete er die Taschenlampe an.

»Ahhh!«, schrie ein junges Mädchen, das auf dem Boden lag, und starrte ihn an. Ein junger Mann sprang erschrocken auf und riss sich die Jeans hoch. Auch das Mädchen erhob sich taumelnd, tastete mit einer Hand nach ihren Schuhen, während sie ihre Augen mit der anderen gegen den Lichtstrahl abschirmte.

Karim blieb bewegungslos stehen und verfolgte, wie das Pärchen Richtung Straße rannte und dabei immer wieder böse Blicke zu ihm zurücksandte.

Kurz vor Sonnenaufgang saßen Lalla Fatima und Ayesha in ihren Nachthemden am Küchentisch und aßen mit schlaftrunkenen Augen Joghurt. Kaum hatten sie das Geschirr fortgeräumt, ertönte der Ruf zum Gebet.

»Wer sind meine Eltern gewesen?«, fragte Ayesha plötzlich.

Mit entsetztem Blick schaute Lalla Fatima sie an. »Um Gottes willen, Ayesha, wir haben halb drei Uhr morgens! Warum fragst du mich das jetzt?«

»Weil ich es wissen möchte. Erzähl es mir, bitte.«

Kraftlos ließ sich Lalla Fatima zurück auf den Stuhl fallen. »Das habe ich dir doch schon alles erzählt.«

»Erzähl es noch einmal.«

»Es ist alles so furchtbar lange her! *Yani*, damals herrschte diese Choleraepidemie … viele Menschen starben in diesem Winter. Khadija war erst ein paar Monate alt. Wir mussten in Flaschen abgefülltes Wasser kaufen, da man das Leitungswasser nicht gefahrlos trinken konnte. Aber das weißt du doch alles!«

Ein kurzer Blick auf Ayesha, die sie stumm und eindringlich ansah, genügte bereits, um jede Hoffnung darauf zu zerstören, dass ihr weitere Erklärungen erspart bleiben könnten. Mit einem tiefen Seufzer fuhr Lalla Fatima also fort.

»Es war an einem Donnerstag, nach dem *asr*-Gebet … wir hörten es an der Tür klopfen. Si Brahim bat mich zu öffnen. Draußen auf der Straße konnte ich niemanden sehen. Dann erst bemerkte ich dich zu meinen Füßen, wie du als winziges Bündel in eine Decke gehüllt auf dem Boden lagst. Du bist allenfalls fünf Monate alt gewesen.«

»Und du weißt nicht, wer mich dort abgelegt hat?«

»*La*«, antwortete Lalla Fatima kopfschüttelnd. »Ich bin noch bis ans Ende der Gasse gelaufen, habe aber nirgends irgendwelche Fremden entdeckt. Donnerstags kamen manchmal Frauen aus den Bergen zum Bab el-Khemis. Wir glauben, dass eine von ihnen dich als *kafala* dagelassen hat – ein Findelkind, um das wir uns kümmern sollten.«

»Warum ausgerechnet vor eurer Tür?«

»Vielleicht machte unser Haus ja den Eindruck, als würde hier eine wohlhabende Familie wohnen. Vielleicht wusste die Frau – deine Mutter – auch, dass wir Chleuh sind. Aber ganz sicher ist, dass wir dich als ein Geschenk des Himmels betrachtet haben. Wir haben dich aufgezogen, so gut wir nur konnten, und Si Brahim hat dich geliebt wie eine eigene Tochter.«

»Er hat mir erzählt, dass ich aus dem Zat stamme.«

Lalla Fatima starrte sie ungläubig an. »Si Brahim hat dir das gesagt? Ich habe keine Ahnung, wie er darauf gekommen sein will. Vielleicht weil seine Verwandten im Nachbartal lebten und er davon gehört hatte, wie schwer die Cholera im Zat wütete.«

»Es gibt eine Quelle im Zat. Und einen Fluss. Warum soll die Cholera ausgerechnet dort besonders schlimm gewütet haben?«

»*Ma ereftch*«, erklärte Lalla Fatima achselzuckend.

Ayesha spielte mit dem Deckel des Joghurtbechers. »Ich möchte nach ihnen suchen – nach meinen Eltern, meine ich.«

»Das ist doch verrückt! Deine Eltern könnten überall sein. Sie könnten tot sein! Und selbst wenn sie noch am Leben sind ... dich nach all den Jahren zu treffen, würde ihnen doch bloß Leid zufügen. Tu es nicht!«

»Ich kann ihnen noch immer eine Tochter sein.«

»Du bist *für uns* eine Tochter, Ayesha!«

Sie hörten das Patschen nackter Füße. Kurz darauf trottete Khadija gähnend in die Küche und kratzte sich am Kopf. »Wie spät ist es denn? Hab ich *sahur* verpasst?«

Nach einer weiteren schlaflosen Nacht stand Karim am Rande des Wahnsinns. In einem Moment fühlte er sich euphorisch beschwingt, im nächsten zu Tode verängstigt. So kam ihm im Zusammenhang mit Abderrezak und dessen Spendenabsichten die Wendung *Zak und sein zakat* in den Sinn, und er konnte sich kaum noch halten vor Lachen. Doch schon Sekunden später stürzte ihn das Geheimnis um den Sand und dessen unklare Herkunft in tiefste Verzweiflung. Er begann, in den Astlöchern der Bretterwand Gesichter zu sehen – ein altes Weib, ein grinsendes Kind. Er sprach seine Gebete. *Gott ist der Allmächtige, alle Herrlichkeit sei mit meinem Gott, der über allem thront. Mein Gott, vergib mir.* Auswendig sagte er die Sure Al-Baqara auf, sämtliche 286 Verse. Im Osten schimmerte das erste Licht am Himmel. Als das Taxi kam und Fouad nur wie üblich vage nickte, riss Karim der Geduldsfaden.

»*Sbah al-khair! Sbah al-khair! Sbah al-khair!* Was ist los? Können Sie nicht mal *guten Morgen* sagen?«

Fouad wich zurück und machte einen Bogen um ihn wie um einen tollwütigen Hund.

Rachid war dabei, die Rückbank des Taxis zu säubern. »Können Sie meinen Schwager begreifen?«, sagte er zu Karim, als der einstieg. »Meint er doch tatsächlich zu mir, ich soll das Taxi sauber machen. Es würde stinken!«

Karim schaute ihn ausdruckslos an. »Ich hab ein Pärchen erwischt, das es hier getrieben hat.«

»*Besahh*?«, rief Rachid interessiert aus.

Karim schilderte mit monotoner Stimme die Einzelheiten.

»Ist das Mädchen nackt gewesen?«

»Was? Nein.«

»Sie haben die beiden bestimmt zu Tode erschreckt«, sagte Rachid und lachte gackernd.

»Dafür bezahlt Khalifa mich schließlich«, erklärte Karim freudlos. »Ich soll verhindern, dass jemand Sex hat.«

»Nun machen Sie doch nicht so ein bekümmertes Gesicht! Ab und zu erwischen Sie eben mal ein Pärchen – was ist schon dabei? Immer noch besser, als die ganze Nacht hinterm Steuer zu hocken!«

Karim starrte die Zigarettenpackung auf dem Armaturenbrett sehnsüchtig an. *Hilf mir zu meiden, was verboten ist, und erlöse mich dank Deiner Gnade von allem Verlangen nach dem, was außer Dir ist.*

Sie fuhren die verwaiste Route d'Ourika hinunter. Im Einkaufszentrum Almazar brannte ein einzelnes Deckenlicht im Vorraum.

»Kennen Sie irgendeinen sandigen Ort?«, fragte Karim unvermittelt.

»Die Sahara?«

»Näher.«

»Essaouira?«

»Noch näher?«

»Warum fragen Sie danach?«

»Ich untersuche einen Fall.«

»Sind Sie Privatdetektiv?«

»Nein, Polizist.«

Rachid bremste scharf. »*Ya salam!* Na klasse. Ich hab gedacht, Sie arbeiten in einem Büro!«

»Tue ich auch – quasi. Ich bin Kriminalpolizist bei der Sûreté, *quatrième arrondissement*. Den Nachtjob habe ich übernommen, um die Hochzeit meiner Schwester finanzieren zu können. Warum der schockierte Blick?«

»Weil das hier alles Schwarzfahrten sind, was sonst? Ich schalte doch nie das Taxameter ein. Wenn mein Schwager das herausfindet, bringt er mich um.«

»Um solche Dinge kümmern wir uns nicht. Ich würde eher gerne wissen, woher Ihre CDs stammen. Ich ermittle nämlich im Bereich Produktfälschungen.«

»Produktfälschungen? Was hat denn Sand mit Produktfälschungen zu tun?«

»Halten Sie mal«, befahl Karim, der durch das Seitenfenster sah. »Ein Stück Papier, bitte.«

Rachid, dessen Verwirrung immer größer wurde, riss einen Quittungszettel vom Block. »Reicht das?«

Sie waren kurz vor der Stadtmauer. Das fahle Licht tauchte den Außenbezirk in einen verwaschenen Grauton. Neben ein paar Dornbüschen ging Karim in die Hocke und kratzte mit der Kante seiner Taschenlampe über den Boden. Rachid stieg derweil ebenfalls aus dem Taxi aus, um sich hinter einem Oleanderstrauch zu erleichtern.

»Hätte ich mir gleich denken können, dass Sie Polizist sind«, rief er zu Karim hinüber.

»Warum?«

»Sie sind viel intelligenter als die Nachtwächter, die ich sonst so kenne! Außerdem stellen Sie einen Haufen Fragen. Machen Sie mich doch zu Ihrem Assistenten! Sie glauben ja gar nicht, was die Leute einem im Taxi so alles erzählen.« Er schloss den Hosenschlitz und trat zu Karim, der gerade eine Probe des sandigen Bodens in das gefaltete Papier streute.

»Was machen Sie da?«

»Einen Vergleich nehmen.«

»Marrakesch ist eine Wüstenstadt, mein Bruder. Sand finden Sie hier an allen Ecken und Enden. Wenn Sie möchten, können wir raus zu den Hügeln der Agafay-Wüste fahren. Massenweise Sand. Oder zur *barrage*. Da draußen an der Talsperre hat's einen ganzen Strand. Wenn wir jetzt gleich weiterfahren, wären wir schon in ein paar Stunden wieder zurück … ach nein, fast vergessen: Ich muss ja für meinen bescheuerten Herrn Schwager noch den Wagen sauber machen.«

»*Blesh*«, winkte Karim ab. »Bringen Sie mich direkt zum Kommissariat in Arset el-Maach.«

Den Rest der Fahrt listete Rachid sämtliche Gründe auf, aus denen er seinen Schwager hasste. Karim hörte längst nicht mehr zu. Er war viel zu beschäftigt damit, über Sand nachzudenken.

Il baise des prostituées – He fucks prostitutes
Il baisait des prostituées – He was fucking prostitutes
Il a baisé des prostituées – He has fucked prostitutes

Kay sprach die Worte langsam in Französisch und in ihrer Muttersprache aus, um zu vergleichen, wie sie klangen. Dass Sébastien mit dem Mädchen doch mehr verband, stand für sie inzwischen außer Frage. Aber war es bloß ein Seitensprung gewesen oder etwas Schlimmeres? Zu Beginn ihrer Beziehung hatte Sébastien ihr erklärt, dass er nicht der Typ sei, der ständig zu Hause hockt. Das Eheleben habe er bereits kennengelernt, und er brauche seine Freiheit. Was genau er mit Freiheit meinte, hatte er allerdings nie gesagt, und Kay hatte auch nie danach gefragt. Natürlich wusste sie um seine Neigung für zweifelhafte Adressen und Klubs, die er mit seinem Kumpel Yves besuchte. Aber Prostituierte?

Il a agressé une prostituée – He has attacked a prostitute
Il a assassiné une prostituée – He has killed a prostitute

Kay musste laut auflachen. Was wohl ihre alte Französischlehrerin aus der sechsten Klasse sagen würde, wenn sie diese Konjugationsversuche hören könnte?

In aller Ruhe ließ sie den Abend ihrer Rückkehr aus Kairo

noch einmal Revue passieren. Beim Gebetsruf um halb acht hatte Sébastien zusammen mit ihr auf der Terrasse gesessen. Beim Besuch von Lucinda um halb neun hatte Sébastien das Haus bereits verlassen. Den Berichten zufolge war die Leiche während des *ftour* abgelegt worden, also etwa zwischen halb acht und halb neun. Wenn Sébastien der Täter gewesen wäre, hätte er jemanden damit beauftragen müssen, die Leiche für ihn zu beseitigen.

War es denkbar, dass ihr Sébastien, dieser liebenswürdige, scheue und hoffnungslos desorganisierte Sébastien, der so gerne malte und reiste, dem es Spaß bereitete, sie mit seltenen, exotischen Geschenken zu überraschen, dass derselbe Sébastien nicht nur mit Nutten verkehrte, sondern sogar ein Mörder war – noch dazu einer, der bei seinem verruchten Treiben plötzlich so viel Sorgfalt bewies, einen Komplizen anzuheuern, der seine Spuren verwischte? Und dieser Komplize sollte dann auch noch die Unverschämtheit besessen haben, die Leiche auf einem Handkarren ausgerechnet vor einer Moschee abzustellen? Nein! Das war eindeutig ein Ehrenmord. Der Vater hatte aus religiösem Übereifer seine sündige Tochter umgebracht. Schließlich war er ja auch von der Polizei festgenommen worden. Und was Sébastien betraf, so hatte die Tochter wohl tatsächlich wegen einer Anstellung bei der AHG vorgesprochen, ihren Ausweis dort hinterlegt, und der war Sébastien ein paar Tage später bei der Party einfach aus der Tasche gefallen, wo er ihn vergessen hatte. Später war er dann zum Dar Zuleika zurückgekehrt, um zu verhindern, dass jemand vom Personal ihn entdeckte und er am Ende womöglich noch peinliche Fragen der Polizei über sich ergehen lassen musste. An einem unangenehmen Sachverhalt aber änderte dies alles nichts: Hinsichtlich der Mitnahme des Ausweises hatte Sébastien sie angelogen!

Kay saß im kleineren der beiden Innenhöfe und trank eine Tasse Verveine-Tee. Es war erst halb sieben Uhr morgens, aber die Hitze hatte ein Weiterschlafen unmöglich gemacht. Heute fiel jedoch kein strahlender Sonnenschein in die Palme über ihr, denn der Himmel war über Nacht milchig trüb geworden. Eine Ameisenkolonne krabbelte quer über den Boden, eins der Tischbeine hoch und auf der Platte bis zu dem Pfirsichkern, den Kay dort am Vorabend vergessen hatte. Als sie ihn aufhob, um ihn in den Mülleimer zu werfen, bemerkte sie unter dem Orangenbaum, in dem Momo so gerne saß, noch ein Stück Abfall. Zuerst hielt Jay es für das Einwickelpapier dieser ekligen türkischen Schokoladenriegel, die Momo ständig von den Arbeitern bekommen hatte. Neugierig geworden nahm Kay es genauer in Augenschein. Es war überhaupt kein Einwickelpapier ... es war ein Ausweis ... *der Ausweis von Amina Talal.*

So ein Glück! Kay hob ihn auf und schaute Momo mit Tränen in den Augen an. Was für eine Idiotin sie doch gewesen war!

Cherchez le singe!

Leicht taumelnd kletterte Karim aus dem Taxi.

»*Sbah al-khair*«, grüßte Bouchaïb, der gerade eine Abdeckplane über einen Wagen zog. »Schon wieder so früh, Herr Karim? Vielleicht sollten Sie gleich hier schlafen!«

Karim sah ihn verständnislos an.

Bouchaïb deutete zum Himmel. »Irgendwas ganz Merkwürdiges braut sich da zusammen, *wahakallah*.«

Es dauerte ein paar Sekunden, dann folgte Karim seinem Blick. Der Himmel war graugelb wie Schwefel.

»Ich kann's spüren, hier drin«, fuhr Bouchaïb fort und klopfte auf seinen Beinstumpf. »Erinnern Sie sich noch an die Regenfälle im März? Der *météo* hatte sie nicht vorhergesagt, aber mein Bein …«

Karim ging weiter, ohne zu warten, bis Bouchaïb seinen Satz beendet hatte. Im Büro setzte er sich an seinen Schreibtisch, schloss die Schublade auf und nahm die Latexhandschuhe heraus, die Mounir ihm gegeben hatte. Vorsichtig faltete er sie auseinander, schabte mit seinem Taschenmesser den Sand auf die Tischplatte und untersuchte ihn dort mit einer Lupe. Ähnelten die Körner dem Sand, der überall in der Stadt herumflog und zwangsläufig auch auf Bürgersteigen und Handkarren landete? Wenn nicht, folgerte daraus, dass Amina zwischen dem Verlassen des Klubs und dem Auffinden ihrer Leiche noch irgendwo sonst gewesen sein musste. Vor Aufregung zitternd, leerte Karim den kleinen Umschlag mit der zweiten Sandprobe, die er am Straßenrand genommen hatte. Mit der Klinge seines Messers trennte er aus jedem Häufchen ein paar Körner ab und studierte sie durch das Vergrößerungsglas. Kein Zweifel: Der Sand war verschieden. Die Körner von heute Morgen waren rund und glatt, während die von den Handschuhen eine raue Oberfläche und eckige Form hatten. Der nächste Test bestand darin, ob der Sand von den Handschuhen salzig schmeckte, was auf Strandsand deuten würde. Karim tupfte seinen Zeigefinger hinein … *halt*! Im letzten Moment wurde ihm klar, dass er mit dem Aufbringen von Salz auf die Zunge sein Fasten brechen würde. Der Geschmackstest musste also warten.

Er faltete noch einen zweiten kleinen Umschlag, beschriftete den einen mit »Leiche«, den anderen mit »Straßenrand«, befüllte sie mit den entsprechenden Proben und steckte sie in die Tasche. An der gegenüberliegenden Wand hing eine Landkarte von

Marokko. Karim stand auf und las darauf die Entfernung zum Küstenort Essaouira ab. Einhundertsiebzig Kilometer. War der Franzose in der Nacht des 31. Juli mit Amina vielleicht bis nach Essaouira gefahren? Aber wenn er Amina Talal in Essaouira umgebracht hatte, warum sollte er sich dann die Mühe gemacht und die Leiche den ganzen Weg bis in die Medina zurückgebracht haben? Das war absurd. *Absurd!*

»Was ist absurd?«

Karim schnellte herum und sah Noureddine in der Tür stehen. Der Ältere musterte Karim von Kopf bis Fuß. »Du siehst ja furchtbar aus.«

»Ich, ähh, ich komme direkt von der Sherazade.« Eine peinliche Stille trat ein, daher fügte er rasch hinzu: »Ich hab ein Pärchen auf der Baustelle beim Sex erwischt.«

»Einvernehmlicher Sex?«

»Ich, ähh, ja. Eine Vergewaltigung war es jedenfalls nicht, wenn du das meinst. Ich schätze, sie kamen aus der Disco auf der anderen Straßenseite.«

Noureddine betrachtete Karim noch eine Weile nachdenklich. Dann zog er das Sakko aus, hängte es über die Rückenlehne seines Stuhls, nahm an seinem Schreibtisch Platz und begann, sich irgendwelche Notizen zu machen. Karim reckte den Hals, um sehen zu können, was sein Vorgesetzter da schrieb. Noureddine schaute auf.

»Was soll das?«

Karim tat, als würde er weiter die Landkarte studieren. »Ich wollte nur mal auf der Karte nach ... äh, günstigen Stellen zum Einschmuggeln von Schwarzmarktware suchen ...« *Gelogen! Eine verabscheuungswürdige Lüge! Während des Ramadan sollen Augen, Ohren und Zunge sich jeder Lüge enthalten.*

»Hast du Fortschritte erzielt bei deinen Nachforschungen?«

»Ja, Gott sei Dank. Ich stelle gerade eine Liste zusammen. Eine Liste sämtlicher ... äh, Häfen und Grenzposten, die schwach gesichert sind.« *Noch eine Lüge!*

»Und zu welchem Ergebnis bist du dabei gekommen?«

»Oujda ist schwach gesichert«, antwortete Karim und deutete auf eine Stadt an der Grenze zu Algerien.

»Aber Oujda wird es ja wohl kaum sein, oder? Es sei denn, die Waren kämen auf dem Rücken von Mauleseln ins Land.«

Karim kehrte an seinen Schreibtisch zurück, wo er einen Ringordner öffnete. Mehrere lose Seiten fielen zu Boden, gefolgt von seinem Taschenrechner. *Ganz normal benehmen*, ermahnte er sich. *Aber wie war normal? Sicherlich war es nicht normal, die eigene Schwester zu begehren oder zuzulassen, dass die Verlobte von einem Ausländer umgebracht wurde.* Er versuchte, die Batterien wieder in den Taschenrechner einzusetzen. Prompt sprangen sie ein weiteres Mal heraus und kullerten über den Boden.

»Vielleicht war das mit dem Nachtjob doch nicht so eine gute Idee«, erklärte Noureddine schon nachsichtiger. »Du scheinst ... gar nicht du selbst zu sein. Hast du denn schon den Bericht zu dem toten Sicherheitsmann geschrieben?«

»Ja.« *Noch eine Lüge! Ehrlich sind die Rechtschaffenden, und Rechtschaffenheit führt ins Paradies!*

»Erkundige dich in der Pathologie, ob sie mit der Autopsie fertig sind.«

Sofort war Karim auf den Beinen und marschierte zur Tür.

»Wohin willst du?«

»Zur Pathologie.«

»Da musst du doch nicht persönlich hin! Ruf einfach an!«

Karim schlich zurück an seinen Schreibtisch. Nach einigen Minuten Nägelkauen erhob er sich erneut.

»Besser, wenn ich das persönlich erledige. Wie mein Cousin

mir erzählte, hinken sie derzeit mit der Bearbeitung der Fälle hinterher. Sollten sie die Autopsie noch nicht durchgeführt haben, kann ich ihnen gleich einen Tritt in den Hintern verpassen!«

Ohne eine Reaktion abzuwarten, stürmte er aus dem Zimmer und ins Erdgeschoss. Am Fuß der Treppe blieb er erschrocken stehen. Hatte er die Handschuhe auf seinem Schreibtisch offen liegen lassen?

»Na, was vergessen?«, hörte er Aziz aus seinem Büro rufen. Als Karim sich umdrehte, sah er auch Pockennarbe neben dem Schreibtisch stehen.

Warum hassten diese Dumpfnasen ihn bloß so? Sie betrachteten ihn als Eindringling, dabei war er derjenige, der in Marrakesch geboren und aufgewachsen war, während Aziz aus Tanger stammte und Pockennarbe aus irgendeinem gottverlassenen Nest im Osten. Lag es daran, dass er ein Berber war, ein Chleuh aus den Bergen? Früher hatte es offenen Rassismus gegeben, und Berber waren angeblich nur als Ladendiebe oder bestenfalls als Teppichhändler zu gebrauchen gewesen. Inzwischen jedoch hatten sie ihren eigenen Fernsehkanal, und in den Schulen unterrichtete man ihre Sprache. Außerdem hatte jeder Zweite in Marrakesch Chleuh-Blut in den Adern. Kratz an einem Marrakschi – und ein Chleuh kommt zum Vorschein!

»Schon vergessen, weshalb Sie überhaupt runtergekommen sind?«

Karim starrte den Schreibtisch von Aziz an. *Was hatte er bloß mit dem Schild angestellt? Wahrscheinlich vergammelte es unter Eierschalen begraben in irgendeinem Müllhaufen.* »So eine Behandlung hat Omar Talal nicht verdient!«

»Wer?«, fragte Aziz zurück. »Omar Talal? Verweigert jede Nahrung, habe ich gehört. Wie es heißt, wird er spätestens Samstag tot sein.«

Den Himmel überzog mittlerweile eine dichte Wolkenschicht, und es blies ein staubiger Wind, der noch heißer und kräftezehrender war als der in der Vorwoche. Die Wüste – dieses unsichtbare Hinterland der Stadt – nahm Schwung auf und sammelte ihre Kräfte. Auf der Baustelle der Serafina schleppten die Arbeiter sich schwerfällig dahin, als hätte sie alle eine Seuche erfasst. In den Souks hingen die Ladenbesitzer inmitten ihrer Töpferware und kunstfertig gestalteten Lampenschirme schlaff auf den Schemeln und warteten auf Kundschaft, die nie kam.

Auf dem Weg zur Pathologie kam Karim an einem toten Hund vorbei, der direkt neben einer Mülltonne lag. Der Fußmarsch schien kein Ende nehmen zu wollen, und als Karim nach einer gefühlten Ewigkeit doch sein Ziel erreichte, wäre er vor Erschöpfung fast zusammengeklappt. Wie in Trance steuerte er schnurstracks die klimatisierten Autopsieräume an, wo er die Türe aufdrückte, sich gegen die Wand lehnte und die Augen schloss. Lachen umfing ihn.

»Wir sollten Geld von dir verlangen!«

Auf der anderen Seite des Raums standen Mounir und ein Kollege in ihren Kitteln und grinsten ihn an.

»Für die Aircondition, meine ich doch nur!«, erklärte Mounir und kam lächelnd auf ihn zu. »Ein Witz, mehr nicht! *Ki dayr? Bikhair*, hoffe ich doch, oder? Alles gesund zu Hause?«

»Ich komme wegen der Autopsieergebnisse des Sicherheitsmanns«, erwiderte Karim bloß mit starrer Miene.

»Danach hättest du dich doch auch telefonisch erkundigen können«, sagte Mounir unverdrossen lächelnd und setzte sich an den Computer. »Nichts Ungewöhnliches, meine ich mich zu erinnern ... multiple Frakturen der Schädelbasis und des Stirnbeins, Schädel-Hirn-Trauma zweiten Grades, subdurale Hämatome, Bruch des Sternums, diverse innere Verletzungen. Kein

Alkohol, kein Kief, auch sonst nichts Ungewöhnliches in seinem Blutbild, keine Spuren eines Kampfes. Er ist womöglich einfach abgerutscht.«

»Oder wurde gestoßen!«

»Gestoßen? Nicht auszuschließen. Aber so etwas lässt sich in einer Autopsie gewöhnlich nicht nachweisen.« Mounir schaute Karim aufmerksam an. »Geht's dir wirklich gut?«

»Ja.«

»Die Hitze ist schrecklich, *iyek*? Angeblich trocknen bereits die ersten Brunnen aus.«

»Was ist mit dem Mädchen?«

»Mädchen? Du meinst die kleine Talal? Deren Autopsie ist noch nicht durchgeführt worden.«

»Verzögert das hier jemand vorsätzlich?«

»Wie bitte?«

»Warum habt ihr Zeit, die Leiche eines Mannes zu untersuchen, der noch keine vierundzwanzig Stunden tot ist, aber nicht die eines Mädchens, das schon vor Tagen hergebracht wurde?«

Mounirs Lächeln war verschwunden. Er warf einen Seitenblick auf seinen Kollegen, der sie vom anderen Ende des Raums beobachtete.

»Führt die Autopsie durch«, wies Karim ihn an.

»Was?«, erwiderte Mounir, der nicht wusste, ob das ein schlechter Witz sein sollte.

»Na los, führt sie durch«, bekräftigte Karim mit einer Armbewegung Richtung Instrumentenwagen. »*Sofort.*« Eine unbehagliche Stille trat ein. »Oder soll ich es lieber selbst machen?«

Mounir blieb noch eine Weile stumm. »Ich muss dich bitten, jetzt zu gehen«, sagte er schließlich in kühlem Ton.

»Gehen? Du willst, dass ich gehe? Der Vater von Amina Talal krepiert gerade im Gefängnis, während der Franzose, der sie umgebracht hat und dessen DNA sich überall an ihr – und vermutlich auch in ihr – befinden dürfte, frei herumläuft. Und das alles bloß, weil keiner in diesem Labor sich dazu bewegen lässt, seine Arbeit zu tun!«

Der zweite Pathologieassistent war inzwischen herübergekommen und betrachtete Karim mit einem abschätzigen Blick.

»Was haben Sie hier überhaupt zu suchen?«

»Mehr als Sie offenkundig – da Sie hier ja gar nichts zu tun scheinen!«, fauchte Karim zurück, schleuderte eine Münze auf den Boden und wandte sich zum Gehen. »Für die Aircondition.«

Karim wurde das Gefühl nicht los, dass sein Verhalten in der Pathologie übertrieben brüsk gewesen war. Auf jeden Fall hatte er in seiner Erregung vergessen, Mounir die beiden Proben zu geben. Eine Stunde lang saß er in der Gartenanlage der Koutoubia und kaute grübelnd an den Fingernägeln. Als er endlich wieder im Büro erschien, war es so spät, dass Noureddine ihn nach Hause schickte.

Lalla Fatima war bestürzt über seine desolate Verfassung. »Auch Noureddine macht sich schon Sorgen um dich.«

»Hat er dir das erzählt?«, bohrte Karim sofort nach. »Was genau hat er gesagt?«

»Er meint, du würdest nicht ausreichend essen und schlafen.«

»Dass ich nicht genug Schlaf finde, ist doch seine Schuld! Er hat mir doch geraten, diesen Nachtjob anzunehmen!«

»Karim, hör mir zu. Wenn du wirklich erneut rausfahren willst – und ich kann dich in diesem Punkt vollkommen verstehen –, dann bleibt dir noch reichlich Zeit. Warum duschst du also nicht und legst dich ein wenig hin?«

»Mir geht's gut. Gib mir einen Kaffee und ein paar Datteln, und alles ist prima.«

Karim massierte sich die Schläfen, was dazu führte, dass er Sternchen vor den Augen sah. *Wurde er jetzt etwa blind wie all die armen Kerle vor der Sidi bel Abbès?* Er hörte Lachen, ein Mann sagte etwas: Abderrezak.

Zak saß gemeinsam mit Khadija und Ayesha im *salon*. Auf dem Tisch brummte ein tragbares Klimagerät. Ayesha lehnte mit geschlossenen Augen dicht davor, ein verzücktes Lächeln auf den Lippen, und ließ sich die Haare um die Ohren wehen. *Warum trug sie kein Kopftuch?*

Bei Karims Eintreten schaute Zak kurz auf. »Ein echter Elektrolux«, sagte er nur, als wäre damit alles erklärt.

»Gott sei gedankt«, fügte Khadija hinzu.

Karim starrte Zak erbost an. *Während ich Tag und Nacht schufte, um für deine bescheuerte Hochzeitsfeier aufzukommen, kaufst du irgendwelches Spielzeug, um deine Braut zu beeindrucken!*

»Ist es nicht toll, Karim«, sagte Ayesha.

»Toll.«

Lalla Fatima folgte Karim in den Raum. Zak grinste sie breit an. »Und nachts kannst du es einfach in dein Schlafzimmer rollen, Mima.«

Lalla Fatima lachte. »Da hab ich viel zu viel Angst, es könnte explodieren!«

Karim wäre am liebsten allein mit Ayesha gewesen. Nur sie beide. Sie hätten aufs Dach steigen und sich unterhalten können. So wie sie es als Kinder immer getan hatten. Er hätte sich gern seine Erschöpfung und seinen Frust von der Seele geredet, hätte gern in ihren Armen geweint und sich von ihr trösten und sich versichern lassen, dass er nicht verrückt wurde.

»Ich habe gefragt, ob du daran gedacht hast, Brot mitzubringen.«

Karim zuckte zusammen. »Brot?«

»Ich habe dir doch heute Morgen eine Nachricht geschickt, dass du auf dem Heimweg Brot mitbringen möchtest«, erklärte Khadija.

»Warum brauchen wir Brot?«

»Vielleicht weil wir keines mehr haben!«, antwortete Khadija und verdrehte die Augen.

Seine Schwester machte sich über ihn lustig – über ihren eigenen Bruder – und das vor den Augen eines anderen Mannes!

»Wir sind heute nicht zum Backen gekommen«, warf Lalla Fatima rasch ein. »Ich bin den ganzen Nachmittag bei Lalla Hanane gewesen, und Ayesha musste alles fürs *ftour* vorbereiten.«

»Und Khadija? Warum kann Khadija kein Brot backen?«

»Was macht es für einen Sinn, selbst Brot zu backen, wenn man es für einen Dirham kaufen kann?«

Karim zitterte vor Zorn. *Sind wir inzwischen etwa schon zu fein, um selbst unser Brot zu backen? Wobei mir einfällt: Waren es drei takshitas, die du haben wolltest, oder vier?*

»Vier was?«, fragte Khadija. »Was hast du gerade gesagt?«

Karim stürmte in die Küche, nahm eine Schüssel und eine Packung Mehl aus dem Schrank, brachte beides zurück in den *salon* und warf es seiner Schwester auf den Schoß.

»Du möchtest Brot? Na, dann mach dir welches!«

Wenn die Sonne verhüllt ist; und wenn die Sterne betrübt sind; und wenn die Berge fortgeblasen werden; und wenn die hochschwangeren Kamelstuten verlassen werden; und wenn wildes Getier versammelt wird; und wenn die Meere ineinanderfließen; und wenn die Menschen einander nahegebracht werden; und wenn nach dem lebendig begrabenen Mädchen gefragt wird: »Für welches Verbrechen ward es getötet?«; und wenn Schriften weithin verbreitet werden; und wenn der Himmel aufgedeckt wird; und wenn das Feuer angefacht wird; und wenn der Garten nahegebracht wird: Dann wird jede Seele wissen, was sie gebracht.

Karim schaute von seinem Koran auf. Die unterschiedlichsten Gedanken belagerten sein Hirn wie besorgte Angehörige einen Empfangstresen. Woher stammte der Sand? Wie viel Geld hatte er verdient? Wen wollte Ayesha heiraten? Warum war er bloß solch ein Idiot? Er stieß einen schweren Seufzer aus. Wenn die Teufel im Ramadan eingesperrt waren, warum wurde er dann so gequält? *Badda-bum, badda-bum,* dröhnte es vom Pacha herüber.

Ihm fehlte ein Radio, um schlafen zu können. *Genau, ein Radio war die Lösung. Er würde sich bei Youssef eins besorgen.* Die Vorstellung, seinen Freund bald wieder zu treffen, rührte ihn fast zu Tränen.

Er suchte die Schlaftabletten heraus und schluckte noch eine – zusätzlich zu der, die er bereits um Mitternacht genommen hatte. Von seiner letzten Zigarette riss er den Filter ab und rauchte auf der Seite liegend, um so die Moskitos zu vertreiben. Bittere Tabakkrümel klebten ihm an der Zunge. Sollten die Pillen nicht mittlerweile längst wirken? Er drehte sich auf die andere Seite und schloss die Augen.

Fatima Zohra. Das war der Name der jungen Frau, die er auf der Polizeiakademie kennengelernt hatte. Mandelbraune Augen und die Haare zu einem Knoten gebunden. Sie waren ein paar Mal zusammen ausgegangen, hatten sich die Stadt angesehen und Eis in einem Café gegessen. Nach einem Monat hatte er die Beziehung beendet. Weshalb weitermachen? Geheiratet hätte er sie sowieso nie. Unmittelbar vor ihrem Abschluss lud ein Mitschüler ihn zu einem Bordellbesuch ein. *Die haben da Mädchen mit riesigen Brüsten, Mädchen mit blonden Haaren, sogar eine aus dem Senegal, deren Haut wie Ebenholz glänzt.* Karim hatte abgelehnt. Irgendwie schien es ihm nicht richtig.

Die Zigarette begann, ihm die Finger zu verbrennen. Rasch setzte er sich auf, ließ den Stummel zu Boden fallen und zertrat ihn. Aus der Brusttasche seines Hemds fischte er das mit »Leiche« beschriftete Briefchen. Vorsichtig faltete er es unter dem Lichtschein der Petroleumlampe auseinander, tupfte den befeuchteten Zeigefinger hinein und legte ihn sich auf die Zunge. Es fühlte sich merkwürdig an, den Sand von Amina Talals totem Körper im Mund zu spüren. Irgendwie intim. *Der Sand schmeckte eindeutig salzig.*

Er steckte den Umschlag wieder ein, trat in die Tür und schaute hinaus. Die Zypressen umstanden das halb fertige Gebäude wie Wachposten. Der Mond war hinter der massiven Wolkenwand verborgen, und die Windböen wurden immer heftiger.

Es war noch dunkel, als er nach Hause kam.

»Du bist früh«, sagte Lalla Fatima. Der Fernbedienung in ihrer Hand und der Decke auf dem Diwan nach zu schließen war sie wach geblieben, um auf ihn zu warten.

»Ich habe Rachid kommen lassen, um mich abzuholen«,

brummte Karim missmutig. »Nicht eine Sekunde länger hätte ich es dort ausgehalten.«

Lalla Fatima zog ihn in den *salon*.

»Komm, leg deinen Kopf in meinen Schoß.«

Karim streckte sich auf dem Diwan aus, und Lalla Fatima strich ihm zärtlich über die Haare, wie sie es getan hatte, als er noch ein kleiner Junge gewesen war. Karim spürte, wie ihn eine köstliche Müdigkeit umfing.

»Du arbeitest viel zu hart«, sagte sie leise.

»*Bäli mshroul*, Mutter. So wirr, der Kopf. Er will einfach keine Ruhe geben.«

»Sprich deine Gebete, und du wirst schlafen können.«

»Ich spreche all meine Gebete. Ich lese den Koran. Aber Gott zürnt mir.«

»Schhh! So was sagt man nicht. Gott ist barmherzig.«

»Und diese Pillen, die du mir gegeben hast … die wirken überhaupt nicht.«

»Und ob die wirken. Du bist nur so voller Sorge, dass dein Kopf keine Ruhe geben will.«

Ein paar Minuten verstrichen. »Ich habe gestern in zu scharfem Ton mit Khadija gesprochen«, murmelte Karim unvermittelt.

»Du warst sehr erschöpft und nicht du selbst«, drang Lalla Fatimas Stimme wie aus der Ferne zu ihm. »Die Hitze ist einfach unerträglich geworden. Kein Wunder, dass du nicht richtig auf dem Damm bist.«

Ein lautes Knistern verriet, dass der Lautsprecher an der Moschee eingeschaltet wurde.

»Horch!«, flüsterte sie. »Das *fadschr*-Gebet. Geh in den Hof und bete. Danach bleiben dir noch drei Stunden, bis du ins Kommissariat musst. Du kannst also unbesorgt noch ein wenig Schlaf nachholen …«

»*Aschhadu anna Muhammadan rasulu Allah* ...«

Karim spürte, wie er langsam wegdämmerte. »*Hayya ala salat ... aaah haaaya ... ärrgh* ...«

Das Singen des Muezzins klang sonderbar, irgendwie erstickt, aber Karim kümmerte es nicht. Er konnte fühlen, wie sich der Schlaf auf ihn senkte ... sanft wie der Flügelhauch eines Vogels.

»Wer ruft denn da zum Gebet?«, grübelte Lalla Fatima vor sich hin. »Ist das Si Mohammed? Hört sich an, als würde ihm etwas in der Kehle stecken.«

»*Arrrgh ... offf ... fzzzt* ...«

Abrupt brach der Gesang ab. Karim schreckte hoch, plötzlich hellwach.

»Da stimmt was nicht!«, rief er und sprang auf. Bevor seine Mutter ihn noch aufhalten konnte, war er schon durch die Tür verschwunden.

In der menschenleeren Gasse beschleunigte er den Schritt, bis er schließlich rannte. Das Ganze erschien ihm wie ein Déjàvu. Die Straßenlaternen ... der in kleinen Haufen auf dem Platz liegende Müll ... das vor ihm auftauchende Minarett von Sidi bel Abbès ... *Si Mohammed war auch am Abend, als Amina Talals Leiche gefunden wurde, der Muezzin gewesen. Bestimmt hatte er irgendetwas gesehen – etwas, wofür er nun mit dem Leben bezahlte.* Karim knallte mit der Schulter gegen den Pfosten eines Türbogens, und ein stechender Schmerz schoss durch seinen Körper. Seinen Arm reibend, lief er weiter durch einen zweiten Bogen ... durch die Kolonnade mit den verrammelten Handwerkerläden ... durch einen dritten, mit Stuck verzierten Bogen ... nirgends ein Bettler, nicht um diese Uhrzeit ... durch den Eingang und ins Innere der Moschee. Si Mohammed lag mit dem Kopf gegen die Wand der *mihrab*, die Beine angewinkelt. Neben ihm hockte der *gardien* und versuchte, ihn wiederzubeleben.

Karim schob den *gardien* zur Seite und fühlte am Hals des Muezzins nach einem Puls. Si Mohammed war ein guter, frommer Mensch. Der Gebetsfleck auf seiner Stirn gab Zeugnis davon. Allah würde doch Seine treuen Diener nicht niederstrecken, während sie die Gläubigen zum Gebet riefen!

»Si Mohammed, wer hat Ihnen das angetan?«, fragte Karim, bevor er sich an den *gardien* wandte: »Bring einen Becher Wasser … rasch!«

Die Anweisung brachte den *gardien* völlig aus der Fassung. »Wenn wir ihm Wasser geben, bricht er sein Fasten! Einen solchen Verstoß würde er niemals billigen!«

Die Brust des Muezzins hob und senkte sich unter seiner *djellaba*. Zu Anfang noch schwach und stockend, dann regelmäßiger.

»Mir scheint, es geht ihm schon wieder besser«, sagte der *gardien*. »Da, er kommt zu sich! Meinen Sie nicht, Sie sollten seinen Hals jetzt besser loslassen?«

Meine Medina
Der ajaj kommt. Der ajaj ist ein heißer Sturmwind, der von der Sahara weht. Nicht zu verwechseln ist er mit dem Schirokko, der hier auch chergui heißt und der bloß ein laues Lüftchen ist verglichen mit dem ajaj. Man stellt sich diesen Wüstenwind am besten als eine wirbelnde Wand aus Sand und Staub vor. Die Böen werden bereits jetzt spürbar stürmischer, während das

Thermometer klettert und klettert. Sechzehn Menschen starben, als der ajaj Marrakesch das letzte Mal heimsuchte.

Die Einheimischen sagen, der ajaj folgt einem Dreierrhythmus. Lässt er nach drei Tagen nicht nach, bläst er noch weitere drei Tage. Daher ist es ein glücklicher Umstand, dass dieses Wetterphänomen so selten vorkommt und sich zudem auf den August beschränkt. Wenn wir im September die neue Saison eröffnen, wird das Wetter also wieder mild und angenehm sein – pünktlich zum Eintreffen unserer ersten Gäste!

Kay hörte es an der Eingangstür klopfen. Ihr Herz begann zu flattern. Sébastien! Gestern Abend hatte sie ihm eine Nachricht hinterlassen, und voilà: Da war er auch schon! Sein Besuch würde ihr Gelegenheit geben, sich zu entschuldigen, alles wieder ins Reine zu bringen und ausgiebig mit ihm über dieses teuflische Affenvieh zu lachen! Aber es war nicht Sébastien. Es war dieser Detective, der Melanie Murray zurück ins Riad begleitet hatte.

»*Bonjour, madame*«, sagte er mit schwer verständlicher Stimme. »Karim Belkacem. Sûreté. *Je voudrais vous poser des questions.*«

Ohne auf eine Einladung zu warten, trat Karim an ihr vorbei in den Hof. An den Wänden hingen Schwarzweißfotos von Männern mit Mauleseln und Frauen in *haiks*. Was fanden Europäer nur immer so interessant an diesen alten Aufnahmen von ärmlichen Marokkanern?

»Fragen wozu?«, wollte die Frau wissen.

Die Engländerin war größer, als Karim in Erinnerung hatte,

und ebenso unhöflich und arrogant wie ihr französischer Freund.
»*I would like question, madame … la mosquée* … Amina Talal … Sidi bel Abbès. Sébastien de Freycinet, *he is your boyfriend, yes?*«

»Alles in Ordnung mit Ihnen?«, erkundigte sich Kay eher genervt als besorgt.

»Ihr Freund hat Amina Talal gekannt vielleicht. Sie ist die Frau, die man tot bei der Moschee fand.«

»Und nur deshalb tauchen Sie hier bei mir auf? Er hat doch bereits zugegeben, dass er sie gekannt hat.«

»*C'est vrai?*«

»Er hat ein Bewerbungsgespräch mit ihr geführt. Die Firma sucht Personal für das neue Hotel, und diese junge Frau hatte sich um einen Job beworben.«

»Wo war Monsieur de Freycinet am Abend des 31. Juli?«

»Warum wollen Sie das wissen?«

»Er wurde gesehen … Monsieur de Freycinet.«

»*Vous êtes mal renseigné, monsieur*. Sie liegen komplett daneben. Hören Sie, ich habe keine Zeit für so was.«

»Sébastien de Freycinet war im selben Klub wie Amina Talal in der Nacht, in der sie ermordet wurde.«

Kay taumelte, als hätte sie einen Schlag ins Gesicht erhalten. Um Gottes willen! Sie rang nach Luft. Ein paar Sekunden sprach keiner ein Wort.

»Ich … ich muss die Läden schließen«, stammelte Kay schließlich. »Der *ajaj* kommt. Sie müssen jetzt gehen. Sofort.«

»Wissen Sie, wo er war? Sébastien de Freycinet?«

»Gehen Sie. *Allez!*« Kay versuchte, Karim zur Tür zu drängen.

Karim musste die Zähne zusammenbeißen. Diese Frau war typisch in ihrem Verhalten. Offenbar hielt sie alle Marokkaner für Einfaltspinsel. Draußen fegten dichte Staubwirbel durch die

Gasse. Karim wollte noch etwas sagen, aber die schwere Holztür war bereits hinter ihm ins Schloss gefallen.

Auf der anderen Seite sank Kay kraftlos zu Boden.

Ein dämmriger Schleier überlagerte den gesamten restlichen Tag. Karim kam sich vor wie ein primitiver Organismus, der nur auf äußere Reize reagierte. Im Büro legte er auf seinem Schreibtisch Papiere von einer Seite auf die andere, während Noureddine ihm Dinge erzählte, die er nicht verstand. Der *gardien* von Sidi bel Abbès rief an, um ihm mitzuteilen, dass Si Mohammed sich inzwischen, Gott sei gepriesen, wieder vollkommen erholt hatte. Zu niedrige Blutzuckerwerte waren die Ursache gewesen, sonst nichts. Zu Hause giftete Karim seine Mutter an, als sie zu sagen wagte, dass er in diesem Zustand nicht zur Arbeit in die Route d'Ourika fahren könne. *Wenn ich kein Geld verdiene, bekommt Khadija keine Hochzeit.* Nachdem er schweigend etwas gegessen hatte, verließ er das Haus ohne ein weiteres Wort.

Trotz der Wetterwarnungen herrschte auf der Fußgängerstraße zum Jemaa el Fna dichtes Gedränge. Auf und ab strömten die Menschen, aßen zuckrige Nüsse aus Tüten und kauften den neuesten billigen Schnickschnack. Karim erhielt einen Ellbogenstoß in die Seite.

Hey, pass gefälligst auf, wo du hinläufst, Schwachkopf!

Ein Engel erschien vor ihm. Nein, es war kein Engel, sondern ein Halbwüchsiger, der Angel Wings verkaufte. Fasziniert streckte Karim die Hand aus. Die filigran gedrehten Gebäckstreifen sahen so köstlich, so wunderschön aus …

Etini al-fluus … erst zahlen, dann anfassen … Idiot!

Am Restaurant Two Brothers bog Karim ab. Ein paar Minuten später stolperte er in Youssefs Laden und massierte sich die Schläfen.

Youssef kam und begrüßte ihn. »Alles in Ordnung bei dir?«

»Ich glaube, ich habe gerade einen Herzinfarkt.«

Youssef starrte Karim einen Moment lang an, bevor er in Lachen ausbrach.

»Im Ernst«, erklärte Karim mit heiserer Stimme. »Was sind die Symptome eines Herzinfarkts?«

»Druckgefühl in der Brust ...«

»Hab ich!«, schrie Karim.

»Schmerzen im Arm ...«

»Hab ich auch!«

»Und eine Neigung dazu, Unfug zu reden.«

»Ich weiß nicht einmal mehr, ob Tag oder Nacht ist, mein Bruder«, jammerte Karim. »Ich weiß gar nichts mehr!« In wirren, weitläufigen Sätzen berichtete er, was in den vergangenen Tagen alles passiert war.

Youssef kratzte sich das Stoppelkinn. »Du siehst echt fertig aus, mein Freund. *Nta mhlouk*. Geh nach Hause und ruh dich aus.«

Karim schüttelte energisch den Kopf. »Was ich brauche, ist ein Radio.« Er nahm einen Gerätekarton in die Hand und studierte ihn.

»Das ist allerdings ein Toaster«, erklärte Youssef und stellte den Karton wieder zurück an seinen Platz. »Wozu brauchst du ein Radio?«

»Ich bin ganz allein auf der Baustelle, und die Nacht ist voller Ungeheuer und Schrecken.«

»Heute Nacht solltest du sowieso besser nicht zur Arbeit gehen. Der *ajaj* wird schon bald hier sein.«

Da Karim nicht darauf reagierte, bat Youssef einen Angestellten, ihm ein Radio zu bringen. Er probierte es aus und reichte es seinem Freund.

»Echte Fälschung. Geschenk des Hauses. Wie läuft denn deine Untersuchung ... die zu den Produktfälschungen? Du hast gar nichts erzählt.«

»Weil ich noch nichts unternommen habe. Nicht das Geringste! Wie spät ist es?«

»Brauchst du etwa auch eine Uhr?«

Karim stand auf und wandte sich zum Gehen.

»Hey! Vergiss dein Radio nicht, mein Freund!«

10

Als Karim und Rachid an der Sherazade eintrafen, parkte der Dacia wieder vor der Hütte. Unwillkürlich erwartete Karim, Khalifa wäre gekommen, um ihn zu feuern – oder zumindest, um ihn wegen seines Verhaltens ein letztes Mal zu verwarnen. Er ging zum Fenster an der Fahrerseite und sah Fouad auf dem Beifahrerplatz sitzen. Khalifa reichte Karim ein dünnes Bündel Scheine.

»Ihr Lohn«, sagte er knapp. Karim nahm das Geld, ohne nachzuzählen. Der Dacia wendete und rollte über die unbefestigte Zufahrt davon. Fouad hatte sich umgedreht und starrte ihn durch das Heckfenster an.

Mechanisch trottete Karim zum Taxi zurück. »Nehmen Sie, was ich Ihnen schulde«, sagte er in gleichgültigem Ton und hielt Rachid das Geld hin.

Der Taxifahrer zupfte ein paar Scheine aus dem Bündel und sah dann an Karim vorbei zu dem dunklen Gebäude hinüber. Der Flaschenzug klapperte im Wind, und die Zypressen schwangen bedrohlich. »Ich kann schon verstehen, warum dieser Ort Ihnen nicht ganz geheuer ist.«

Sobald Rachid fort war, hockte sich Karim aufs Bett und stellte im Radio den Sender mit den Koranrezitationen ein. Eine halbe Stunde saß er so – Radio in der einen, Petroleumlampe in der anderen Hand – und stierte die Wand an. Der gleichförmig sich wiederholende Gesang und das stete Heulen des Windes brachten einen merkwürdigen Frieden über ihn. Umschwirrt von Motten sagte er laut die achtzehnte Sure des Korans auf. Eine Szene aus seiner Kindheit trat ihm vor Augen. Ayesha und er stritten miteinander und balgten sich auf dem Boden. Der Duft des Arganöls, das Lalla Fatima immer in Ayeshas Haar kämmte, stieg ihm die Nase. Seine Lider wurden schwer, und er begann einzudösen. Um die köstliche Schläfrigkeit auszunutzen, ließ er sich rasch auf die Matratze sinken und schloss die Augen. Ohne Erfolg. Keine fünf Minuten später saß er wieder aufrecht, und an Schlaf war nicht zu denken.

Er streckte den Arm aus und nahm einen Hundert-Dirham-Schein aus dem Bündel, das er achtlos auf den Boden geworfen hatte. Er spielte mit der Banknote über der Flamme der Laterne und ließ sie erst los, als sie aufgelodert und bis zu seinen Fingerspitzen verbrannt war. Das verkohlte Antlitz des Königs wirbelte zu den Spinnweben hinauf und schwebte anschließend gemächlich zurück zur Erde. Karim schob seine Handfläche über die Flamme. Fünf Sekunden ... zehn Sekunden ... fünfzehn Sekunden. Mit einem Schrei riss er sie fort und rannte zur Rückseite der Hütte, wo er Fouads graue *djellaba* von der Standpumpe zerrte und seine Hand unter den Wasserstrahl hielt. Er wusch sich am ganzen Körper, trocknete sich das Gesicht mit der *djellaba* ab, entrollte seinen Gebetsteppich vor der Hütte und hob die Hände an die Ohren.

Allah ist der Größte. Ich lege Zeugnis ab, dass niemand der Anbetung wert ist außer Allah. Und ich lege Zeugnis ab, dass Mohammed Sein Diener und Sein Gesandter ist ... O Du Immerwährender, Du Allgegenwärtiger, gewähre mir, Ruhe zu finden in dieser Nacht, und gib meinen Augen Schlaf.

Nach einer halben Stunde ging er wieder hinein und setzte sich. Er hatte soeben einhundert Dirham vernichtet. Von einhundert Dirham konnte seine Mutter vier Personen eine Woche lang ernähren. Sein Vater hatte immer zu ihm gesagt, er solle jeden Tag zehn Dirham sparen, dann sei er irgendwann ein reicher Mann. Einen Einhundert-Dirham-Schein zu verbrennen verstieß gegen jeden Anstand. Möglicherweise war es sogar gesetzlich verboten. *O Gott!* Er betrachtete die Zeiger seiner Uhr, die unerbittlich weiterwanderten. Noch zwei Stunden, dann würde Rachid ihn abholen. *Er brauchte Schlaf, bei Allah dem Barmherzigen und Erbarmungsvollen! Er brauchte unbedingt Schlaf!* Er grub die Zähne in seine Faust. So lange, bis Blut floss.

Da er plötzlich den Drang zu pinkeln verspürte, packte er die Taschenlampe und ging nach draußen. Am Rand des Gebüschs öffnete er den Reißverschluss an seiner Hose, reckte das Gesicht in den heißen Wind und blickte zu dem Gebäude hinauf. *Wie viele Stunden würde die Sonne noch darauf brennen, der Wind noch darum blasen müssen, bevor diese Mauern zerfielen wie die Kasbahs des Südens? Ob Beton oder Lehm, unter dem unverwandten Blick des Allmächtigen, des Gnadenreichen, verwandelte sich letzten Endes alles zu Staub.*

Er brachte lediglich ein paar traurige Tröpfchen zustande, die kleine Löcher im sandigen Boden hinterließen. Irgendwo in seinem Hirn feuerte eine Synapse. Karim fiel auf die Knie und richtete den Strahl seiner Taschenlampe vor sich auf die Erde. Er nahm ein wenig Sand in die Hand und rieb die Körner zwischen Daumen und Zeigefinger. Sie fühlten sich rau an. Klein, aber kantig.

Sand, wie man ihn am Strand findet… oder auf einer Baustelle!

»Der *ajaj* wird am Vormittag eintreffen, haben sie im Radio gemeldet«, sagte Rachid und schaute dabei durch die Windschutzscheibe in den Himmel. »Taliouine hat er bereits erreicht, und das liegt keine zweihundertfünfzig Kilometer entfernt. Vor dem Marjane habe ich eine Frau aufgegabelt, die zappelte die ganze Zeit wie ein hysterisches Huhn herum und jammerte permanent: ›Der Sturm kommt, der Sturm kommt.‹ Ich hab dann die Bollywood-Musik aufgedreht, um sie zum Schweigen zu bringen. Aber heute Abend werde ich nicht arbeiten, so viel steht fest. Haben Sie etwa vor, heute Nacht zu arbeiten? Dürfte ein Problem sein, ein Taxi zu bekommen. Der Sand verstopft nämlich die Luftfilter, müssen Sie wissen. Ich kenne einen, der musste die gesamte Benzinleitung austauschen. Zwei Tage konnte der nicht arbeiten. *Ya salam!* Jetzt schauen Sie nur, was die da wieder angestellt haben!«

Karim spähte durch das Seitenfenster. Auf dem Werbeplakat hatte jemand die Augen der Frau ausgestochen. Außerdem waren ein paar Stücke abgerissen. *Ein böses Omen – genau darum handelte es sich. Wie der tote Hund in der Gasse und Bouchaïbs Vogel, der vom Himmel gefallen war. Böses hatte sich zugetragen. Vergeltung würde folgen. Der Franzose hatte Amina zur Baustelle in der Palmeraie gelockt, sie dort vergewaltigt und umgebracht und anschließend den Sicherheitsmann angewiesen, ihre Leiche irgendwo loszuwerden. Ein paar Tage später hatte er dann den Mann vom Dach gestoßen. Kein Zeuge, keine belastenden Spuren. Nur ein paar Körnchen Sand.*

»Heute so ruhig, mein Freund? Erzählen Sie mir jetzt nicht, dass Sie wieder nicht geschlafen haben! Doch nicht noch eine Nacht, oder? Haben Sie denn den Sand gefunden, nach dem Sie gesucht haben? Bei Allah, wie der Wind bläst! Der Lastwagenfahrer da sollte schleunigst einen Parkplatz finden, sonst wird sein Fahrzeug noch umgeworfen. Ich bringe Sie noch rasch nach Hause, und dann mache ich auch Feierabend und leg mich schlafen. Das wird ein Monstersturm, sage ich Ihnen ...«

Karim fühlte sich wieder klar im Kopf, aller Schwindel war verflogen. Er würde zur Palmeraie fahren, eine Probe Sand von der Baustelle nehmen, und der Franzose säße noch vor Anbruch der Dunkelheit hinter Schloss und Riegel.

»Kleine Planänderung«, verkündete er.

In der Palmeraie war das uniformierte Personal in den Hotels und Klubanlagen damit beschäftigt, Pools abzudecken und Schirme und Stühle festzuzurren. Die Fairways auf dem Golfplatz waren menschenleer.

Sébastien starrte zu der dunklen Wolkenbank hoch. Ihnen blieben noch fünf, allenfalls zehn Minuten, um die Baustelle zu räumen. Die Tagesschicht hatte Hassan bereits nach Hause geschickt, und nur noch zwei Arbeiter hielten sich auf der Baustelle auf: ein Fahrer und der Laufbursche, der im Laster auf ihn wartete. *Grâce à Dieu.* Mohammed war auf dem Weg zurück nach Katar. Den Kopf in der Kapuze seiner *djellaba* vergraben, kam Hassan angelaufen.

»Alle Maschinen sind abgedeckt!«

»Was ist mit den Jungbäumen, die eingepflanzt werden sollen?«

»Alle im Zelt.«

Sébastien warf ihm einen Schlüsselbund zu. »Deck noch die *quatrelle* ab, und dann steig hier bei uns ein!«

Sébastien wollte gerade in den Laster klettern, als ein Taxi am

Tor hielt und ein Fahrgast ausstieg. Es war der junge Polizist. *Fils de pute!* Was für ein Zeitpunkt für einen Besuch!

Kurz begegneten sich ihre Blicke. Ein Plastikeimer, den eine Windböe erfasst hatte, hüpfte über den Boden und prallte von der Motorhaube des Taxis. Karim rannte zum Sand- und Kiesvorrat und füllte eine Handvoll Sand in eine leere Wasserflasche. Sobald er bemerkte, dass der Laster sich in Bewegung setzte, sprintete er ihm hinterher und hämmerte gegen die Beifahrertür. Sébastien kurbelte wütend das Fenster herunter.

»*Qu'est-ce que vous faites ici?*«

Karim gelang es, die Tür zu öffnen und Sébastien, bevor der noch wusste, wie ihm geschah, auf den Boden zu zerren.

»Ist es da drin passiert?«, schrie Karim und deutete auf das Baustellenbüro. »Oder da hinten? Wo haben Sie das Mädchen vergewaltigt?«

Langsam richtete Sébastien sich auf, ohne dabei den Blick von Karim zu wenden. Der Lastwagenfahrer und der Laufbursche verfolgten das Geschehen fasziniert. Ein Marokkaner, der sich mit dem Franzosen anlegte, drängte sogar ihre Besorgnis über den aufziehenden Sturm vorübergehend in den Hintergrund. Allerdings prasselten die Sandkörner bereits auf das Dach der Fahrerkabine.

»Raus damit!«, fauchte Karim. »Haben Sie Amina Talal vergewaltigt und umgebracht?«

»Sie sind ja verrückt.«

Sébastien schob sich mit Nachdruck an Karim vorbei und kletterte zurück in den Laster. Fünfzehn Meter von ihnen entfernt kippte ein Gerüst mit einem gewaltigen metallischen Bersten um.

Der *ajaj* war da.

Der Name Majorelle öffnete wirklich so manche Tür, dachte Kay, während sie durch das Schaufenster nach draußen sah. Bernard Simonsen, dem die exklusivste Kunst- und Antiquitätengalerie in Guéliz gehörte, hatte sich nur deshalb bereit erklärt, sie trotz der Unwetterwarnungen zu empfangen, weil sie ein Gemälde von Jacques Majorelle verkaufen wollte.

»Wenn Sie mich kurz entschuldigen würden«, erklärte der korpulente Kunsthändler mit der schlohweißen Mähne und zog sich in den rückwärtigen Teil seines Geschäfts zurück. Wenn jemand sich den Ankauf dieser Ansicht von Meknes leisten konnte, dann er, hatte Kay sich überlegt. Schließlich waren die Preise für einen Majorelle in den Jahren, nachdem Sébastien ihr das Bild geschenkt hatte, in astronomische Höhen geschossen. Von dem Erlös würde sie selbst eine Galerie in der Neustadt eröffnen – weit weg von all dem Elend und Ärger, der bei der Sidi bel Abbès herrschte. Sie würde Samira die Leitung des Riad übertragen und ihre eigene Zeit künftig allein dem Antiquitätengeschäft und dem Einrichten und Entwerfen widmen. Und was Sébastien betraf, der konnte ihr gestohlen bleiben. Sie schaute noch einmal zur Straße hinaus, um sich zu versichern, dass ihr Taxifahrer noch wartete. Die Sicht verschlechterte sich inzwischen minütlich. Zum Glück konnte sie das leuchtende Scheinwerferpaar noch ausmachen.

Simonsen kam mit einer Uhrmacherlupe zurück und schaltete das Licht an. »*Alors* ...« Er studierte kurz den Aufkleber auf der Rückseite des Gemäldes, dann drehte er es um und untersuchte intensiv den Pinselstrich. Kay verfolgte sein Tun mit angehaltenem Atem. Auch Bernard Simonsen bekam offenbar nicht jeden Tag einen echten Majorelle zu sehen!

»Es tut mir leid, *madame*«, erklärte er wenig später und legte das Gemälde aus der Hand. »Das ist nicht von Majorelle.«

Kay wurde kreidebleich.

»Es gibt keinerlei Belege dafür, dass Majorelle jemals Meknes besucht hat. Ich habe das eben noch einmal am Computer überprüft. Darüber hinaus stimmt der Pinselstrich nicht. Sehen Sie hier – diese ockerfarbenen Kleckse –, die wurden eindeutig nicht mit einem Pinsel aus Rotmarderhaar ausgeführt. Majorelle verwendete allerdings ausschließlich Rotmarderhaar.«

»Aber es stammt aus der Galerie Nassim in der Rue Yougoslavie!«

Bernard Simonsen breitete die Arme aus und zuckte bedauernd mit den Schultern. »Die haben schon vor einiger Zeit dichtgemacht.«

»Und Sie sind wirklich absolut sicher, dass es sich um eine Fälschung handelt?«, bohrte Kay verzweifelt nach.

Simonsen nickte. »Wenn auch eine ziemlich gute.«

»Aber ich … ist es … ist es denn überhaupt etwas wert?«

»Vielleicht hundert Euro. Bestenfalls hundertfünfzig. Rein als Kuriosität, *vous comprenez*.« Der Händler wickelte das Gemälde wieder in die Hülle aus braunem Packpapier und reichte es Kay. »Es wird dunkel, *madame*. Sehen Sie zu, dass Sie rasch nach Hause kommen.«

Momo war aufgeregt. Er mochte es nicht, in der Waschküche eingesperrt zu sein. Oben schlug irgendwo ein Fensterladen. Sofort kreischte er laut auf und fletschte die Zähne. Er sprang auf die Waschmaschine, warf eine Packung Waschpulver um und flitzte über das Bügelbrett zum Regal, wo eine Reihe Einweckgläser aus dem Gleichgewicht geriet.

Auf der anderen Seite des Bab Taghzout hüpften die Finken wie verrückt in ihrem Käfig. Mit einer Decke über den Beinen saß Lalla Fatima im *salon* und blickte besorgt durch den Innenhof zum Dach hinauf. Dort oben versuchten Khadija und Ayesha gerade, eine sechs mal neun Meter große Plane über den offenen Hof zu spannen. Allerdings hatten sie die Gewalt des Sturms unterschätzt. Selbst durch die Kopftücher hindurch, die sie sich vor die Gesichter gebunden hatten, stachen ihnen die Sandkörner wie kleine Nadeln in die Haut.

»Lass es!«, brüllte Ayesha in Richtung Khadija, die trotzdem offenbar nur Bruchstücke verstehen konnte. »Zu schwierig! Komm ... hilf ... an meinem Ende!«

Khadija ließ die Plane los und hangelte sich an der Brüstung auf Ayesha zu. Eine Holzkiste wirbelte haarscharf an ihr vorbei und landete krachend im Hof. Khadija hatte ihre beiden Slipper verloren, und die Kapuze ihres Kaftans flatterte ihr wild um den Kopf. Sie schloss die Augen. *Das schaffen wir nie.*

Breitbeinig stand Ayesha da und kalkulierte, wie stark der Wind war und woher er kam. Als Khadija sie erreicht hatte, packten sie gemeinsam die Ecke der Plane und lehnten sich wie Hochseesegler mit ihrem ganzen Gewicht dagegen. Tatsächlich gelang es den beiden mit vereinten Kräften, den Eckring in die Verankerung zu zwingen, doch sofort blähte der Wind das Tuch mit solcher Macht auf, dass der Haken aus der Wand gerissen wurde. Die Plane wäre wohl davongeweht worden, hätte Ayesha sich nicht geistesgegenwärtig darauf geworfen. »Wä...leine!«, schrie sie Khadija zu, die zwar nur einen Schritt neben ihr stand, aber genauso gut am anderen Ende von Tamansourt hätte sein können.

Khadija nickte schwach, sank auf Hände und Knie, wodurch sie für einen Moment in den Windschatten geriet, und krabbelte die letzten drei Stufen zum Dach hinauf. Hier oben peitschten die Sandkörner plötzlich so heftig auf sie ein, als würden Hunderte von Hornissen über ihre Arme und Beine herfallen. Sie kauerte sich hinter die Brüstung. Das Dach war ein einziges Trümmerfeld. Pfosten waren aus Halterungen gerissen. Große Korbflaschen und Gasbehälter rollten wild durcheinander. Alles, was nicht wenigstens ein Kilogramm wog, war bereits in den Hof geschleudert worden. Khadija hatte den *ajaj* zwar schon erlebt, aber noch nie so heftig. Es machte den Eindruck, als wäre die Sahara komplett angehoben, durch eine Kluft im Gebirge gezwängt und dann mit so viel Gewalt losgejagt worden, dass sie alles zerstörte, was sich ihr in den Weg stellte. Sie entwurzelte Bäume und riss Dächer von Häusern, in denen vor Angst schlotternde Bewohner hockten. Ein stummes Gebet sprechend, richtete Khadija sich auf. Sofort schlug ihr die nächste Sandböe schmerzhaft ins Gesicht. Sie umklammerte die Stange, an der die Wäscheleine hing, und mühte sich mit tauben Fingern, sie zu lösen. Der Knoten war doppelt und dreifach geschlungen, und rasch wurde ihr klar, dass es ihr niemals gelingen würde, ihn aufzuknüpfen. Ohne langes Zögern begann sie, die Plastikschnur zu durchbeißen. Als sie es geschafft hatte, brannte ihr das Gesicht wie Feuer. Sie ließ sich wieder auf Hände und Knie fallen und krabbelte, die Leine hinter sich herziehend, Richtung Treppe. Doch auf dem Rückweg gab es neue Probleme: Inzwischen war das Dach übersät mit Glasscherben. Und obwohl sie sorgsam darauf achtete, wo sie Hände und Knie platzierte, blutete sie aus zahlreichen Schnitten, als sie Ayesha erreichte. Ayesha packte die Leine, fädelte sie durch den Ring in der Plane und band sie an einem Betonpfosten fest, während Khadija es fertigbrachte, den zweiten Ring einzuhaken. Den dritten befestigte Ayesha wenig später, nachdem sie sich an der Brüstung entlang zur anderen Seite gekämpft hatte. Zu ihrem Entsetzen suchte sie den vierten danach jedoch vergeblich. Er fehlte.

»Um Himmels willen, Ayesha, beeil dich!«, schrie Khadija.

Sobald Ayesha die verzweifelte Khadija mit ihren blutverschmierten Händen winken sah, signalisierte sie ihr, nach unten zu gehen. Die Tür zum Treppenhaus schlug so heftig auf und zu, dass sie zu zersplittern drohte. Nachdem Khadija sie mit einer schweren Gasflasche bis zum Anschlag aufgesperrt hatte, robbte sie über die Schwelle in den geschützten Aufgang. Dort hockte sie sich auf die oberste Stufe und beobachtete Ayesha nun von derselben Stelle aus wie ihr Bruder einige Tage zuvor. Ayesha hatte das Ende der Leine inzwischen durch den vierten Ring gezogen und suchte das Dach nach einem brauchbaren Befestigungspunkt ab. Bis zur Brüstung reichte die Schnur nicht mehr, daher blieb nur der lose gemörtelte Steinsockel, aus dem die Satellitenschüssel ragte. Die Schüssel schwankte bereits höchst bedenklich. Sollte die Konstruktion nachgeben, würde die Schüssel samt Betonsteinen auf die Plane fliegen und alles zusammen in den Hof stürzen.

»Oh, Karim!«, heulte Ayesha laut auf. »Wo steckst du?«

Auch diese Worte verschluckte der Wind.

Am Jemaa el Fna waren die Fassaden der Gebäude hinter einer hellen Sandwand verschwunden. Der Platz war leer gefegt, und all die *calèches*, Schlangenbeschwörer und Hennamalerinnen schienen plötzlich vom Erdboden verschluckt zu sein. Karim stand wie angewurzelt auf einem Fleck. Eigentlich wäre es das Beste gewesen, nach Norden zu gehen und hinter den hohen

Mauern der Medina Schutz zu suchen, doch stattdessen presste er mit einer Hand den Kragen seiner Jacke dicht zusammen, packte mit der anderen die abgefüllte Sandprobe fester und wandte sich nach Westen.

Ein einzelner Wagen kam mit eingeschalteten Scheinwerfern die Mohammed Cinq herunter. Aus den umgestürzten Mülltonnen, die auf dem Bürgersteig lagen, quoll der Abfall. Das Werbeschild des geschlossenen Restaurants an der Kreuzung rotierte im Wind. Die Laternenmasten wankten ihn ihren Verankerungen.

Karim taumelte noch ein paar Schritte, bevor er wieder anhielt. Seine Haare waren mittlerweile von einer dicken Sandschicht überzogen. Er konnte beobachten, wie sich die Sandkörner in den Falten seiner Jacke ansammelten. *Welcher dschinn hatte denn diesen Sturm geschickt? Welcher ghul kam hier aus dem Süden angeritten, um Vernichtung zu bringen?* Er schaute in den Himmel. *Würde nun über ihn, der seine Schwester begehrte und seine Verlobte hintergangen hatte, gerichtet werden? Schreckliches Unheil wird die Erde heimsuchen, und nichts wird bleiben außer Allah.*

Dann war alles schwarz.

Als Kay aus dem Geschäft trat, war nirgends mehr eine Spur von ihrem Taxi. Sie versuchte, ein anderes anzuhalten, aber die wenigen, die vorbeifuhren, waren besetzt oder weigerten sich anzuhalten. Sie rief Driss an, geriet jedoch sofort an die Mailbox. Notgedrungen suchte sie in einem leeren Touristenlokal Unterschlupf, wo sie bis zum Nachmittag bei einer Dose Eistee herumsaß. Hätte sie nicht dieses dämliche Gemälde dabeigehabt, sie wäre einfach zu Fuß gelaufen! Sie griff nach dem Handy.

»Lucinda? Ich bin's. Ich bin in Guéliz … ja, ich weiß, was für ein Tag! Ich hab hier gerade ein Gemälde schätzen lassen … einen Majorelle … ob man deshalb rausgeht? Unbedingt! Kann ich kurz bei dir Unterschlupf finden, bis der Sturm sich gelegt hat … oh, vielen Dank!«

Kay wickelte sich ihren Pashminaschal um den Kopf und verließ das Lokal. Draußen brannten die Straßenlaternen bereits, obwohl es erst früher Nachmittag war. Die Windböen waren gewaltig, und jede noch so kleine freie Hautstelle geriet unter den beißenden Beschuss der allgegenwärtigen Sandkörner. Ihre rechte Hand, mit der sie das Gemälde trug, war schon bald rau und rissig. Als sie mit Müh und Not die Ampel an der *Grand Poste* erreichte, begriff sie, dass es Wahnsinn wäre, jetzt noch den Platz zu überqueren und bis nach Hivernage zu laufen. Sie zog sich in einen Hauseingang zurück und versuchte, Lucinda anzurufen, aber das Netz war zusammengebrochen. In ihrer Handtasche stießen ihre Finger auf den Ersatzschlüsselbund von Sébastien. Dessen Wohnung lag nur drei Querstraßen weiter. Was, wenn er zu Hause war? Unwahrscheinlich. Die *quatrelle* konnte er bei diesem Sandsturm nicht benutzen. Bestimmt hatte er sich in seiner geliebten Serafina verbarrikadiert.

Für die Zehn-Minuten-Strecke bis zum Boulevard Zerktouni benötigte Kay eine geschlagene Stunde. Ständig drohte ihr das sperrige Paket aus der Hand gerissen zu werden. An der Ecke vor dem Négociants blieb der Wind schließlich Sieger. Wie ein Stück Pappe segelte das Bild über die Straße und landete am Ende unter den Rädern eines vorbeifahrenden Busses. *Auch gut!*, dachte Kay und vergrub die Hände tief in den Jackentaschen.

Ohne das Gemälde kam sie deutlich schneller voran und

stand kurz darauf vor Sébastiens Adresse. Sie öffnete die Eingangstür, drückte den Lichtknopf im Treppenhaus und lehnte sich erleichtert gegen die Wand. Nachdem sie sich den Schal vom Kopf gewickelt hatte, begann sie die Stufen hinaufzusteigen. Hände und Beine kribbelten beharrlich weiter. Es war mindestens sechs Monate her seit ihrem letzten Besuch in Sébastiens Wohnung. Im zweiten Stock entriegelte sie mit ihrem Schlüssel die Tür und war überrascht, dass nicht abgeschlossen war und im Flur Licht brannte. Auf dem Wohnzimmerboden lagen die Arbeitsstiefel von Sébastien, und eine halb volle Tasse Kaffee stand auf dem Couchtisch. Aus dem Schlafzimmer hörte Kay eine hohe Stimme ... arabisch ... ein Stöhnen ... das Quietschen des Betts ...

Kay stapfte zur Schlafzimmertür und warf sie auf. Nackt von der Hüfte abwärts kniete Sébastien auf der Matratze und fickte jemanden von hinten. Es war ein Junge. Dem Aussehen nach vielleicht fünfzehn.

11

Klar und freundlich zog der nächste Morgen auf. Mohammed Al-Husseini stand Espresso rührend an seinem Hotelfenster und beobachtete die Aufräumarbeiten in der Gartenanlage unter ihm. Der Sturm hatte beträchtliche Schäden angerichtet. Vier Stunden hatte sein Emirates-Flugzeug an der Startbahn warten müssen, bevor es schließlich die Anweisung erhielt, zur Parkposition zurückzukehren. Also war er mit dem Taxi wieder ins Méridien gefahren, wo er den ganzen Nachmittag mit Doha telefoniert hatte, um anstehende Termine zu verschieben. Schließlich hatte er in den sozialen Netzwerken noch ein Selfie mit dem Untertitel *Gestrandet in Marrakesch* gepostet und war ins Bett gegangen.

Heute war Freitag. Immerhin ließen sich für die Tatsache, an einem Freitag in Marrakesch festzusitzen, gewisse Entschädigungen überlegen. Vielleicht würde er ins Casino gehen und ein wenig Blackjack spielen. Stellte Glücksspiel eine Sünde dar? Mohammed glaubte das nicht. Am Aktienmarkt zu spekulieren war doch auch nichts anderes, und das taten unzählige Muslime jeden Tag. Mohammed hielt sich selbst keineswegs für einen schlechten Muslim. Er spendete jährlich fünfzigtausend Riyal für wohltätige Zwecke, sprach seine täglichen Gebete, wenn er daran dachte, und befolgte im Großen und Ganzen auch den Ramadan. Zugegeben, er gönnte sich gelegentlich einen kleinen Kaffee, aber nur in den vier Wänden seines Hotelzimmers und nur, wenn sein Blutzuckerspiegel gefährlich niedrig war.

Erlaubte der Koran nicht Reisenden und Kranken ausdrücklich, das Fasten brechen zu dürfen? Und was seine nächtlichen Aktivitäten betraf, so waren die nicht *haram* – allenfalls in den Augen strenger Puristen, zu denen auch sein Vater zählte. Natürlich musste man stets diskret bleiben. Aus diesem Grund überließ er es ja auch stets dem Franzosen, die sozialen Kontakte für ihn zu knüpfen.

Während der stundenlangen Warterei auf dem Rollfeld hatte er versucht, Sébastien anzurufen, aber kein Netz bekommen. *Adverse weather conditions*, hieß es nur. Die sollten mal einen echten Sandsturm sehen! In Doha kam das öffentliche Leben erst zum Erliegen, wenn die Fensterscheiben platzten!

Der Sturm hatte sich über Nacht beruhigt, *alhamdulillah*. Gegen Abend würden alle Arbeiter zurück auf der Baustelle sein, weshalb mit allenfalls minimalen Verzögerungen zu rechnen war. Unten im Hotelgarten hatten sie den Swimmingpool wieder freigegeben, und eine Frau in einem schwarzen Badeanzug räkelte sich auf einer der Sonnenliegen. Sie war etwa fünfundzwanzig und hatte lange, schlanke Beine. Ja, es gab wirklich Entschädigungen dafür, an einem Freitag in Marrakesch festzusitzen.

Kay lag im Zimmer *Persischer Kalif* auf dem zerwühlten Überwurf des Doppelbetts und starrte zur Decke. Nach der Flucht aus Sébastiens Wohnung hatte sie es bis zum Bahnhof geschafft, wo sie mehrere Stunden ausharren musste, bis sie endlich ein Taxi fand, das sie zum Bab Taghzout zurückbrachte. Zu Hause hatte sie irgendwo noch ein Päckchen Zigaretten entdeckt und gleich fünf nacheinander geraucht. Sébastiens mangelndes Interesse an Sex, die vielen freien Abende, die er sich ständig erbat ... wie hatte sie nur so dämlich sein können! Ein perfektes Beispiel dafür, wie man bewusst die Augen vor etwas verschloss. Beinahe wehmütig dachte sie daran zurück, wie sie Sébastien noch vor Kurzem *nur* der Vergewaltigung und des Totschlags verdächtigt hatte.

Il baise des garçons.

Sie hämmerte mit den Fäusten gegen die Wand, bis die Fingernägel brachen, und weinte heiße Tränen der Wut. Später durchstreifte sie das Haus und zerstörte alles, was an Sébastien erinnerte. Nur Momo blieb verschont.

Inzwischen war es früher Nachmittag. Seit vierundzwanzig Stunden hatte sie keinen Bissen zu sich genommen. Das Bild der über die Hüfte des Jungen hochgeschobenen *gandora* wollte ihr einfach nicht aus dem Kopf gehen ... wie der Stoff vor- und zurückschwang ...

Meine Medina

Die gandora *ist eine kurzärmlige, knöchellange Tunika aus Baumwolle, die in Marokko von den Männern getragen wird. Gewöhnlich über Shorts oder Unterwäsche. Zwei seitliche Schlitze bieten Zugang zu den innenliegenden Taschen. Wie das Pendant der Frauen, der Kaftan, ist die* gandora *als Kleidungsstück derart unkompliziert und stilvoll, dass sie seit Jahrhunderten – abgesehen von ein paar Details hier, einem bestickten Saum da – unverändert geblieben ist. Eine* gandora *ist eleganter als ein Jogginganzug und praktischer als ein Morgenmantel. Man kann darin nicht nur wunderbar zu Hause ausspannen, sondern sogar höchst bequem schlafen. Schenken Sie dem Mann Ihres Lebens doch auch mal eine! Wir haben eine erstklassige Auswahl in verschiedensten Farben und Designs vorrätig.*

❀

Karim schreckte aus dem Schlaf. Er lag in einem Raum mit hoher Decke und weißen Fliesen. In seinem Handrücken steckte eine Kanüle, die mit einem Heftpflaster befestigt war. Gegenüber von ihm sah er einen Heimtrainer und einen Kleiderschrank, auf dem sich Zeitschriften türmten. In Krankenhäusern stapelten sich keine Zeitschriften auf Kleiderschränken. Demnach, schlussfolgerte er, konnte er nicht in einem Krankenhaus sein. Er stand vorsichtig auf und schlurfte mit kleinen Schritten zum Fenster. Sein Kopf fühlte sich noch reichlich benebelt an, aber sein Körper schien zu funktionieren. Gott sei Dank. Dem Ausblick nach zu urteilen, befand er sich im vierten oder fünften Stock, irgendwo in der Neustadt. Links von ihm konnte er das Minarett der Koutoubia ausmachen. Direkt vis-à-vis war in einem mit Satellitenschüsseln bepflasterten Apartmentblock eine Frau mit Bügeln beschäftigt. Der Himmel war wolkenlos blau. Dem Sonnenstand nach musste es früher Nachmittag sein. Was war aus dem *ajaj* geworden?

Er öffnete die Tür und trat in einen Flur, in dem es köstlich nach gebratenen Zwiebeln roch. Etwas weiter sah er in der Küche eine etwa fünfzigjährige Frau, die ein Backblech belegte. Als er näher kam, schaute sie auf.

»Si Karim! Wie geht es dir? *Kolshi mezyan?*«

Die Küche war doppelt so groß wie die seiner Mutter und besaß einen Kühlschrank und eine Spülmaschine. Auf der Arbeitsplatte lagen Hähnchenteile in einem Sud.

»Wo bin ich?«

»Setz dich«, sagte die Frau und wischte sich die Hände an ihrer Schürze ab. Sie hatte ein rundliches Gesicht, dem die hervorquellenden Augen einen erschrockenen Ausdruck verliehen. »Ich bin die Mutter von Mounir. Mounir Ouheddou. Du bist gestern Nachmittag vor der Pathologie zusammengebrochen. Weißt du noch?«

Karim konnte sich nur noch an wild schlagende Palmen und gefährlich wackelnde Straßenlaternen erinnern.

»Dir ging es nicht gut. Mounir hat sich ernstlich Sorgen um dich gemacht. Aber jetzt ist die Farbe in deine Wangen zurückgekehrt, Gott sei gedankt! Ich hoffe doch, du bleibst heute Abend zum Fastenbrechen bei uns. Ich mache *briouates*.« Sie deutete mit dem Messer auf zwei Rührschüsseln. »Die Hälfte mit Käse gefüllt, die andere Hälfte süß mit Mandeln. Die isst Mounir am liebsten! Er hat dich in seinem Wagen hergebracht, weil du im Krankenhaus bestimmt heute noch auf einen Arzt warten würdest. Keine Sorge … deiner Mutter hat er Bescheid gegeben. Apropos, wie geht es deiner Mutter? Alles gut, gesund und munter?«

»Der Sturm? Was ist passiert?«

»Der ist durchgezogen. Unsere Nachbarn haben noch immer keinen Strom, die Armen. Aber der Sturm ist weg, *alhamdulillah*. Komm, ich zeig dir, wo die Dusche ist.«

Das Wasser fühlte sich herrlich an. Ausgiebig genoss Karim den kraftvollen Strahl der Brause, der schon etwas ganz anderes war als das kalte Rinnsal, das er aus der Derb Bourahmoune Lkbir gewohnt war. Seine Kleidung lag frisch gewaschen auf einem Stuhl. Gemächlich zog er sich an und betrachtete sich im Spiegel. Die Stoppeln hatten inzwischen fast Bartlänge erreicht, und er hatte Gewicht verloren. Dafür zeigten seine Augen nicht länger diesen gehetzten Ausdruck. Er erleichterte sich und bemerkte überrascht, wie viel Urin er hatte. Im Flur waren Stimmen zu hören. Karim trat mit feuchten Haaren aus dem Badezimmer.

»Wie geht's dir, mein Freund?«, rief Mounir und umarmte

ihn erfreut. »Besser? *Alhamdulillah!* Wie schön, dich wieder auf den Beinen zu sehen!«

»Es tut mir leid ... ich weiß gar nicht, was ... wie ...«

»Schon gut, schon gut«, beruhigte ihn Mounir. »Komm, lass uns in den *salon* gehen.«

Kaum hatten sie Platz genommen, traten Karim die Tränen in die Augen. »*Smeh liya*, verzeih ...«

»Dir ist verziehen«, erwiderte Mounir lächelnd. »Aber um Vergebung bitten muss ich dich auch.« Er deutete auf die Kanüle in Karims Hand. »Ich hab dich an einen Tropf gehängt. Es gibt entsetzlich viele Fälle von Nierenversagen im Ramadan. Manchmal denke ich, wir Muslime betreiben das Fasten ein wenig zu inflexibel.«

»Nierenversagen?«, wiederholte Karim erschrocken.

»Dir ging es schlecht, mein Freund. Richtig schlecht.«

»Der Sand ... hast du ...?«

»Ja«, sagte Mounir und lachte glucksend. »Ich musste dir die Flasche allerdings erst mit einiger Gewalt aus den Fingern winden. Aber vermutlich wolltest du deshalb zu mir, daher hab ich es mir mal unter dem Mikroskop angeschaut. Deine Forensikexperten werden es sich natürlich noch einmal genau ansehen müssen, aber auf den ersten Blick ähnelt die Probe dem Sand, den wir bei dem toten Mädchen gefunden haben.«

Karim spürte eine Woge der Erleichterung. »Wann führt ihr die Autopsie durch?«

»Bald, sehr bald, so Gott will. *Safi!* Genug gefragt! Jetzt befreie ich dich erst einmal von der Kanüle in deiner Hand. Hast du schon Wasser gelassen?« Karim nickte. »Schön. Du solltest dich noch ein wenig ausruhen. Ich muss kurz zurück zur Arbeit, sollte aber um fünf wieder zu Hause sein. Dann haben wir mehr Zeit, uns zu unterhalten. Du bleibst doch hoffentlich zum Essen, oder?«

»*La schukran*«, antwortete Karim kopfschüttelnd. »Tut mir leid, aber das geht nicht. Ich habe einen Nachtjob ...«

Mounir legte die Hand auf Karims Schulter. »Jetzt hör mal zu! Du hattest einen Hitzschlag. Du hättest sterben können. Ruf an, wen immer du anrufen musst, aber arbeiten gehen wirst du weder heute noch morgen. Im Kommissariat habe ich bereits Bescheid gegeben.«

»Mit wem hast du gesprochen?«

»Einem Kollegen namens Aziz.«

Karim stöhnte auf. *Warum hatte der Diensthabende in der Wache die Nachricht nicht einfach aufnehmen können?*

»Ruf Lalla Fatima an. Sag ihr, dass ich dich nach dem *ftour* nach Hause bringe. Meine Mutter kocht übrigens ganz ausgezeichnet.« Mit einem breiten Grinsen fügte Mounir hinzu: »Warum sonst sollte ich wohl mit zweiunddreißig noch zu Hause wohnen?«

Die Tür knallte ins Schloss. Diesmal bestand kein Zweifel daran, wer gerade gekommen war. Kay atmete tief durch und ging nach unten. Sébastien kniete auf einem Bein neben dem kleinen Pool und blickte ins Wasser.

»Kein Sand im Pool. Und die Bougainvillea unbeschädigt an der Mauer. Da kannst du dich glücklich schätzen. Uns hat's sechs Palmen zerstört.«

»Was erdreistest du dich, so einfach hier aufzutauchen!«

Sébastien richtete sich auf. »Du marschierst einfach bei

mir herein. Also sollte ich auch einfach bei dir auftauchen dürfen.«

Kay warf einen Schlüssel auf den Tisch. »Du kannst deinen Schlüssel gerne wiederhaben, wenn du deshalb gekommen bist. Wahrscheinlich brauchst du ihn ... für deinen *Freund*.«

»Wen? Ach, den.«

»Jetzt ist mir auch klar, warum Isabelle dich verlassen hat«, sagte Kay in eisigem Ton.

»Wir haben uns scheiden lassen, *c'est tout*.«

»All die Abende, an denen du angeblich mit Mohammed ausgegangen bist ...«

»Bin ich auch mit Mohammed ausgegangen.«

»Wie alt ist der Junge gewesen? Fünfzehn? Vierzehn?«

»Pfff!« Sébastien winkte gleichgültig ab. »Das ist Marrakesch. Hier macht doch jeder ständig irgendwelchen Unfug, irgendeine *bêtise*.«

»Eine harmlose Dummheit nennst du das? Einen fünfzehnjährigen Jungen zu vögeln? Und komm mir jetzt bloß nicht mit irgendeinem Scheiß von wegen *verklemmte Engländerin!* Du bist pädophil!«

»Vor drei Tagen hast du mir noch vorgeworfen, ich würde es mit Prostituierten treiben.«

»Das war vor drei Tagen. Inzwischen hab ich ja gesehen, dass du eher auf kleine Jungs stehst.«

»Mir gefallen junge Burschen eben genauso wie junge Mädchen«, erklärte Sébastien achselzuckend.

»Du hättest mich mit Aids anstecken können!«

»Ich hab ein Kondom benutzt.«

»Soll mich das vielleicht beruhigen? Schau mich gefälligst an, wenn ich mit dir rede, verdammt nochmal! Wie lange sind wir zusammen gewesen? Zehn Jahre? Und zehn Jahre lang hast du mich an der Nase herumgeführt. Ich war deine Tarnung, deine gesellschaftliche Fassade, genau wie Isabelle in den Jahren davor.« Mit zusammengepressten Lippen trat Kay dicht vor Sébastien und fauchte: »Mieser Scharlatan!«

»*Je suis un charlatan?*«, konterte Sébastien, nun schon aufgebrachter. »Und was ist mir dir? Du und dein Märchen von Zuleika und der süßen kleinen Mauernische? Nichts als Lügen! Die Schwester von Samira hast du dafür bezahlt, die Inschrift anzubringen! Selbst deine Behauptung, fünf Prozent der Einkünfte an ein Waisenhaus zu spenden, ist gelogen! Du spielst dich als Designerin auf, obwohl die einzige Sache, die du je zustande gebracht hast, ein Stuhl ist, für den ich den Entwurf gezeichnet habe. Wenn ich ein *charlatan* bin, dann bist du *la grande charlatane de Marrakech, toi!*«

»Ich habe dich geliebt.«

»Auch nicht wahr! Du hast es bloß nicht ertragen, eine Frau *d'un certain age* ohne festen Partner zu sein. Diese Party, bei der ich mich auf einen Thron hocken musste, damit du vor all deinen Gästen mit mir prahlen konntest – da haben alle bloß über dich gelacht, und du bist nur zu dämlich gewesen, es zu bemerken.«

Kay ließ sich an den Tisch sinken. Momo verfolgte die Szene von der anderen Seite des Innenhofs wie ein verängstigtes Kind, das erschrocken seine streitenden Eltern beobachtet.

»Ich frage mich, was Laurent dazu sagen würde, wenn er wüsste, dass sein Vater fünfzehnjährige Jungs vögelt.«

»Was hat Laurent damit zu tun?« Sébastien klang plötzlich spürbar verunsichert.

»Erst das heimliche Treiben in afrikanischen Nachtklubs ... dann die persönliche Verbindung zu einem Mordopfer ... und nun das. Nicht unbedingt, was man unter einer Vaterfigur versteht.« Kay nahm ein Stück Möhre vom Tisch und pfiff kurz, woraufhin Momo angesaust kam, um es ihr aus der Hand zu nehmen.

»Willst du mich etwa erpressen? Ich bin pleite, das weißt du genau.«

»Ich will kein Geld.«

»Was denn?«

»Beauftrage mich mit der Inneneinrichtung.«

Sébastien starrte sie ungläubig an.

»Für die ganze Hotelanlage«, fuhr Kay fort. »Überrede Mohammed, Jamal zu feuern und mich stattdessen zu engagieren.«

»*T'es complètement folle!* Jamal zählt zu den besten Innenarchitekten Marokkos. Warum sollte Mohammed ihn ausgerechnet durch dich ersetzen?«

»Ich habe ja auch nicht gesagt, dass es einfach sein wird. Für Jamals Entlassung zu sorgen, meine ich. Das mit der Inneneinrichtung bekomme ich schon hin.«

»Bildest du dir etwa ein, bloß wegen irgend so einer *tout petit* Erwähnung in *Elle Decoration* wärst du in der Lage, die Innenausstattung für ein Fünfzig-Millionen-Euro-Hotel zu übernehmen? Das soll wohl ein Witz sein!«

Kay scrollte durch die Kontakte auf ihrem Handy. »Was heißt eigentlich *Pädophiler* auf Französisch?«, fragte sie in gespielter Neugier.

»Laurent kümmert so etwas einen Scheiß! *Il s'en fiche*, schließlich ist er Student.« All seinen herausfordernden Worten zum Trotz klang Sébastiens Stimme ein wenig wacklig.

Kay tippte nachdenklich mit dem Handy gegen das Kinn. »Vielleicht sollte ich warten, bis er hier ist. Er kommt am Siebenundzwanzigsten, richtig?«

»Wie viel willst du?«

»Du hast gehört, was ich will. Diese Unterhaltung ist zu Ende. *Dégage-toi.* Wenn du nicht sofort verschwindest, rufe ich die Polizei.« Sie reichte Momo ein weiteres Stück Möhre. »Und leg deinen Schlüssel beim Rausgehen vorn auf den Tresen.«

Als Mounir und Karim abends vorbeifuhren, waren Straßenreiniger in knallgelben Uniformen noch immer damit beschäftigt, die Mohammed Cinq von Trümmern und Unrat zu befreien. Auf dem Platz gegenüber saßen Pärchen auf Marmorbänken und schauten zum Springbrunnen. Die Temperaturen waren auf vergleichsweise milde sechsunddreißig Grad gesunken, und ein paar der Männer trugen sogar eine Jacke.

»Mein Vater hat sich sehr gefreut, dich kennenzulernen«, sagte Mounir. »Von seinen Freunden aus den Bergen sind die meisten bereits gestorben – wie dein Vater, Gott möge ihn selig haben.«

»War mir ein Vergnügen. Dabei habe ich ganz vergessen, deinen Vater zu fragen, ob er Omar Talal kennt. Das ist der Vater des toten Mädchens ... dessen Leiche in der Pathologie liegt.«

»Der arme Mann, Gott sei mit ihm! Was für eine schreckliche Prüfung für einen Vater!«

»Die Sache ist noch viel schlimmer. Er selbst wird beschuldigt, ihr Mörder zu sein.«

»Ihr Mörder?«, wiederholte Mounir fassungslos. »Aber das ist ... gibt es denn Beweise?«

»Nein. Zumindest bislang nicht.«

»Jetzt verstehe ich auch, warum es dir so wichtig war, die Ergebnisse der Autopsie zu bekommen. Die Untersuchung im Fall Talal steht als Nächste auf unserer Liste. Gleich Montagfrüh sollte sie durchgeführt werden, *inschallah*. Offiziell mit den Ermittlungen befasst bist du aber nicht, hab ich recht?«

»Aziz Al-Fassi leitet die Untersuchung. Du hast heute Morgen mit ihm gesprochen.«

»Ihr mögt euch nicht besonders?«

»Nein.« Der Verkehr schob sich mittlerweile nur noch im Schneckentempo voran. Da im El-Harti-Park ein Jahrmarkt stattfand, parkten die Autos in zweiter und dritter Spur, und die Besucher schlängelten sich durch die Reihen Richtung Eingang. Sie mussten anhalten. Mounir zog die Handbremse und sah zu Karim.

»Warum bist du überhaupt Polizist geworden?«

»Ich war schon als Schüler immer sehr gewissenhaft«, antwortete Karim lächelnd. »Gut erzogen, hab alles getan, was man von mir verlangte. Daher meinte mein Vater, ich sei wie geschaffen für eine Karriere als Finanzbeamter, Anwalt oder Polizist.« Mounir lachte.

»Mein Vater war der Ansicht, dass neun von zehn Polizisten, Finanzbeamten oder Anwälten in Wahrheit Gauner oder Diebe sind«, fuhr Karim fort. »Vereinzelt begegne man in diesen Berufen jedoch auch sehr engagierten, aufrichtigen Menschen, meinte er, und ich könne einer von diesen Ausnahmefällen sein. Als ich die Aufnahmeprüfung für die Polizeiakademie bestand, hat er mir zwar nicht gratuliert – er hat selten viele Worte um etwas gemacht –, aber ich konnte ihm ansehen, dass er sich freute.« Unvermittelt setzte Karim sich auf. »Nimm die Nächste links!«

»Wohin fahren wir?«, erkundigte sich Mounir und steuerte den Wagen aus der Schlange.

Sie bogen in die Rue Oum Errabia. Ein paar Querstraßen weiter bat Karim ihn anzuhalten. »Ich habe hier vor ein paar Tagen mit einem Parkwächter gesprochen«, erklärte er Mounir.

»Der Mann war wohl der Letzte, der Amina Talal lebend gesehen hat.« Karim schaute sich aufmerksam um, konnte den alten Mann aber nirgends entdecken. Mounir schlug vor, in dem kleinen *hanut* nachzufragen, der eigentlich kaum mehr als eine Einbuchtung in einer Häuserwand war. Der Ladeninhaber stapelte gerade Fladenbrote auf seinem Tresen.

»*Salamu alaikum!*«, grüßte Karim. »Wissen Sie, wo ich den Parkwächter finden kann? Der immer hier vorn auf der Straße arbeitet?«

»Den alten Hamza?«, antwortete der Mann, ohne aufzublicken. »Der ist weg.«

»Was meinen Sie mit *weg*?«

»Ist ersetzt worden«, erklärte der Ladeninhaber und zeigte dabei auf eine Parkuhr.

»Die Dinger installieren sie gerade überall in Guéliz«, sagte Mounir zu Karim gewandt. »Vor unserem Pathologiegebäude haben wir inzwischen auch welche. Ein Dirham die Stunde. Überziehst du, verpassen sie deinem Wagen eine Kralle.«

Der Ladeninhaber beteuerte, sonst nichts zu wissen, und scheuchte sie ungehalten fort, damit er sich um seine Kundschaft kümmern konnte. Auf dem Rückweg zum Auto schüttelte Mounir betrübt den Kopf.

»Demnächst schaffen sie auch noch die Schuhputzer ab.«

Den Sex mit dem Jungen bedauerte Sébastien auch im Nachhinein nicht. Es war ein angenehmer Start in den Abend gewesen, und dass Kay sie dabei erwischt hatte, war reines Pech, ein unglücklicher Zufall mit der Wahrscheinlichkeit von eins zu einer

Million. Normalerweise ließ er stets größte Vorsicht walten, was seine Freizeitgestaltungen betraf. Er fuhr nie den Autostrich ab, bummelte nie an den einschlägigen Orten im Cyber Park herum und besuchte keinerlei Online-Chatrooms. Die Sache mit dem Jungen, den er vor zehn Jahren hinter einem McDonald's aufgegabelt hatte, war ihm eine Lehre gewesen. Damals hatte der Vater des Jungen einen Tag später vor dem Haus der de Freycinets eine Riesenszene veranstaltet und so laut wie möglich herumgebrüllt, dass der *fransawi*, der dort wohne, seinen kleinen Sohn ficke. Sébastien war es zwar gelungen, den Mann mit fünfhundert Dirham abzuwimmeln, doch letztlich hatte der Zwischenfall ihn Ehe, Heim und Familie gekostet. Und nun drohte er, den Kontakt zu seinem eigenen Sohn erneut zu verlieren.

Bei einem *café nuss-nuss* im Négociants überlegte er, ob er Kay auflaufen und es einfach drauf ankommen lassen sollte. Wahrscheinlich hatte seine Ex-Frau den Kindern sowieso schon von seiner Vorliebe für extrem junge Männer erzählt, was bedeuten würde, dass Kay gar keine großen Neuigkeiten verbreiten konnte. Laurent würde dennoch nach Marrakesch kommen, und hier bliebe Sébastien dann reichlich Zeit, an ihrer Beziehung zu arbeiten.

Wie kam Kay überhaupt auf den grotesken Gedanken, Jamals Job erledigen zu können? Selbst wenn Mohammed sich durch irgendeine wundersame Wendung dazu bereit erklärte, ihr den Auftrag zu geben, überstieg das Projekt ihre Fähigkeiten bei Weitem. Jamal hatte die Inneneinrichtung für einige der elegantesten Hotels und Restaurants in ganz Marokko entworfen. An den Plänen für die Serafina saß er seit Monaten, hatte ein Team aus hoch qualifizierten Elektrikern, Schreinern, Malern und Kunsthandwerkern zusammengestellt, von denen viele nicht daran gewöhnt waren, von einer Frau Anweisungen erteilt zu bekommen. Wenn Kay die Sache vermasselte, konnte Sébastien seinen Bonus endgültig in den Wind schreiben – zusammen mit jeder Hoffnung auf eine künftige Karriere im Libanon. *Bordel de merde!*

Er dachte sich aus, welchen Vorwand er für eine Ablösung Jamals vorbringen könnte: *Mr. Al-Husseini, wie ich herausgefunden habe, arbeitet Jamal auch für einen Ihrer größten Konkurrenten. Mr. Al-Husseini, Jamal hat Geld unterschlagen. Mr. Al-Husseini, zu meinem größten Bedauern muss ich Ihnen mitteilen, dass Jamal heroinsüchtig ist.*

Sébastien lachte laut auf. Der ganze Sache war der reine Wahnsinn.

Bouchaïb hockte mit dem Zigarettenverkäufer auf dem Bürgersteig und trank Minztee. Als er Karim sah, stemmte er sich rasch in die Höhe.

»Guten Abend, mein Herr! *Msalkhir!* Was für ein schöner Abend, Dank sei Gott! Und was für ein Sturm gestern, nicht?«

Karim sah in den Abendhimmel. Aldebaran, das Auge des Stiers, stand kurz davor, die Bahn des Mondes zu kreuzen. »Ja, es tut gut, die Sterne wieder sehen zu können.«

Er stellte ihm Mounir vor, und die beiden begrüßten einander. »*Metsharfin*, mein Herr«, sagte Bouchaïb, leerte die beiden Gläser und füllte sie erneut. »Freut mich, Sie kennenzulernen. Trinken Sie einen Tee mit uns?«

Während Mounir an seinem Glas nippte, fragte Karim: »Kennst du einen Parkwächter namens Hamza, Bouchaïb? Er ist so um die siebzig und hat immer hinter dem Hotel de Marrakesch gearbeitet.«

»Der alte Hamza? Ja, den kennt hier jeder. Ein verrückter Kerl. Hat zwei Frauen und wohnt in der Mellah. Er ist schon länger *assas* als ich, und ich mache den Job schon seit den Tagen von König Mohammed ben Youssef, Gott sei seiner Seele gnädig!« Zum Zigarettenverkäufer gewandt, fügte Bouchaïb noch etwas hinzu, und sein Freund nickte vehement.

Karim erzählte, was der Ladenbesitzer ihnen über die neuen Parkuhren berichtet hatte.

»Das Ganze ist ein Skandal, Herr Karim«, erklärte Bouchaïb und seufzte laut. »Diese Idioten in der Wilaya haben kein Fünkchen Hirn im Schädel. Hat eine Parkuhr etwa schon mal einen Dieb verscheucht? Oder einen Hundert-Dirham-Schein gewechselt?«

»Kannst du uns zeigen, wo Hamza wohnt?«

»Jetzt gleich?«

»Es ist schon neun, Karim«, gab Mounir zu bedenken. »Wir haben deiner Mutter gesagt, wir wären um neun da.«

»Es ist nett, dass du um mich besorgt bist, Mounir. Aber bis zur Mellah brauchen wir höchstens fünf Minuten. Und würdest du nicht auch gerne wissen, wer Amina Talal umgebracht hat?«

»Sicher, aber ...«

Bouchaïb war dem Disput interessiert gefolgt. Da Karim die Oberhand zu behalten schien, rief er: »*Yallah*, dann los!«

Sébastien saß an der Bar des Casinos und wartete auf Mohammed. Ausgelassen lachend und trinkend amüsierten sich einige Hocker weiter ein paar Anzug tragende, junge Marokkaner. Normalerweise hätte Sébastien sie mit Vergnügen einfach nur beobachtet, aber heute quälten ihn zu viele Sorgen, suchte er viel zu verzweifelt nach einem Ausweg aus dieser vertrackten Situation. Seine Liebhaber und seine Freunde waren ihm ebenso egal wie seine Ex-Frau und seine frischgebackene Ex-Freundin, aber ganz sicher nicht egal war ihm sein Sohn. Und er zweifelte keine Sekunde daran, dass Kay ihre Drohung wahrmachen und Laurent alles erzählen würde. Schließlich hatte er selbst erlebt, wie eiskalt sie ihren Ex im Scheidungsverfahren bis auf den letzten Penny geschröpft hatte.

Zwei Entwicklungen waren denkbar, sollte Kay ihn tatsächlich anschwärzen. Die eine: Laurent wusste bereits um die Vorliebe seines Vaters für *les garçons* und musste jetzt erfahren, dass dieser seinen Anwandlungen keineswegs abgeschworen hatte und ein ehrbares Leben in einer heterosexuellen Beziehung führte, sondern weiter seinem alten Laster frönte und deshalb sogar seine am Boden zerstörte Freundin abserviert hatte. Die Wahrscheinlichkeit, dass Laurent in jenem Fall nach Marrakesch kam: gering. Die zweite Variante: Laurent waren Sébastiens Neigungen bislang gar nicht bekannt, und er erfuhr jetzt aus heiterem Himmel, dass sein Vater ein hemmungsloser Pädophiler war. Die Wahrscheinlichkeit, dass er nach Marrakesch kam: null. Seufzend rutschte Sébastien von seinem Barhocker und suchte die Toilettenräume auf. Er ignorierte den freundlich lächelnden Toilettenmann, verriegelte die Kabinentür hinter sich und schnupfte eine Prise Kokain.

Am Waschbecken spritzte er sich anschließend kaltes Wasser ins Gesicht, trocknete sich ab und schaute in den Spiegel. *Sollte Kay es doch ruhig dem Jungen erzählen! Woher nahm sie überhaupt die Unverschämtheit, in die Fußstapfen eines der bekanntesten Innenarchitekten Marokkos treten zu wollen? Diese Frau wäre schon mit der Einrichtung der Toilettenräume in dem Hotel überfordert!*

Bei seiner Rückkehr an die Bar stellte er fest, dass einer der

Marokkaner seinen Platz in Beschlag genommen hatte. Der junge Mann sprach mit lauter, schriller Stimme und schien auch schon ein paar Whisky zu viel getrunken zu haben – und das noch dazu im Ramadan! Sébastien schob sich brüsk an ihm vorbei zum Tresen und knurrte dabei: »*Conard.*«

»*Nique ta mère*«, schoss der Beleidigte derb zurück.

Sébastien verpasste ihm eine harte Gerade. Dem Marokkaner gelang es noch, Sébastien am Kragen zu packen, und beide Männer stürzten zu Boden. Ein Faustschlag des Marokkaners traf, und Sébastien spürte einen scharfen Schmerz am Brustkorb. Hände griffen nach unten, trennten ihn von seinem Kontrahenten und rissen ihn wieder auf die Beine. Er schüttelte die Hände mit einer energischen Drehung ab, richtete sein Sakko und setzte sich, noch immer vor Wut schäumend, an einen Tisch in der hinteren Ecke der Bar.

Plötzlich hatte er die Lösung.

Bouchaïb humpelte zielstrebig in seinem Schaukelgang voneweg. Die Souvenirhändler am Bahia Palace, die gerade ihre Läden schlossen und die ausgehängten Teppiche reinholten, starrten dem Einbeinigen mit der Krücke, dem zwei gut gekleidete Marrakschis in die Mellah folgten, verwundert hinterher. Über eine Seitenstraße erreichten sie eine dunkle Gasse, in der es nach Abwässern stank und sich über ihren Köpfen die Stromkabel an den Häusern entlangzogen. Bouchaïb geriet an einem kaputten Pflasterstein kurz ins Straucheln und fluchte.

»Seit die Juden weg sind, geht dieses Viertel immer mehr vor die Hunde!«

Er blieb stehen und schlug mit dem Griff seiner Krücke an eine Tür. Karim sah zur Fassade hinauf. An den Fenstern blätterte die Farbe ab, und aus den Mauerrissen wuchsen Gräser. Wie viele Familien hier lebten, ließ sich unmöglich sagen. Bouchaïb hämmerte noch einmal an die Tür.

»*Chkoun?* Wer ist da?«

Eine Frau musterte ihn durch den vergitterten Schlitz in der Eingangstür. Nachdem Bouchaïb ein paar Worte gemurmelt hatte, öffnete sich die Tür, und eine blasse Frau in einem Kaftan ließ sie eintreten. Die drei Männer folgten ihr einen Flur entlang und vorbei an einer Küchentür, aus der ein paar kahl geschorene Kinderköpfe lugten. In einem bescheidenen *salon* warteten sie noch einen Moment, bis Hamza erschien. Beim Anblick von Bouchaïb verzog sein Mund sich zu einem breiten Lächeln. Die beiden Männer umarmten sich, und Bouchaïb stellte ihm Karim und Mounir vor.

»Sie kenne ich doch«, sagte Hamza zu Karim. »Sie haben mich neulich draußen vor dem Klub angesprochen.«

»Tut mir leid, dass Sie Ihren Job verloren haben.«

»Gott wird's schon richten«, sagte Hamza und hob schicksalsergeben die Handflächen auf Brusthöhe. »Haben Sie Ihre Freundin gefunden?«

»Nein«, antwortete Karim mit belegter Stimme. Es schnürte ihm noch immer die Kehle zu. »Wie Sie mir letzte Woche erzählten, hat sie den Club Afrique in Begleitung eines Ausländers verlassen.«

»Ja.«

Karim holte sein Handy aus der Tasche und zeigte ihm das Foto, das er von Sébastien auf dem Dach der Serafina gemacht hatte. »Ist es dieser Mann gewesen?«

Hamza studierte das Gesicht aufmerksam und sagte nur: »Nein.«

Karim ließ die Arme sinken. »Ganz sicher?«

»Das ist nicht der Mann.«

Bouchaïb wirkte noch enttäuschter als Karim. »Ach komm, Hamza, macht jetzt etwa schon dein Gedächtnis schlapp? Kein Wunder, dass die Stadtverwaltung dich lieber ersetzen will!«

»Der ist es nicht gewesen, ganz bestimmt nicht!«

»Aber du hast doch selbst gesagt, sie hätte den Klub mit einem Ausländer verlassen.«

»Sie ging ja auch mit einem Ausländer. Einem kleinen Mann in einem Anzug.«

»Ein kleiner Mann?«

»Nicht größer als ich.«

»Woher weißt du, dass es ein Ausländer war?«

»Ich habe gehört, wie er mit dem Mädchen geredet hat.«

»Französisch oder Englisch?«

»Weder noch«, erklärte Hamza. »Er sprach Arabisch. Arabisch aus dem Nahen Osten. Es klang, als wäre er aus den Golfstaaten.«

Die erste Prostituierte in Mohammed Al-Husseinis Leben war eine Marokkanerin gewesen. Sie hatte es ihm im Yachthafen von Dubai in seinem BMW oral besorgt. Damals war er achtzehn gewesen. Seit er nach Marrakesch kam, hatte Mohammed Polinnen und Lettinnen ausprobiert, auch Mädchen aus Ghana und von den Philippinen, aber Marokkanerinnen waren ihm am liebsten. Sie hatten eine besonders weiche Haut, weil sie so oft ins *hammam* gingen. Und sie verstanden sich darauf, einen Mann zufriedenzustellen.

Ohne Krawatte, den obersten Hemdknopf offen, betrat

Mohammed in seinem Anzug den Spielsaal des Casinos. Oben auf der Treppe blieb er kurz stehen und ließ den Blick durch den Raum wandern. Die beiden Marokkanerinnen, die er entdecken konnte – eine Kellnerin und eine Kassiererin –, waren zu klein und stämmig. Als Sébastien ihn wenig später begrüßte, deutete Mohammed mit dem Kinn zu einem der Blackjack-Tische.

»Die Croupière?«, fragte Sébastien.

Mohammed nickte kaum merklich, woraufhin Sébastien sein Sakko schloss und zum Blackjack-Tisch ging. Die attraktive junge Frau war groß gewachsen und trug ihre dunklen Haare als Bob. Sie neigte den Kopf leicht zur Seite, als er am Tisch Platz nahm.

»*Bonsoir, monsieur.*«

Außer ihm saß nur noch ein anderer Spieler am Tisch. Ein Tourist mit käsigem Teint und schütterem Haar.

Sébastien zündete eine Zigarette an und schaute der jungen Frau offen in die Augen.

»Aus Russland?«

»Ukraine.«

Sébastien spielte ein paar Runden, ohne große Beträge zu riskieren, bis der Tourist schließlich aufstand und sich verabschiedete. »*Comment tu t'appelles?*«, erkundigte er sich und legte ein paar Chips auf den Tisch.

»Nikita.«

Sébastien wechselte ins Englische. »Wie lange bist du schon in Marrakesch, Nikita?«

»Drei Monate.«

»Es gibt auch schnellere Wege, Geld zu verdienen«, erklärte er lächelnd.

»Schneller als Glücksspiel?«

»Schneller als in dieser Croupier-Uniform.«

Sébastien nahm bei sechzehn noch eine vierte Karte und überkaufte sich damit. Nikita steckte das Kartenblatt ins Mischgerät. »Ich nehme dreihundert Euro«, sagte sie leise, aber bestimmt.

Sébastiens Augen schnellten in Richtung Mohammed. »Er zahlt, was immer du verlangst.«

»Wer ist das?«

»Ein Geschäftsmann vom Golf.«

»Vierhundert Euro.«

Sébastien ging zu Mohammed, flüsterte ihm etwas ins Ohr und kehrte auf dessen Nicken hin zum Blackjack-Tisch zurück.

Die Ausbootung von Jamal Boussoufa würde warten müssen.

Khadija schlang die Arme um Karims Hals.

»O Karim, wir haben uns solche Sorgen um dich gemacht.«

Karim war ganz gerührt von dieser stürmischen Bekundung schwesterlicher Zuneigung.

»Gott sei Dank fühle ich mich schon viel besser.«

Lalla Fatima legte ihm die Hände auf die Wangen.

»Mein armer Junge, lass dich mal anschauen! Wie sehr du dich gequält hast, und das alles nur wegen dieses verdammten Nachtjobs.«

Sie begrüßte Mounir. »*Ahlan wa sahlan!* Wie schön, dich kennenzulernen. *Labas?* Alles in Ordnung? Auch deinen Eltern geht es gut, hoffe ich. Ich hatte zwar nie das Vergnügen, deinem Vater zu begegnen, aber Si Brahim hat häufig von ihm gesprochen!«

Während Lalla Fatima den Gast in den *salon* führte, blieb Ayesha mit Karim ein paar Schritte zurück.

»*Yak nta labas?*«, fragte sie besorgt. »Wirklich alles in Ordnung?«

»Ja«, sagte er und drückte ihre Hand.

»*Alhamdulillah.*«

»Es gibt so vieles, was ich dir erzählen muss.«

»Ich dir auch«, erwiderte Ayesha.

Auf dem Tisch standen Teller voller *chebakia* mit Sesam und Honig, wie sie Karim so liebte. Abderrezak und Mounir tauschten die üblichen Höflichkeitsfloskeln aus. Seinen *Bruder* Karim umarmte Zak anschließend mit aufrichtiger Erleichterung. Als Khadija Kaffee ausschenkte, berichtete Lalla Fatima, wie sie während des *ajaj* mit knapper Not das Schlimmste verhindern konnten.

»Die Mädchen waren auf dem Dach, und es gelang ihnen, eine Plane über den Innenhof zu spannen, aber die arme Khadija hat sich dabei die Hände zerschnitten.«

»Zeig mal«, sagte Karim und drehte Khadijas Handflächen nach oben. Die Wunden waren bereits fast verheilt.

»Halb so schlimm«, erklärte Khadija mit einem Lachen. »Aber du hättest mal unsere Gesichter sehen sollen. Knallrot vom Sand! Wir haben ganze Eimer von Mimas Hautcreme gebraucht.«

»Ach ja, vergesst nicht, neue zu besorgen«, warf Lalla Fatima ein und hob mahnend den Zeigefinger.

»Immerhin scheint ja alles gehalten zu haben«, sagte Karim und beugte sich zurück, um einen prüfenden Blick zum Dach hinauf zu werfen. An einigen Stellen hing die Plane unter dem Gewicht des Sandes tief durch.

»Sie war entsetzlich schwer zu befestigen!«, erzählte Ayesha.

»Eine der Verankerungen fehlte, eine andere riss ab. Hilfst du mir, sie nach dem Essen wieder abzuhängen? Dann kann ich dir auch zeigen, was repariert werden muss.«

»Natürlich.«

»Einen so gewaltigen Sandsturm habe ich noch nie erlebt«, mischte Mounir sich ins Gespräch. »Heute Morgen in den Nachrichten haben sie gesagt, die Windgeschwindigkeiten hätten achtzig Kilometer erreicht.«

»Ayesha wäre fast fortgeweht worden!«, meinte Khadija neckend.

»Du aber auch!«, erwiderte Ayesha verärgert. Sie erinnerte sich noch genau an die angstverzerrte Miene, mit der Khadija über das Dach gekrabbelt war.

»Unsinn, Ayesha«, ließ Khadija nicht locker. »Du bist doch leicht wie eine Feder. Ein Windstoß genügt, um dich davonzutragen. Und jetzt sieh dir an, wie ich hier die *chebakia* in mich hineinstopfe. Ein Kilo zugenommen habe ich seit dem Beginn des Ramadan.«

Trotz des unbeschwerten Geplänkels zwischen den beiden konnte Karim sich gut vorstellen, wie sehr die Mädchen sich abgemüht hatten. Er war froh, dass Zak nicht fragte, wo er denn während des Sturms gesteckt hatte.

»Probier mal die *chebakia*, Mounir«, sagte Lalla Fatima und hielt ihm die Platte hin. »Ayesha hat sie gemacht.«

Mounir steckte sich eine in den Mund. »Genauso gut wie die von meiner Mutter! Herzlichen Dank, Lalla Ayesha!«

Ayesha dankte mit einem Kopfnicken. »*Bessaha!* Lassen Sie es sich schmecken.«

»Ich wäre beim Sturm fast von einem Motorradfahrer angefahren worden«, erzählte Zak. »Er habe nichts sehen können wegen des Sandes, hat der Fahrer bloß gemeint.«

»Trug er denn keinen Helm?«, fragte Karim.

»Natürlich nicht«, antwortete Zak grinsend. »Kein Mensch trägt in Marrakesch einen Helm.«

»Sollten sie aber besser«, sagte Mounir. »Du übrigens auch, Karim. Inzwischen werden sofort fällige Geldstrafen verhängt – dreihundert Dirham.«

»Aber bestimmt nicht für Polizisten!«, kommentierte Zak spöttisch.

»Für Polizisten das Doppelte!«, sagte Mounir und lachte glucksend. »Marrakschis spinnen einfach. Sie tun alles, nur um keinen Helm kaufen zu müssen. Vor ein paar Tagen bin ich auf der Fahrt zum Supermarkt einem Motorradfahrer mit einem ganz merkwürdig aussehenden Helm begegnet. Er hatte eine ovale Form und grüne Streifen. Ich überholte, um einen besseren Blick darauf werfen zu können, und wisst ihr, was es gewesen ist?«

Alle schüttelten den Kopf.

»Eine ausgehöhlte Wassermelone!«

Schallendes Gelächter erfüllte den Raum.

»Das Gesetz schreibt nur das Tragen eines Helms vor. Woraus der bestehen muss, steht nicht darin.«

Erneut mussten alle lachen.

Karim ließ sich gegen die Rückenlehne des Diwans sinken. Bis auf einen Druckschmerz hinter den Augen war er wieder ganz der Alte. *Gott war ihm gnädig gewesen.* Er betrachtete Ayesha in ihrem seidenen Kaftan, wie sie mit leuchtenden Augen dem Gespräch am Tisch folgte. Ihm entgingen auch nicht die Seitenblicke, mit denen Mounir sie immer wieder bedachte. Karim wurde klar, dass es höchste Zeit war, Lalla Fatima in ihr Geheimnis einzuweihen. Wenn Khadija jetzt heiratete und das Haus verließ, würden Ayesha und er zwangsläufig noch mehr

Kontakt haben, und er fürchtete, was dies zur Folge haben könnte. Vielleicht erlaubte ihm seine Mutter ja, eine Versetzung nach Rabat oder Casablanca zu beantragen und wegzuziehen. Unbelastet von seiner ständigen Anwesenheit könnte Ayesha dann nach einem passenden Ehemann Ausschau halten. Der Zeitpunkt, an dem sich ihre Lebenswege trennten, war gekommen.

12

Mounirs eindringlichen Ermahnungen folgend ruhte Karim sich am Samstag noch aus. Nachdem er sich bei Khalifa krankgemeldet hatte, holte er Schlaf nach, besuchte den *hammam* und nahm in der Moschee an den Gebeten teil. Am Sonntag war er jedoch schon wieder damit beschäftigt, die letzten Stunden in Amina Talals Leben zu rekonstruieren. Die wichtigsten Anhaltspunkte waren für ihn die Aussage von Leila, der an Aminas Leiche gefundene Sand und vor allem Hamzas Beobachtung, dass Amina den Klub in Begleitung eines der Sprache nach aus dem Nahen Osten stammenden Mannes verlassen hatte. Sobald Lalla Fatima und Khadija am Morgen zur Schneiderin aufgebrochen waren, berichtete er Ayesha von seinen Mutmaßungen.

»Der französische Architekt arbeitet für einen Investor namens Mohammed Al-Husseini, und der kommt aus Katar.«

Ayesha stieß mit dem Wischmopp gegen seine Füße. »Mach mal Platz!«

»Womöglich war Mohammed Al-Husseini in dieser Nacht auch in dem Klub.«

Ayesha rückte das Sofa zur Seite und wischte die Fliesen darunter. Anschließend tauchte sie den Mopp in den Eimer und drückte ihn in der Presse aus.

»Den Fluch, den der Bettler gehört hat – wie war der noch?«, fragte sie.

»*Allah inaal l-hmaar lee weldek!*«, antwortete Karim. »Gott verfluche den Maulesel, der dich zur Welt gebracht hat.«

»Eindeutig von hier.«

»Stimmt. Sollte der Katarer der Mörder sein, hat ein Marrakschi für ihn die Leiche entsorgt.«

Ayesha schob das Sofa zurück an seinen Platz und wischte unter dem Vogelkäfig. »Du musst herausfinden, ob der Katarer sich am 31. Juli in Marrakesch aufgehalten hat.«

»Ich könnte am Flughafen anrufen und darum bitten, dass sie in den Einreiselisten nachsehen.«

»Warum fragst du nicht einfach deinen Taxifahrer? Bestimmt hat sich der Mann doch vor dem Klub ein Taxi genommen.«

Karim lachte nur. »Ein Geschäftsmann vom Golf nimmt doch kein Allerweltstaxi«, erklärte er ihr. »Der hat seinen eigenen Chauffeur. Diese Leute sind alle Millionäre!«

»Wie du meinst«, sagte Ayesha mit einem für sie typischen Achselzucken.

Plötzlich fiel Karim ein, dass er das wichtigste Detail noch gar nicht erwähnt hatte. »Auf Aminas Leiche wurde Sand gefunden.«

»Wüstensand?«

»Nein.«

»Baustellensand?«

Karim war verblüfft über die Selbstverständlichkeit, mit der Ayesha sofort die Verbindung herstellte, für die er Tage gebraucht hatte. Nicht zum ersten Mal hatte er das Gefühl, dass sie in seinem Job besser wäre als er. »Er ähnelt einer Probe von der Baustelle in der Palmeraie, wo der Katarer und der Franzose gerade ein Hotel bauen. Leider fehlt mir der Nachweis, dass er definitiv identisch ist, weil ich mich nicht an die Forensiker wenden kann, ohne Verdacht zu erregen.«

Ayesha schüttete das schmutzige Wasser in den Abfluss, füllte den Eimer erneut und begann, die Treppe zu putzen. »Dann musst du warten, bis Mounir mit der Autopsie fertig ist.«

Karim schaute sie aufmerksam an. »Gefällt dir Mounir?«

»Scheint ganz nett zu sein«, antwortete Ayesha und zuckte erneut mit den Achseln.

»Ich habe mir überlegt, ob wir ihn zu Aid es-Seghir einladen sollen.«

»Wie du möchtest.«

Ayesha stieg mitsamt dem Eimer zwei Stufen höher. Als Karim ihr folgen wollte, zeigte sie nur auf seine Schuhe. Karim zog sie aus, schob sich barfuß an ihr vorbei und hockte sich ganz oben auf eine trockene Stufe.

»Ayesha ... wir müssen es Lalla Fatima erzählen.«

»Du bist schon wieder im Weg«, sagte Ayesha nur und stieß mit ihrem Wischmopp gegen seine Füße.

»Hast du mich gehört? Wir müssen es ihr erzählen.«

»Was erzählen?«

»Du weißt, was ich meine.«

»Du wolltest doch, dass niemand unser Geheimnis jemals erfahren soll.«

»Lalla Fatima aber schon.«

»Warum? Wir haben nichts Verbotenes getan.«

»Unsere Gefühle füreinander sind nicht die zwischen Geschwistern, Ayesha.«

Sie legte beide Hände auf den Stiel ihres Mopps und sah ihm offen in die Augen. »Dann heirate mich.«

»Du weißt, dass ich dich nicht heiraten kann. Das wäre dasselbe, als würde ich Khadija heiraten!«

»Also warum überhaupt deine Mutter damit beunruhigen?«

»*Unsere* Mutter«, verbesserte Karim.

»Warum sie damit behelligen? Was würde das nützen? Der

armen Frau geht's sowieso schon schlecht. Die Sache mit Amina hat sie erschüttert, um dich macht sie sich Sorgen, um die Hochzeit ...«

»Meinst du etwa, ich wüsste das nicht«, fiel Karim ihr erregt ins Wort. »Meinst du, ich wäre nicht auch besorgt um sie? Aber es ist nun einmal so, dass Khadija demnächst heiratet und sich die Situation in diesem Haushalt dadurch grundlegend ändert. Du und ich, wir können unmöglich unter demselben Dach leben. Einer von uns muss ausziehen, und das sollte ich sein. Natürlich wird Mima den genauen Grund wissen wollen, und deshalb muss ich es ihr erzählen.«

»Du musst ihr doch nichts von unseren Gefühlen füreinander erzählen. Sag ihr einfach, du bräuchtest etwas Eigenes.«

»Das würde sie mir niemals glauben.«

»Sag ihr, du müsstest näher am Kommissariat wohnen.«

»Ayesha, ich möchte es mir von der Seele reden. Ich möchte, dass sie mir vergibt.«

»Vergebung zu gewähren steht allein Allah zu.«

»Seine Barmherzigkeit habe ich doch schon tausende Male erfleht!« Tränen traten in Karims Augen. »Was ich brauche, ist Lalla Fatimas Vergebung. Und wenn sie mir, wenn sie uns vergeben kann ... dann vielleicht ... eines Tages, so Gott will ...«

Er brachte den Satz nicht zu Ende.

»Und Freitagabend lief alles gut?«, erkundigte sich Sébastien, als er in der Suite seines Chefs im Méridien Platz genommen hatte.

»Ja«, antwortete Mohammed, der mit seiner Kaffeetasse am Fenster stand.

»Hat die Ukrainerin Ihren Erwartungen entsprochen?«

»Ja!«, schnaubte Mohammed genervt. »Was soll die Fragerei? Wollen Sie jetzt Provision?«

»Latifa hat mir eben durchgegeben, dass sie Ihnen einen Platz in der Dienstagsmaschine gebucht hat.«

Mohammed knurrte nur.

»Montagnachmittag bekommen wir Nachschub an Sand und Kies. Vor Ihrem Abflug können wir gerne noch einen gemeinsamen Kontrollgang machen.«

Noch ein Knurren.

»Kann ich mit Ihnen kurz über Jamal sprechen?«

»Was ist mit Jamal?«, fragte Mohammed gereizt zurück.

»Wir müssen ihn womöglich austauschen.«

Mohammed wirbelte herum. »Sind Sie verrückt?«

»Er hat Dinge gesagt, die ... nun ja ... zu einer gewissen Besorgnis Anlass geben.«

»Warum sollte es mich kümmern, was Jamal redet?«

»Ich denke, er ist nicht länger der geeignete Mann für diesen Job.«

Mohammed trat dicht vor den Platz, an dem Sébastien saß. »Vor sechs Monaten haben Sie noch darum gebettelt, dass ich Jamal anstelle. Jetzt auf einmal wollen Sie, dass ich ihn rausschmeiße, bloß weil er was ... Ihre Kuppelkonstruktion nicht mag? Oder diese bescheuerte Line of Water, um die Sie so viel Geschiss machen? Nun hören Sie mir mal zu, Monsieur Klugscheißer: Uns bleiben noch zwölf Wochen bis zur feierlichen Eröffnung. Da werde ich ganz sicher nicht Jamal feuern. Eher schmeiße ich Sie raus. Haben wir uns verstanden!«

»Er hat die Nespresso-Maschine bemerkt ...«

Mohammed wurde bleich.

»… letzte Woche. Als wir zusammen bei Ihnen gewesen sind.«

»Und?«, fragte Mohammed und senkte die Tasse zitternd auf die Untertasse.

»Er meinte, dass er Sie schon lange im Verdacht habe, tagsüber Kaffee zu trinken.«

»Was? Schnüffelt der Wichser mir jetzt schon hinterher wie ein mieser Spitzel?«

»Verstehen Sie mich richtig, es geht mich ja weiter nichts an, aber er meinte …«

»Was meinte er?«

Sébastien zögerte einen Moment. »Er meinte, Muslime wie Sie seien die schlimmsten von allen. Nach außen hin so tun, als würden sie den Ramadan befolgen, aber das Fasten brechen, sobald niemand zuschaut.«

»Verfluchter Hurensohn!«

»Er fand es blanken Hohn, dass ausgerechnet der Sohn des Ministers für Islamische Angelegenheiten gegen den Ramadan verstößt. Ich versicherte ihm, dass er sich irre und Sie in meiner Gegenwart immer erst nach Einbruch der Dunkelheit getrunken hätten, aber auf dem Weg zum Flughafen sagte er, dass Ihr Atem eindeutig nach Kaffee gerochen habe.«

Mohammed ballte die Hand zur Faust. Er wollte etwas sagen, blieb dann jedoch stumm.

»Ich dachte nur, Sie sollten das wissen.«

Mohammed schlenderte gemächlich zum Fenster zurück. »Welche vertragliche Bindung haben wir mit Jamal?«

»Es gibt keinen Vertrag mit Jamal.« Sébastien musste innerlich grinsen. Wie oft hatten Jamal und er gemeinsam darüber lamentiert, dass ihr Boss sich weigerte, irgendeine schriftliche Übereinkunft mit ihnen zu schließen!

»Wüssten Sie jemanden, der ihn ersetzen könnte?«

Sébastien nahm all seine Kraft zusammen. »Kay McKenzie.«

»*Ihre Freundin?*«, brüllte Mohammed und funkelte ihn erbost an.

»Kay McKenzie und ich sind nicht mehr zusammen. Wir haben uns kürzlich getrennt und reden derzeit nicht einmal mehr miteinander. Aber sie ist eine äußerst fähige Innendesignerin, wie Sie ja selbst bei der Party in ihrem Riad sehen konnten. Sie kennt das Serafina-Projekt gut und versteht, was wir hier verwirklichen wollen.«

Mohammed sagte lange Zeit kein einziges Wort, und Sébastien befürchtete bereits, seine Strategie wäre fehlgeschlagen, dann aber fragte er: »Ist sie verfügbar?«

»Ich weiß, dass ihr aktueller Auftrag gerade kurzfristig verschoben werden musste. Ich habe sie zwar nicht danach gefragt, aber vermutlich könnte sie sofort loslegen.«

»Latifa soll sie mal anrufen. Und jetzt gehen Sie mir aus den Augen.«

Eine Bitte, der Sébastien nur allzu gerne nachkam.

Nach Einbruch der Dunkelheit herrschte auf dem Bab Taghzout reges Treiben. Karim stieg der Duft des über Holzkohle gegrillten Fleischs in die Nase, während er bei den Händlern von Haushaltswaren und Secondhandkleidung wartete. Ein paar Minuten später hörte er das Plärren von Bollywood-Musik, und Taxi 1547 bog um die Ecke.

»Wie geht's, mein Freund?«, begrüßte ihn Rachid freundlich und wischte rasch die Pistazienschalen von seinem Schoß. »Sie waren ja nicht besonders gut drauf, als wir uns kurz vor Eintreffen des *ajaj* das letzte Mal gesehen haben. Was für ein Albtraum, nicht? Ein richtiger Hurrikan!«

»Ja, ich hatte Fieber und musste ein paar Tage zu Hause bleiben«, erklärte Karim. Irgendwas war anders im Taxi. »Sie haben sich einen Wunderbaum gekauft!«

Rachid warf einen Blick zu der Silhouette eines Tannenbaums, der vom Rückspiegel baumelte. »Mein Schwager hat drauf bestanden, dass ich den besorge. Er möchte wohl, dass es im Wagen wie im Nationalpark Ifrane duftet. Wenn ich nicht mit seiner Schwester verheiratet wäre, hätte ich ihm gesagt, dass er mich mal kreuzweise kann!«

»Erinnern Sie sich noch an diesen afrikanischen Klub, Rachid?«

»Der mit den Prostituierten?«

»Ja. Warten vor dem gewöhnlich auch Taxis?«

Rachid knackte eine Pistazie mit den Zähnen und spuckte die Schalen aus. »Überall, wo Klubs sind, sind Taxis. Aber wie ich Ihnen bereits gesagt habe, die Parksituation dort ist echt ein Witz.«

Karim sammelte kurz seine Gedanken. »Rachid ... haben Sie von dem Mädchen gehört, dessen Leiche an der Sidi bel Abbès gefunden wurde?«

»Natürlich! Ganz Marrakesch hat über den Fall gesprochen. Moment mal ... ich dachte, Sie untersuchen Produktfälschungen?«

»Stimmt auch. Ein Kollege von mir ermittelt in Sachen Talal.«

»Den hab ich neulich im Radio gehört. Seinen Erklärungen zufolge hat die Polizei den Vater des Mädchens verhaftet. Möge er in der Hölle schmoren!«

»Der Vater wird bislang nur verdächtigt. Noch hat kein Richter die Anschuldigungen überprüft, und wir wissen auch nicht, ob er wirklich der Täter ist. Im Augenblick sind wir – ich meine, vor allem mein Kollege – noch damit beschäftigt, die Ereignisse

der Nacht, in der Amina Talal verschwand, zu rekonstruieren.«
Karim erzählte Rachid davon, dass ein offenbar vom Golf stammender Geschäftsmann am Abend vor dem Klub gesehen worden war.

Rachid kicherte begeistert. »Haha! Jetzt wird ein richtiger Krimi daraus! Ein Geschäftsmann vom Golf, sagen Sie? Klingt überaus glaubhaft, wenn Sie mich fragen. Marrakesch ist voll von Arabern aus den Golfstaaten. Die kommen alle bloß aus einem einzigen Grund her … nein, aus zwei Gründen: Roulette spielen und Nutten ficken.« Er wischte sich die letzten Pistazienschalen von den Beinen. »*Aywa*, und nun wollen Sie bestimmt, dass ich herausfinde, ob dieser Freier aus dem Nahen Osten und Amina vor dem Klub in ein Taxi gestiegen sind?«

»Ja«, sagte Karim, der beim Wort *Freier* kurz zusammengeschreckt war.

»Ich werde mal meinen Schwager fragen. Der hat am 31. Juli die Nachtschicht geschoben. Außerdem kennt er sowieso viel mehr Fahrer als ich. Aber erwarten Sie sich lieber nicht zu viel davon. Ich meine, Sie kennen ja die Taxifahrer in dieser Stadt – in irgendeine windige Sache sind die alle verwickelt. Wenn dann jemand anfängt, Fragen zu stellen, erinnern sie sich plötzlich höchstens an ihren Namen und ihre Taxinummer!«

»Nicht die Polizeiermittlungen erwähnen!«, beschwor ihn Karim rasch. »Behaupten Sie einfach, der Geschäftsmann habe in einem Taxi vor dem Club Afrique sein Handy verloren.«

»*Wakha*. Aber wie gesagt: Die Taxifahrer in dieser Stadt sind ein misstrauischer Haufen.«

Rachid bog in den unbefestigten Weg zur Serafina und rollte gemächlich an den Tamarisken vorbei. Als sie vor der Hütte hielten, bemerkte Karim, dass kein Licht durch den Türspalt schimmerte.

»Wo ist Fouad?«

»Ach ja, hab ich ganz vergessen, Ihnen zu sagen. Den hat Khalifa gefeuert.«

»Warum?«, fragte Karim ungläubig.

»Fouad wollte während des Sandsturms nicht arbeiten.«

»Habe ich doch auch nicht!«

»Sie sind eben Polizist. Fouad ist ein Niemand.«

»Ich dachte, er wäre der Neffe von Khalifa?«

»Da muss ich was falsch verstanden haben«, antwortete Rachid. »Er kannte Khalifa bloß irgendwoher. Um ehrlich zu sein, glaube ich, dass Khalifa nur auf einen Vorwand gewartet hat, ihn rauszuwerfen.«

»Wie kommen Sie darauf?«

»Auf dieser Baustelle wird kein Wachmann alt«, sagte Rachid und lachte dabei kurz auf. »Fouad hat das zwölf Monate gemacht und damit länger als jeder andere, den ich hier erlebt habe.«

»Hat er schon einen neuen Job?«

»*Ma ereftch*«, antwortete Rachid und hob die Hände. »Woher soll ich das wissen? Ich habe ihn seit Donnerstag nicht mehr gesehen.«

Der Taxifahrer verschwand, und Karim blickte über das Grundstück der Sherazade hinweg. Im Pacha war alles still. Die Fassade des Gebäudes leuchtete hell im Schein des Vollmonds. Jenseits der Zypressen iahte lautstark ein Esel.

Karim ging zur Hütte, deren Tür beim Öffnen ein kratzendes Geräusch verursachte. Auf dem Boden zeichnete sich ein schmaler Streifen Sand ab, der offenbar unter der Tür hindurchgeweht worden war. Karim setzte sich auf die Matratze, entzündete die Lampe und schaute sich um. Es war ein merkwürdiges Gefühl, nach drei Tagen in die Hütte zurückzukommen. Und nun ihr einziger Bewohner zu sein, machte die Sache nur noch merkwürdiger. Dass Fouad seinen Job verloren hatte, tat ihm irgendwie leid, auch wenn ihn mit dem Mann nicht viel verband. Vielleicht würde Khalifa ihn ja wieder einstellen, wenn Karim demnächst kündigte.

Das Radio stand noch genau dort, wo er es neben dem Bett zurückgelassen hatte. Karim nahm Lalla Fatimas Schlaftabletten aus seinem Rucksack. Er hatte zwar noch immer starke Zweifel, was deren Wirksamkeit betraf, doch er wollte auf keinen Fall eine weitere schlaflose Nacht riskieren. Eine Tablette oder zwei? Er sah auf der Rückseite nach. Hier wurde *un comprime* empfohlen. Sollte es nicht *comprimé* geschrieben sein? War das überhaupt ein Originalmedikament? Der Gedanke ließ Karim nicht mehr los: Gab es etwa auch einen Markt für gefälschte Arzneimittel, ähnlich wie den für gefälschte Markenkleidung? Er würde das morgen sofort überprüfen, nahm er sich vor. Er hätte sich schon längst wieder bei Badnaoui melden sollen. Mit ein wenig Glück würde sich ihm mit gefälschten Medikamenten ein neuer, lohnenderer Ermittlungsansatz bieten.

Er ging zur Standpumpe, wusch sich und sprach seine Gebete. Anschließend fühlte er sich müde. Vielleicht wirkten die Tabletten ja doch. Langsam döste er zu den leisen Korangesängen aus dem Radio ein.

13

Meine Medina
Ich habe normalerweise nicht viel übrig für große Bauentwickler und Investoren. Kaum eine Woche vergeht, in der nicht irgendein hübsches altes Gebäude in der Stadt plattgemacht wird, um einem gesichtslosen Wohnblock zu weichen. Aber bisweilen begegnet man tatsächlich auch guten Bauentwicklern – Firmen, die auf umweltgerechte, nachhaltige Weise architektonisch hochwertige Gebäude erstellen. Ein solches Unternehmen ist die AHG (Al-Husseini Group) aus Katar, die gerade in der Palmeraie ein wunderschönes, vom Mogulstil inspiriertes Hotel baut. Und nun haben sie mich gebeten, die Inneneinrichtung zu übernehmen!

Werte Leser dieses Blogs, seien Sie versichert: Ich hätte diesem Auftrag niemals zugestimmt, wäre ich nicht fest davon überzeugt, dass dieses Projekt all den Grundsätzen gerecht wird, denen ich bereits mit dem Dar Zuleika so konsequent zu folgen bemüht war. Natürlich wird es auch nicht den geringsten Einfluss auf die Abläufe hier im Riad haben, wo alle das Leben so gelassen und entspannt genießen werden wie eh und je.

Kleine Wetterbeobachtung: Als ich gestern das Dach vom Sand befreite, wurde ich Zeugin eines interessantes Phänomens. Durch den Dunst aus winzigen Staubpartikeln, die der heftige

Sandsturm neulich in die Atmosphäre gewirbelt hat, wurde der Abendhimmel in tiefes Blutrot getaucht.

»Ich denke, jetzt ist es mit der Hitze erst einmal vorbei«, erklärte Bouchaïb auf seine Krücke gelehnt. Er klang fast enttäuscht.

Karim dankte ihm für die Unterstützung am Freitagabend.

»War mir doch ein Vergnügen, Herr Karim. Der alte Hamza ist ein gerissenes Schlitzohr, aber auch ein guter Kerl. Die hundert Dirham, die Sie ihm gegeben haben, werden ihm helfen, seine Familie durchzubringen.«

Als Karim ins Büro kam, machte Noureddine sofort eine Bemerkung über sein gutes Aussehen.

»Ich habe in den letzten Nächten besser geschlafen«, gestand Karim. »Außerdem habe ich aufgehört zu rauchen und meine Flüssigkeitsaufnahme gesteigert, wie du es mir empfohlen hast.«

Dass er fast an Nierenversagen gestorben wäre, ließ er unerwähnt.

An seinem Computer tippte Karim *Medikamentenfälschung* in die Suchmaschine und begann seine Recherche. Kurz vor elf ging er nach unten und klopfte an Captain Badnaouis Tür.

»Belkacem. Setzen Sie sich. Haben Sie einen Chinesen für mich?«

»Nein, Sir. Womit ich sagen will: noch nicht.«

Badnaouis Miene verfinsterte sich.

»Sie haben mich beim letzten Mal gefragt, worin das Hauptproblem besteht, und inzwischen kann ich Ihnen versichern, dass es keineswegs Uhren, Sonnenbrillen oder Lederwaren sind.«

»Sondern?«

»Pillen.«

»Sie meinen Amphetamine und so ein Zeug? Das ist Angelegenheit der Drogenjungs.«

»Ich spreche von normalen Arzneimitteln. Jedes dritte im Maghreb verkaufte Medikament ist eine Fälschung.«

»Was ist schon dabei, wenn ein paar alte Männer ihn nicht hochkriegen, weil sie gefälschtes Viagra geschluckt haben?«

»Über Viagra rede ich hier überhaupt nicht. Ich meine in China illegal hergestellte Arzneimittel gegen Krebs oder Herzkrankheiten, die containerweise in unser Land geschmuggelt werden.«

»Na und? Dann kommen die Leute eben billiger an ihre Medikamente. Worin liegt das Problem?« Trotz seines abweisenden Tons konnte Karim spüren, dass Badnaouis Interesse geweckt war.

»Diese Medikamente entsprechen nicht den Originalen. Manche enthalten kaum oder gar keine Wirkstoffe. Mütter geben ihren Kindern nutzlose Antibiotika. Patienten mit ernsthaften Erkrankungen sterben, weil das Arzneimittel, auf das sie angewiesen sind, nur aus Glukose besteht – oder auch aus Rattengift. Eigentlich lebensrettende Medikamente sind auf einmal tödlich.«

»Wo werden diese Pillen produziert?«

»Indien und China, soweit wir das bislang beurteilen können. Vor allem China.«

»Wissen wir, wer daran beteiligt ist?«

»Nein. Aber mit Kleinkriminalität haben wir es hier nicht zu tun. Einige dieser Fabriken sind im Besitz von Drogenkartellen.«

Badnaoui legte die Fingerspitzen aufeinander. »Also gut, wir haben da ein Problem, das uns im Maghreb angeht. Diese Untersuchung wird jedoch von den Europäern finanziert. Was haben wir denen zu bieten?«

»Die Medikamente, die für Fälscher am lukrativsten sind, werden im Original von internationalen Pharmaunternehmen wie Bayer und Hoffmann-La Roche hergestellt, und deren Zentralen wiederum liegen in ...«

»Ja, schon gut ... Europa«, unterbrach Badnaoui ihn ungeduldig. »Haben die Europäer auch ein Problem mit eingeschmuggelten Medikamentenfälschungen?«

»Nein. Zumindest noch nicht. Aber ihnen entgehen täglich allein auf dem nordafrikanischen Markt viele Millionen Euro Umsatz, und wenn es uns gelingt, ihnen den wieder zu sichern, werden die Europäer davon sicherlich begeisterter sein als von der Verhaftung einiger Straßenhändler, die gefälschte Sonnenbrillen verkaufen. Und zugleich retten wir womöglich zahlreichen unserer eigenen Bürger das Leben.«

Badnaoui dachte eine Weile darüber nach. Er blätterte in der Rollkartei auf seinem Schreibtisch und notierte ein paar Telefonnummern. »Sie werden mit der Gendarmerie zusammenarbeiten müssen. Dieser Mann kennt die richtigen Ansprechpartner. Die andere Nummer ist die von OMPIC, einer staatlichen Stelle, die für den Schutz geistigen Eigentums zuständig ist. Außerdem sollten Sie sich mal mit dem Zentralverband der Apotheker unterhalten.«

»Jawohl, Sir«, sagte Karim und salutierte.

»Ich erwarte Ihre konkreten Vorschläge innerhalb der nächsten achtundvierzig Stunden.«

Karim salutierte erneut und wandte sich zum Gehen.

»Belkacem?«

Karim drehte sich um. »Ja, Sir?«

»Gute Arbeit.«

Sébastien verfolgte vom Eingang, wie Kay und Mohammed auf der anderen Seite des Atriums miteinander sprachen. Die Dinge veränderten sich derzeit in geradezu schwindelerregendem Tempo. Am Sonntagvormittag hatte Mohammed mit Kay telefoniert. Sonntagabend war Jamal bereits gefeuert und Kay zu seiner Nachfolgerin berufen. Und dem amüsierten Lachen nach zu urteilen, das bis zu ihm hallte, war es Kay rasch gelungen, sich in Mohammed Al-Husseinis Gunst zu schmeicheln.

Sofort nach seiner Entlassung hatte Jamal eine wutentbrannte Nachricht auf Sébastiens Mailbox hinterlassen, der er später, so gegen Mitternacht, noch eine zweite folgen ließ – diesmal voller Schuldzuweisungen und tief verletzter Gefühle. Sébastien nahm allen Mut zusammen und wählte Jamals Nummer. Bevor Jamal auch nur ein Wort sagen konnte, hob Sébastien zu einer erbosten Schimpftirade über Mohammed an.

»Er führt sich hier auf wie so ein Diktator aus dem Nahen Osten! Inzwischen hat er die Hälfte aller Ingenieure und Sachverständigen gefeuert. Er hat sogar damit gedroht, den ganzen Bau wieder einzureißen und von vorne anzufangen. Sobald der Rohbau steht, schmeißt er mich auch raus, darauf kannst du Gift nehmen!«

Jamal knurrte abfällig und meinte nur: »Und das soll ich dir glauben?«

»Ich hatte nichts mit deiner Entlassung zu tun! Als Mohammed mir den Job im März anbot, war doch meine ausdrückliche Bedingung, dass er dich für den Innenausbau anstellen muss – *tu ne t'en souviens pas?* Warum sollte ich dich ausgerechnet jetzt, wo es ernst wird, auf einmal loswerden wollen?«

»Vielleicht wegen deiner Freundin?«, erwiderte Jamal voller Verachtung. »Wie sonst würde sie ins Bild passen?«

»Kay ist nun wirklich der letzte Mensch auf diesem Planeten, dem ich das Innendesign anvertrauen würde, das kannst du mir glauben. Mohammed hat auf meiner Geburtstagsparty irgendwie einen Narren an ihr gefressen. Er hat sich eingeredet, dass ihr die Einrichtung der Serafina bestimmt gelingt, bloß weil sie es bei ihrem Riad geschafft hat. Du weißt, wie sehr mir dieses Projekt am Herzen liegt. Warum sonst verbringe ich tagtäglich sechzehn Stunden auf dieser verfluchten *chantier*? Würde ich wirklich ein Fiasko mit der Serafina riskieren, indem ich meine eigene Freundin anstelle – eine Frau, die über keinerlei Erfahrung in Vorhaben dieser Größenordnung verfügt?«

Sébastien legte auf, auch wenn er nicht sicher war, ob Jamal ihm glaubte. Seine Trennung von Kay hatte er lieber verschwiegen, da er fürchtete, dass Jamal ansonsten rasch der wahre Grund klar geworden wäre – nämlich dass Kay ihn erpresst hatte. Sébastien ließ den Blick durch das Atrium wandern. Kay und Mohammed waren verschwunden. Ihn beschlich das unbehagliche Gefühl, dass das Machtgefüge sich zu seinen Ungunsten verändert hatte.

Den restlichen Vormittag widmete Karim allein seinen Ermittlungen zu Arzneifälschungen. Er rief den Kontakt zur Gendarmerie an, den Badnaoui ihm gegeben hatte, und besprach mit dem Beamten, einem Mann namens Elias Alami, mögliche Formen der Zusammenarbeit. Mit einem halben Dutzend Apotheker vereinbarte Karim Treffen, und dann erstellte er noch eine Liste von Internetseiten, auf denen verschreibungspflichtige Medikamente angeboten wurden. Selbst Nour zeigte sich beeindruckt.

»Das könnte sich zu einer bedeutenden Sache entwickeln,

Karim. Bleib dran. Zur Unterstützung werde ich dir Abdou zuteilen, sobald er aus dem Urlaub zurück ist.«

Doch als Noureddine mittags das Büro zum Beten verließ, legte Karim rasch seine Unterlagen beiseite, rief am Flughafen an und bat darum, die Passagierlisten nach einem katarischen Staatsbürger namens Mohammed Al-Husseini zu überprüfen. Zwanzig Minuten später erhielt er die Antwort: Mohammed Al-Husseini war am 30. Juli in Marrakesch eingetroffen und drei Tage später wieder abgereist. Am 5. August war er erneut in Marrakesch gelandet und hatte am 11. August die offizielle Ausreise bereits durchlaufen, musste dann jedoch wieder einreisen, weil das Flugzeug wegen des Sturms nicht mehr starten konnte. Mit anderen Worten: Er hielt sich noch immer in Marrakesch auf. Die Information versetzte Karim in solche Aufregung, dass er Noureddines Rückkehr überhaupt nicht bemerkt hatte.

»Mit wem hast du denn da gesprochen?«, fragte Noureddine, während er den Stapel Akten, den er mitgebracht hatte, auf seinen Schreibtisch fallen ließ.

»Äh ... dem Flughafen«, antwortete Karim und legte den Hörer auf.

»Warum? Fliegst du irgendwohin?«

Da ihm keine bessere Ausrede einfiel, murmelte Karim nur etwas von Flughäfen und Diplomatengepäck. Noureddine setzte sich an seinen Platz und begann, seine Akten zu studieren. Wieder den eigenen Grübeleien überlassen, entfernte Karim den Karton vom Fenster und starrte hinaus auf die Straße. Nach fünf Minuten wirbelte er in seinem Stuhl herum.

»Bist du nicht auch der Meinung, dass es Unrecht ist, einen Mann zu verhaften für ein Verbrechen, das er gar nicht begangen hat?«

Noureddine musterte ihn argwöhnisch, antwortete aber nicht.
»Amina Talal …«
»Beim Barte des Propheten! Du zwingst mich noch …«
Karim hob rasch die Hand. »Bitte, Noureddine, *a sidi*! Du bist mir stets ein Freund und Mentor gewesen, und dafür bin ich dir auch sehr dankbar. Ehrlich! Möge Gott es dir vergelten. Aber ich flehe dich an: Hör mich noch ein letztes Mal an! Vor vierzehn Tagen wurde Amina Talal getötet, und ich war, wie du weißt, als erster Polizist am Tatort. Amina Talal war mit mir verlobt – zumindest eine Zeit lang. Ihr Vater, der jetzt hinter Gittern sitzt, weil man ihn verdächtigt, seine Tochter umgebracht zu haben, war ein guter Freund meines Vaters. All das gibt mir das Recht zu sprechen. Heute wird wohl die Autopsie durchgeführt, *inschallah*. Verdächtig lange hat man die vor sich hergeschoben, aber das soll uns jetzt nicht kümmern. Die Autopsie wird bestätigen, dass an Amina Talals Kleidung Sand haftet. Und ich weiß, woher dieser Sand stammt.«

Noureddine öffnete schon den Mund, aber Karim hob noch einmal die Hand. »Der letzte Zeuge, der Amina Talal lebend gesehen hat, ist ein Parkwächter namens Hamza Tantaoui. Seiner Aussage zufolge verließ Amina Talal den Club Afrique etwa um ein Uhr morgens in Begleitung eines eher klein gewachsenen Geschäftsmanns, der seinem Arabisch nach aus den Golfstaaten stammte. Ich habe Anlass zu der Vermutung, dass es sich bei diesem Mann um Mohammed Al-Husseini handelte, einen einunddreißigjährigen katarischen Staatsbürger, der als Investor und Bauentwickler tätig ist. Zu seinen aktuellen Projekten gehört auch der Hotelbau in der Palmeraie, dem wir beide vor Kurzem nach dem Tod des Sicherheitsmanns einen Besuch abgestattet haben. Auf der Baustelle habe ich Sand gefunden, der dem auf der Kleidung des Opfers entspricht. Die

Verbindung zwischen Al-Husseini und dem toten Mädchen ist eindeutig.«

Noureddine nahm schweigend die Brille ab, rieb sich die Augen und setzte sie wieder auf.

»Also?«, bohrte Karim nach.

»Du hältst uns alle für inkompetent, hab ich recht?«

Mit dieser Reaktion hatte Karim nicht gerechnet.

»Offenbar bist du fest davon überzeugt, dass Aziz seinen Job nicht richtig erledigt hat«, fuhr Noureddine fort. »Dass er wegen Ramadan bloß den ganzen Tag faul herumhockt.«

Karim spürte, wie an seiner Schläfe der Puls pochte. »Ich ersuche um Erlaubnis, Mohammed Al-Husseini befragen zu dürfen. Notfalls bin ich auch gerne bereit, dies in Gegenwart von Aziz zu tun.«

»Ich werde dir weder erlauben, Mohammed Al-Husseini zu vernehmen, noch sonst jemanden. Sei lieber froh, dass keiner außerhalb dieser vier Wände etwas von diesem Gespräch erfahren wird.«

»Es gibt nicht den geringsten Beweis dafür, dass Omar Talal seine Tochter umgebracht hat!«

»Es gibt auch nicht den geringsten Beweis dafür, dass Mohammed Al-Husseini der Täter gewesen ist. Selbst wenn er den Klub gemeinsam mit Amina Talal verlassen hat, genügt das nicht für eine Festnahme.«

»Warum?«, erwiderte Karim scharf. »Weil er ein bedeutender Investor ist? Weil sein Geld für Marrakesch so wichtig ist, dass wir die Augen verschließen müssen vor dem, was er hier so treibt? Selbst wenn dazu die Vergewaltigung und Ermordung eines marokkanischen Mädchens gehört?«

»Mohammed Al-Husseini hat Amina Talal vergewaltigt? Davon bist du wirklich überzeugt?«

Vorsichtig wählte Karim seine Worte. »Ich glaube, dass Mohammed Al-Husseini in diesen Klub ging, dort Amina Talal ansprach und sie mitnahm zu der Serafina, wo es abgesehen von einem Wachmann menschenleer war. Ich glaube, dass er sie vergewaltigte und umbrachte und anschließend den Wachmann dazu brachte, ihre Leiche fortzuschaffen.«

»Du meinst also, ein millionenschwerer Kerl schleppt ein Mädchen, mit dem er sich amüsieren will, lieber zu einer dreckigen Baustelle als in seine gemütliche Hotelsuite?«

»Sein Vater bekleidet in Katar ein Ministeramt. Da muss er jedes Risiko vermeiden.«

»Omar Talal ist ein guter Freund deines Vaters gewesen, hast du eben erzählt. Ich bin auch ein Freund deines Vaters gewesen. Als du die Stelle in Marrakesch bekamst, habe ich Badnaoui darum gebeten, dir einen Platz in meinem Büro zu geben. Du bist ein hochbegabter junger Mann, der es noch weit bringen kann. Dass deine Verlobte ermordet wurde und der Freund deines Vaters jetzt im Gefängnis sitzt, erfüllt mich mit Trauer. Dein Verhalten in dieser Angelegenheit ist jedoch anmaßend, grenzt in seiner Aufsässigkeit schon an Befehlsverweigerung, und was das Schlimmste ist, du liegst mit deinen Anschuldigungen vollkommen daneben.«

Noureddine hob die vor ihm liegende Akte hoch. »Ich habe gerade den Autopsiebericht zu Amina Talal bekommen.«

Karims Beine fühlten sich plötzlich an, als wären sie aus Wackelpudding. Warum hatte Mounir sich nicht direkt bei ihm gemeldet?

»Der leitende Pathologe behauptet, sie hätten den Fall heute mit oberster Dringlichkeit behandeln sollen. Du weißt nicht zufälligerweise etwas über diese Anweisung, oder?«

Karim rutschte unbehaglich auf seinem Stuhl hin und her.

»Willst du mal hören, was in dem Bericht steht?«, fragte Nour und begann zu lesen, ohne auf eine Antwort zu warten. »Es wurden keine Samenspuren entdeckt.«

»Der Mörder hatte doch einen ganzen Tag Zeit, dafür zu sorgen!«

Noureddine sah ihn über seine Brille hinweg an. »Du glaubst, dass Amina Talal öfter mal mit Männern ins Bett gegangen ist?«

Karim wurde rot. »Ich ... ich glaube, dass sie gerne tanzen ging. Womöglich hatte sie auch sexuelle Beziehungen zu irgendwelchen Männern, aber ich verstehe nicht, was das hier für eine Rolle spielt.«

»Du meinst also, sie hätte in der Nacht des 31. Juli Sex gehabt?«

»Meiner Ansicht nach ist sie in der Nacht des 31. Juli vergewaltigt worden.«

»Amina Talal ist in dieser Nacht nicht vergewaltigt worden.«

»Der Sex war einvernehmlich?«

»Nein, sie hatte überhaupt keinen. Nicht in dieser Nacht, nicht in irgendeiner anderen.«

»Woher willst du das wissen?«

»Amina Talal war noch Jungfrau«, erklärte Noureddine und hielt ihm den Bericht hin. »Hier, lies selbst.«

Hicham Cherkaoui beobachtete den Lastwagen aufmerksam. Es war schon der dritte in einer Stunde. Wie die anderen vor ihm hatte er Sand geladen – und zwar dem Augenschein nach mehr, als es die zulässige Achslast erlaubte. Ein paar Minuten nach dem Laster trafen in rascher Folge Dutzende Motorroller ein. Das waren die Arbeiter der Nachtschicht, die gleich begann. Am Vorabend hatte Hicham 143 Männer gezählt, heute Morgen dann 165. Insgesamt über dreihundert Männer, die dafür schufteten, ein Hotel für reiche Touristen aus dem Boden zu stampfen. Und das alles, während gleichzeitig in den städtischen Schulen der Putz von den Wänden bröckelte und Geringverdiener in Marrakesch kein Dach über dem Kopf mehr fanden!

Hichams Handy klingelte. Es war seine Frau, die wissen wollte, ob er zum Essen zu Hause sein würde.

»Keine Ahnung.«

Kurz zuvor hatte er bereits einen wütenden Anruf des für die Region Marrakesch-Tensift zuständigen Leiters der Behörde für Wirtschaftsförderung erhalten, der fragte, was zum Teufel Hicham denn da vor diesem bedeutenden neuen Hotelprojekt in der Palmeraie den ganzen Tag mache. *Meinen Job*, hatte Hicham nur erwidert und grußlos aufgelegt. Würde er nun Schwierigkeiten bekommen? Er bemerkte einen Halbwüchsigen im Teenageralter, der durch das Tor nach draußen trat. Für die Arbeit auf einer Baustelle schien er noch zu jung. Hicham hob die Kamera und schoss ein Foto. Irgendetwas sagte ihm, dass er nicht rechtzeitig zum *ftour* zu Hause sein würde.

Die Atmosphäre bei Tisch war angespannt und damit das genaue Gegenteil von der Stimmung vierundzwanzig Stunden zuvor.

»Noch Jungfrau?«, wiederholte Khadija, sobald Lalla Fatima den Raum verlassen hatte. »Das ergibt keinen Sinn. Warum hätte der Mann sie verschleppen sollen, wenn nicht, um sie zu vergewaltigen?«

»Vielleicht hat er ja versucht, sie zu vergewaltigen, aber sie hat sich zu stark zur Wehr gesetzt«, antwortete Ayesha. »Manche Frauen würden lieber sterben, als ihre Tugendhaftigkeit preiszugeben.«

»Wir wissen nicht einmal, ob sie überhaupt das Opfer eines gewalttätigen Übergriffs geworden ist«, gab Karim mit tonloser Stimme zu bedenken. Nach dem Dämpfer, den Noureddine ihm am Nachmittag verpasst hatte, war klar, dass er sich bei nichts wirklich sicher sein konnte.

»Jetzt hör aber auf, Karim!«, widersprach Ayesha energisch. »Irgendjemand muss sie schließlich auf diesen Karren geschmissen haben!«

»Zumindest steht nun fest, dass sie keinen unehrenhaften Lebenswandel geführt hat«, mischte Khadija sich wieder ein. »All die Leute, die über sie hergezogen sind, müssen nun ihre Zungen hüten.«

»Du bist doch selbst über sie hergezogen!«, zischte Ayesha.

»Ich habe mich nur gewundert, was sie nachts in einem Klub zu suchen hatte!«

Lalla Fatima kam mit gefalteten Laken über dem Arm in den *salon*, und sofort verstummten alle. »Ich geh zu Lalla Hanane«, erklärte sie. »In ihrer momentanen Verfassung kann sie sich unmöglich allein um die Beerdigung kümmern.«

»Ich kann helfen«, bot Ayesha an. »Wenn du willst, übernehme ich die Leichenwaschung.«

»Khadija, du kommst auch mit«, sagte Lalla Fatima. »Das Geschirr spülen wir später.«

Karim begleitete die Frauen bis zum Haus der Talals und kehrte dann zum Platz zurück, um auf Rachid zu warten. Während er auf der Mauer saß und sich einen frittierten Hefekringel schmecken ließ, rief Mounir an.

»Die Ergebnisse haben nicht unbedingt deinen Erwartungen entsprochen, was?«

»Nein.«

»Keine fremde DNA auf ihrem Körper, keine Spuren eines Kampfes. Keine Anzeichen, die auf einen Täter deuten. Hast du gelesen, was wir zu der Schädelverletzung ausgeführt haben?«

»Nein. Außer dem Teil, in dem stand, dass sie noch … unberührt war, hab ich alles bloß überflogen.«

»Die Wunde an ihrer Schläfe passt nicht zu einem vorsätzlichen Schlag auf den Kopf. Viel wahrscheinlicher ist, dass sie von einem Sturz herrührt.«

»Einem Sturz?«, wiederholte Karim ungläubig. »Sie ist zu Tode gestürzt? Warum stürzt auf einmal jeder zu Tode?«

»Tja, das ist dein Fachgebiet, mein Bruder!«, antwortete Mounir. »Ich weiß nur, dass sie gefallen ist. Was übrigens etwas mit dem Alkohol zu tun haben könnte, den wir in ihrem Blut entdeckt haben.«

»Alkohol?«, echote Karim erneut. Ihm fiel Hamzas Aussage ein, dass Amina beim Verlassen des Klubs stark getorkelt habe.

»Ja, die Blutalkoholkonzentration betrug ein Promille und damit genug, um jemanden außer Gefecht zu setzen. Werdet ihr den Fall jetzt neu aufrollen?«

»Meinem unmittelbaren Vorgesetzten zufolge hat sich damit nichts wirklich geändert«, antwortete Karim erschöpft. »Es liegen keine neuen Beweise vor, die auf einen anderen Täter deuten. Sie werden also weiter an der Anklage gegen den Vater arbeiten – Gott sei ihm gnädig!«

Ein paar Minuten später hielt Rachid vor ihm und brachte noch mehr schlechte Nachrichten. »Ich hab mit meinem Schwager gesprochen, aber der will nicht in die Sache verwickelt werden«, erzählte er, nachdem Karim eingestiegen war. »Wie ich

Ihnen ja bereits gesagt habe, sind die Taxifahrer in dieser Stadt ein misstrauischer Haufen. Sie mögen es einfach nicht, wenn man ihnen Fragen stellt.«

»Und Sie?«

»Ich?«

»Können Sie nicht ein wenig nachforschen?«

»Versuchen tu ich's gern. Aber die Fahrer, die ich kenne, machen es genauso wie ich. Sie warten vor den großen Klubs wie dem Pacha oder dem Three Fives, wo das Parken keine Probleme bereitet und es viele Gäste gibt. Dieser kleine afrikanische Klub ist den meisten Fahrern schlicht die Mühe nicht wert.«

Eine Sache ließ Karim keine Ruhe, seit er Rachid das letzte Mal getroffen hatte. »Darf ich Sie mal was fragen?«

»*Maaloum*, nur los!«

»Woher wussten Sie so genau, dass am 31. Juli Ihr Schwager die Nachtschicht gefahren ist?«

»Weil er immer die Nächte übernimmt. Die Tagschicht fährt er nur im Ramadan, weil er da abends lieber bei seiner Mutter die Füße hochlegt und *chebakia* in sich hineinstopft.«

»Vertrauen Sie ihm?«

»Meinem Schwager? Mit dem Tod des Mädchens hat er jedenfalls ganz bestimmt nichts zu tun, wenn Sie darauf anspielen.«

»Was macht Sie da so sicher?«

»Mein Schwager ist ein Hohlkopf, aber kein Mörder.«

»Ist er verheiratet?«

Rachid lachte.

»Was ist so lustig?«, fragte Karim.

»Er war verheiratet. Seine Frau hat ihn betrogen, während er nachts auf dem Bock saß. Heute behauptet er natürlich, dass er sie niemals geheiratet hätte, wenn er gewusst hätte, wie sie ist.« Rachid kicherte weiter in sich hinein. »Dabei fällt mir ein Witz ein: Welches Geheimnis über seine Frau klärt sich für einen Mann erst nach der Hochzeit?«

Karim errötete.

»Ob sie noch ähh ... Jungfrau ist?«

»Nein!«, rief Rachid aus. »Ob sie kochen kann!« Nachdem sich sein schallendes Gelächter gelegt hatte, fragte er: »Ist Ihre Schwester denn eine gute Köchin? Die, die demnächst heiratet?«

Karim dachte darüber nach. »Ich kann mich gar nicht daran erinnern, wann Khadija das letzte Mal gekocht hat.«

»Sagen Sie ihr, sie muss eine gute Köchin sein, wenn sie ihren Ehemann halten will. Meine Frau ist eine gute Köchin. Heute Abend hat sie *briouates* mit Zimt und Ingwer gemacht ... mmmh!« Rachid schmatzte genüsslich. »Unsere Kleine hat ihr beim Füllen geholfen.«

»Sie haben eine Tochter? *Tbarak Allah!* Wie alt?«

»Fünf. Also eigentlich keine Kleine mehr!«

»Gott schütze sie! Geht sie schon in die Schule?«

»Im September wird sie eingeschult, und dann ... *bumm!* Eh man sich versieht, ist sie ein Teenager.« Seine Miene verfinsterte sich. »Marrakesch ist kein guter Ort für heranwachsende Mädchen.«

»Wie kommen Sie darauf?«

»Alles ist hier so ...« Er suchte nach dem richtigen Wort. »... protzig. Wo man hinschaut – Geld, Geld, Geld. An jeder Ecke Alkohol und Nachtklubs. Sehen Sie da drüben das Hotel Mansour? Raten Sie mal, was die für die Nacht verlangen? Eine *milyun!* Für eine Nacht. Früher war das eine öffentliche Badeanstalt! In meiner Jugend war Marrakesch noch eine anständige Stadt, in der jeder gleich viel verdiente.«

»Aber Ihnen ist es in den letzten Jahren doch bestimmt ganz gut ergangen, oder? All die Touristen mit den Taschen voller Geld?«

Rachid schnaufte verächtlich. »Großraumtaxis, Minivans – das ist es, was die Ausländer wollen. Am besten klimatisiert und mit getönten Scheiben. Marrakesch hat sich verändert, mein Bruder, und das nicht zum Guten.«

An Rachids Bemerkungen war schon etwas Wahres dran, dachte Karim. Lokale wie den Club Afrique hatte es überhaupt nicht gegeben, als er noch klein gewesen war. Damals waren auch keine Männer wie Mohammed Al-Husseini in die Stadt gereist, weil sie Lust auf Sex hatten. Junge Frauen hatten keine Diskotheken besucht und am Ende tot auf einem Handkarren gelegen.

Nachdem Rachid ihn an der Sherazade herausgelassen hatte, saß Karim lange auf der Stufe der Hütte und betrachtete die Sterne. Er kramte sein Handy hervor und schrieb Ayesha eine Nachricht, in der er ihr für das vielstündige Waschen und Salben von Amina Talals Leichnam alles Gute wünschte.

14

Sechsundzwanzig Tage Ramadan lagen mittlerweile hinter ihnen. Nach Abklingen der Hitzewelle herrschte im Krankenhaus und in der Leichenhalle wieder Normalbetrieb. Viele ausländische Bewohner kehrten jetzt aus dem Urlaub zurück. Heute war Lailat al-Qadr, die Nacht der Bestimmung. In dieser Nacht hatte Mohammed – Glück und Segen mit Ihm, dem Gesandten Allahs – einst die ersten Verse des Korans empfangen. Daher war Lailat al-Qadr eine für Gebete besonders verheißungsvolle Nacht und dem Koran zufolge sogar besser als tausend Monate.

Karim zog sich rasch an und begegnete unten Lalla Fatima, die, auf ihren Stock gestützt, in der Tür zu ihrem Schlafzimmer stand.

»Nach der Arbeit werde ich Omar Talal einen Besuch abstatten«, erklärte er, nachdem er sie auf die Wange geküsst hatte. Omar schmachtete mittlerweile seit drei Wochen im Gefängnis, und Karim hatte seiner Mutter versprochen, nach ihm zu sehen.

»*Inschallah*«, meinte Lalla Fatima erleichtert. »Sag ihm, dass Gott stets über ihn wacht.« Und als Karim wenig später seine Jacke überstreifte, rief sie ihm noch über den Hof nach: »Sei aber rechtzeitig zum *ftour* heute Abend wieder zu Hause.«

»Erwarten wir Gäste?«

»Nein, Khadija isst heute bei Abderrezaks Eltern. Ich dachte nur, dass Ayesha, du und ich den Tag ein wenig zusammen feiern könnten. Nur wir drei eben.«

Draußen in der Gasse überlegte Karim unwillkürlich, ob heute Abend vielleicht der richtige Zeitpunkt war, seiner Mutter das von Ayesha und ihm zu beichten. Er überlegte, was dafür sprach: Lalla Fatima hatte den ersten Schock über Aminas Tod verarbeitet; er war bald fertig mit seinem nächtlichen Nebenjob; die Hochzeit rückte näher. *Jetzt war der Moment da, jetzt – in der heiligsten Nacht des Jahres, wenn die Wahrscheinlichkeit, dass Gebete Erhörung fanden, am größten war!* Die Vorstellung, dass ihr Geheimnis plötzlich offen ausgesprochen und für jeden sichtbar wäre, ließ ihn zittern. Welche Auswirkungen würde ein solches Geständnis haben? Lalla Fatima war gebrechlich, daran erinnerte ihn Ayesha bei jeder Gelegenheit. Wenn sie nun, statt ihnen zu verzeihen und mit dem erlösenden Ratschlag auszuhelfen, einen Herzinfarkt erlitt? Sollte er lieber weiter schweigen – oder verhielt sich so nur ein Feigling? *O Gott, ebenso unerreicht wie Dein Maß an Vergebung ist Deine Liebe zur Vergebung. Daher bitte ich Dich, vergib uns.*

Um die Entscheidung noch ein wenig hinauszuschieben, beschloss Karim, sich mit einem Umweg über Dar el Bacha abzulenken. Zeit blieb genug, da es nicht mal neun war. Sollte sein *moto* fertig sein, könnte er nach der Arbeit Omar Talal besuchen und trotzdem rechtzeitig zu Hause sein, um sich vor dem Essen noch mit Ayesha zu beratschlagen. Selbst wenn sein *moto* nicht fertig war, würde er es mitnehmen. Notfalls würde er das verfluchte Ding die ganze Strecke bis zum Kommissariat schieben und dort Bouchaïb fragen, ob er nicht einen anderen Mechaniker kannte – einen, der die Ärmel hochkrempelte und loslegte, statt nur herumzustehen und den Ramadan für die eigene Faulheit verantwortlich zu machen! Beim Betreten der Werkstatt wäre er fast über sein *moto* gestolpert. Das Zweirad blitzte und glänzte wie neu.

»Seit Tagen fertig!«, rief der Mechaniker und begrüßte ihn wie einen lange verschollenen Freund. »Warum haben Sie es nicht schon früher abgeholt?«

Karim war viel zu erleichtert, um zu widersprechen. Er zahlte, kletterte auf seinen Scooter und sauste davon. Gott sei Dank! Es fühlte sich gut an, wieder den Wind in den Haaren zu spüren und unter weit ausladenden Palmwedeln durch die Sonnenflecken zu huschen.

»Sehet und staunet!«, rief Bouchaïb bei seinem Anblick aus. »Der Zauberer auf seinem fliegenden Teppich!«

»Wie geht es dir, mein Bruder?«, gab Karim lachend zurück. »Ich wünsche dir und deiner Familie zu Lailat al-Qadr Friede und Wohlergehen. Was hast du denn da?« Er deutete auf eine Schachtel neben Bouchaïbs Fuß.

»Granatäpfel aus Ourika.«

»Ourika? Ist Abdou zurück aus dem Urlaub?«

»Vor einer knappen halbe Stunde eingetroffen!«

Karim eilte ins Gebäude. Der etwa drei Jahre jüngere Abdou war ein junger Polizist, der wegen seiner ungekünstelt freundlichen Art von allen gemocht wurde. Er war der Einzige im Kommissariat, dem Karim eine Anweisung erteilen konnte, ohne mit einem finsteren Blick bedacht zu werden. Schon auf der Eingangstreppe schallte Karim lautes Gelächter entgegen. Abdou war im Erdgeschossbüro und unterhielt sich gut gelaunt mit Aziz und einigen anderen Kollegen. Als er Karim im Gang bemerkte, kam er mit strahlendem Lächeln heraus und küsste ihn auf beide Wangen.

»Wie geht's, mein Bruder? Alles okay? Keine Beschwerden, Familie gesund? Gott sei Dank! Ich hab den anderen gerade erzählt, wie mein Cousin und ich den Toubkal bestiegen haben. Während ihr in der Hitze verdorrt seid, haben wir uns da oben auf viertausend Meter den Arsch abgefroren! Ach, hier sind übrigens ein paar Granatäpfel, die ich dir mitgebracht habe.«

»Schön, dass du wieder da bist«, sagte Karim. »Komm, gehen wir ins Büro.«

Abdou folgte Karim mit der Obstschachtel die Stufen hinauf. »Dürfte ziemlich ruhig gewesen sein in den drei Wochen, hab ich recht?«

Karim sah ihn kurz von der Seite an. »Nicht wirklich.«

Sébastien durchquerte den Betriebsraum, in dem die Maschinen summten und ein schwacher Chlorgeruch in der Luft hing. Hier waren die technischen Anlagen der Serafina untergebracht, die Filtersysteme und Speicher. Jeder Pool verfügte über eine eigene Wasserzufuhr. Jede Armatur, Pumpe und Leitung war ordentlich beschriftet. Der Raum lag hinter dem Hauptgebäude und unter der Erde, sodass die Gäste die Annehmlichkeiten genießen konnten, für die er sorgte, ohne von seinem Anblick gestört zu werden. Dieser Betriebsraum war von Sébastien selbst entworfen worden, und vor zwei Tagen hatte er im Rahmen einer kleinen Einweihungsfeier endlich die Hähne zum ersten Mal aufdrehen können.

Sébastien war bester Stimmung an diesem Vormittag. Um fünf würde Laurents Flugzeug landen, und er plante bereits, wie sie ihren ersten gemeinsamen Abend verbringen würden: zum Auftakt eine gemütliche Rückfahrt vom Flughafen, bei der sein Sohn in aller Ruhe bewundern konnte, wie sich die Stadt verändert hatte; dann ein Begrüßungsglas Champagner in seiner Wohnung, gefolgt von Cocktails in der Rooftop-Bar des Renaissance und einem schicken Abendessen im Comptoir. Obwohl … für einen Pariser Kunststudenten war das Comptoir vielleicht etwas arg *démodé*. In der Kozybar war es zu laut … das Bô-Zin war zu teuer … blieb der Club Afrique. Genau, der Club Afrique gefiel schließlich jedem. Er hatte gerade erst wieder aufgemacht, und bestimmt würde heute Abend eine gute Band spielen. Sébastien setzte die Sonnenbrille auf, zog den Kopf unter dem niedrigen Türrahmen ein und verließ über eine Leiter die Kellerebene.

Oben erwarteten ihn im gleißenden Sonnenlicht bereits zwei uniformierte Polizisten. »Sébastien de Freycinet?«

»Ja?«, erwiderte Sébastien. Sein erster Gedanke war, dass der Besuch sicherlich etwas mit dem Tod des Wachmanns zu tun hatte.

»Wir haben Anlass zur Annahme, dass Sie gegen das Gesetz verstoßen haben«, erklärte einer der Polizisten.

»*Vous êtes en état d'arrestation*«, fügte der andere hinzu.

»Verhaftet? Weshalb?« Alarmglocken schrillten in Sébastiens Kopf. »Ich hatte nichts zu tun mit dem Tod des Wachmanns! Oder mit dem Verschwinden dieses Mädchens! Oder geht es hier vielleicht um etwas anderes? Hat meine Ex-Freundin womöglich Lügen über mich verbreitet? Nein? Aus welchem Grund verhaften Sie mich denn sonst?«

»Sand«, sagte eine Stimme hinter ihm.

Sébastien wirbelte herum und sah Hicham Cherkaoui näher kommen. »Sand?«, wiederholte Sébastien und lachte abfällig.

»Zeigen Sie mir die Lieferpapiere für Ihren Sand, *monsieur*.«

»*Lieferpapiere?*« Sébastien musste wieder lachen.

»Für Ihren Sand. Den Sand, den Sie hier verbauen.«

»Sind Sie nicht mehr recht bei Trost?«, fragte Sébastien, der seine Selbstsicherheit zurückgewann. »Wir bauen hier ein Fünf-Sterne-Hotel. Glauben Sie wirklich, ich hätte da Zeit, für jede ankommende Ladung Sand die Lieferpapiere zu überprüfen?«

»Schon bei unserem letzten Treffen haben Sie diese arrogante Uneinsichtigkeit an den Tag gelegt, *monsieur*. Seinerzeit ging es um die Einhaltung von Bauvorschriften. Jetzt liegen uns Beweise dafür vor, dass Sie wissentlich illegalen Sand erworben haben. Der Kauf von illegal abgebautem Sand stellt einen schwerwiegenden Gesetzesverstoß dar.«

»Wen interessiert denn Sand?«, schnaubte Sébastien.

»Der nicht genehmigte Abbau von Sand für das Baugewerbe führt zur Zerstörung unserer nationalen Strände. Ihnen mögen solche Dinge egal sein, *monsieur*, doch der Gesetzgeber in diesem Land hat daraus einen Straftatbestand gemacht. Ich habe in den letzten Wochen die Anlieferung von zweiundneunzig LKW-Ladungen mit illegalem Sand gezählt, was für Sie eine Geldbuße in Höhe von zweihunderttausend Dirham bedeutet oder eine zweimonatige Haftstrafe.«

Sébastien wandte den Blick zum Himmel. Plötzlich fühlte er sich ungeheuer müde.

»*Amenez-le*«, sagte Cherkaoui, und einer der Polizisten packte Sébastien am Arm.

»Warten Sie!«, schrie Sébastien. »Mein Boss – er wird die Geldbuße bezahlen.«

»Sie können ihn ja auf dem Weg in die Zelle anrufen.«

»Zelle?«

»Ja, Sie werden in Gewahrsam genommen, bis die Geldbuße beglichen ist.«

Jetzt ergriff Sébastien die Panik. »Aber ich muss zum Flughafen! Mein Sohn kommt heute aus Paris!«

»Ihren Sohn können Sie ebenfalls von unterwegs informieren.«

»Herz-Kreislauf-Präparate ... Medikamente bei Krebserkrankungen ... Mittel zur Diabetesbehandlung ... bei Arthritis ... Beruhigungsmittel ... Antibiotika, da sind die Profitraten am höchsten. Und bei Viagra natürlich.« Abdou machte sich Notizen, während Karim, den Blick fest auf den Computerbildschirm gerichtet, seine Ermittlungsergebnisse zusammenfasste. »Ein Arzt hat mir von einem Krebsmittel erzählt, das regulär zweiundzwanzigtausend Dirham kostet. Auf dieser Seite hier wird eine gefälschte Version für tausendfünfhundert angeboten.«

Abdou pfiff durch die Zähne. »Wirken die Fälschungen denn?«

»Manche«, antwortete Karim. »Die meisten sind nicht viel mehr als Placebos. Die schlimmsten werden mit gesundheitsschädlichen Substanzen verschnitten. Zu unserer Aufgabe zählt es unter anderem, die Menschen über die Risiken aufzuklären. Wir müssen ihnen zeigen, wie sie Fälschungen erkennen können.«

»Ist das nicht eher die Arbeit des Gesundheitsministeriums?«

Karim lachte auf. »Bis die sich aufraffen und irgendwas unternehmen, gibt's im ganzen Maghreb keine einzige Packung mit Originaltabletten mehr.«

»Und wo setzen wir an?«

»Bei den Apotheken.«

»Sind die Teil des Betrügerrings?«

»Statten wir doch mal ein paar von ihnen einen Besuch ab und hören uns an, was sie zu erzählen haben.«

»Apotheken in Marrakesch?«

»Ja. Und auch welche von weiter weg – Chichaoua, Safi, Ouarzazate. Wir sammeln Proben, die wir analysieren lassen. Wir müssen auflisten, welche Arzneimittel alle gefälscht werden und woher sie stammen. Anschließend nehmen wir uns die Häfen vor. Was hast du bislang herausgefunden?«

Abdou zog seine Notizen zu Rate. »Casablanca, Al Hoceïma, Tanger-Med, Kenitra und Mohammedia verfügen über gute Einfuhrkontrollen. Tan-Tan, El Jadida und Dakhla sind für Containerverkehr zu klein. In Jorf Lansfar werden ausschließlich Phosphate verladen. Bleiben Agadir, Laâyoune und Nador.«

»Such nach Containertransporten aus China zu diesen Häfen.«

»Welche Lieferungen genau?«

»Alles Mögliche. Grüner Tee, Kleidung, Spielwaren ... alles, was sich zum Schmuggeln von Medikamenten eignet.«

»Du hörst dich an, als ginge es um Heroin«, bemerkte Abdou amüsiert.

»Es ist schlimmer als Heroin. Gefährlicher, auf seine Art. Die erzielten Profite sind *kbar bezaaf*, wirklich gigantisch. Nehmen wir mal an, ein Drogenring macht mit einem Kilo Heroin einen Profit von vierzigtausend Dollar. Dann lässt sich mit dem Schmuggel gefälschter Arzneimittel bequem das Zehnfache verdienen. Und im Vergleich zur Herstellung von Heroin sind die Produktionskosten auch noch viel geringer.«

»Wahrscheinlich ist auch das Risiko geringer, was? Ich meine, geschnappt werden hier doch die wenigsten.«

»*Hakkak*«, bestätigte Karim und nickte lebhaft. »Meinem derzeitigen Kenntnisstand nach gibt es nirgends in Afrika eine Behörde oder Regierungsstelle, die willens und fähig wäre, diesem Treiben ein Ende zu bereiten. Hier im Maghreb jedenfalls ganz sicher nicht. Da gibt's höchstens bei der OMPIC mal eine Untersuchung wegen geistigen Diebstahls.«

»Noch nicht!«, verkündete Abdou grinsend.

»Was meinst du?«

»Na, mit unseren Ermittlungen könnte sich das alles doch ändern!«

Karim war sich bewusst, dass Noureddine ihrem Gespräch aufmerksam folgte, und auch wenn er heilfroh über Abdous Mithilfe war, so bemühte er sich dennoch, den Enthusiasmus des jüngeren Kollegen ein wenig zu bremsen. »Unsere Befugnisse erlauben uns nur, Nachforschungen anzustellen. Wir werden sicherlich nicht auf eigene Faust den Handel mit gefälschten Medikamenten unterbinden.«

»Na ja, aber ein Anfang ist es schon!«

»Setz dich mit den eben besprochenen Häfen in Verbindung«, erklärte Karim und nickte zu Abdous Notizblock. »Die Hafenämter sollten Listen aller eingetroffenen Container haben sowie Kopien der dazugehörigen Frachtbriefe.«

»Und wenn die Frachtbriefe gefälscht sind?«

»Da hast du recht«, gestand Karim nach einem Stoßseufzer. »Verlassen können wir uns auf nichts. Und niemanden. Schon gar nicht auf die Leute in der Hafenmeisterei. Sieh halt zu, wie weit du kommst. Versuch herauszufinden, wohin die Container gebracht werden. Zur Not kleb Schildchen drauf. Vielleicht können wir so bestimmte Muster bei der Vorgehensweise entdecken.«

»Wie aufregend!« Abdous Augen leuchteten.

»Außerdem nicht ganz ungefährlich«, warnte Karim. »Von nun an führst du besser stets deine Waffe mit.«

Während Sébastien verhaftet wurde, fotografierte Kay im Atrium gerade die Handwerker dabei, wie sie die Bodenfliesen verlegten. Jeder *carrelage*-Betrieb in Marrakesch arbeitete derzeit auf Hochtouren, um ihre Terminvorgaben einzuhalten.

»Läuft alles reibungslos, Miss McKenzie?«

Kay wandte sich um und sah Mohammed die letzten Stufen der Treppe hinuntersteigen. So in Anzug und Krawatte, dazu mit seinem gespreizten Britisch, erinnerte er an den Hausherrn eines englischen Landsitzes.

»Ja. Wie gefallen Ihnen die Fliesen?«

»Sie gefallen mir sehr«, antwortete Mohammed und lehnte sich an das Geländer. Kay bemerkte seine makellos manikürten Hände. Das genaue Gegenteil von Sébastiens rauen Pranken mit den ständig abgebrochenen Fingernägeln.

»Ein traditionelles maurisches Muster. Und ein Drittel billiger als Marmor.«

»Ah, kostensenkend – das gefällt mir daran am meisten!«

»Ich habe einen Kronleuchter aufgespürt. Ein prachtvolles Teil. Aus Murano, frühes zwanzigstes Jahrhundert.«

»Jamal meinte aber, Kronleuchter seien unislamisch«, sagte Mohammed mit einem schelmischen Augenzwinkern.

»Oh, da muss ich widersprechen! In der Blauen Moschee in Istanbul hängen unvergleichlich schöne Kronleuchter, und niemand käme auf die Idee, die Blaue Moschee deshalb unislamisch zu nennen. Im Gegenteil, sie wird allgemein zu den vortrefflichsten islamischen Gebäuden auf der ganzen Welt gerechnet.«

»Und wie teuer ist dieser Murano-Leuchter?«

»Keine Bange. Der Händler, Bernard Simonsen, ist ein Freund von mir. Sie erhalten eine rare Kostbarkeit von Museumsqualität zu einem unschlagbar niedrigen Preis – genau wie bei den anderen Objekten, die Sie erworben haben.« Kay war noch immer ganz begeistert von ihrem Einfall, für die Innenausstattung der Serafina einfach Möbel, Teppiche und Kunstgegenstände aus ihrem Fundus zu nehmen. Natürlich hatte sie darauf geachtet,

Mohammed das Gefühl zu geben, dass diese Idee von ihm selbst kam.

»Ich hoffe nur, wir verwandeln das Hotel nicht in ein Museum.«

Kay legte die Finger sanft auf Mohammeds Unterarm und beruhigte ihn: »Luxushotels der höchsten Klasse, Mr. Al-Husseini, *sind* Museen.«

Mohammed lachte amüsiert. »Das sollten wir in unsere Werbung aufnehmen.«

»Gute Idee!«, versicherte Kay ihm sofort. »Wir könnten ein paar Dinge ins Internet stellen, um den Leuten schon vor der Eröffnung den Mund wässrig zu machen.«

»Eine Art Blog?«

»Ein Blog, genau! Könnte Mouna nicht so einen Blog schreiben, was meinen Sie?«

»Mouna fehlt dafür die Zeit«, erklärte Mohammed. »Wie steht's mit Ihnen? Sofern Sie nicht auch zu viel zu tun haben ...«

»Ich?«, rief Kay aus und tat überrascht. »Nun ja, versuchen könnte ich's ja mal. Vielleicht baue ich auch ein paar Fotos mit ein.«

»Solange Sie auch ein paar Fotos von sich selbst einbauen«, verwertete Mohammed die Vorlage mit einem anzüglichen Grinsen.

Kay lächelte zurück. Mohammed Al-Husseini war der typische arabische Geschäftsmann. Eben noch behandelte er sie quasi auf Augenhöhe, und schon im nächsten Moment benahm er sich wie ein Erzchauvinist. So oder so, sie verstand sich darauf, ihn nach Belieben tanzen zu lassen.

»Fahren Sie womöglich zurück in die Stadt?«, säuselte sie, da ihr nicht entgangen war, dass Mohammed einen Wagen mit Chauffeur gemietet hatte.

»Kann ich Sie mitnehmen?«

»Das wäre wunderbar. Wir könnten unterwegs über das Restaurant reden.«

Als sie das Gebäude verließen, kam Hassan gerade mit der Nachricht von Sébastiens Verhaftung angerannt.

Laurent war angenehm überrascht von der Gepäckausgabe, die inzwischen in einem klimatisierten Raum mit Marmorfußboden und kunstvoll ausgeführter Decke untergebracht war. Bei seinem Wegzug aus Marrakesch vor zehn Jahren hatte man noch vergeblich nach einem funktionierenden Gepäckkarren gesucht, und in den Toiletten hatte es nach Pisse gestunken. Er winkte der jungen Frau zu, die im Flugzeug neben ihm gesessen hatte, und half ihr, den schweren Koffer vom Gepäckband zu heben. Gemeinsam traten sie durch die Schiebetüren. Die Ankunftshalle war sogar noch eindrucksvoller. Ein riesiger Raum, dessen Fenster mit Arabesken verziert waren, gekrönt von einem gläsernen Kuppelbau aus einer Vielzahl dreieckiger Scheiben. Laurent ließ seinen Blick über alle Männer ohne Begrüßungsschild wandern. War der Typ da drüben sein Vater, der in Jeans und Sakko? Nein, der Mann war mindestens siebzig!

Laurent blieb stehen. Seine Mutter hatte noch den ganzen Weg nach Orly hinaus auf ihn eingeredet und versucht, ihn von seinem Vorhaben abzubringen. *Nie hat dein Vater uns auch nur einen Cent geschickt. Er ist ein Rabenvater.* Na gut, dann taugte sein alter Herr eben als Vater nicht sonderlich viel, aber das war noch längst kein Grund, ihn völlig aus ihrem Leben zu verbannen!

Und wenn er einen Fahrer geschickt hatte? Genau, das war's! Laurent kehrte zum Ausgang zurück, aber dort brachen die letzten Männer mit Begrüßungsschildern gerade auf. Von einer Bank aus wählte er die Nummer seines Vaters. Als nur die Mailbox ansprang, sackten seine Schultern nach unten. Wenn sein Vater wegen der Arbeit verhindert war, hätte er doch bestimmt seine Freundin geschickt – diese Engländerin, wie hieß sie noch? Kay? War die vielleicht gekommen? Aber nein, nirgends eine Engländerin im passenden Alter, die suchend zwischen den Passagieren umherlief. Seine Sitznachbarin aus dem Flugzeug verließ die Ankunftshalle in Begleitung eines Marokkaners mit Sonnenbrille. Laurents Vorfreude auf Marrakesch war bereits restlos verpufft. Er wünschte, er wäre zu Hause geblieben.

Mit seinem Roller brauchte Karim nur wenige Minuten bis zur Haftanstalt Boulmharez. Von außen unterschied Boulmharez nur wenig von einem normalen Behördenbau. Ein unauffälliger Eingang, an dem eine rot-grüne Flagge schlaff in der Mittagshitze hing. Nur der Stacheldraht auf der Mauerkrone verriet, wozu das Gebäude in Wahrheit diente.

Karim stellte seinen Scooter ab und kaufte ein Päckchen Zigaretten als Geschenk für Omar. Rauchte Omar überhaupt? Wahrscheinlich nicht. Aber selbst wenn er nicht rauchte, konnte er die Zigaretten immer noch gegen etwas anderes tauschen.

Karim wies sich aus, und ein Wärter führte ihn durch das Haupttor ins Innere. Von nun an verdüsterte sich die Atmosphäre mit jeder weiteren Tür, die sie durchschritten. Zuletzt bogen sie in einen Seitenkorridor ab, dessen Leuchtstoffröhren mit Drahtschutz verkleidet waren und auf dessen Boden noch die Pfützen vom letzten Abspritzen standen.

Karim hatte das Gefühl, die Anlage inzwischen komplett durchquert zu haben, als der Wärter endlich anhielt und eine Tür aufsperrte. Im schummrigen Licht waren zwanzig bis dreißig Gefangene vage zu erkennen. Der Gestank nach Kot und Urin war bestialisch. Mit seinem Schlagstock schubste der Wärter die Männer zur Seite, bis sie zu einer Gestalt kamen, die zusammengekauert in einer Ecke hockte.

»*Jibooh!*«, befahl der Wärter. »Bringt ihn her!«

Zwei der Insassen halfen Omar Talal auf die Beine und schleppten ihn bis zu einem Stuhl auf dem Gang. Obwohl Karim schon mit dem Schlimmsten gerechnet hatte, schockierte ihn der Zustand, in dem sich der *hadschi* befand. Die Augen waren tief in die Höhlen eingefallen, Arme und Beine spindeldürr, und große Fetzen schälten sich von seiner Haut. Verglichen mit ihm wirkten die Bettler an der Sidi bel Abbès kerngesund.

»Gottes Schutz mit Ihnen, Si Omar!«, begrüßte Karim ihn. »Wie geht es Ihrer Gesundheit? Essen Sie überhaupt? Ihre Anhörung wird bald stattfinden, *inschallah*. Abderrahim hat Einspruch gegen seine Verhaftung eingelegt und wartet in Kenitra auf den Entscheid. Möge Gott ihm beistehen! Wissen Sie eigentlich, dass heute Lailat al-Qadr ist? Ja, Lailat al-Qadr!« Karim ging neben ihm in die Hocke. »Möchten Sie gern nach Sonnenuntergang eine Zigarette rauchen? Hier, nehmen Sie.« Er legte Omar Talal das Päckchen in den Schoß, aber es rutschte auf den Boden.

Omars Stimme war nur ein heiseres Flüstern. »Karim ... *weld* Brahim ...«

»Ja, genau! Der Sohn von Brahim! Sie haben mit ihm

gemeinsam Ziegen gehütet, wissen Sie noch? In Amassine. Viele Sommer ist das her. Ich habe kürzlich Ahmed Ouheddou getroffen, aus Aït Ourir. Ahmed Ouheddou! Sein Sohn arbeitet in der Pathologie. Ich war zum *ftour* bei seiner Familie. Sie haben eine schöne Wohnung hier in Guéliz, *tbarekllah*.«

Eine ganze Weile sagte Si Omar gar nichts. Während der Wärter ungeduldig den Schlagstock in seine Handfläche klatschen ließ, kündigte sich in Karims angespannten Oberschenkeln der erste Krampf an. Endlich hob Omar seine knöchrigen Finger.

»*Binti* ... meine Tochter.«

»Ihre Tochter?«, fragte Karim zurück und beugte sich näher, um kein Wort zu verpassen. »Was ist mit Ihrer Tochter?«

»Meine Tochter ... ich möchte ... sehen ... meine Tochter ...«

»Amina, Gott hab sie selig, ist bereits beerdigt.«

»Ich möchte meine Tochter sehen ...«

»Sie werden Amina im Jenseits wiedersehen, so Gott will.«

»Ich möchte meine Tochter sehen«, wiederholte Si Omar und packte dabei Karims Hemdkragen.

Behutsam löste Karim die Finger des alten Mannes. »*Siir fid Allah*, auf dass Ihre Leiden ein Ende finden.«

Auf sein Nicken hin entriegelte der Wärter erneut die Zelle und stieß die beiden nächstbesten Insassen auffordernd mit seinem Stock an. Die beiden erhoben sich und schleppten Omar zurück in das düstere Loch.

Wenig später trottete Karim wieder hinter dem Wärter den Gang entlang. Für den alten Mann konnte man nichts mehr tun. Er hatte den Verstand verloren, und selbst der beste Anwalt der Welt wäre nicht in der Lage, ihn zu retten. Karim zerbrach sich gerade den Kopf, wie er Lalla Fatima die Nachricht am besten beibringen sollte, da hörte er einen Aufschrei.

Er drehte sich um und sah ein weißes Gesicht gegen die Gitterstäbe einer Zelle gepresst. Als er näher trat, erkannte er den Franzosen.

»Sie!«, entfuhr es ihm überrascht.

»*Tout à fait!*«, erwiderte Sébastien, der noch immer die Sachen trug, in denen er verhaftet worden war. Rasch berichtete er Karim von seinem Ärger.

»Dieser bescheuerte *merdeux* von einem Bauinspektor will mir das nur anhängen, weil ich seinen dämlichen Sicherheitsauflagen nicht nachgekommen bin! Dabei hab ich die Reparaturkosten für sein Auto voll übernommen! Ich hab sogar noch zweitausend Dirham für entstandene Unannehmlichkeiten draufgelegt! Sind das etwa Zigaretten?« Seine Augen hatten das Päckchen in Karims Hand entdeckt. »*En donnez-moi!*«

Karim reichte Sébastien eine Zigarette. Der Wärter gab ihm Feuer, und Sébastien nahm gierig einen tiefen Zug. »Sie müssen mich aus diesem elenden Dreckloch holen!«

Soweit Karim in der Düsternis erkennen konnte, war Sébastien allein in der Zelle, die ansonsten nicht schlimmer war als die Haftträume im Kommissariat. »Ich bin sicher, Sie werden schnell wieder rauskommen, *monsieur*.«

»Verstehen Sie doch! Mein Sohn kommt heute nach Marrakesch. Wahrscheinlich ist er sogar schon am Flughafen!«

Eine Idee nahm in Karims Kopf Gestalt an. »Rausholen kann ich Sie nicht. Darüber entscheidet der Richter. Aber vielleicht kann ich Ihnen helfen.«

»Und wie?«, bohrte Sébastien sofort nach.

»Ich könnte Ihren Sohn abholen.«

»Ja, ja!«, rief Sébastien und kramte in seinen Hosentaschen nach dem Schlüssel. »Bringen Sie ihn einfach in meine Wohnung am Boulevard Zerktouni.«

Karim sah ihm offen ins Gesicht. »Was ist in der Nacht des 31. Juli geschehen?«

»*Quoi?* Wollen Sie mich hier verarschen? Sie müssen auf der Stelle zum Flughafen!«

Karim wandte sich ab und ging davon.

»Warten Sie!«, rief Sébastien resigniert.

Ohne Eile kehrte Karim zurück zur Zellentür und fragte: »Hat Mohammed Al-Husseini in dieser Nacht Amina Talal getötet?«

»Nein, verflucht nochmal. Nein!«

»Was ist geschehen?«

»*Alors* ...« Sébastien seufzte erschöpft und fuhr fort: »Wir sind in einen afrikanischen Klub in Guéliz gegangen. Mohammed war kurz zuvor aus Katar in der Stadt eingetroffen und heiß auf ein Mädchen. Der Laden war an diesem Abend gut besucht. Es war die Nacht vor Ramadan. Eine Band aus dem Kongo spielte. Abgesehen von den üblichen *putains* waren zwei Mädchen auf der Tanzfläche, eine davon in einem roten Kleid. Mein Boss hat sofort bei unserer Ankunft auf die gezeigt.«

»Warum das?«

»Er wollte, dass ich für ihn den Kontakt herstelle. Sobald die Mädchen sich setzten, ging ich also hinüber und bot ihnen eine Zigarette an. Ich sagte, dass ich sie noch nie in dem Klub gesehen hätte, und fragte, ob sie wegen der Band gekommen seien. Das Mädchen im roten Kleid ...«

»Amina Talal.«

»Ja, Amina Talal, sie lachte nur – sie hatte ein sympathisches Lachen – und sagte, sie seien zum Tanzen gekommen. Sie habe ihre Abschlussprüfung in *hôtellerie* bestanden, und das wollten sie gemeinsam feiern. Wir unterhielten uns ein paar Minuten. Das andere Mädchen begann sich zu langweilen und stand auf, um zur Toilette zu gehen. Ich meinte: ›Warum kommen Sie nicht zu unserem Tisch rüber und lernen Mr. Al-Husseini kennen? Er baut gerade ein Hotel in der Palmeraie und bietet Ihnen womöglich einen Job an.‹ Es war sehr dunkel in dem Klub, und von den Leuten im rückwärtigen Bereich konnte man kaum etwas erkennen. Ich erklärte Amina, dass ich ihrer Freundin Bescheid geben würde, wo wir sitzen, und ließ sie allein mit Mohammed zurück. An der Bar bestellte ich noch ein paar Drinks. Der Laden war inzwischen rappelvoll, *complètement bondé*. Ich sah, wie das andere Mädchen sich in unsere Richtung durch die Menge schob. Da ich sie loswerden wollte, erzählte ich ihr, Amina habe einen Anruf erhalten und sei schon nach Hause gegangen. Daraufhin ist das andere Mädchen sofort weg.«

Sébastien zog ein letztes Mal an dem Zigarettenstummel, ließ ihn fallen und sprach weiter: »Ich bin zurück an den Tisch, wo Mohammed bereits Süßholz raspelte und dem Mädchen erzählte, wie schwer es sei, geeignetes Personal zu finden, also Mitarbeiter mit der richtigen Mischung aus Effizienz und Charme … all solchen Schwachsinn eben. Amina trank ihren Fruchtsaft, aber nach einer Weile begann sie, ihre Freundin zu vermissen. Die hätte ich vorhin an der Bar getroffen, sagte ich, und sie sei schon nach Hause gegangen, weil ihr schlecht geworden war. Amina sprang erschrocken auf und wäre fast über die eigenen Füße gefallen …«

»Warum?«

»Weil sie Alkohol getrunken hatte.«

Karim runzelte die Stirn.

»Sie beharrte darauf, in die Rue Ibn Atya zu müssen, zur Wohnung ihrer Freundin. Mohammed bot an, dass wir sie hinbringen. Er begleitete sie zum Ausgang …«

»Und sie hatte keine Einwände?«

»Wie gesagt, sie war nicht mehr ganz nüchtern.« Sébastien stockte, als er den misstrauischen Blick von Karim bemerkte. »*Eh bien* … ich habe ihr Wodka in den Saft geschüttet. Einen dreifachen.«

Karims Nackenmuskeln spannten sich an, aber er blieb stumm.

»Sie war *déchirée*, vollkommen neben der Spur. Torkelte hin und her, ließ sogar ihre Handtasche fallen, und alles purzelte auf den Boden: *carte nationale*, Schminke, einfach alles. Ich blieb zurück, um alles aufzusammeln.«

»Und Al-Husseini?«

»War schon draußen.«

»Mit Amina?«

Sébastien schüttelte den Kopf. »Als ich rauskam, war sie schon fort.«

»Was soll das heißen, *fort*?«

»Abgehauen«, antwortete Sébastien. »Mohammed war stinksauer und schrie mich an, ich solle sie gefälligst zurückholen. Ich rannte bis an die nächste Kreuzung, fand aber nirgends eine Spur von ihr. Am Ende fuhr ich Mohammed zu den Nutten an der El-Beqal, wo er sich eine aussuchte.«

Karim überdachte das Gehörte einen Moment, dann akzeptierte er Sébastiens Schlüssel. »Wie sieht Ihr Sohn aus?«

»Langer Schlaks – ungefähr meine Größe – achtzehn, hellbraune Haare. Warten Sie!« Sébastien streckte den Arm durch das Gitter, obwohl Karim längst außer Reichweite war. »Die Zigaretten!«

Dumpf hallend drang Karims Stimme zu ihm.

»So ein Gefängnis ist ideal, um damit aufzuhören, *monsieur!*«

Karim bog mit seinem *moto* auf den Flughafenparkplatz, wo die Taxis in einer langen Schlange darauf warteten vorzurücken. Zwei Fahrer waren aus ihren Wagen gestiegen und stritten sich. Im Näherkommen erkannte Karim zu seinem Entsetzen, dass einer der beiden Rachid war. Er schien kurz davor, sich mit dem anderen zu schlagen.

»*Ya kelb*«, schrie Rachid. »Räudiger Hund.«

»Mieser Trickser!«, konterte sein Widersacher.

»*Allah yatik mosiba!* Verflucht seist du tausendmal!«

»Jetzt reg dich mal wieder ab und pass auf, was du sagst!«

»Hurensohn!«

Karim stellte seinen Roller ab und eilte zu den Taxis, wo die anderen Fahrer unter »*Baraka, baraka*«-Rufen bereits bemüht waren, Rachid zu besänftigen. Bevor Karim noch dazwischengehen konnte, riss Rachid sich los und verpasste seinem Kontrahenten einen Kinnhaken. Prompt entstand ein Gerangel, und Karim half den anderen Taxifahrern, Rachid einige Schritte fortzuziehen.

»Sei froh, dass ich nicht die Polizei rufe!«, schrie der andere ihm nach.

»Polizei?«, erwiderte Rachid höhnisch. »Der Mann hier ist von der Polizei! Und er ist mein Freund! Na, wo bleibt jetzt deine große Klappe?«

Karim, dem die Situation inzwischen höchst peinlich war, brachte Rachid zu dessen Taxi zurück.

»Er hat behauptet, ich hätte mich vorgedrängelt!«, fauchte er. Seine Augen waren vor Erregung stark gerötet.

»*Malesch*. Was soll's? Vergessen Sie's einfach.«

»Vier Stunden steh ich schon in dieser verdammten Schlange!«

»Haben Sie nicht eigentlich frei?«

»Was? Ach so, mein Schwager ist krank und hat mich gebeten,

für ihn einzuspringen.« Rachid bemerkte den Helm in Karims Hand. »Sie haben Ihr *moto* wieder.«

»Ja.«

Rachid stieg in sein Taxi. »Was bedeutet, dass Sie mich nicht mehr brauchen, um Sie abends zur Arbeit zu bringen, richtig?«

»Stimmt«, antwortete Karim und beugte sich zum Seitenfenster herab. »Unsere Gespräche werden mir fehlen.« Mit einem schiefen Grinsen fügte er hinzu: »Und Ihre grauenhafte Musik.«

»Ich hab eine neue CD, die ich Ihnen unbedingt vorspielen muss. Asha Bhosle – eine Stimme, lieblich wie die eines Vögelchens.« Rachid legte eine CD ein, und Bollywood-Musik dröhnte durch den Wagen. Die Taxis vor ihm setzten sich in Bewegung.

»Haben Sie inzwischen herausgefunden, was mit der kleinen Talal passiert ist?«, fragte er und drehte den Zündschlüssel.

»Nein«, gestand Karim mit bedrückter Stimme. »Dieser Geschäftsmann war jedenfalls nicht bei ihr. Sie ist fortgerannt.«

»Wohin?«

»Keine Ahnung.«

»Sie haben keine Zeugen gefunden?«

»Nein.«

»Niemand sah sie dort herumtorkeln?«

»Nein«, wiederholte Karim und trat einen Schritt zurück, damit Rachid zur Schlange aufschließen konnte. Ein plötzlicher Gedanke ließ Karim stutzen. Dann lief er dem Taxi hinterher.

»Warum haben Sie eben von *herumtorkeln* gesprochen?«, fragte er schnaufend, als er Rachid eingeholt hatte. Nur eine Handvoll Leute wusste, dass bei Amina Alkohol im Blut festgestellt worden war. *Wohin sonst sollte Amina sich vor den Klauen dieses widerlichen Al-Husseini flüchten als in ein sicheres Taxi?* Er zwang sich, ruhig zu bleiben und keine voreiligen Schlüsse zu ziehen. Rachid ließ den Wagen noch ein paar Meter rollen, bevor er abbremste und Karims Blick erwiderte.

»Sie ist doch betrunken gewesen, oder?«

Karim studierte Rachids Reaktion genau. Verriet seine Miene einen Hauch von Panik?

»Ich habe nichts davon gesagt, dass sie betrunken gewesen ist.«

»Na, dann hat's mir eben sonst jemand erzählt.«

Karim rief sich den verhängnisvollen Abend draußen vor der Moschee in Erinnerung. Ihm war kein Alkoholgeruch aufgefallen, als er den Handkarren untersucht hatte. Ob womöglich einer der anderen Anwesenden ein entsprechendes Gerücht in die Welt gesetzt hatte?

»Ich denke, sie hat ein Taxi genommen«, erklärte er dann, jedes Wort betonend.

»Zurück in die Medina?«

»Nein«, antwortete Karim und hob kurz den Kopf, um die Distanz zur Parkplatzschranke abzuschätzen. Knapp hundert Meter – ein Sprint von fünfzehn Sekunden. Er wandte sich wieder zurück. »Zurück zur Wohnung ihrer Freundin.«

»Wo wohnt denn diese Freundin von ihr?«, erkundigte sich Rachid und gähnte. *Wie eiskalt er war!*

»Guéliz.«

»Und wo in Guéliz?« Die Taxischlange rückte weiter vor. Rachid schaltete den Motor ein und fuhr drei Meter.

Karim eilte ihm nach und legte die Hand ins Fenster. »Eine Straße namens Ibn Atya.« Er schielte noch einmal zur Schranke. War sie stabil genug, um der Wucht eines aufprallenden Taxis standzuhalten?

Rachid kratzte sich die Wange und meinte: »Glaub ich nicht,

dass sie ein Taxi genommen hat.« Er holte einen Stadtplan aus dem Handschuhfach, breitete ihn auf dem Beifahrersitz aus und deutete mit dem Zeigefinger auf eine Straße. »Hier ist die Oum Errabia.«

Karim hörte gar nicht mehr richtig zu, sondern gab auf seinem Handy bereits eine Nummer ein, um Verstärkung anzufordern.

»… und Ibn Atya ist hier.«

Karim sah beiläufig auf die Karte und beugte sich im nächsten Moment erschrocken darüber. Die Rue Ibn Atya war eine Seitenstraße zur Rue Oum Errabia. Der Klub lag nur einen Steinwurf weit von Leilas Elternhaus entfernt.

»Völlig unnötig, dafür ein Taxi zu nehmen«, erklärte Rachid und faltete die Karte wieder zusammen. »Die Strecke hätte sie in zwei Minuten zu Fuß geschafft.«

»Ich … ähh …«, stammelte Karim verwirrt.

Die Schlange rückte weiter vor, und hinter ihnen wurde gehupt. »Sie machen sich jetzt besser auf und treffen, wen immer Sie hier treffen wollten«, sagte Rachid. »Alles Gute, mein Bruder!«

Eine Weile blieb Karim noch wie angewurzelt stehen, bevor er sich gemächlich Richtung Terminal in Bewegung setzte. Selbst als er durch den Eingang der Ankunftshalle trat, war er noch so geistesabwesend, dass er gar nicht bemerkte, wie Kay und Laurent im selben Augenblick aus der Tür nebenan traten.

Übermäßig besorgt war Kay nicht, als Hassan ihr atemlos Sébastiens Verhaftung schilderte. Sollte er doch für den Rest seines Lebens hinter Gittern schmoren, ging es ihr spontan durch den

Kopf. Allerdings war nun niemand am Flughafen, um Laurent abzuholen. Was ihr wiederum leidtat. Zum einen fand Kay es unfair, dass der Sohn für das Fehlverhalten seines Vaters büßen musste, zum anderen war sie selbst viel zu neugierig darauf, Laurent kennenzulernen. Nachdem sie sich kurz telefonisch versichert hatte, dass im Dar Zuleika alles für die bevorstehende Wiedereröffnung bereit war, lieh sie sich also Wagen und Chauffeur von Mohammed aus und fuhr zum Flughafen.

»Wie lange wird er denn im Gefängnis sein?«, fragte Laurent und musste blinzeln, als sie den sonnenüberfluteten Vorplatz des Terminals überquerten.

»Nicht lange«, antwortete Kay. »Irgendwelche belanglosen Anschuldigungen wegen Sand.«

»Sand? Das klingt tatsächlich verrückt!«

Kay blieb stehen und breitete lachend die Arme aus. »Willkommen in Marrakesch!«

»Bringt du mich jetzt zu ihm?«

»Nein. Marokkanische Gefängnisse meidet man lieber. Und sobald sich die Sache aufgeklärt hat, kommt dein Vater sowieso raus. In der Zwischenzeit würde er sicherlich wollen, dass du deinen Aufenthalt in Marrakesch genießt. *Dis-moi* – hast du schon mal in einem Riad gewohnt?«

Karim hielt sich nicht lange damit auf, nach dem jungen Mann zu suchen, und fuhr nach Hause. Er schlängelte sich an den hupenden Autokolonnen in der Rue Ank Jemel vorbei und stellte den Scooter im Durchgang ab. Die ereignisreichen Tage hatten viel Kraft gekostet, und gerne hätte er sich ausgeruht, aber heute Abend war die Nacht der Bestimmung – die Nacht, in der alle Sünden vergeben wurden. Ayesha war im *salon* bereits damit beschäftigt, die Speisen vom Servierwagen auf den Tisch zu räumen.

»Heute Abend«, flüsterte er. »Heute Abend sollten wir es Mima sagen.«

Ayesha starrte ihn sekundenlang an und zuckte dann mit den Schultern. »Wie du magst.«

Karim ging hinüber in die Küche und umarmte seine Mutter. »Mein Scooter ist repariert.«

»*Alhamdulillah*«, sagte seine Mutter und nickte in Richtung Gasherd. »Kannst du die Flasche wechseln?«

Karim rückte den Herd von der Wand und schraubte die Gasflasche ab. »Ich habe heute Hadschi Omar besucht.« Als Lalla Fatima ihn erwartungsvoll ansah, fuhr er fort: »Gesundheitlich ist er in keiner guten Verfassung. Aber er hat mich erkannt, und er wusste, wer Si Brahim ist, Gott sei Dank.« Karim trug die leere Gasflasche nach draußen und kam kurz darauf mit einer neuen zurück. »Er hat etwas Merkwürdiges gesagt.«

»Was denn?«

Nachdem er die Flasche angeschlossen hatte, schob Karim den Herd wieder an die Wand. »Er bat darum, seine Tochter zu sehen.«

»Seine *Tochter*?«, wiederholte Lalla Fatima.

»Ich habe ihm erklärt, dass Amina tot und begraben ist, aber er sagte immer wieder: ›Ich möchte meine Tochter sehen.‹ Armer Kerl, jetzt hat er den Verstand verloren.«

»Gott sei ihm gnädig!«, rief Lalla Fatima aus und starrte ins Leere. »Und uns.«

Karim ging nach oben, um kurz zu duschen und etwas anderes

anzuziehen. Anschließend stieß er am Fuß der Treppe auf Ayesha.

»Bist du dir sicher damit?«, fragte sie.

»Ja.«

Gemeinsam betraten sie den *salon*, wo Lalla Fatima gerade einen Teller Gazellenhörnchen von ihrem Tablett nahm und auf den Tisch stellte. Als Ayesha den Fernseher ausschaltete, drehte sich Lalla Fatima überrascht um.

Karim legte ihr eine Hand auf die Schulter und sagte: »Setz dich bitte, Mima. Wir müssen reden.«

»Reden? Worüber willst du reden?«

Mittlerweile schwitzte Karim so stark, dass sein Hemd schon an der Haut klebte. Er nahm seiner Mutter das Tablett aus der Hand und wartete, bis sie auf dem Diwan Platz genommen hatte. »Es gibt da etwas, worüber wir sprechen müssen.«

Nervös sah Lalla Fatima von Karim zu Ayesha.

»Die Sache ist schon viel zu lange ein Geheimnis«, begann Karim.

»Ein Geheimnis?« Das Gesicht von Lalla Fatima wurde aschfahl.

»Geheimnisse wuchern und eitern, und sie nagen an unseren Herzen.«

»Allah steh uns bei!«

»Auch wenn die Wahrheit schändlich ist, so wäre es doch noch schändlicher, sie weiter zu verschweigen.« Karim warf Ayesha einen fragenden Blick zu, und sie gab mit einem Nicken ihr Einverständnis zum Fortfahren. »Vor zwanzig Jahren ...«

»*Andek el-haqq*«, fiel seine Mutter ihm ins Wort. »Du hast ganz recht, diese Familie hat ein Geheimnis.« Ayesha und Karim tauschten erschrockene Blicke aus. »Und es bringt Schande über uns alle.«

Ayesha schluchzte auf, und Karim wollte schon etwas sagen, aber Lalla Fatima sprach bereits weiter. »Die furchtbaren Dinge, die in diesem Monat – ausgerechnet im Ramadan – geschehen sind, haben mir klargemacht, dass die Zeit für Geheimnisse vorbei ist. Und du, Ayesha, hast mehr als jeder andere das Recht, die Wahrheit zu erfahren.«

»Die Wahrheit?«, stammelte Ayesha verwirrt. »Was für eine Wahrheit?«

Lalla Fatima senkte den Blick zu Boden. »Mit vierzehn verließen Brahim Belkacem und Omar Talal die Berge ...«

»Das wissen wir doch alles, Mima«, rief Karim und sprang auf. »Was hat das damit zu tun, dass ...«

»Setz dich wieder hin, Karim«, unterbrach Lalla Fatima ihn mit fester Stimme. »*Khalini nhedr.* Lass mich ausreden. Erst muss das jetzt ans Licht. Wie gesagt, Brahim und Omar kamen nach Marrakesch. Dein Vater besuchte anschließend noch die Schule und brachte es in seinem Leben zu etwas – nach seinen Wertvorstellungen. Omar dagegen wandte sich der Religion zu. Mit einundzwanzig heirateten sie beide. Omar war damals bereits lange mit einem Mädchen aus den Bergen verlobt. Lalla Hanane. Sie bekamen zwei Kinder ...«

»Abderrahim und Amina«, warf Karim ungeduldig ein.

»Ja, Abderrahim und Amina, *Allah irhemha.* Gottes Segen mit ihr. Ein Jahr später stürzte Omar von einer Leiter und brach sich die Hüfte. Sechs Monate lang war er arbeitsunfähig. Lalla Hanane, die mit ihrem dritten Kind schwanger war, hielt sich in dieser Zeit im Zat auf. Schon ihre vierköpfige Familie brachten die beiden nur mit größter Mühe durch. Zudem grassierte damals die Cholera, und überall kämpften die Menschen ums Überleben. Brahim bot Omar an, ihm Geld für eine Operation zu leihen, aber der lehnte ab. Als das Kind – ein kleines Mädchen – auf die Welt kam, dachten alle, es würde bald sterben. Aber die Kleine schaffte es.«

Karim fiel das Atmen schwer. Sein Herz hämmerte, als würde es gleich aus der Brust springen.

»Omar und Lalla Hanane fehlten die Mittel, um für die arme Kleine zu sorgen«, fuhr Lalla Fatima mit Tränen in den Augen fort. »Also haben dein Vater und ich uns bereit erklärt, sie zu adoptieren.«

Ayesha schrie auf und stürzte aus dem Raum. Karim tat sich noch schwer, die Worte seiner Mutter überhaupt zu begreifen. »Du meinst *Ayesha*?«, murmelte er schließlich fassungslos. »Ayesha ist die Tochter von Omar Talal? Warum habt ihr uns das nie erzählt? Warum habt ihr das *ihr* nie erzählt?«

»Ich wollte ja«, antwortete Lalla Fatima unter Tränen. »Aber dein Vater war dagegen. Seiner Meinung nach war es für das Kind besser, es nicht zu wissen. Es würde ihr bloß Probleme bereiten und dem Ansehen ihrer Eltern schaden. Also blieben wir bei der Geschichte, dass Unbekannte uns Ayesha auf die Türschwelle gelegt hatten. Sie war eine *kafala*, ein Kind, das uns zur Obhut anvertraut worden war. Und wir alle vier – Brahim, ich, Omar und Lalla Hanane – schworen, Stillschweigen zu bewahren.«

Karim öffnete den Mund, brachte aber keinen Ton zustande.

Lalla Fatima stand wankend auf, suchte mit einer Hand am Türrahmen Halt und sah in den Hof. Ayesha lag bäuchlings auf dem Sofa in der Ecke und weinte. Lalla Fatima humpelte schwerfällig hinüber und setzte sich neben sie. »Es tut mir leid, Ayesha«, sagte sie mit brüchiger Stimme. »Verzeih. Ich habe dich stets geliebt … geliebt wie ein eigenes Kind.«

In Karims Hirn gerieten tektonische Platten in Bewegung und knallten gegeneinander. Nebulöse Anmerkungen und unverständliche Reaktionen ergaben plötzlich Sinn. Der Konflikt zwischen den beiden alten Freunden … die ständigen Besuche seiner Mutter bei Lalla Hanane ... Omars väterliche Strenge ... *O doppelt leidgeprüfter Omar Talal! Gibt eine Tochter fort und wird dafür zusätzlich gestraft durch den Verlust der anderen!*

»Komm, bereiten wir uns aufs *ftour* vor«, sagte Lalla Fatima und wischte sich die Tränen fort.

»Moment!«, rief Karim, der in den Hof gerannt kam. »Eine Sache verstehe ich nicht. Warum hat Omar nicht darum gebeten, Ayesha zurückzubekommen, als er sich von seinem Unfall erholt hatte und wieder Geld verdiente?«

»Das hat er«, erklärte Lalla Fatima mit bebenden Lippen. »Ein Jahr nachdem wir Ayesha aufgenommen hatten, erschien Si Omar bei uns und sagte, dass alles ein schrecklicher Fehler gewesen sei. Er bat darum, Ayesha zurückzubekommen. Wie es sein gutes Recht war. Doch dein Vater weigerte sich. Er meinte, Ayesha sei nun ein Teil unserer Familie. Ich war nicht ganz unschuldig daran. Denn ich hatte Ayesha inzwischen so ins Herz geschlossen, dass ich deinen Vater anflehte, sie behalten zu dürfen. Omar gegenüber argumentierte er, dass es dem Kind schaden würde, erneut entwurzelt zu werden. Omar wurde wütend. In einem Versuch, den Zwist zu überwinden, schlug Si Brahim eine Ehe vor ...«

»Zwischen mir und Amina ...«

»Genau. Doch statt die Familien miteinander zu versöhnen, vertiefte es den Graben nur. Du bist ja selbst dabei gewesen, als die Männer ein paar Jahre später in Streit gerieten. Omar beschuldigte deinen Vater, ihm die Tochter gestohlen zu haben. Dein Vater erwiderte, dass er nicht gewillt sei, Ayesha in die Hände ungebildeter religiöser Fanatiker fallen zu lassen. Die beiden Männer haben danach nie wieder ein Wort miteinander gewechselt.«

Der Muezzin rief zum Gebet. Lalla Fatima sah sich suchend

nach ihrem Gehstock um und verschwand humpelnd in der Küche. Karim nahm ihren Platz auf dem Sofa ein.

»Alles in Ordnung?«, fragte er und legte den Arm um Ayesha.

Sie hob den Kopf und sagte in entschlossenem Ton: »Bring mich zu ihm. Bring mich zu meinem Vater.«

Ayesha fuhr auf dem Soziussitz mit. Ihr langes Haar ragte unter dem Helm heraus und flatterte im Wind. Das festliche Essen, das Lalla Fatima im Sinn gehabt hatte, war eine traurige Veranstaltung geworden. In Karim loderte noch immer der Zorn auf seinen Vater und Omar Talal so heftig, dass er die ganze Zeit nur stumm vor sich hingebrütet hatte. Auch Ayesha hatte kaum etwas gegessen und gesagt. Über ihre Gefühle füreinander hatte keiner der beiden ein Wort verloren.

Mittlerweile war es dunkel draußen, und auf dem Boulevard herrschte ein reger Betrieb an Autos und Fußgängern. Karim bog nach rechts in die Rue Oum Errabia, verlangsamte das Tempo und deutete auf die noch unbeleuchtete Fassade des Club Afrique. »Da ist der Klub.« Langsam fuhr er die Straße weiter, wobei er den Straßenrand zu beiden Seiten aufmerksam musterte.

»Kein Sand«, sagte Ayesha.

Karim schüttelte den Kopf. Sie kamen an einem modernen vierstöckigen Wohnhaus mit breiten Balkonen vorbei. »Leilas Adresse.«

Fünf Minuten später trafen sie vor der Haftanstalt Boulmharez ein. Über dem Eingang brannte eine helle Lampe. Der Wärter, den er von seinem ersten Besuch her kannte, öffnete mit vollem Mund kauend.

»*Esh-shibani*«, sagte Karim mit einem Zwanzig-Dirham-Schein in der Hand. »Der Alte von heute Nachmittag.« Es erforderte einen längeren Disput und weitere zwanzig Dirham, bevor der Wärter sie einließ. Sobald die Tür hinter ihnen ins Schloss gefallen war, reichte Karim ihm einen Umschlag mit Sébastiens Schlüssel und einer kurzen Notiz über die fehlgeschlagene Abholaktion. »Das ist für den Franzosen«, erklärte er und drückte dem Wärter noch zwei Zwanziger in die Hand.

Zwei Kollegen des Wärters saßen an einem Tisch, die Hände in einer Couscous-Schüssel, und schauten verdutzt auf, als Karim und Ayesha an ihnen vorbeikamen. Ihr Begleiter drückte auf einen Knopf, und eine Schiebetür glitt zur Seite. Statt in den Flügel abzubiegen, wie Karim es erwartet hatte, stieg der Mann aber eine Treppe hoch.

»Wohin gehen wir?«

»Krankenstation.«

Aus den Tiefen des Baus drang ein greller Schrei, gefolgt von barschen Ermahnungen. Karim drehte sich nach Ayesha um, die ihren *hidschab* enger um den Kopf schlang.

Der Wärter hielt am Eingang eines schlauchartigen Raums mit einer langen Reihe Metallbetten, von denen nur eins belegt war. Allerdings lag nicht Omar darin, sondern ein junger Mann mit nacktem Oberkörper, der am Bettgestell festgeschnallt war und sich stöhnend in seinen Fesseln wand.

An der Stirnseite des Raums bemerkte Karim neben einem museumsreifen Defibrillator eine fahrbare Krankentrage, auf der Omar lag, zusammengerollt wie ein Fötus. Er trug einen blauen Krankenhauskittel. *Immerhin sauber und gebügelt*, dachte Karim. Er tippte dem alten Mann erst sanft, dann etwas fester an die Schulter.

»Si Omar. Ich bringe Ihnen Ihre Tochter, Hadschi Omar!«

Ayesha kauerte sich neben die Bahre und streichelte die Hand des alten Mannes. Eine Minute verstrich, dann noch eine. Endlich öffnete Omar ein Auge. Es war wässrig, die Pupille fast milchig trüb. »*Chkoun?*«

»Ayesha.«

»Ayesh ... Ayesh ...«

Vorsichtig hob Ayesha seinen Kopf ein kleines Stück an und träufelte ihm etwas Wasser zwischen die Lippen. »Ayesha«, brachte der alte Mann schließlich heraus.

»Papa«, erwiderte Ayesha, ihre Stimme kaum mehr als ein Flüstern.

Eine Träne lief Omar über das Gesicht und verschwand in seinem weißen Bart. Er öffnete auch das andere Auge, und ein paar Sekunden lang blickten die beiden einander stumm an. Bis auf das gelegentliche Aufstöhnen des fixierten jungen Mannes war es still im Raum. Omar schloss die Augen und drückte sie so fest zu, dass seine faltigen Wangen sich vor Anstrengung strafften. Sein Kopf begann von einer Seite zur anderen zu pendeln. Erst langsam, dann wurde die Bewegung immer heftiger, als würde er verzweifelt versuchen, einen schlecht sitzenden Hut abzuschütteln. Nach einer Weile hörte das Kopfschütteln auf, und er lag vollkommen reglos.

Auf dem Jemaa el Fna herrschte zu Lailat al-Qadr natürlich Hochbetrieb. In zwei, drei Reihen umstanden die Menschen die Straßenkünstler und Märchenerzähler. Niemand schenkte dem jungen Marokkaner Beachtung, der sich in Nike-Turnschuhen und einem Fußballtrikot mit der Aufschrift *Italia* durch die

Menge schob. Hinter den letzten Teeständen umkurvte er das Restaurant Two Brothers und lief die Derb Sidi Bouloukat hinunter, bis er Youssefs Laden erreichte.

Drinnen verabschiedete Youssef sich gerade von einem Kunden. Sobald sie allein waren, schob der junge Mann in dem Fußballtrikot ein weißes iPhone auf den Glastresen und fragte: »*Bishal?*«

Youssef registrierte noch die kaputten, gelb verfärbten Zähne seines Gegenübers, bevor er das Handy begutachtete. Es verfügte über einen großen Speicher, was in Marokko eine Seltenheit war.

»*Khamsmia*«, bot er an.

»Sechshundert«, verlangte der Mann.

»Fünfhundertfünfzig«, halbierte Youssef die Differenz.

Sein Gegenüber nickte. Youssef zog einen Bündel Scheine aus der Tasche und zählte die Summe auf den Tresen. Der Mann steckte das Geld ein, nickte noch einmal und ging hinaus.

Youssef scrollte durch den Inhalt des Handys und fand Fotos und Videos von zwei jungen Europäerinnen – nein, es waren drei. Er lächelte freudlos. Hatte er doch richtig vermutet: Das Handy war gestohlen. Er spielte das vorletzte Video ab. Eins der Mädchen trug ein hautenges Catsuit und tanzte ausgelassen und ungezwungen. Kein Wunder, dass der Mann die Aufnahmen nicht gelöscht hatte! Das letzte Video zeigte das Trio draußen vor einem Klub, wo sie betrunken kichernd das Daumen-hoch-Zeichen machten. Im Hintergrund war eine andere junge Frau in einem roten Kleid zu sehen, die in wildem Zickzack die Straße überquerte. Verwundert spielte Youssef das Video noch einmal ab und zoomte dabei auf diesen Ausschnitt. Das Mädchen schien Marokkanerin zu sein. Sie torkelte zu einem Taxi und stieg hinten ein.

Eine Kundin betrat das Geschäft. Youssef klickte auf *hard reset* und trommelte ungeduldig mit den Fingern auf dem Tresen, während das Handy alle gespeicherten Daten löschte. Nach Abschluss der Zurücksetzung beugte er sich ins Schaufenster und stellte das Handy zu all den anderen.

15

Zehn Wochen waren seit dem Ende des Ramadan vergangen. Der erste Schnee überzog die Bergspitzen. Alle Geschäfte und Bürogebäude in Marrakesch waren zu Aid el-Kebir, dem Opferfest, geschlossen. In den letzten Wochen hatte sich der Preis für Lammfleisch stetig erhöht. Karim war so mit seinen Ermittlungen zu gefälschten Medikamenten beschäftigt gewesen, dass er den Kauf eines Lamms bis auf die letzte Minute hinausgezögert hatte. Als er endlich mit Bouchaïb aufs Land in ein Dorf gefahren war, hatte er nur noch ein klapperdürres Tier für stolze zweitausend Dirham auftreiben können. Selbst Bouchaïb war es nicht gelungen, den Bauern herunterzuhandeln. Beim Anblick des kläglichen Exemplars hatte Lalla Fatima zwar kurz abfällig mit der Zunge geschnalzt, es aber dann an den Brunnen im Innenhof gebunden und die letzten Tage so gut wie möglich gemästet.

Heute war der Morgen des Opferfests. Die Frauen trugen Schürzen und hielten Putzlappen und Wischmopp bereit, während Karim – in *gandora* und Sandalen – in ihrer Mitte stand und ein Messer mit langem Griff aufnahm. Vor ihnen lagen noch diverse andere Messer aufgereiht, außerdem gab es eine Säge und drei Eimer. Wahrscheinlich wegen seiner bäuerlichen Herkunft hatte sein Vater stets darauf bestanden, das Schlachten selbst zu erledigen. Und nun fühlte Karim sich verpflichtet, dem Vorbild des Vaters zu folgen, obwohl man die Aufgabe problemlos einem der professionellen Schlachter, die von Haustür zu

Haustür zogen, hätte überlassen können. Prüfend fuhr Karim mit dem Daumen über die Klinge. *Das Lamm gibt sein Leben für uns*, hatte sein Vater immer gesagt. *Das Wenigste, was wir ihm dafür schulden, ist eine scharfe Klinge.*

»Legt das Tier zu Boden.«

Ayesha warf das Lamm auf die Seite und packte die Vorderbeine. Karim konnte die Rippen des Tieres sehen, die sich deutlich abzeichneten. *Hätte er Ayesha vor vier Wochen im Souk ein Lamm kaufen lassen, hätte sie bestimmt zum halben Preis ein besseres gefunden.* Das Lamm trat verzweifelt aus, Panik in den Augen. Khadija bückte sich und hielt die Hinterbeine fest. *Er hätte es stehend zwischen seinen Beinen einklemmen und ihm von hinten die Kehle durchschneiden sollen, wie sein Vater es immer getan hatte.* Ayesha drückte den Kopf des Tieres zu Boden und warf Karim einen drängenden Blick zu. *Jetzt oder nie!* Karim flüsterte einen Segensspruch und führte mit dem Messer den Schnitt aus. Dunkles Blut spritzte, begleitet von einem kehligen Laut. *Bei den Sieben Heiligen! Das Vieh lebte ja immer noch!* Karim setzte das Messer erneut an, und diesmal fand er die Luftröhre. Ein Gurgeln, ein paar letzte Zuckungen, dann war es vorbei. Mit nüchterner Gelassenheit begann Lalla Fatima, das Blut in den Ausguss zu wischen.

Karim brauchte einen Moment, um seine Atmung zu beruhigen. Der Geruch nach frischem Blut drang ihm in die Nase. Er legte das Messer fort, und Ayesha reichte ihm das Hackbeil. Mit weit vorgebeugtem Oberkörper versuchte er, dem Lamm die Hufe abzutrennen. Er brauchte mehrere Schläge, bevor Knochen und Sehnen nachgaben. Ein Fuß nach dem anderen landete in einem der Eimer. Dann machte er sich daran, den Kopf abzutrennen. Er wusste, dass die Frauen ihn dabei beobachteten, und so hackte er verbissen auf das Tier ein. Es war ein Wettstreit, ein

Zweikampf zwischen ihm und diesem *Ding da*, dieser störrischen Masse aus Fleisch und Knochen, die sich beharrlich weigerte, seinen Zerteilungsversuchen nachzugeben. Einmal … zweimal … dreimal … ein splitterndes Krachen … *alhamdulillah,* der Kopf fiel ab. Er legte auch ihn in den Eimer und stand auf. Seine *gandora* war blutig und voller Wollbüschel.

Mit der routinierten Effizienz einer Operationsschwester, die dem Chirurgen die Instrumente reicht, bot Ayesha ihm das nächste Messer an. Karim schwang ein Bein über den Tierkörper, sodass er über ihm kniete, und schnitt einmal quer über die Schultern. Er bohrte Daumen und Fingerkuppen unter die Haut und hatte das Fell fast fertig abgezogen, als sein Handy klingelte.

Rasch putzte er sich die Hände an der *gandora* ab und kramte das Telefon aus der Tasche. Es war Abdou, der vor Aufregung fast platzte. In Agadir hatte ein Schiff aus Guangzhou mit verdächtiger Fracht angelegt. Ihr Kontaktmann bei der OMPIC in Casablanca war bereits auf dem Weg. Karim informierte Noureddine über die Entwicklung, und der wies ihn an, sich im Kommissariat einen Wagen zu besorgen.

»In der Zwischenzeit rufe ich in Agadir an und bitte um Verstärkung.«

»Okay«, erwiderte Karim.

»Du brauchst neben Abdou noch mindestens zwölf Mann.«

»Ich nehme nicht Abdou«, sagte Karim und atmete tief durch.

»Wie, du nimmst nicht Abdou? Aber … du brauchst einen zweiten Verantwortlichen!«

»Ich möchte Aziz mitnehmen.«

»Aziz Al-Fassi?«, wiederholte Nour, der seinen Ohren nicht traute.

»Ja.«

»Was ist denn nun los? Seid ihr beide auf einmal die dicksten

Freunde? Aber gut, wie du willst.« Mit einem tiefen Seufzer fügte Noureddine hinzu: »Gott steh dir bei, wenn sich das als Fehler entpuppt.«

»Gott steht all jenen bei, die sich selbst behelfen.«

»Na dann. Ich richte Aziz aus, dass er dich in einer Stunde im Kommissariat treffen soll.«

Karim steckte das Handy weg und wandte sich an seine Mutter und Schwestern. »Ich muss nach Agadir.«

»Und wer soll das Tier zubereiten?«, fragte Khadija überrascht.

»Ruf doch Abderrezak an. Frag ihn, ob er zur Abwechslung mal für uns kochen kann!«

»In seiner Familie müssen zwei Lämmer geschlachtet werden. Da wird er keine Zeit haben, auch uns noch auszuhelfen.«

»Wir können es doch selbst machen«, schlug Ayesha vor.

Karim dachte darüber nach. Ein Lamm auf dem Dach zu grillen, vor den Augen sämtlicher Nachbarn, war normalerweise eine den Männern im Haus vorbehaltene Aufgabe.

»Wenn wir uns den Grill mit der Feuerschale aus Abderrezaks Wohnung holen, können wir das Fleisch im Hof zubereiten«, erklärte Khadija. »So sieht uns keiner.«

Da Karim keine bessere Lösung einfiel, lenkte er ein. Als er das Messer wieder aufhob, um den Rest des Fells abzuziehen, legte Ayesha ihm die Hand auf den Unterarm. »Geh ruhig und mach dich fertig. Ich übernehme das.«

Also duschte Karim rasch, zog sich Jeans und einen Kapuzenpulli an und steckte seine Pistole ein. Er küsste Lalla Fatima zum Abschied auf beide Wangen, schob sein *moto* in die Gasse und ließ die Tür hinter sich ins Schloss fallen.

Das Lamm hing inzwischen an einem Haken. Während Khadija das Tier festhielt, sägte Ayesha es der Länge nach durch.

»Hast du dir die Tattoos schon überlegt?«, erkundigte sich Ayesha.

»Ein Vogel, eine Eidechse und ein Auge als Glücksbringer.«

»Keine Schwalbe?«

»Doch, ja. Wenn noch genug Platz ist, werde ich die Hennamalerin auch um eine Schwalbe bitten.«

Ayesha brach das Becken auf. »Und Schmuck?«

»Naïma meinte, ich könne mir ihren borgen.«

Schweigend nahm Ayesha ein neues Messer und fuhr damit durch die Bauchhöhle.

Khadija wedelte drohend mit dem Zeigefinger. »Du willst mich noch immer dazu bringen, diese Goldfäden zu kaufen!«

»Ich finde bloß, Gold würde hervorragend zu den *takschitas* passen«, sagte Ayesha und riss an den Innereien des Tieres, sodass sie direkt in den Eimer rutschten. »Mima haben sie gefallen.«

»Was hat mir gefallen?«, fragte Lalla Fatima, die gerade ein dickes Bündel Spieße in den Hof brachte.

»Der mit Gold durchwirkte Stoff, den wir in diesem Laden in Mouassine gesehen haben.«

»Der war tatsächlich recht hübsch. Wer übernimmt das Grillen?«

»Bei Allah!«, schrie Khadija auf. »Wir müssen noch Zaks Grill holen!«

Aus dem Hotelblog der Serafina
Tage bis zur Eröffnung: 1
Stellen Sie sich nur diese Ankunft vor: Einhundert Meter lang gleiten Sie an der Avenue of Water vorbei, während vor Ihnen der Kuppelbau wie ein überirdisches Traumbild aufsteigt und

zugleich alle Sorgen von Ihnen abfallen. In nicht einmal einer Minute ist der Check-in erledigt, gerade genug Zeit, die atemberaubend hohen Decken und die überwältigende Stille in sich aufzunehmen.

Folgen Sie dem ganz in Weiß gekleideten Hoteldiener durch die Lagunenlandschaft, wo sich die Gebirgskette des Atlas faszinierend im Wasser spiegelt, und drücken Sie die massiven Holztüren zu Ihrem Bungalow auf. Das Erste, was Ihnen ins Auge springen wird, ist der großzügige Schnitt, der ein Gefühl der Weite vermittelt. Bodentiefe Fenster lassen das Licht einströmen. Machen Sie es sich auf dem Sofa gemütlich, schenken Sie sich ein kostenloses Begrüßungsglas Champagner ein, und betrachten Sie die wunderschönen, seltenen Antiquitäten aus der ganzen Welt, die wir für Sie zusammengetragen haben.

Schlendern Sie über den – nun von Laternen erhellten – Lagunenweg zurück und überlegen Sie, in welchem der drei hoteleigenen Restaurants Sie heute am liebsten dinieren möchten. Soll es französisch-marokkanische Küche sein, thailändische oder indische? Bei einem Verhältnis von fünf Angestellten auf jeden einzelnen Gast ist ein stilvoller und unaufdringlicher Service garantiert.

Erfrischen Sie sich nach dem Essen doch noch in Ihrem ganz privaten Pool. Da wir in der Palmeraie nahezu frei von jedem Lichtsmog sind, leuchtet die Milchstraße über Ihnen in strahlendem Glanz. Verweilen Sie so einen Moment, und mit ein wenig Glück sehen Sie eine Sternschnuppe. Sind Sie müde, bummeln Sie in Ihrem kuschelweichen Frotteemantel ins Schlafzimmer, schlüpfen unter die Bettwäsche aus ägyptischer Perkal-Baumwolle und schlummern ein zum sanften Rauschen des Springbrunnens.

Das Frühstück wird Ihnen auf Ihrer eigenen Terrasse serviert.

Genießen Sie frisches Obst, Eier aus Freilandhaltung, selbst gebackenes Brot sowie Joghurt und Marmeladen aus eigener Herstellung, und entscheiden Sie in Ruhe, auf welche der zahlreichen Arten Sie den Tag verbringen möchten. Vielleicht ein Besuch im hammam, *der mit seinen elegant geschwungenen Bögen der Alhambra nachempfunden wurde? Oder eine Tour mit dem Quad durch entlegene Berberdörfer? Oder einfach am eigenen Pool entspannen und darauf warten, dass es Zeit für den Lunch wird?*

In der Serafina richtet sich das Tempo des Tages allein nach Ihnen.

Sébastien hockte sich über das Loch, das als Klo diente.

Bis zu seiner Ankunft in Boulmharez hatte Sébastien sich als jemand begriffen, der auch Härten wegzustecken vermochte. Er hatte die Rub al-Chali, die größte Sandwüste der Welt, durchquert, in den Bergen nur mit einer Packung Datteln überlebt und im Ramadan sogar eine Woche lang gefastet. Aber auf das Leben in einem marokkanischen Gefängnis war er nicht vorbereitet. In den ersten Tagen hatte er nur ein Fleckchen Boden neben der Latrine zum Schlafen finden können. Überall um ihn herum grunzende, schnarchende, furzende Gestalten. Wie sehnte er sich plötzlich nach seinem überteuerten und ständig zu heißen Apartment am Boulevard Zerktouni! Er teilte die drei Meter breite Zelle mit sechzehn weiteren Insassen. Zuerst waren die anderen ihm alle feindselig begegnet. Einer der Männer hatte drohend zu wissen verlangt, ob er *un pédéraste* sei. Beim Einschlafen hatte Sébastien schon befürchtet, er würde nie mehr aufwachen. Mithilfe seiner rudimentären Arabischkenntnisse vom Bau war es ihm aber nach und nach gelungen, das Verhältnis zu seinen Zellengenossen zu verbessern. Und als Nabil, ein Hüne von *badawi*, der eine lebenslängliche Haftstrafe absaß, weil er einem Mann das Gesicht eingeschlagen hatte, Sébastien darum bat, ihm mit den Berufungsunterlagen zu helfen, stieg er sogar rasch zu einer Holzpritsche neben der Zellentür auf. Arme und Beine wurden zwar auch hier von Moskitostichen übersät, doch zumindest war nun die Luft etwas frischer, und er konnte im Flurlicht lesen.

Besucht hatte ihn niemand, außer seinem Freund Yves und einem Anwalt, der ihm beipflichtete, dass seine Inhaftierung *une parodie de justice* sei, der ihm jedoch auch klarmachte, dass eine Verbüßung der Haftstrafe sich nur vermeiden lasse, wenn die Al-Husseini-Gruppe die verhängte Strafzahlung beglich. Yves kam einmal die Woche und brachte Zigaretten und frische Kleidung. Bei einer dieser Gelegenheiten hatten sie rauchend auf einer Bank in der Sonne gesessen, und Yves hatte grinsend gesagt, er habe zwar schon immer damit gerechnet, dass Sébastien irgendwann wegen seiner Drogen- oder Jungsgeschichten im Knast landen würde – aber wegen Sand? Sébastien hatte gelacht, bis ihm die Tränen über die Wangen liefen. Von Yves hatte er auch erfahren, dass Laurent in Kays Riad untergekommen war. Kay selbst hatte ihn bezeichnenderweise kein einziges Mal besucht. Genauso wenig wie Mohammed oder sonst jemand aus der Firma.

Dabei war Sébastien in der ersten Woche noch davon überzeugt gewesen, dass sein Boss ihn rausholen würde. Schließlich konnte man ihm schwerlich einen Vorwurf daraus machen, Schwarzmarktsand benutzt zu haben. Jede Baustelle in Marrakesch funktionierte so. Außerdem war er nicht nur Mohammeds rechte Hand auf der Baustelle, er war auch sein oberster Mädchenbeschaffer. Mohammed musste also eigentlich nichts weiter tun, als die Geldbuße zu zahlen – wahrscheinlich würde angesichts seiner Stellung als Investor aus einem reichen Golfstaat sogar ein Fingerschnippen von ihm genügen, und der Gefängnisdirektor höchstpersönlich käme herbeigeeilt, um seine Zellentür aufzuschließen.

Nach einem Monat jedoch war die eisige Wahrheit nicht länger zu leugnen: Man hatte ihn aufgegeben, ihn im Stich gelassen, während Kay und Mohammed in majestätischem Gehabe die Serafina durchstreiften und von Kronleuchtern schwärmten. Das also war der Lohn für monatelanges Schuften, für täglich fünfzehn Stunden Plackerei, nur um einen absurden Fertigstellungstermin einzuhalten! Immerhin war sein Sohn noch in Marrakesch geblieben. Ein mögliches Wiedersehen mit Laurent war das Einzige, was Sébastien nicht aufgeben ließ.

Er wischte sich mit einem Stück Zeitungspapier ab. Die alten Zeitungsreste kosteten ihn ein Päckchen Zigaretten die Woche, aber er konnte sich einfach nicht überwinden, das Ganze wie seine Mithäftlinge mit bloßer Hand und Wasser zu erledigen. Als er einen zweiten Zeitungsfetzen nahm, weiteten sich seine Augen. Auf der Seite war ein Foto des fertigen Serafina Hotels! Da er den arabischen Text nicht lesen konnte, zog er sich mit zitternden Händen die Hose hoch und watschelte zum nächstbesten Zellengenossen, einem jungen Mann mit runden Glupschaugen.

»*Tarjim, traduis, translate*«, bat er.

Als er keine Antwort erhielt, wandte Sébastien sich an Nabil. Der riesenhafte Beduine kniff die Augen zusammen und studierte den Text. »Es geht um ein Hotel in der Palmeraie.«

»Was wird darüber berichtet?«

»*Bleti*, Moment mal«, sagte Nabil und hielt den Ausriss weiter ins Flurlicht. »Das Hotel ist früher als geplant fertig geworden … die feierliche Eröffnung findet in Gegenwart irgendeines Ministers aus Katar statt – scheiß Katarer, überall haben sie die Finger drin! Außerdem noch irgendein Vorsitzender von irgendwas …«

»Wann?«, schrie Sébastien. »Wann ist die Eröffnung?«

Nabil zeigte ihm das Stück Zeitung, um zu erklären, dass der Rest des Artikels fehlte. Sébastien lief zurück zur Latrine, holte die noch übrigen zerrissenen Seiten und reichte sie Nabil, der sich fluchend daranmachte, eine nach der anderen durchzusehen, bis er das fehlende Stück fand.

»7. November.«

»Was haben wir heute?«

»Woher zum Teufel soll ich das wissen?«

Sébastien rannte an die Gittertür der Zelle und rief so lange: »*Ashmin nhar lyouma? Today's date? Aujourd'hui, c'est quel jour?*«, bis der Wärter angeschlurft kam.

»*Malek a al-fransawi?*«, brummte er ihn an. »Was willst du, Franzose?«

»Welches Datum ist heute?«

»Was kümmert's dich?«

»Sag schon! Ich bitte dich, möge Gott es dir vergelten. *Allah ikhallik!*«

Der Wärter warf einen Blick auf sein Handy. »6. November, Franzose.«

»Ich muss raus!«, schrie Sébastien. »Heute noch!«

»Raus will hier jeder, Franzose. Warum gerade du?«

»Ich muss heute noch raus!«, wiederholte Sébastien. »Heute – verstanden?«

Der Wärter lachte nur und schlenderte den Gang zurück.

»Ich geb dir eintausend Dirham, wenn du mich dein Handy benutzen lässt!«

Der Wärter zögerte kurz und machte kehrt.

»Monsieur de Freycinet?«, rief Samira und klopfte. »Monsieur de Freycinet?«

Die Tür von *Usbekischer Wesir* öffnete sich, und in einer dunklen Hoteluniform mit einem verschnörkelten »S« auf der Brusttasche stand Laurent de Freycinet vor ihr. Sein Teint war inzwischen gebräunt und seine wilde Strubbelfrisur durch einen akkuraten Kurzhaarschnitt ersetzt. Samira rückte das Namensschild an seinem Revers gerade und ging mit ihm nach unten. »Viel Glück«, wünschte ein englisches Pärchen, das im Innenhof frühstückte, und schenkte ihm ein ermutigendes Lächeln.

»Ist ja nur die Generalprobe«, erwiderte er grinsend. »Richtig eröffnen werden wir erst morgen.«

»*Tu vas cherchez un taxi?*«, erkundigte sich Aziza in der Küche und drückte ihm ein eingepacktes Sandwich in die Hand. Laurent nickte.

Da draußen unter vielen Haustüren ein Gemisch aus Blut und Wasser auf die Gasse floss, musste er sorgsam darauf achten, sich seine Schuhe nicht zu verschmutzen. Auf dem Bab Taghzout bereiteten Männer auf provisorischen Grills Lammköpfe zu. Ein schlaksiger Teenager, der sich Arme und Beine mit Lammfell umwickelt hatte, torkelte umher und erntete ringsum belustigtes Johlen. Kay hatte ihn vor wilden Auswüchsen an Aid el-Kebir gewarnt, aber Laurent fand das alles nur aufregend und faszinierend urwüchsig. Welch ein Unterschied zum bieder keimfreien Paris, wo alle ständig nur mit Trauermiene herumliefen!

Am Taxistand wartete nur noch ein einziger Wagen, *un grand taxi*. Laurent erreichte es im selben Augenblick, in dem auch Khadija und Ayesha, bekleidet mit Kaftanen und Kopftüchern, dort eintrafen. Höflich überließ er ihnen den Vortritt.

»*Merci, monsieur*«, bedankte sich Khadija mit einem Lächeln und stieg ein.

Vor dem Kommissariat lehnte Aziz rauchend an einem zivilen Hyundai.

»*Salamu alaikum*«, sagte Karim, nachdem er sein *moto* abgestellt hatte.

»*Wa alaikum salam*«, erwiderte Aziz.

»Sie fahren.«

»Nein, Sie fahren.«

Karims Puls schoss hoch. »Wir bekleiden zwar denselben Rang, aber ich leite diese Operation. Sie fahren!«

»*Mashi momken*. Ausgeschlossen.«

»Warum?«

»Ich besitze keinen Führerschein.«

Wutschnaufend setzte sich Karim hinters Steuer und drehte den Zündschlüssel. *Das fing ja schon beschissen an.* Sein Zorn verwandelte sich in ungläubiges Staunen, als Aziz ein mit gegrillten Innereien gefülltes Fladenbrot aus einer Plastiktüte holte. Sofort breitete sich ein köstlicher Duft im Wagen aus. In aller Ruhe begann Aziz zu essen und genoss sichtlich jeden einzelnen Bissen. Er nahm einen zweiten Innereien-Kebab aus der Tüte und bot ihn Karim an.

»*Sidd*, na los ... nehmen Sie eins.«

Karim griff nach kurzem Zögern zu und biss hinein. Die Fleischstücke waren mit Kreuzkümmel und Salz gewürzt, genau wie er es liebte.

»Ich hatte gerade die ersten Spieße aufgelegt, als Noureddine anrief«, erklärte Aziz.

Sie verließen die Stadt über die Nationalstraße N8. Es war warm und sonnig, und sie fuhren mit offenen Seitenfenstern. Hinter Loudaya bogen sie auf die Autobahn. Auf den ersten Kilometern begegnete ihnen nur ein anderes Fahrzeug. Karim setzte Aziz über die bevorstehende Aktion in Kenntnis.

»Das Schiff hat in Douala, Lagos, Abidjan, Conakry und Dakar angelegt. Wir denken, dass sich illegale Medikamente an Bord befinden.«

»Beschlagnahmen wir das ganze Schiff?«

»Das weiß ich noch nicht.«

»Wer ist für die Kontrollen am Hafen zuständig?«

»Ein Inspektor und ein Wachmann, beide vermutlich bestochen und beide wegen des Feiertags nicht im Dienst.«

»Glauben Sie, dass absichtlich an einem Feiertag angelegt wurde?«

»Man verübt ein Verbrechen am besten dann, wenn es keine Zeugen gibt«, sagte Karim und fügte in schärferem Ton hinzu: »Aber das wissen Sie ja selbst.«

Eine Weile sagte keiner etwas, bis Aziz schließlich das Schweigen durchbrach.

»Sie spielen auf den Talal-Fall an, richtig? *Li fet met*. Vorbei ist vorbei. Der Vater ist tot. Ende der Geschichte.«

»Der Vater war unschuldig.«

»Er war ein religiöser Fanatiker, der seine Tochter geschlagen hat.«

»Was nicht heißt, dass er sie auch umgebracht hat.«

»Vorbei ist vorbei«, sagte Aziz noch einmal.

»Er hätte das Schild gar nicht schreiben können«, setzte Karim mit kaum verhohlener Wut nach. »Was ich Ihnen damals auch erklärt habe.«

»Wir haben kein Schild gefunden«, entgegnete Aziz. »Wie ich *Ihnen* damals auch erklärt habe.«

Karim lachte höhnisch auf und spuckte bekräftigend aus dem Fenster.

Aziz sah ihn unverwandt an. »Haben Sie deshalb darum gebeten, dass ich Sie heute begleite? Um eine Gelegenheit zu finden, ausgiebig darüber zu jammern, dass Badnaoui mir den Fall Talal übertragen hat und nicht Ihnen? Oder dachten Sie, mir irgendwelche Informationen entlocken zu können? Halten Sie an, und lassen Sie mich aussteigen. Na los, halten Sie an! Ich komme schon irgendwie nach Marrakesch zurück. Wenn Sie aber weiterfahren, dann hören Sie auf mit dem Gequatsche und konzentrieren sich gefälligst auf die Arbeit.«

Karim wurde rot. Hätte er doch bloß Abdou mitgenommen. Mit ihm hätte er sich die ganze Strecke bis Agadir bestens unterhalten und amüsiert. Sie hätten gemeinsam die Operation sorgfältig geplant und anschließend konsequent durchgeführt. Stattdessen musste er sich unbedingt jemanden aufhalsen, der ihn verachtete und der ihm jetzt zu allem Übel auch noch misstraute.

Angesichts des hohen Feiertags war wenig Verkehr auf den Straßen Marrakeschs, und so brauchten Ayesha und Khadija nur wenige Minuten bis zu Zaks Wohnung. Gerne hätten sie etwas mehr Zeit gehabt, um den neuesten Tratsch auszutauschen und natürlich auch um über die Hochzeit zu reden, die in gerade mal einer Woche stattfinden würde. So aber bezahlten sie den Fahrer, öffneten die Haustür und lächelten dem *assas* zu, dem grauhaarigen Hausmeister, der drinnen auf einer Bank saß.

»Das ist alles Marmor«, flüsterte Khadija, als sie den auf Hochglanz polierten Boden im Eingangsbereich überquerten. »Den hat Zak gemacht.«

»Warum flüsterst du?«

»Keine Ahnung«, erwiderte Khadija kichernd.

Im Fahrstuhl drückten sie auf den Knopf für den dritten Stock. Die Türen schlossen sich, und mit einem leisen Surren setzte sich die Kabine in Bewegung. Besorgt wandten beide Mädchen die Blicke nach oben und brachen in prustendes Gelächter aus, als sie ihre synchrone Reaktion bemerkten. Khadija betrachtete sich kritisch im Spiegel.

»Findest du, dass ich zugenommen habe?«

»Du siehst prima aus«, meinte Ayesha beruhigend und bewunderte die mit Leder bezogenen Fahrstuhlwände.

Im dritten Stock war Khadija noch immer so mit ihrem Spiegelbild beschäftigt, dass sie überhaupt nicht bemerkte, wie die Türen sich wieder schlossen. Ayesha, die bereits ausgestiegen war, sprang vor lauter Panik zurück in die Kabine, während Khadija erfolglos mit dem Zeigefinger auf den Türöffner einstach. Mit einem kurzen Ruck begann die Fahrt nach unten. Die Mädchen schauten einander an und lachten. Im Erdgeschoss glitten die Türen auseinander, und ihnen gegenüber hockte der Hausmeister unverändert auf seiner Bank. Sie nickten ihm zu, und er nickte zurück. Sobald die Türen geschlossen waren, krümmten sich die beiden erneut vor Lachen. Diesmal achteten sie darauf, im dritten Stock rechtzeitig auszusteigen. Arm in Arm liefen sie durch den Flur.

»Wenn ich hier wohne«, erklärte Khadija stolz, »wird der Fahrstuhl bei Besuchen von Mima sehr nützlich sein.«

Die Vorstellung, nicht länger als Familie unter einem Dach zu wohnen, versetzte Ayesha einen Stich. Wenn jetzt auch noch Karim seine Drohung wahrmachen und ausziehen würde, stünde ihr eine ziemlich einsame Zukunft bevor.

Vor der Wohnungstür blieb Khadija stehen und kramte in ihrer Handtasche nach dem Schlüssel. Aus der Nachbarwohnung trat ein dicker Mann mittleren Alters in Laufshorts und Joggingschuhen und starrte die beiden Mädchen kurz überrascht an, bevor er freundlich sagte: »*Mabrouk al-awashir.*«

»*Mabrouk al-awashir*«, erwiderten Khadija und Ayesha die guten Wünsche zum Opferfest im Chor. Kaum war der Mann im Treppenhaus verschwunden, kicherten die beiden wieder los.

Khadija steckte den Schlüssel ins Schloss, aber er ließ sich nicht drehen. Sie versuchte es ein zweites Mal, diesmal entgegen dem Uhrzeigersinn – ebenfalls vergeblich.

Ayesha nahm den Schlüssel, spuckte darauf und scheiterte nicht weniger kläglich. »Ist das auch ganz bestimmt der richtige Schlüssel?«, fragte sie.

»Ja.«

»Ich werde mich mal beim *assas* erkundigen.«

Der Hausmeister zeigte sich überaus hilfsbereit. »Herr Zak ist gestern noch hier gewesen, und da hat er nichts von irgendwelchen Problemen gesagt.«

»Wann war er denn da?«

Der Hausmeister dachte nach. »Mittags. So gegen zwei sind sie wieder fort.«

»*Sie?*«

»Er war mit einer *fransawia* hier.«

Einer Französin? Ayesha brauchte einen Moment, um die Information zu verarbeiten, dann stieg sie langsam die Stufen wieder hinauf. Oben nahm sie Khadijas Hand und sagte: »Ich denke, wir gehen jetzt besser.«

Mit einer Kapazität von etwas mehr als dreitausendfünfhundert Standardcontainern zu zwanzig Fuß war die *MV Tien Shan* für ein Frachtschiff eher klein, doch im winzigen Hafen von Agadir wirkte sie geradezu gigantisch. Karim konnte einen Bordkran ausmachen und zwei- bis dreihundert doppelstöckig gestapelte Container. Am Kai standen drei große Vierzig-Fuß-Container mit der Aufschrift *China Shipping* aufgereiht. Weder auf dem Schiff noch auf dem Kai oder in der Nähe der Lagerhäuser rührte sich etwas. Der ganze Hafen lag still da. Nur ein paar Fischkutter schaukelten sanft im Mondlicht. Karim setzte das Fernglas ab und sah auf die Uhr. Mitternacht. Er fror, und seine Beine waren schon steif vor Kälte.

Er sollte sich allerdings besser an solche Unannehmlichkeiten gewöhnen. Wenn MEDIHA – wie er die Ermittlungsgruppe zu gefälschten Arzneimitteln getauft hatte – landesweit zum Einsatz käme, würde er so manche nächtliche Stunde an Häfen und Lagerhäusern verbringen. Ein paar Schritte entfernt kauerte Elias, der Behördenvertreter aus Casablanca, hinter einer Mauer und unterhielt sich leise mit Aziz.

Sicher konnten sie nicht sein, dass sich illegale Medikamente in den Containern auf dem Kai oder an Bord des Schiffes befanden. Karim baute darauf, erst einmal nur zu beobachten und abzuwarten. Sollten hier irgendwelche unsauberen Machenschaften geplant sein, würden sie garantiert im Schutz der Dunkelheit ablaufen.

Karim richtete das Fernglas auf das Lagerhaus. In dem eingeschossigen kastenförmigen Bau, der sich etwas zurückversetzt vom Kai abzeichnete, hatten sechs Polizisten in Einsatzanzügen Posten bezogen. Für eine Operation dieser Größenordnung waren sechs Leute eigentlich zu wenig. Daher hoffte Karim auch insgeheim, die Nacht würde vergehen, ohne dass sie eingreifen mussten.

Sein Handy vibrierte. Auf dem Display leuchtete Lalla Fatimas Name auf. Sie rief sonst nie zu so später Uhrzeit an! Leise meldete er sich. »Ich kann jetzt nicht sprechen, Mima.«

»Oh, Karim! Gott steh uns bei!«

»Beruhige dich, Mutter. Was ist passiert?«

»Die arme Khadija! Womit hat sie es nur verdient, so behandelt zu werden? Oh! Gott hilf uns!«

»Wovon sprichst du? Was ist los?« Da er kein vernünftiges Wort aus seiner Mutter herausbekam, bat er sie, Ayesha ans Telefon zu holen. Nach einigem Klappern und Hantieren meldete sich Ayesha.

»Die Hochzeit ist geplatzt.«

Karim blieb vor Schreck fast das Herz stehen. »Was?«

»Zak hat das Schloss an der Wohnung ausgetauscht. Wir haben seine Mutter angerufen, und die hat nach vielem Sträuben zugegeben, dass Zak ein Verhältnis mit einer Französin unterhält.«

»Du meinst …«

»Ja! Abderrezak lässt Khadija einfach sitzen!«

Karim legte auf und starrte abwesend die Wand vor ihm an. Zak hatte seine Schwester hintergangen. Zak – den er seit Schülertagen kannte, der die Gastfreundschaft seiner Familie genossen hatte, der ihnen allen die Wohnung gezeigt hatte, in der er mit Khadija gemeinsam Kinder großziehen wollte – dieser Zak hatte eine andere. Die Hochzeit mitsamt der vielen Vorbereitungsarbeit und Ausgaben ... alles verweht wie Spreu im Wind. Wie reagiert man angemessen auf so etwas? Verlangt man die Wiederherstellung der Ehre? Fordert man Bestrafung? *Bringt man den Dreckskerl um?* Nach ein paar Minuten jedoch machte die Wut der Erleichterung Platz. Womöglich war dies das kleinere Übel für Khadija, blieb ihr damit ein folgenschwereres Unglück erspart. Karim hatte Zak immer schon für einen Karrieristen gehalten, dem es allein um Geld und gesellschaftlichen Status ging. Gewiss hätte es irgendwann ernste Schwierigkeiten gegeben. Vielleicht nicht sofort, aber nach ein paar Jahren bestimmt.

»Da kommt ein Van!«

Karim riss das Fernglas hoch. Ein weißer Kleinbus ohne Aufschrift fuhr mit ausgeschalteten Scheinwerfern langsam über den Kai und hielt zwischen den Containern und der *Tien Shan*. Einige Minuten geschah gar nichts. Dann öffneten sich die Türen, und zehn oder zwölf dunkelhäutige Afrikaner stiegen aus.

»Jetzt?«, fragte Elias.

»Noch nicht!«

Ohne den Containern am Kai überhaupt Beachtung zu schenken, eilten die Afrikaner zur *Tien Shan*, legten eine Planke zurecht und liefen hinüber aufs Deck. Ein groß gewachsener Afrikaner leuchtete mit einer Taschenlampe die Reihe der gestapelten Container ab und kontrollierte oben an den Türen die jeweilige Kennzeichnungsnummer. Nach einer Weile blieb er vor einem der Container stehen, entriegelte mit dem Hebel die rechte Tür und zog sie auf. Gemeinsam mit einem Helfer verschwand er im Inneren und kam wenig später mit einem großen Karton zurück. Die Afrikaner bildeten eine Kette und begannen,

Kartons über die Planke an Land zu bringen. Innerhalb von fünf Minuten war der Kleinbus voll beladen. Schon näherte sich ein zweiter Van, ebenfalls ohne Licht, und hielt direkt hinter dem ersten.

»Jetzt!«, befahl Karim.

Aziz bellte ein Kommando in sein Sprechfunkgerät. Prompt flog unten die Tür des Lagerhauses auf, und die Männer in Kampfanzügen schwärmten aus. Die Afrikaner am Ende der Kette jagten sofort auseinander.

»Nicht um die Afrikaner kümmern!«, schrie Karim. »Schnappt die Fahrer!«

Sekunden später war er selbst am Kai. »*Je connais rien*«, kam es aus den Reihen der Afrikaner, die den Anweisungen gefolgt waren und sich auf den Boden pressten. »*Je suis réfugié!*«

»Vergesst die *Afariqa*! Die Fahrer verhaften!«

Aziz ging mit einem Mann Verstärkung zum ersten Kleinbus und zerrte einen vor Schreck erstarrten Marokkaner vom Fahrersitz. Währenddessen schlitzte Karim einen der herumliegenden Kartons auf. Er war randvoll mit Avastin-Packungen, einem Herzmittel, das Abdou und er auf ihrer Liste der am häufigsten gefälschten Medikamente notiert hatten. Karim wandte seine Aufmerksamkeit der *Tien Shan* zu. An Bord regte sich nichts. Noch immer keinerlei Anzeichen der Besatzung. In Begleitung eines uniformierten Kollegen überquerte Karim die Planke, schlich zu dem offenen Container und überprüfte die auf der rechten Tür aufgesprühte Nummer.

»Aziz!«, brüllte er zum Kai. »Lesen Sie mal die Nummer an den Containern da vor!«

Aziz richtete seine Taschenlampe auf die Rückseite der *China Shipping*-Container. »Fünf-vier-zwei-eins-drei-neun, dann noch eine sechs. Sieben-acht-drei-drei-fünf-acht, dann noch eine neun.«

»Treffer!«

Elias lief zu Aziz und starrte die Nummer an. »Was meint er damit?«

»Jeder Container hat einen Doppelgänger. Identische Nummern, identische Frachtbriefe. Der eine wird kontrolliert, der andere nicht.«

Einer ihrer Leute hatte bereits mit einem Bolzenschneider das Schloss geknackt. Aziz schlüpfte durch die Tür und erschien wenige Sekunden später wieder mit einem in Zellophan eingepackten Kleidungsstück.

»Sweatshirts!«, rief er Karim zu. »Calvin Klein!«

Karim musste an die Bemerkung von Captain Badnaoui vor zwei Monaten denken und lächelte. In diesem Moment hörte er ein Rumpeln, das so tief und dumpf klang, als käme es vom Boden des Meeres. Fast unmerklich begann das Schiff sich vom Kai zu entfernen. Klatschend fiel die Planke ins Wasser, gleich darauf hörte man ein Tau reißen. Karim zog seine Waffe. Auf der Brücke war noch immer niemand zu erkennen. Wer immer das Schiff steuerte, musste es von Deck aus tun. Aber irgendwie ergab die Richtung keinen Sinn. Statt Kurs auf die Hafenausfahrt zu nehmen, trieb die *Tien Shan* seitlich auf die Hafenmole zu.

Am Kai rannte inzwischen ein Teil der Einsatzgruppe parallel zu ihnen ebenfalls zu den mächtigen Wellenbrechern aus Beton. Karim suchte Halt und machte sich auf das Schlimmste gefasst. Ein hässliches Knirschen von Stahl auf Beton ... ein lautes Bersten ... und mit einigen ruckartigen Schlägen blieb der Frachter stehen. Die Männer von der Einsatzgruppe sprangen an Bord, stürmten unter Deck und kehrten wenige Minuten später mit fünf chinesischen Besatzungsmitgliedern zurück, die aufgeregt in gebrochenem Englisch plapperten.

Karim kletterte gemeinsam mit seinen Leuten an Land, wo Aziz und Elias gerade eintrafen.

»Wir dachten schon, Sie wären jetzt auf dem Weg nach China!«, sagte Elias, vom Laufen noch ganz außer Atem.

Karim lachte, obwohl sein Puls raste und der Schweiß ihm in die Augen lief. »Nicht sehr wahrscheinlich«, japste er. »Ein achtzigtausend Tonnen schweres Containerschiff ... so was taugt einfach nicht zum Fluchtfahrzeug!«

16

Meine Medina
Heute ist der zweite Tag von Aid el-Kebir. Die Lämmer sind geschlachtet und zubereitet, die Grills weggeräumt, die Läden und Restaurants haben wieder geöffnet. Jetzt ist die Zeit, in der die Menschen Fleisch für die Bedürftigen spenden und den Kindern Geschenke machen. Eben habe ich den hadschi getroffen, der zwei Häuser weiter wohnt, wie er – in eine weiße djellaba gewandet – mit seiner Enkelin vom Spielwarenladen zurückkam.

Hier im Dar Zuleika haben wir uns von Momo verabschiedet. Er ist wirklich ein liebenswertes Kerlchen, dennoch sind wir zu der Auffassung gelangt, dass es herzlos wäre, ihn noch länger ohne die Gesellschaft anderer Makaken eingesperrt zu lassen. Der hiesige Worldwide Fund for Nature hat sich freundlicherweise bereit erklärt, ihn in die angestammten Berge zu bringen und dort auszuwildern. Wir werden ihn vermissen!

Und das noch ganz aktuell: Mohammed Al-Husseini hat mich gebeten, auch bei seinem nächsten Projekt mitzuwirken, der Komplettsanierung des Beiruter Grand Hotels. Während meiner Abwesenheit wird Samira die Führung des Dar Zuleika in bewährt kompetenter Art übernehmen. Der Zuleika Literatursalon beginnt sein Programm am 19. November mit einer Lesung lokaler Autoren. Außerdem haben wir eine Einführung in die marokkanische Küche im Angebot, die niemand Geringeres als

Samir Al-Mokhfi durchführen wird, Chefkoch des Serafina Hotels. Am besten sofort buchen!

»Tausend Dank, *barakallahufik*«, sagte Lalla Hanane mit feuchten Augen. »Gott segne dich, mein Kind.« Vor ihr stand ein Teller mit Lammkoteletts.

»Ich habe sie selbst gegrillt«, erklärte Ayesha stolz. »Auf dem Dach. Genau wie Karim, auf einem alten Bettrost. Komm, ich wärm dir eins auf und mach etwas Tee. Ich habe frische Minze mitgebracht und ein paar Blätter *shiba*. Der Wermut hilft dir bei der Verdauung.«

Ayesha fand in der Küche alles noch genauso vor, wie sie es zwei Tage zuvor verlassen hatte. Die Milch im Kühlschrank war ungeöffnet, die Tajine unberührt. Ayesha wärmte ein Kotelett in der Pfanne auf, setzte sich auf einen Schemel und wartete darauf, dass das Teewasser kochte. Die Küche war winzig und bestand nur aus Herd, Kühlschrank und Spüle.

»Du hast ja gar nichts gegessen, Mutter«, sagte Ayesha, als sie den Tee und das Grillfleisch vor Lalla Hanane stellte.

»Ab und zu ess ich ein Stückchen Brot.«

»Brot allein ist zu wenig«, erwiderte Ayesha. »*Muhimm thalla f-rasik.* Du musst besser auf dich achtgeben.«

Lustlos knabberte Lalla Hanane ein wenig Fleisch, während Ayesha rasch den *salon* ausfegte und die Kissen aufschüttelte. »Darf ich mir Aminas Zimmer ansehen?«, fragte sie anschließend. Lalla Hanane nickte nur abwesend.

Ayesha war noch nie im ersten Stock gewesen. Jemand hatte das kaputte Treppengeländer notdürftig mit braunem Packband fixiert. Ayesha musste lächeln. Genauso ungeschickt hätte sich auch Karim bei einem Reparaturversuch angestellt. Vor der ersten Tür standen Flip-Flops in Männergröße. Offenbar das Zimmer von Abderrahim, der noch immer in Kenitra im Gefängnis saß, *Gott stehe ihm bei und beschütze ihn.* Der Raum daneben war ein großer *salon* mit Diwanen an drei Seiten. Der an einem Haken hängenden braunen *djellaba* und dem Arzneifläschchen auf dem Tisch nach zu urteilen hatte hier Omar geschlafen. Etwas klapperte, als Ayesha weiterging. Sie drehte sich um und machte zwei Schritte zurück. Wieder das kurze Klappern. Einige Fliesen auf dem Flur waren lose. Auf dem Weg zu ihrem Zimmer hatte Amina diese Stelle unweigerlich passieren müssen, und die hatte Omar zuverlässig wie ein Wachposten über jedes Kommen und Gehen seiner Tochter informiert.

Aminas Zimmer lag im Dunkeln, da nur ein klitzekleines Fenster zum Hof etwas Licht spendete. Ayesha schaltete die Deckenleuchte an. Ein schlicht eingerichteter, schmaler Schlauch mit kaltem Steinboden. Tränen stiegen Ayesha in die Augen. Wäre ihr Leben ein wenig anders verlaufen, hätte sie sich dieses Zimmer mit ihrer Schwester geteilt. Hier hätten sie nachts im Bett gelegen und den neuesten Klatsch ausgetauscht, hätten über ihren strengen Vater geklagt und bestimmt ständig gestritten, wer mit dem Lichtausschalten an der Reihe war. Ihr Blick blieb an den Sockelfliesen unter dem Tisch hängen. Irgendetwas daran war merkwürdig. Eine von ihnen stand auf dem Kopf.

»Kommst du, Ayesha?«, drang Lalla Hananes Stimme von unten zu ihr. »Der Tee wird kalt.«

»Bin gleich da!«, antwortete Ayesha, während sie sich unter den Tisch kniete und an der Fliese zog. Sie löste sich sofort, und eine faustgroße Öffnung kam zum Vorschein. Mit der Taschenlampenfunktion ihres Handys leuchtete Ayesha hinein. Eine kleine Höhle wurde sichtbar, aus der sie nach und nach eine paillettenbesetzte Bluse, einen lilafarbenen Rock, ein Paar leichte Lederstiefel, einige Lippenstifte, Wimperntusche und Ohrringe aus schwarzer Emaille zog. Sie hielt sich die Bluse an.

»Ayesha!«

»Ich komme.«

Sie tastete noch einmal den Boden der Öffnung ab, um zu prüfen, ob sie etwas übersehen hatte, und stieß auf eine Visitenkarte. Unter der grünen Silhouette der Koutoubia stand darauf: *Taxi 1547 – Toutes destinations – Randonnées – Aéroport.*

Es war schon später Nachmittag, als Karim den Hyundai am Sonntag wieder auf die Autobahn lenkte. Aziz und er hatten den ganzen Tag in der *préfecture* von Agadir verbracht und waren am Ende ihrer Kräfte. Wie befürchtet, hatten sie sich mit der Verhaftung der Afrikaner nichts als Unannehmlichkeiten eingehandelt. Es stellte sich heraus, dass sie alle illegal eingewandert waren, und die Polizei musste erst Berge an Papierkram erledigen, bis sie einen Bus organisieren konnte, der den ganzen Trupp Richtung Süden brachte. Was die Crew des Frachters betraf, so schaltete sich die chinesische Botschaft in Riad ein, sobald sie von der Verhaftung gehört hatte, und verlangte deren Überstellung. Als Karim und Aziz die Heimreise antraten, schlugen die diplomatischen Wogen noch immer hoch.

Im Wagen wandte Karim seine Gedanken endlich wieder der Hochzeit zu. So kurz vor dem Termin alle Planungen abzusagen würde schwierig und teuer werden. Vielleicht bekamen sie zumindest beim Essen und beim Kleiderverleih ihr Geld zurück.

Er fragte sich gerade, ob Ayesha womöglich so geistesgegenwärtig gewesen war, den *traiteur* bereits anzurufen, als die Stimme von Aziz ihn aus den Grübeleien riss.

»Sie haben gestern den Talal-Fall erwähnt.«

Plötzlich hellwach setzte Karim sich auf.

»Badnaoui war höchst besorgt, dass er in den landesweiten Nachrichten auftaucht«, fuhr Aziz fort. »Seiner Meinung nach wäre das eine Katastrophe für Marrakesch. Vielleicht gab's ja auch Druck aus der Zentrale. Jedenfalls hat er uns angewiesen, rasch zu einer Verhaftung zu kommen.«

Karim lag eine scharfe Erwiderung auf der Zunge, aber er sagte nichts.

»Wie die Autopsie zeigte, hatte das Mädchen Alkohol im Blut. Unserer Meinung nach hat sie den Klub verlassen und ist dann betrunken in die Medina zurück, wo ihr Vater zu Hause auf sie wartete. Es kam zum Streit, und sie stürzte. Es war fahrlässige Tötung. Das mag hart klingen, aber *al-hayat saïba* – so ist das Leben nun mal. Und bevor Sie nachfragen: Ja, wir haben das Haus durchsucht und keine Blutspuren auf dem Boden gefunden. Auch nichts in ihrem Zimmer – kein Adressbuch, keine Briefe ... nichts, was uns weitergebracht hätte. Die letzten drei Anrufe von ihrem Handy gingen an ihren Bruder und an Leila Hasnaoui. Die Kleidung in ihrem Schrank entsprach dem, was vermutlich auch Ihre Schwester tragen würde, also nichts von diesem Nuttenzeug, das sie bei ihrem Tod anhatte.«

»Eine Frau ist doch keine Nutte, bloß weil sie ein rotes Kleid anzieht und sich schminkt«, fauchte Karim wütend. Er nahm die Ausfahrt einer Tankstelle, sprang aus dem Wagen, sobald sie an der Zapfsäule waren, und schnauzte den verdutzten Tankwart an: »Für hundert Dirham Super. Der da zahlt!«

Das Tankstellengebäude machte einen funkelnagelneuen

Eindruck. Karim wusch sich auf der Toilette Hände und Gesicht und ging dann zur Rückseite, um zu beten, wobei ihm ein Stück Karton als Gebetsmatte diente.

Ich preise Dich, o Gott, gelobe Deine Größe und bezeuge, dass es keinen anderen Gott gibt neben Dir; und ich erflehe Deine Vergebung, und ich gestehe, dass ich Böses getan und meiner Seele Schaden zugefügt habe. O vergib mir, denn niemand kann Sünden vergeben, außer Dir.

Nach dem Beten fühlte Karim sich erheblich ruhiger. Er sah Aziz rauchend neben ein paar Kakteenpflanzen stehen, pfiff ihm zu und machte eine Geste des Trinkens. Dann ging er in die Cafeteria und kaufte zwei Becher Kaffee. Die beiden Männer setzten sich ans Fenster.

»Ein paar Dinge in dem Talal-Fall beschäftigen mich allerdings noch immer«, sagte Aziz. »Zum Beispiel, warum Amina überhaupt in diesem, äh, gewagten Aufzug zu Hause erschienen ist.«

»Sie ist nicht nach Hause«, widersprach Karim. »Da sie wusste, dass ihr Vater sie höchstwahrscheinlich erwischen würde, wäre sie nie im Leben betrunken nach Hause gegangen. Schon gar nicht in diesem Aufzug. Sie war auf dem Weg zurück zu Leilas Wohnung.«

»War sie nicht.«

»Woher wollen Sie das wissen?«

»Wir haben mit dem Fahrer gesprochen.«

»Fahrer?«, wiederholte Karim mit einem ersten Anflug von Panik.

»Die Mädchen hatten einen Fahrer.«

»Sie meinen, so etwas wie einen festen Fahrer? Aber ich bin bei Leilas Haus gewesen. Die Wohnung liegt nur einen Steinwurf weit von diesem Klub entfernt. Warum sollten sie den Aufwand mit einem eigenen Fahrer betreiben?«

»Sie hatten aber einen«, beharrte Aziz. »Leila hat es uns selbst gesagt.«

»Unmöglich!«

»Wir haben ihn sogar befragt.«

Karim schwirrte der Kopf. »Ich verstehe das nicht! Sie haben sich doch bei Leila umgezogen und sind dann in den Klub gegangen ...«

»Sie haben sich nicht bei Leila umgezogen. Leilas Mutter ist noch konservativer als der alte Talal.«

»Was? Sie haben sich erst im Klub umgezogen?«

»Nein.«

»Ich ...« Eine eisige Erkenntnis beschlich Karim. »Bei allen Sieben Heiligen! Sie haben das Taxi nicht benutzt, um zum Klub zu kommen ... sie haben sich darin umgezogen!« Vor lauter Aufregung stieß er seinen Kaffeebecher um. »Zwei Kaftan tragende Mädchen mit Kopftüchern steigen in ein Taxi, lassen sich kurz um den Block fahren, und wenn der Fahrer sie dann nach der Runde ein paar Meter weiter absetzt, sehen sie aus wie ... Flittchen!«

»Genau«, sagte Aziz nickend. »Und ihre Wechselkleidung deponierten sie im Wagen.«

»Wer war dieser Fahrer?«

»An seinen Namen erinnere ich mich nicht mehr. Aber die Taxinummer lautete 1547.«

»1547?«

»Genau.« Aziz musterte ihn verwundert. »*Ash andek?* Was haben Sie? Sie sehen ja kreidebleich aus!«

»Hieß er Rachid?«

»Rachid?«, murmelte Aziz nachdenklich. »Ich glaube nicht. Warum?«

»Zwei Männer fahren dieses Taxi. Einen davon kenne ich. Er wohnt in Targa.«

»Das kann er nicht sein«, erklärte Aziz bestimmt. »Den, den wir befragt haben und der auch in der Zulassung als Fahrer eingetragen ist, lebt in Douar Soultane. Aufgrund von Leilas Angaben konnten wir ihn nach der Befragung als möglichen Täter ausschließen.«

Dutzende unterschiedliche Gedanken schossen Karim durch den Kopf. »Was hat er gesagt?«

»Dass er mit den Mädchen ausgemacht hatte, sie um ein Uhr vor dem Klub abzuholen. So gegen Viertel vor eins war er wieder da. Leila Hasnaoui kam aus dem Klub gerannt und fragte, ob er Amina gesehen habe. Der Fahrer, wie auch immer er geheißen hat, sagte nein, er sei gerade erst gekommen. Leila stieg ein. Er fuhr ein wenig herum, bis sie sich umgezogen hatte, dann brachte er sie nach Hause. Leila hat diese Angaben bestätigt. Als sie Amina nicht in der elterlichen Wohnung antraf, hat sie ein paar Mal versucht, sie auf dem Handy zu erreichen, aber ohne Erfolg. Sie nahm an, dass Amina mit einem anderen Taxi direkt in die Medina zurückgekehrt war. Der Fahrer ist jedenfalls unschuldig. Zwischen dem Moment, in dem Leila ihre Freundin das letzte Mal gesehen hat, und ihrem Einstieg ins Taxi sind nur wenige Minuten vergangen. Der Fahrer hätte gar nicht die Zeit gehabt, Amina zu entführen und rechtzeitig wieder am Klub zu sein, um Leila aufzunehmen.«

»Das stimmt so nicht, begreifen Sie doch!«, erwiderte Karim erregt. »Ihre Schlussfolgerung basiert auf der Annahme, dass Amina den Klub *vor* Leila verlassen hat!«

»Sie ist ja auch zuerst gegangen. Leila hat sich noch nach ihr im Klub umgesehen, aber Amina war bereits fort.«

»Nein!« Karim schloss die Augen und schüttelte den Kopf. »Sie war noch da.«

»Wie kommen Sie darauf?«

»Ich habe mit dem Mann gesprochen, der sie dort festgehalten hat«, antwortete Karim und berichtete Aziz, was er von Sébastien erfahren hatte. »Im Klub war es dunkel und voll. Leila konnte so auf die Schnelle gar nicht erkennen, dass Amina noch ganz hinten an einem Tisch saß.«

»Sie meinen also, dass Taxi 1547 erst Leila nach Hause brachte und dann zurückkam, um auf Amina zu warten?«

»Ja.«

»Sie hätte auch ein anderes Taxi nehmen können.«

»Warum ein anderes? Man hatte sie betrunken gemacht, und sie versuchte, ihrem Bedränger zu entkommen! Den Fahrer von 1547 kannte sie, und in seinem Wagen lag ihre Wechselkleidung.«

»Sie glauben, der Fahrer hat sie umgebracht?«

»Keine Ahnung«, antwortete Karim.

Schweigend kehrten sie zum Wagen zurück. Eine halbe Stunde waren beide Männer allein mit ihren Gedanken beschäftigt.

»Redouane Jabri«, durchbrach Aziz die Stille plötzlich. »So hieß der Mann.«

Glücklich war Driss nicht darüber, Momo zurück auf den Jemaa zu bringen. Er hatte erlebt, wie die Gaukler dort ihre Affen behandelten, wie sie die Tiere in enge Holzkisten sperrten und Tag und Nacht für sie schuften ließen. Doch *madame* hatte gemeint, sie sei es jetzt endgültig leid. Und das alles bloß, weil Momo eine Vase zerbrochen hatte. Driss hatte überall in der Nachbarschaft herumgefragt, aber niemanden gefunden, der einen Affen als Haustier aufnehmen wollte, daher hatte *madame* ihm nun aufgetragen, Momo einfach irgendwie loszuwerden.

Während er mit Momo auf der Schulter durch die Gassen lief, wünschte sich Driss, dass *madame* lieber Samira rauswerfen würde. Bei seiner Einstellung im Dar Zuleika war er von der Erwartung ausgegangen, auf einer Rangstufe mit Samira zu arbeiten, eher noch über ihr. Er hatte sich alle Mühe gegeben, im Büro ausgeholfen, in der Abendschule sein Englisch aufgebessert, und dennoch behandelte Kay ihn weiter wie einen besseren Laufburschen. Vielleicht wurde es Zeit, sich nach einer anderen Anstellung umzuschauen. Mit seinem derzeitigen Lohn kam er jedenfalls nicht weit – vor allem, da demnächst noch ein Familienmitglied mehr durchzufüttern war.

Als er sich dem Haus der Talals näherte, bog er ab und nahm lieber den Umweg über die Arset ben Brahim. So dauerte es zwar einige Minuten länger, aber er wollte nicht riskieren, vom Unglück der Talals angesteckt zu werden. Nicht ausgerechnet jetzt, da sie Nachwuchs erwarteten.

Am *hanut* hielt er an, um ein paar Worte mit dem Ladenbesitzer zu wechseln. Momo hüpfte von seiner Schulter und flitzte auf die Mauer hinauf. Driss schnalzte lockend mit der Zunge, winkte und rief: »*Aji!*« Aber Momo sah ihn nur schief an und blieb sitzen. Ernsthaft besorgt war Driss nicht. Schließlich kam Momo immer zu ihm zurück. Sie waren ein Team – Momo und er –, die beiden Männer im Dar Zuleika, die unter der Knute der schrecklichen Frauen zu leiden hatten. Driss bat den Ladenbesitzer, ihm ein paar Nüsse zu geben. Als er wieder aufschaute, war Momo verschwunden.

Sébastiens Anwalt hatte starke Bedenken gegen einen Antrag auf vorzeitige Haftentlassung. Die Zahlung einer Strafgebühr vor dem eigentlichen Entlassungstermin würde Sébastiens Widerspruchsstrategie torpedieren und jede Chance auf Entschädigung zunichtemachen. Doch da Sébastien rigoros darauf beharrte, wandte sich der Anwalt an den Ermittlungsrichter und erwirkte gegen Entrichtung einer Strafgebühr von zwanzigtausend Dirham eine Entlassung bereits zum 7. November, drei Tage vor dem ursprünglichen Termin. Nachdem Yves an einem Bankautomaten das nötige Bargeld besorgt hatte, wartete er vor dem Gefängnis in seinem Wagen. Endlich trat Sébastien, unrasiert und mit wirrer Frisur, in seinen schmuddeligen Sachen durch das Tor und blinzelte in der tief stehenden Nachmittagssonne.

Yves drückte ihm die Beifahrertür auf und meinte grinsend: »*T'as une gueule de déterré.* Wie ausgespuckt, ehrlich.«

»Fahr!«, knurrte Sébastien nur. Er war mit jeder Faser seiner Existenz darauf konzentriert, zur Serafina zu kommen. Weder interessierte ihn Small Talk, noch hatte er Zeit, den lange entbehrten Anblick von Bäumen, Autos und flanierenden Passanten zu genießen.

»Soll ich dich gleich noch ins Hotel bringen?«, fragte Yves, als er vor Sébastiens Apartment anhielt.

»Non! À demain!«

Sébastien stürmte die Treppen hoch, schloss die Tür auf, stieß die auf dem Boden liegende Post mit einem Fußtritt zur Seite und rannte ins Bad. *Au nom du ciel!* Der Versorger hatte das Wasser abgestellt! Sébastien warf einen Blick auf die Uhr. Halb sieben. Die feierliche Eröffnung sollte in einer Stunde beginnen. Dann würde er sich eben dort irgendwo waschen. Aus einer Dose auf dem Couchtisch nahm er ein Briefchen Kokain, schnupfte gleich zwei Linien, packte Autoschlüssel, frisches Hemd und frische Hose und raste wieder nach unten. Auf dem Bürgersteig blieb er erschrocken stehen. Jemand hatte eine Ladung Obst- und Eierschalen auf die Rückbank seines Renaults gekippt. *Salopard!* Mit dem Unterarm wischte Sébastien den Müll vom Sitz, bevor er den Motor startete und mit quietschenden Reifen auf den Boulevard Abdelkrim Al Khattabi schoss. Er hatte das Gefühl, als würden ihn alle in der Straße anstarren. Vielleicht hätte er sich die zweite Linie Koks doch sparen sollen.

Am Hotel Tichka winkte ein Gendarm alle Fahrzeuge zum Straßenrand. Sébastien bremste ab und erkundigte sich: »*Qu'est-ce qu'il y a?*«

Der Gendarm hob die Handfläche, um zu signalisieren, dass die Sperrung von größter Wichtigkeit war. Also brachte Sébastien die *quatrelle* fluchend zum Stehen, stieg aus und kaufte einem Zigarettenjungen zwei Zigaretten ab, die er beide rauchte.

Nach einer gefühlten Ewigkeit sauste endlich ein Motorrad mit eingeschaltetem Blaulicht vorbei, gefolgt von einer Limousine. Anschließend winkte der Gendarm die wartenden Autos zurück auf die Straße. Sébastien sah auf seine Uhr. *Putain!* Noch eine halbe Stunde. Er gab Vollgas.

In der Limousine lächelte Mohammed Al-Husseini still vor sich hin. Hinter ihm auf der Rückbank saß sein Vater mit irgendeinem marokkanischen Minister für Was-auch-immer, der sie am Flughafen abgeholt hatte. Der Marokkaner bemühte sich nach Kräften um ein wenig unverfängliche Konversation mit seinem

Vater. Na dann, viel Glück dabei! Der alte Mistkerl hielt bloß die Hände im Schoß seiner *dish-dash* und starrte stumm geradeaus.

Mohammed freute sich auf den bevorstehenden Abend. Das Hotel war fertig und bis Weihnachten komplett ausgebucht. Viele der Investoren bei AHG waren eingeflogen, um persönlich bei der Eröffnung anwesend zu sein. Al Jazeera hatte sogar extra ein Kamerateam geschickt. Er konnte es kaum erwarten, das Gesicht seines Vaters zu sehen, wenn sie die Line of Water entlangfuhren und die Kuppel der Serafina vor ihnen aufsteigen würde.

Die Anstellung dieser Kay McKenzie hatte sich als glücklicher Wink des Schicksals entpuppt. Die Frau war eine hervorragenden Designerin, nörgelte nicht ständig herum und sparte ihm auch noch Geld. Mit ihr an der Seite war es sogar leichter gewesen, das Projekt in Beirut unter Dach und Fach zu bringen.

War es sehr gefühllos gewesen, Sébastien im Gefängnis schmoren zu lassen? Wäre der Franzose lediglich für den Kauf einiger LKW-Ladungen mit illegalem Sand verantwortlich, Mohammed hätte die Strafgebühr längst bezahlt. Schließlich war er ein nachsichtiger Mensch. Aber irgendwie beschlich ihn der Verdacht, dass Sébastien ihn bei der Sache mit Jamal belogen hatte. Die Geschichte mit der Kaffeemaschine klang doch ziemlich unwahrscheinlich, da sie so gar nicht zu dem eher sanftmütigen Jamal passen wollte. Und davor, von einem Europäer reingelegt zu werden, empfand Mohammed noch weitaus panischere Angst als vor der möglichen Verdammung durch einen muslimischen Glaubensbruder.

Sébastien würde in drei Tagen aus dem Gefängnis entlassen. Mouna hatte die feierliche Eröffnung des Hotels extra vorverlegt, um jedes Risiko einer Public-Relations-Katastrophe auszuschließen. Mohammed selbst würde in drei Tagen auf der anderen Seite des Mittelmeers sein. Die Serafina wäre in Betrieb und die ersten Besprechungen veröffentlicht. Dennoch bereitete ihm die anstehende Freilassung Sébastiens Sorge. Nicht wegen etwaiger Schadensersatzforderungen – die würden seine Anwälte genauso abbügeln, wie sie es bei dem Gerichtsverfahren getan hatten, das die Schweizer Architekten hatten anstrengen wollen –, sondern weil Sébastien über Beweise für Mohammeds Schwäche für Alkohol und leichte Mädchen verfügte. Was, wenn kompromittierende Fotos auf dem Schreibtisch seines Vaters landeten? Das durfte auf keinen Fall geschehen.

Während der Wagen auf den Circuit de la Palmeraie bog, beschloss Mohammed, noch an diesem Abend ein paar vertrauliche Worte mit dem Minister zu wechseln. Vielleicht gelang es ihm ja, Sébastiens Haftstrafe zu verlängern.

»Khadija schläft endlich, *alhamdulillah*«, erklärte Lalla Fatima am Telefon mit gehetzter Stimme. »Das arme Ding, sie hofft noch immer, dass Zak anruft und ihr sagt, die ganze Sache sei nur ein Missverständnis.«

Karim steuerte mit einer Hand den Wagen und hielt in der anderen das Handy. Den Ausführungen seiner Mutter folgte er nur mit halbem Ohr, da er es kaum erwarten konnte, Rachid anzurufen, um ihn mit den Vorgängen an der Sherazade zu konfrontieren und herauszufinden, ob er seinen Schwager all die Wochen gedeckt hatte. Je näher sie Marrakesch kamen, desto wütender wurde er. Kein Wunder, dass Khalifa ihn ausdrücklich ermahnt hatte, keinen Sex auf dem Gelände zu dulden. Die Sherazade diente als heimlicher Ort für Vergewaltigungen, und der leicht verblödete Fouad stand dabei Schmiere!

»Wir telefonieren schon seit Stunden mit den Gästen«, fuhr seine Mutter fort. »Naïma will trotzdem kommen. Sie hat sich schon freigenommen. Und sie kennt auch jemand, der vielleicht Interesse an den *takschitas* hätte. Einen Moment – Ayesha möchte noch mit dir reden.«

Ayesha kam ans Telefon und wartete offenbar, bis Lalla Fatima außer Hörweite war. »Karim! In der Nacht, in der Amina gestorben ist – ich glaube, da hat sie ein Taxi zu dem Klub gebracht! Wir haben immer geglaubt, dass sie zu Fuß gegangen ist, aber sie hat ein Taxi genommen! Karim! Hörst du mir zu?«

»*Kayfash arfti?*«, fragte er wispernd zurück und bemühte sich, seine Panik zu verbergen. »Woher weißt du das?«

»Ich hab die Kleidung gefunden, die Amina anzog, wenn sie tanzen ging. Und die Karte von einem Taxi. Der hat sie gefahren! Der hat die Mädchen gefahren!«

»Wir wissen das mit dem Fahrer.«

»Ihr wisst das schon?«, erwiderte Ayesha fassungslos. »Ihr müsst ihn verhaften!«

»*Inschallah.*«

»Was soll das heißen, *inschallah*? Ihr müsst ihn sofort verhaften! Noch heute!«

Karim fürchtete, dass Aziz zu viel von ihrem Gespräch mitbekam, und warf ihm einen verstohlenen Blick zu. »Ich bin bald zu Hause. Dann können wir über Zak reden.«

»Zak?«, schrie Ayesha verzweifelt. »Ich rede nicht über Zak. Ich rede über den Mann, der Amina Talal umgebracht hat!«

»Noch liegen dafür keine Beweise vor.«

»Dann bringt ihn wenigstens zum Verhör aufs Kommissariat!«

»Haben wir bereits.«

»Ihr habt ihn befragt? Was hat er gesagt?«

Da Aziz ihn inzwischen schon misstrauisch beobachtete, versuchte Karim, das Telefonat so rasch wie möglich zu beenden. »Wir sind gerade auf der Rückfahrt von Agadir. Ich bin gleich zu Hause.«

»Wegen ein paar Schmugglern fahrt ihr bis nach Agadir«, zischte Ayesha mit beißendem Hohn zurück. »Aber um den Mann zu erwischen, der für den Tod von Amina Talal verantwortlich ist, rührt ihr keinen Finger!«

»Sprich nicht in dem Ton mit mir!«, konterte Karim ebenso scharf. »Ich bin um halb zehn zu Hause. Bis dahin unternimmst du auf keinen Fall etwas, verstanden? *Fhemti?*«

Er legte auf und seufzte mit verdrehten Augen zu Aziz gewandt nur: »Frauen!«

Sébastien parkte die *quatrelle* neben einer Reihe Palmen, die von Bodenscheinwerfern angestrahlt wurden. Das öde Brachland, das Hicham Cherkaoui als Observierungspunkt gedient hatte, war jetzt ein eleganter Vorplatz. Sébastien lief zum Eingangstor. Ein Wächter in schwarzer *jabador* und Hose stand neben den beiden mächtigen Flügeln aus Zedernholz und musterte Sébastiens ungepflegtes Aussehen kritisch.

»*Vous désirez?*«

»*Moi?*«, erwiderte Sébastien erregt. »*Je suis l'architecte, moi!*«

Ohne Sébastien aus den Augen zu lassen, fragte der Wächter über Sprechfunk nach, was er tun solle. In diesem Moment hielt ein schicker Geländewagen vor dem Tor und hupte. Der Wächter öffnete für den Wagen und winkte dann mit einer ärgerlichen Geste auch Sébastien hindurch. Als das Tor sich hinter ihm schloss, hob Sébastien langsam den Blick. Ihm stockte der Atem.

Vor ihm erhob sich die Serafina strahlend in den Abendhimmel, und die Line of Water führte wie ein Fluss aus flüssigem Gold direkt auf sie zu. Sébastien tauchte die Hand in den Kanal, als ob er seinen Augen nicht trauen würde. Und das Hotel! Der marmorne Architrav, die Obergaden, die hoch aufragende goldene Kuppel … je näher er kam, desto begeisterter wurde er. Zugleich fühlte er aber auch Zorn und eine gewisse Beklommenheit. Er war hier der unwillkommene Gast, der böse Onkel, den man nicht zur Party eingeladen hatte.

Er mischte sich unter die vornehm gekleidete Menge, die zu den Eingangsstufen strebte. Ein Marokkaner in weißem Smoking betrachtete ihn angewidert. Sébastien starrte demonstrativ zurück, während er innerlich wütende Flüche ausstieß. *Casse-toi!* Ich bin für dieses Hotel durch die Hölle und zurück gegangen! *Fiche-moi la paix, morceau de merde!* Aber er sagte nichts und huschte stattdessen mit den anderen Gästen an dem livrierten Türsteher vorbei ins Innere.

Im Atrium spielte eine Band, deren Mitglieder alle einen roten Fes trugen, entspannte Lounge-Musik, während Kellner Cocktails reichten. In einem Kaftan mit Leopardenmuster stand Kay an der Seite und gab einem Kamerateam ein Interview. Ein paar Schritte weiter wies Mohammed Al-Husseini gerade einen älteren Mann in arabischer Kleidung auf irgendein Detail an der Deckenkonstruktion hin. Sicherlich *le père* von Mohammed, vermutete Sébastien. Er wollte schon hinüberlaufen, als er in einem Spiegel einen Landstreicher mit wild abstehendem Zottelhaar bemerkte, der ihn entsetzt anstarrte.

Er schnappte sich ein Glas vom Tablett eines vorbeikommenden Kellners und verschwand rasch in den Toilettenräumen. Dort leerte er den Cocktail in einem Zug und schnupfte das restliche Kokain, bevor er sich das Hemd auszog und Arme,

Oberkörper sowie Achselhöhlen einseifte. Das warme Wasser und die weichen Handtücher fühlten sich wie der köstlichste Luxus an. Er blickte sich suchend um und realisierte plötzlich, dass er seine Wechselkleidung bei der Line of Water vergessen hatte. So stand er noch immer ratlos und mit nacktem Oberkörper vor dem Waschbecken, als ein uniformierter Hotelangestellter eintrat, ihn erstaunt musterte, aber dann nur nüchtern verkündete: »*Monsieur, la fête commence.*«

Ayesha saß in Khadijas Zimmer und drehte die Taxikarte zwischen den Fingern. Nachdem sie einen Großteil des Tages bei Lalla Hanane verbracht hatte, fühlte sich die Rückkehr in die Derb Bourahmoune Lkbir wie der Besuch in einem früheren Leben an – einem Leben, über dem für sie inzwischen der Schatten eines erlittenen Unrechts lag. All das Leid, das den Frauen widerfuhr, wurde von Männern verursacht. Khadija war von einem Mann betrogen, Amina von einem Mann getötet worden, und auch ihr eigentliches Leben hatten Männer zerstört. Ihr erster Vater hatte sie fortgegeben, dann hatte sich ihr zweiter Vater geweigert, sie wieder zurückgehen zu lassen. Und was Karim betraf, der hätte sie schon vor Jahren heiraten können, wenn er nur wirklich gewollt hätte. Seine Mutlosigkeit und Unentschlossenheit hingen ihr einfach zum Hals heraus.

Khadija regte sich kurz unter der Bettdecke, schlief aber dann, wohl auch dank Lalla Fatimas Schlaftablette, wieder ein. Ayesha zählte die Minuten bis zu Karims Heimkehr. Wie konnte er es zulassen, dass dieser verfluchte Taxifahrer frei herumlief? Amina hatte nichts weiter getan, als sich in einem Akt rebellischer

Auflehnung gegen ihren intoleranten, herrschsüchtigen Vater aus dem Haus zu stehlen und tanzen zu gehen. Dafür hatte sie mit dem Leben bezahlt! Ayesha betrachtete die schlafende Khadija.

Auch wenn sie aufrichtiges Mitleid mit Khadija empfand, ihr Verlangen danach, Amina zu rächen, war derzeit eindeutig mächtiger.

Sie hörte die Haustür ins Schloss fallen und rannte zum Geländer. Doch zu ihrer großen Enttäuschung sah sie unten im Hof nur Lalla Fatima, die sich mit einer Hand auf ihren Gehstock stützte und in der anderen eine Tüte getrockneter Kräuter hielt.

»Schläft sie noch?«, flüsterte sie. »Ich habe *luiza* geholt. Eine Kanne Verveine-Tee wird ihr guttun.«

Statt in Khadijas Zimmer zurückzukehren, stieg Ayesha hoch aufs Dach. Rauchschwaden der ringsum brennenden Holzkohlegrills hingen schwer in der Luft. Gestern Abend hatte Ayesha das fertig vorbereitete Lamm in einem Tuch nach oben geschleppt. Und während Lalla Fatima damit beschäftigt gewesen war, Khadija zu trösten, hatte sie die ganze Nacht hindurch Fleisch zerteilt, aufgespießt und gegrillt. Nur wenn sie neue Holzkohle brauchte, war sie nach unten gekommen. Entsprechend den Anweisungen von Karim hatte sie morgens einen Teller mit Koteletts zur *zaouia* der Sidi bel Abbès gebracht. Einen zweiten hatte sie später zu Lalla Hanane mitgenommen.

Die Fliesen unter dem verrußten Bettgestell waren mit Fettspritzern überzogen. Ayesha sammelte die verbliebenen Küchenutensilien ein und warf ein vergessenes Fleischstückchen zu den Katzen in die Gasse hinunter.

Die großen Panoramafenster des maurischen Restaurants boten den Gästen der Serafina einen ungehinderten Blick auf die Line of Water zur einen und die Lagunenlandschaft zur anderen Seite. Zu den wenigen Überbleibseln von Jamals Plänen für das Gebäude zählte der Brunnen genau im Zentrum des Restaurants, neben dem für die heutige Eröffnungsfeier ein Podium errichtet worden war. An der rückwärtigen, dem Eingang zur Lobby gegenüberliegenden Seite befand sich die Bar, hinter der Laurent de Freycinet stand und gespannt verfolgte, wie die Gäste ihre Plätze einnahmen.

Laurent konnte sein Glück kaum fassen. In Marrakesch zu sein und im angesagtesten Hotel der Stadt Cocktails zu servieren – unglaublich! Er hatte bereits die ersten Prominenten entdeckt und konnte es kaum erwarten, seinen Freunden zu Hause, aber auch seinem Vater, wenn er ihn endlich traf, von alldem zu berichten. Er stellte sechs Drinks auf ein Tablett und schob es über die Theke zu einer der Kellnerinnen. Mouna stieg hoch zum Mikrofon, und das Stimmengewirr im Raum ebbte ab.

»*S-saada was s-sayyidat, merhaban bikum! Mesdames et messieurs, soyez bienvenus! Welcome, ladies and gentlemen!* Und ganz besonders begrüßen möchten wir heute Abend seine Exzellenz Anwar Al-Husseini, Staatsminister aus Katar.« Sie unterbrach kurz für den Applaus. »Das Serafina Palace Hotel and Spa zu bauen hat viel Zeit und Arbeit erfordert. Daran beteiligt waren mehr als fünfzehnhundert Bauarbeiter, Stuckateure, *tadelaktiers, zelligiers, ferroniers*, Schreiner und Maler. Schauen Sie sich nur um, und Sie werden Marmor aus Carrara entdecken, Lapislazuli aus Afghanistan, Lackkunst aus dem Kaschmir. Das Hotel bildet eine Synthese islamischer und mediterraner Einflüsse, eine Liebeserklärung zwischen Ost und West. Und jetzt möchte ich Ihnen den Mann vorstellen, der hinter dieser Vision steht – Mohammed Al-Husseini!«

Begleitet von Jubelrufen und prasselndem Applaus sprang Mohammed auf die Bühne. »Danke, vielen Dank! Ich freue mich, dass Sie alle kommen konnten, um mit uns hier in der Palmeraie von Marrakesch die Eröffnung dieses faszinierenden Bauwerks zu feiern. Und brechen Sie nach dem Dinner besser nicht zu schnell auf, denn es wird noch ein Feuerwerk im Garten geben sowie Tanzmusik im Ballsaal.« Verzückte Ausrufe von den Gästen quittierten die Ankündigung.

»Als kleiner Junge gehörte *Sindbad der Seefahrer* zu meinen absoluten Lieblingsgeschichten. Sindbad begibt sich auf eine Reihe langer und schwieriger Fahrten, in deren Verlauf er viele Hürden bewältigt und vielen Wundern begegnet. Damals schwor ich mir, eines Tages zu meiner eigenen Abenteuerreise aufzubrechen. Allerdings hätte ich mir nie träumen lassen, dass sie mich ins Land des Sonnenuntergangs führt, den *Maghrib Al-Aqsa*, den Fernsten Westen, um hier einen Palast zu bauen, der eines Königs würdig wäre. Wie Mouna bereits erwähnte, bündeln sich in der Serafina Inspirationen aus der gesamten islamischen Welt. Doch die Hauptinspiration ist fraglos mein Vater gewesen – ein Vorbild nicht allein für mich, sondern für Millionen von Muslimen in den Golfstaaten und weit darüber hinaus. Daher gebührt meinem Vater, der sich heute am heiligen Fest des Aid el-Kebir – oder Aid al-Adha, wie wir in Katar es nennen – die Zeit genommen hat, zu uns zu reisen, mein erster und größter Dank!« Das Publikum klatschte höflich.

»Herzlich bedanken möchte ich mich aber auch beim Außenminister Marokkos, Othmane Kabbani, dem Leiter der Behörde für Wirtschaftsförderung, Mohammed Toufail, und dem Wali von Marrakesch, Sidi Ahmed El-Benghazi. Mein Dank gilt natürlich ebenfalls den zweihundertfünfzig Mitarbeitern dieses Hotels, deren freundlichen Service wir alle an diesem Abend genießen. Und zu guter Letzt ein Dankeschön an Kay McKenzie, deren unerschütterlicher Enthusiasmus und kompetente …«

»Und was ist mit mir? Werde ich nicht einmal erwähnt?«

Alle drehten die Köpfe, während Sébastien begann, sich zwischen den Tischen durchzuschieben. Erregtes Tuscheln erfüllte den Raum: War dieser Clown womöglich Teil der Show? Sébastien stieg auf den Rand des Brunnens und balancierte darauf wie ein betrunkener Artist Richtung Bühne. Mouna sah sich verzweifelt nach den Sicherheitsmännern um, aber die waren alle im Foyer oder draußen auf der Zufahrt. Sébastien hatte inzwischen mit knapper Not das Podium erreicht, wo er dem perplexen Mohammed das Mikrofon entriss und seinen Blick über das Meer aus Tischen wandern ließ. Alkohol und Kokain tobten wild in seinen Adern.

»*Bonsoir!*«, brüllte er. An einem der vorderen Tische bemerkte er Kay. Das Miststück hatte ihm seinen Sohn gestohlen. Und seinen Ruhm dazu! Jeder seiner Zellengenossen im Knast besaß mehr Ehrgefühl als diese Frau! Und Mohammed mitsamt seinem albernen Smoking war bloß ein verlogener, betrügerischer Hurensohn. Er, Sébastien, war es doch gewesen, der für die Serafina vierundzwanzig Stunden am Tag geschuftet und im Knast in seiner eigenen Scheiße gehockt hatte. Dies war sein Denkmal, der Gipfelpunkt seines Schaffens! *Dieser Moment gehörte ihm!*

Kay verfolgte das Schauspiel mit wachsendem Entsetzen. Es wäre besser gewesen, Sébastien im Gefängnis zu besuchen, wurde ihr nun klar. Vor lauter eigenem Rachedurst hatte sie übersehen, dass auch Sébastien es ihnen gewiss heimzahlen wollte. Begierig darauf, nichts von diesem unerwarteten Drama zu verpassen, schob sich das Kamerateam an ihr vorbei zur Bühne, auf der

Mohammed Al-Husseini mit entgeisterter Miene von Sébastien zu ihr sah ...

Laurent hatte den Mann zuerst für einen Landstreicher gehalten. Als er erkannte, um wen es sich in Wahrheit handelte, wäre er am liebsten im Erdboden versunken. Seine Mutter hatte von Anfang an recht gehabt. Die wild leuchtenden Augen und der abscheuliche Aufzug ließen ihn wirklich wie einen Irren aussehen. Was für eine furchtbare Peinlichkeit plante er nun schon wieder?

Den Moment vor seiner vernichtenden Wutrede genüsslich auskostend, ließ Sébastien den Blick noch einmal durch den Saal schweifen. Doch sobald er im Hintergrund seinen Sohn wahrnahm, schien die Zeit stehen zu bleiben. Alles verlor an Bedeutung. Ihm fiel die elegante Uniform auf, die Laurent trug ... die adrette Frisur ... der gequälte, flehentliche Ausdruck in seinem Gesicht.

»Ich bin ... ich bin ...« – *der Architekt dieses Hotels, den man ungerechtfertigterweise ins Gefängnis geworfen hat, wo er bis in alle Ewigkeiten hätte verrotten können, wenn es nach diesem Dreckskerl hier ginge, der sich selbst einen Scheiß um Ramadan schert und regelmäßig Nutten vögelt ...*

»Ich ... bitte um Entschuldigung.«

Hier und da ertönte unsicheres Lachen. Während Sébastien von der Bühne stieg und Richtung Ausgang taumelte, schwoll im Raum das erregte Stimmengewirr von den Tischen an.

Um halb neun trafen die beiden Ermittler wieder im Kommissariat ein. Aziz durchbrach das Schweigen als Erster. »Wir bringen

Redouane am Mittwoch, direkt nach den Feiertagen, zur Befragung her«, sagte er.

»Zwischen heute und Mittwoch kann zu viel passieren!«, protestierte Karim lautstark. Die Untersuchungen im Fall Talal waren von Anfang bis Ende verpfuscht. Und jetzt sollte er nach Hause gehen und Ayesha gegenüber eingestehen, dass er es auch nicht anders machte?

»Jetzt hören Sie mir mal zu«, sagte Aziz und sah ihn durchdringend an. »Sie haben da eben in Agadir einen richtig guten Job gemacht. Die Operation war nicht einfach, Sie haben die Sache prima geleitet, und ich hatte überhaupt kein Problem damit, von Ihnen Anweisungen zu erhalten. Für den Fall Talal war und bin aber allein ich zuständig. Fahren Sie nach Hause. Wir bringen den Fahrer am Mittwoch zur Befragung her.«

»*Wakha*«, willigte Karim seufzend ein. »Also gut.«

»Geben Sie mir Ihr Wort, dass Sie bis dahin nichts unternehmen werden.«

Karim rutschte unbehaglich auf dem Sitz hin und her und nickte schließlich.

Die beiden Männer verabschiedeten sich mit Handschlag, und Aziz ging in Richtung Medina davon. Karim schnallte den Helm um und bestieg sein *moto*. Unmittelbar hinter der Koutoubia machte er jedoch kehrt und nahm die Avenue Guemassa stadtauswärts.

Jenseits des Flughafens und noch hinter Mhamid wurden die großen Wohnblocks seltener und die Häuser zusehends schmuddeliger. Nirgends zeigte ein Schild an, dass hier Douar Soultane war. Der wirtschaftliche Aufschwung, den Marrakesch in den letzten Jahren erlebte hatte, war an diesem Teil der Stadt offenbar vorbeigezogen. Etwa die Hälfte der Grundstücke lag brach und wartete auf Bauprojekte, die andere Hälfte bestand aus unverputzten Betonsteinbauten, ungeteerten Straßen und Lehmbehausungen mit Plastikfolien in den Fensteröffnungen. Rachids Berichte hatten sich immer so angehört, als ginge es seinem Schwager finanziell gut, aber die Gegend hier war pure Trostlosigkeit.

Karim hielt auf der Fernstraße kurz an und schaute sich um. Er entschied sich für eine von Kaktusfeigen gesäumte Buckelpiste, der er bis zu dem grün und weiß blinkenden Schild einer Apotheke folgte. Wie alle anderen Läden hier draußen war sie geschlossen. Nirgends gab es ein Taxi oder ein *hanut*, wo er nach dem Weg hätte fragen können. Karim schwankte noch, was er nun tun sollte, als ein ohrenbetäubendes Dröhnen über ihm hörbar wurde. Ein Flugzeug setzte zum Landen an. Es war so niedrig, dass Karim die hydraulischen Leitungen am Fahrwerk ausmachen konnte. Einige Sekunden später geriet der Flieger hinter einem Wohnblock außer Sicht. Karim versuchte an der erstbesten Haustür sein Glück und klopfte. Ein unrasierter Mann in ärmellosem Nike-Shirt und Jogginghose öffnete. Essensgeruch stieg Karim in die Nase, während er dem Mann seine Dienstmarke zeigte.

»*Salamu alaikum*, ich suche einen Taxifahrer, der hier irgendwo wohnen muss«, fing er an. Der Mann musterte ihn in aller Ruhe. »Sein Name ist Redouane Jabri«, fügte Karim hinzu.

Der Mann kratzte sich zwischen den Beinen. »Nebenan hat mal einer gewohnt, aber der ist nach Tamansourt gezogen.«

»Sonst niemand?«

»Einen Taxifahrer gibt's noch, der da hinten in der Querstraße wohnt. In einem kleinen Häuschen mit grüner Tür.«

Karim lenkte seinen Roller um die nächste Ecke und achtete dabei sorgsam darauf, kein Schlagloch zu erwischen. Beim Anblick des geparkten *petit taxi* machte sein Herz bereits einen Satz, aber die Nummer auf der Seite lautete 18211. Er klopfte zweimal. Wenig später öffnete sich die Tür einen winzigen Spalt. Karim konnte das Gesicht einer Frau erkennen.

»Kennen Sie vielleicht einen Taxifahrer namens Redouane Jabri?«

»*Naam?* Wie bitte?«

Karim wiederholte seine Frage. Die Frau rief etwas nach hinten in die Wohnung, und ein gut fünfzig Jahre alter Mann mit Schnurrbart und schlohweißem Haar kam an die Tür.

»Was gibt's?«

»Ich suche einen Taxifahrer.«

»Ich arbeite heute Abend nicht.«

»Doch nicht für eine Fahrt«, erwiderte Karim in ungeduldigem Ton. »Ich versuche, einen Taxifahrer namens Redouane Jabri zu finden. Er wohnt hier in Douar Soultane.«

»Am Ende der Straße wohnt ein Redouane, der Taxi fährt.«

»*Besahh?*«, fragte Karim aufgeregt. »Der Mann, den ich suche, wechselt sich mit einem zweiten Fahrer ab.«

Der Mann mit dem Schnurrbart kam nach draußen und sah die menschenleere Straße hinunter. »Nein, ich glaube nicht, dass der sich mit jemandem Schichten teilt. Das Taxi steht jedenfalls immer vor dem Haus, wenn er nicht arbeitet.«

Karim ließ enttäuscht die Schultern hängen. Womöglich lebten in Douar Soultane ein ganzes Dutzend Taxifahrer, die Redouane hießen. Schließlich war der Name weit verbreitet. Der Mann starrte noch immer auf die Straße. »Ist so ein bisschen Einzelgänger. Reißt ständig meine kleinen Enkelkinder aus dem Schlaf mit dieser grässlichen indischen Musik, die er hört. *La-lilei-la* – wie Katzen bei der Paarung.«

Karim wäre vor Schreck fast umgekippt. Er dankte dem Mann und ging weiter die Straße entlang. Eine tiefe, erst langsam Form gewinnende Wut stieg in ihm auf. Rachid hatte ihn die ganze Zeit zum Narren gehalten. Es gab überhaupt keinen Schwager, keine Ehefrau, keine fünfjährige Tochter. Der verlogene Schweinehund wohnte auch nicht in Targa, sondern in diesem trübseligen Viertel, von dem aus er Jagd auf Frauen machte.

Das letzte Haus in der Straße war ein kleiner eingeschossiger Bau mit einem einzelnen Fenster und einer schlichten Holztür. Karim sparte sich die Mühe zu klopfen, holte bloß Schwung und trat die Tür ein.

Mit gezogener Pistole betrat er einen großen Raum, in dem es nach Zigaretten und dreckiger Wäsche roch. An einem Tisch vorbei tastete er sich zu einem Einzelbett, über dessen Kopfende eine Kleiderstange hing. Auf der rückwärtigen Seite des Zimmers war eine winzige Kochnische, unmittelbar daneben eine Tür, die vermutlich zur Toilette führte. Auf dem Tisch standen ein Computer, dessen Bildschirmschoner ein dämmriges Licht absonderte, ein Drucker, ein überquellender Aschenbecher und ein schmutziger Teller voller Pistazienschalen. Karim öffnete den Kühlschrank, in dem eine offene Dose Thunfisch vor sich hin stank. Alles machte den harmlos stumpfsinnigen Eindruck einer vernachlässigten Junggesellenbude. Prompt erwachten in Karim erste Zweifel. Was, wenn Rachid bloß ein pathologischer Lügner war? Eine Vergewaltigung lag nicht vor. Der Tod von Amina Talal konnte sogar ungewollt gewesen sein, ein Unfall. Was, außer Irreführung der Polizei, hätte Rachid sich in diesem Fall überhaupt zuschulden kommen lassen?

Karim drückte die Toilettentür vorsichtig mit dem Zeigefinger auf. Noch nicht einmal halb offen stieß sie gegen eine dieser europäischen Kloschüsseln. Der Raum war kaum größer als ein Vorratsschrank. Karim schaltete die Taschenlampenfunktion an seinem Handy ein und quetschte sich durch den schmalen Spalt.

Innen musste er sich erst auf die Toilette setzen, um die Tür schließen zu können. Was er dann sah, verschlug ihm den Atem. Die Innenseite der Tür war übersät mit Fotos von Frauen. Alle lagen auf dem Rücken, die Beine nackt, die Kleidung zerrissen, die Gesichter verzerrt vor Panik. Einige hatten die Augen geschlossen. Bei anderen sah man verschmierte Mascara und das Glänzen von Tränen.

Karim zitterten die Hände. Er legte die Waffe auf den Boden und betrachtete die Fotos noch einmal. Zu seiner Erleichterung konnte er Amina Talal nirgends entdecken. Die meisten Frauen schienen um die zwanzig und waren zum Ausgehen geschminkt und angezogen gewesen, als man sie vergewaltigt hatte. Offenkundig stellten diese Horrorfotos für Rachid nicht nur eine Trophäensammlung dar, sondern auch eine ganz persönliche Absicherung. Denn solange die Opfer wussten, dass Rachid diese Beweisstücke seiner Taten besaß, würde es keine dieser Frauen wagen, sich an die Polizei zu wenden. Würden sie es trotzdem tun, wäre ihnen ein Leben in Schande und Ehrlosigkeit sicher.

Ein Flugzeug dröhnte lang anhaltend direkt über das Haus hinweg. Während der Turbinenlärm abklang, wurde er von einem anderen Geräusch überlagert – dem vertrauten *La-lilei-la* von Bollywood-Musik. Ein eisiger Schauer durchfuhr Karim, und vor Schreck ließ er das Handy fallen. Vornübergebeugt, die Wange an der Kloschüssel, tastete er in der Dunkelheit den Boden ab. Draußen schlug eine Autotür zu, und die Musik brach ab. Karims Finger bekamen das Handy zu fassen. Er packte seine Waffe, riss die Tür auf und zwängte sich so ungestüm durch den Spalt, dass sein Hemd ein paar Knöpfe verlor. Neben dem Tisch presste er sich gegen die Wand und lauschte. Sobald Rachid durch die Tür trat, würde er zuschlagen. Entweder hätte er den Dreckskerl um Mitternacht in Boulmharez hinter Schloss und

Riegel, oder er würde ihn höchstpersönlich zur Hölle schicken, *das schwor er bei Gott!*

Einen kurzen Moment fürchtete er schon, Rachid hätte die aufgebrochene Tür bemerkt und wäre zurückgeschreckt. Dann hörte er ein Handy klingeln ... Rachids Stimme ... das Klicken aufspringender Türschlösser ... ein Motor sprang an ... *ya salam!* Rachid haute ab! Karim stürmte auf die Straße, wo er die Rücklichter des Taxis gerade um die Ecke verschwinden sah. Er rannte zu seinem Scooter, startete den Motor und nahm die Verfolgung auf. Aber als er die Zufahrtsstraße erreichte, bog das Taxi bereits auf die Fernstraße ab. Aussichtslos, es noch einzuholen.

Obwohl sie *djellaba* und Kopftuch trug und nur eine schlichte Plastiktüte in der Hand hielt, kam sich Ayesha irgendwie auffällig vor. Sie beobachtete den Verkehr am Centre Sanitaire. Ein weißes Auto kam vorbei, dann ein Kleinbus, dann ein paar Minuten gar nichts. Unvermittelt tauchte ein *petit taxi* auf, und sofort beschleunigte sich ihr Puls. Als es neben ihr hielt, konnte sie die rote 1547 auf der Seite lesen. Sie öffnete die hintere Tür und stieg ein.

»Haben Sie meine Nummer von einer Freundin?«, fragte Rachid und grinste sie im Rückspiegel an. »Sie hatten ganz recht, mich zu rufen. Die meisten Taxifahrer wollen am Feiertag nicht arbeiten. Dabei können sie dann sogar den doppelten Fahrpreis berechnen. Nicht dass ich von Ihnen einfach das Doppelte verlangen würde, versteht sich, *a lalla!*«

Ayesha betrachtete seinen Hinterkopf. Der Mann trug ein weißes Hemd, seine Frisur war überaus akkurat, und sie konnte den Duft von Parfüm wahrnehmen. Um ein Haar wäre sie ins Grübeln gekommen, ob sie den richtigen Fahrer erwischt hatte.

»Club Afrique.«

Das Grinsen schwand aus Rachids Gesicht. Er starrte Ayesha an, als hätte er sich verhört.

»Club Afrique«, wiederholte Ayesha und blickte ebenso durchdringend zurück. »Sie wissen doch wohl, wo der ist, oder?«

Rachid räusperte sich, sagte aber kein Wort.

Ayesha streifte ihr Kopftuch ab und ließ das lange schwarze Haar über ihre Schultern fallen. Sie fischte Schminksachen und Spiegel aus der Plastiktüte und begann Lippenstift aufzutragen. Dann öffnete sie den Reißverschluss ihrer *djellaba*, woraufhin das traditionelle Gewand über ihre Schultern rutschte und sie mit zwei, drei Hüftschwüngen ganz rausschlüpfen konnte. Darunter trug sie die paillettenbesetzte Bluse, den lilafarbenen Rock und die Lederstiefel von Amina. Rachids aufmerksame Blicke im Rückspiegel waren ihr nicht verborgen geblieben.

»Hey!«, fauchte sie. »Glotzen Sie gefälligst nach vorn auf die Straße.«

Nachdem sie noch Lidschatten aufgetragen hatte, verstaute sie Schminksachen und *djellaba* in der Tüte, schlug die Beine übereinander und schaute aus dem Seitenfenster. Als sie merkte, dass der Fahrer sie erneut im Rückspiegel beobachtete, kreuzte sie die Beine noch einmal anders herum. Rachid bog in den Kreisel an der Avenue Moulay el Hassan und bremste ab. In letzter Sekunde drückte er plötzlich das Gaspedal durch und schoss geradeaus weiter.

»Halt!«, schrie Ayesha. »Sie haben den Abzweig verpasst!«

Mit einem Klicken schnappten die Türschlösser hinten zu.

In tiefster Niedergeschlagenheit versunken, steuerte Karim sein *moto* über den Bab Taghzout. Fast hätte er den Mann übersehen, der am Anfang seiner Gasse aus einem Auto stieg. Abderrezak! Seine Züge wirkten abgespannt, und er war ungewöhnlich nachlässig mit alter Jeans und schlabbrigem Kapuzenpullover bekleidet.

»Karim … *labas?* Ich muss mit dir reden.«

Karim warf einen Blick auf seine Uhr. Viertel nach neun. Ihm blieben noch immer fünfzehn Minuten Zeit bis zu seiner Verabredung mit Ayesha. Er stieg von seinem Scooter und bemühte sich um einen möglichst verächtlichen Gesichtsausdruck.

»Ich musste nach Agadir und hab nur am Telefon irgendwas davon gehört, dass die Hochzeit abgesagt ist. Das kann doch wohl nicht wahr sein, oder?«

»Die Dinge haben sich geändert.«

»Nichts hat sich geändert«, widersprach Karim. »Khadija ist bereit. Wir sind alle bereit.«

Zak streckte ihm flehentlich seine Handflächen entgegen. »Karim … ich liebe Khadija aber nicht.«

»Noch lange kein Grund, die Hochzeit abzusagen. Du stehst meiner Schwester gegenüber im Wort.«

»Ich liebe eine andere.«

»Ist sie reich?«, fragte Karim bissig. »Trägt sie modische Klamotten?« *Dieses Gespräch war lächerlich. Es gab wichtigere Dinge, um die er sich kümmern musste!*

»Khadija ist ein guter Mensch«, sagte Zak. »Sie hat einen guten Ehemann verdient. So ist es besser.«

Karim schwieg ein paar Sekunden, dann sagte er nur: »Du hast recht.«

Abderrezak stiegen Tränen der Erleichterung in die Augen. Er umarmte Karim und fragte: »Soll ich mitkommen und mit ihr reden?«

»Nein, das würde ihr nur falsche Hoffnungen machen. Schreib lieber einen Brief. Ich muss los. Ayesha wartet schon auf mich.«

»Ayesha? Die ist eben an mir vorbeigekommen.«

Karim starrte ihn mit offenem Mund an. »Wann?«

»Vor zehn Minuten.«

»In welche Richtung ist sie gegangen?«

»Zum Platz.«

»Und nicht zurückgekommen?«

»Ich hab sie jedenfalls nicht gesehen.«

Karim sprang auf sein *moto* und raste in panischer Eile nach Hause.

»Wohin fahren wir?«, schrie Ayesha.

Rachid schnellte herum, entriss ihr das Handy und warf es aus dem Fenster, wobei das Taxi gefährlich ins Schlingern geriet. »Du stehst doch auf Discos, oder nicht?« Inzwischen hatten sie die Stadtmauer hinter sich gelassen und schossen bereits an den Agdal-Gärten vorbei.

»Wohin bringen Sie mich?«, schrie Ayesha erneut und krallte ihre Finger ins Sitzpolster.

»Du hast mir noch nicht geantwortet«, erwiderte Rachid. »Du magst Discos, richtig? Oder bloß diese afrikanische Lasterhöhle? Zeigst wohl gerne schwarzen Typen deine Titten, hab ich recht?«

Ayesha bearbeitete die Türverriegelung, bis ihr die Fingernägel brachen. »Anhalten!«, schluchzte sie. »Bitte, halten Sie an!«

Rachids Handy brummte auf dem Beifahrersitz. Er warf

einen Blick auf den Bildschirm: Karim. *Was wollte der denn jetzt?* Rachid ließ es klingeln. Er verließ die Hauptstraße und bog wenig später von der Nebenstraße auf die *piste* zur Sherazade. Aus der Hütte drang ein schwacher Lichtschein. Rachid bremste abrupt.

»Du hast Lust, deinen Körper zur Schau zu stellen? Na dann komm, du Schlampe!«

Ohne den Zündschlüssel abzuziehen, lief Karim in den Hof. »Ayesha?«

Über ihm tauchte das Gesicht von Lalla Fatima am Geländer auf. »*Salamu alaikum!*«

»*Wa alaikum salam*«, grüßte Karim abwesend zurück und sah im *salon* nach. »Ich habe eben Abderrezak getroffen.«

»Du hast Abderrezak getroffen?«, wiederholte seine Mutter verständnislos.

Sofort erschien eine völlig aufgelöste Khadija neben ihr am Geländer. »Was hat er gesagt?«

»Erzähl ich dir gleich«, erwiderte Karim und verschwand in der Küche. »Wo ist Ayesha?«

»Was hat Zak gesagt?«, schrie Khadija.

Karim rannte hinauf in Ayeshas Zimmer. Auf dem Bett lag Kleidung verstreut.

»Was ist los?«, erkundigte sich Lalla Fatima, jetzt schon beunruhigt.

»Ich habe Ayesha versprochen, um halb zehn zurück zu sein.«

»Halb zehn ist längst vorbei«, erklärte seine Mutter. »Die Gebetsrufe waren bereits.«

Karim hob den linken Arm. Seine Uhr zeigte noch immer Viertel nach neun. Er kontrollierte sein Handy und starrte fassungslos auf das Display. Es war tatsächlich bereits zehn Uhr sieben. Wütend zerrte er sich die falsche Breitling vom Handgelenk und schleuderte sie gegen die Wand.

»*Zbel hada!*«, fluchte er dabei. »Dreck, verfluchter!«

Erschrocken wich seine Mutter einen Schritt zurück. Khadija dagegen rannte zu ihm und packte ihn am Revers. »Was hat Zak gesagt? Erzähl es mir! Los, erzähl!«

»Hat Ayesha erwähnt, wohin sie gehen wollte?«, fragte Karim zu seiner Mutter gewandt.

»Ich habe gar nicht gemerkt, wie sie gegangen ist«, antwortete Lalla Fatima. »*Ash andek?*«

»Jetzt erzähl endlich, was er gesagt hat!«, verlangte Khadija und schlug mit den Fäusten gegen seine Brust.

»Er wird dir schreiben ...«, sagte Karim nur und wählte Ayeshas Nummer. Es klingelte zweimal, dann meldete sich ihre Mailbox. Er drückte auf Wahlwiederholung.

»Vergiss Ayesha!«, rief Lalla Fatima dazwischen. »Sprich mit deiner Schwester! Was hat Zak gesagt?«

In diesem Moment meldete sich eine Stimme am anderen Ende. »*Allu?*«, fragte ein Mann.

»Wer ... wer sind Sie?«, fragte Karim zurück und hielt Khadija zugleich mit seiner freien Hand auf Abstand.

»Ich? Niemand. Ich hab bloß gerade dieses Handy gefunden. Es lag hier direkt neben der Straße. Ich hab das Klingeln gehört.«

»Welche Straße?«, schrie Karim. »Wo sind Sie?«

»Ich?«, meldete sich der Mann wieder. »Vor dem Supermarkt. An der Route d'Ourika ...«

Zwei Stufen auf einmal nehmend stürzte Karim die Treppe

hinunter und aus dem Haus, während Khadija weinend in die Arme ihrer Mutter fiel.

Fouad stand in der Tür zur Hütte und beobachtete, wie Rachid die junge Frau aus dem Auto zerrte.

»Helfen Sie mir!«, flehte Ayesha ihn an.

»Spar dir das Gewinsel für später«, knurrte Rachid und zog die sich wild Wehrende an den Haaren zur Hütte. Als er sie die Stufe hinaufzwingen wollte, riss Ayesha sich los und flüchtete ins nahe Dickicht.

»Hinterher!«, brüllte Rachid den neben ihm stehenden Fouad an. »Na los, schnapp sie dir!«

Der andere Mann sah ihn an, ohne sich zu rühren.

»Idiot!«, fauchte Rachid. Verärgert stapfte er zu seinem Taxi, nahm eine Taschenlampe aus dem Kofferraum und setzte Ayesha nach. Die steuerte derweil auf der Suche nach einem Weg oder irgendeiner Fluchtmöglichkeit den verlassenen Rohbau an. Aber je näher sie kam, desto dichter wurde das Buschwerk, und immer häufiger schlitzten Dornen ihr die Haut auf. Plötzlich öffnete sich im Boden vor ihr etwas Dunkles, und sie konnte noch gerade rechtzeitig abbremsen. In diesem Moment holte Rachid sie ein und packte ihren Arm.

»Du dämliche Kuh!«, schrie er. »Fast wärst du reingefallen! Du bist ja genauso widerborstig wie dieses versaute Talal-Flittchen!«

»Bitte tun Sie mir nichts!«

»Rein da!«, befahl Rachid und richtete den Strahl seiner Taschenlampe auf die Leiter, die in den leeren Pool führte.

»Was ... was meinen Sie?«

Rachid versetzte ihr einen groben Stoß Richtung Leiter. »*Siddy*. Runter in den Pool – aber langsam!«

Wimmernd kletterte Ayesha die Leiter hinunter. Rachid sprang hinterher und schlug ihr die Taschenlampe so heftig ins Gesicht, dass sie zu Boden stürzte. Rasch kniete er sich rittlings über sie, legte die Taschenlampe so daneben, dass deren Strahl auf Ayesha gerichtet war, und riss ihr die Bluse auf. »Du siehst sogar so aus wie sie ...«

Mit den Knien drängte er Ayeshas Beine auseinander. Während er mit einer Hand ihre Handgelenke hielt, machte er sich mit der anderen daran, den Reißverschluss seiner Hose zu öffnen. »Sie war eine Nutte, genau wie du ... eine Nutte und eine Säuferin, die einfach jeden ranlassen würde, selbst die Bettler auf der Straße!«

Unvermittelt wich die Angst aus Ayeshas Augen. Mit ruhiger, klarer Stimme sagte sie: »Amina Talal war keine Nutte.« Sie rang einen Arm frei und zog mit einer schnellen Bewegung das große Messer mit dem Holzgriff, das sie zum Zerteilen des Lamms benutzt hatte, aus ihrem Stiefel. Mit einem Ächzen der Anstrengung rammte sie es Rachid unter die Rippe, bevor der noch reagieren konnte.

»Sie ... war ... meine ... Schwester!«, zischte sie eisig.

Rachid starrte sie einen Moment wie versteinert an, dann presste er die Hände auf den Bauch und sackte zur Seite.

Ayesha schlängelte sich angeekelt unter ihm heraus, stand hastig auf und zog ihm das Handy aus der Tasche. Sie tippte eine Weile wild darauf herum, bis es ihr gelang, Karims Nummer einzugeben.

»Rachid?«, fragte Karim misstrauisch.

»Oh, Karim! Er wollte mich vergewaltigen ...!« Ayesha verstummte, da sie einen Schatten am Rand des Pools wahrgenommen zu haben glaubte. Sie hob die Taschenlampe auf und leuchtete die Stelle ab, aber die Gestalt war verschwunden.

Erschrocken schaute sie hinter sich. Rachid lag nicht länger auf dem Boden. Einen Sekundenbruchteil später rammte sie etwas mit solcher Gewalt zwischen den Schulterblättern, dass ihr der Atem wegblieb. Die Taschenlampe schlitterte über den Boden. Sie hörte ein schmerzerfülltes Stöhnen. Dann traf ein harter Gegenstand ihren Wangenknochen, und sie schmeckte Blut.

Ayesha war eine Kämpferin – hatte Si Brahim das nicht schon gesagt? Sie hatte sich mit sämtlichen Jungs der Nachbarschaft gebalgt, konnte jeden von ihnen besiegen. Sogar Karim. Jetzt kämpfte sie. Eine ganze Weile schlug und trat sie um sich.

Bis sie fiel.

Schlitternd kam Karim hinter dem Taxi zum Stehen. Er rannte zur Hütte, stieß die Tür auf. Der Raum war leer. Er packte die Laterne und stürzte sich draußen direkt in das zur Sherazade führende Dickicht, wobei er dem Zickzackweg folgte, den er Wochen zuvor bereits benutzt hatte. Da Neumond war, lag alles in nahezu völliger Dunkelheit. Karim stierte suchend links und rechts ins Gestrüpp, sah jedoch nur geisterhafte Schatten und Phantome.

»Ayesha!«

Beim alten Betonmischer verließ er den Pfad und blieb ein paar Schritte weiter dort stehen, wo sich vor ihm ein rabenschwarzes Loch auftat. Er streckte den Arm mit der Laterne aus und musterte das flache Ende des Pools. An einer Stelle schimmerte eine dunkle Flüssigkeit auf dem Eukalyptuslaub. Karim hob den Blick. Aus dem zugewachsenen Gebäudegerippe drang ein dumpfes metallisches Klappern. Offenbar schwang der Flaschenzug an seiner Kette.

»Ayesha?«, rief Karim. Und in drohendem Ton: »Rachid?«

Er nahm seine Waffe heraus, entsicherte sie und schlich vorsichtig um den Pool. Auf der gegenüberliegenden Seite war das wuchernde Unkraut plattgetreten, und an einigen Blättern klebte Blut. Er folgte der Spur zum Gebäude und versuchte vergeblich, in der darin herrschenden Finsternis etwas auszumachen. Mit einem großen Schritt kletterte er zum Erdgeschoss hinauf und schob den Flaschenzug aus dem Weg, der ihm verblüffend schwer erschien. Erst war ein dumpfes *Klong* zu hören, dann das hellere *Kling* der Kette.

Karim setzte zum ersten Mal einen Fuß in den Rohbau. Pfeiler verloren sich in der Dunkelheit über ihm. Ständig trat er auf Scherben und Bruchstücke von Betonsteinen. Und in kurzen Abständen ragte Armierungsstahl in spitzen Büscheln aus dem Boden. Immer wieder fand er verschmierte Blutspuren, die aussahen, als wäre etwas Blutendes tiefer ins Gebäudeinnere geschleift worden.

Unmittelbar vor ihm nahm er eine Bewegung wahr, ein Flattern.

»Rachid? *Redouane?*«

Eine Fledermaus huschte dicht an seinem Kopf vorbei, und Karim wirbelte vor Schreck herum. Als er sich wieder gefasst hatte, bemerkte er die Umrisse eines Menschen, der an der Rückseite eines Pfeilers lehnte. Er eilte hinüber. Bei jedem Schritt knirschten Zementbröckchen unter seinen Schuhen. Am Pfeiler angekommen, hob Karim die Laterne, und sofort wandte sich die Schattengestalt ab. Es war Rachid, der sich die Hände auf den Bauch presste. Blut sickerte zwischen die Fingern hindurch. Er schaute überrascht auf.

»Karim! Was um alles in der Welt …? *Shouf* … sehen Sie nur, was die Schlampe mir angetan hat!«

Karim musste sich auf die Zunge beißen, um nichts zu sagen. Aus den Augenwinkeln sah er am nächsten Pfeiler eine weitere Gestalt liegen. Die Frau in kurzem Rock war Ayesha.

Die Haare klebten feucht an ihrem Kopf, die Bluse war zerrissen und blutverschmiert, aber sie lebte noch, gelobt sei Gott der Barmherzige! Karim legte die Waffe aus der Hand und untersuchte im Licht der Laterne ihre Verletzungen. Das rechte Auge war zugeschwollen, und die Wunde am Kopf wirkte ernst, aber nicht lebensbedrohlich. Nachdem er sie vorsichtig in eine stabile Seitenlage gedreht hatte, um ihr das Atmen zu erleichtern, kramte er sein Handy heraus und rief einen Krankenwagen.

Karim stand auf und erklärte zu Rachid gewandt: »Ich verhafte Sie wegen Entführung, versuchter Vergewaltigung und Totschlag, begangen am 31. Juli an Amina Talal …«

»Ich hab Ihnen doch schon erklärt: Mein Schwager hat in dieser Nacht gearbeitet!«

»Ihr Schwager ist doch bloß ein Fantasieprodukt, wie fast alles in Ihrer verkommenen Existenz – Redouane oder Rachid oder wie immer Sie sich nennen. Allah wird Sie richten!«

»Es war ein Unfall!«

»Sie wollten sie vergewaltigen. Sie haben ihren Tod verursacht.«

»Die Nutte war doch stinkbesoffen«, erwiderte Rachid mit trotziger Verachtung in der Stimme. »Sie wollte sich gerade an einen Geschäftsmann verkaufen.«

Karim trat unmittelbar vor ihn. »Ich verhafte Sie außerdem wegen der Entführung und versuchten Vergewaltigung von Ayesha Talal …«

»Genauso eine Nutte.«

»Und wegen der Entführung und Vergewaltigung von mindestens noch zwölf weiteren Frauen.«

»Wissen Sie, Karim«, presste Rachid hervor und brachte noch ein höhnisches Grinsen zustande. »Als Wachmann waren Sie wirklich eine Niete.«

Sein Blick huschte kurz über Karims Schulter hinweg. Der schnellte herum und sah die dunkle Silhouette eines Mannes mit zum Schlag bereitem Knüppel. Fouad!

Karim hob eine Handvoll Baustaub vom Boden, schleuderte ihn in Fouads Gesicht und stürmte in den Mann hinein. Es gelang ihm, Fouads Arm so fest gegen einen Pfeiler zu rammen, dass der Knüppel freikam und in die Dunkelheit schlitterte. Die Hände vor Schmerz wegziehend, erkannte Karim, dass ihm bei der Aktion die Knöchel an dem rauen Beton aufgeplatzt waren. Währenddessen war Fouad auf der Suche nach einer neuen Waffe zum Flaschenzug gelaufen, wo er die Kette etwa in Kopfhöhe löste. Krachend schlug der schwere Eisenhaken neben ihm auf. Fouad packte das Ende der Kette und begann sie über dem Kopf zu drehen wie ein olympischer Hammerwerfer. Solange der Eisenhaken über den Boden schleifte, ließ sich die Kette nur schwerfällig bewegen, aber sobald er abhob und flog, wurden die Drehungen schneller und schneller. Vor der Gewalt dieses rotierenden Geschosses wich Karim unwillkürlich ein paar Schritte zurück, ohne zu bemerken, wie der hinter ihm sitzende Rachid die Chance nutzte und ein Bein ausstreckte. Mit einem lauten Aufschrei geriet Karim ins Straucheln. Instinktiv versuchte er, den Sturz mit einem Arm abzufangen, griff dabei jedoch in einen der aus dem Boden ragenden Stahldorne, der ihm glatt die Hand durchbohrte. Der blendende Schmerz raubte ihm vorübergehend alle Sinne. Als er wieder schemenhaft sehen konnte, stand Fouad, weiter den Eisenhaken schwingend, direkt über ihm.

»Gib ihm den Rest, Fouad!«, krächzte Rachid. »Nun mach schon, du Penner!«

»Fouad!«, schrie Karim und zerrte hilflos an seiner aufgespießten Hand. »Bislang haben Sie sich nur der Beihilfe zur Vergewaltigung schuldig gemacht! Wenn Sie mich umbringen, wandern Sie lebenslänglich hinter Gitter!«

Allah inaal l-hmaar lee weldek!«, fluchte Fouad wütend. Die Kette sauste durch die Luft, und Karim presste die Augen zu. *Ich finde Zuflucht in Gott. Gottes Macht und Gottes Kraft sind einzig.* Mit einem ekelhaften Knirschen zersplitterten Knochen unter Eisen. Langsam öffnete Karim die Augen. Fouad hatte den Haken nicht ihm, sondern Rachid in den Schädel gejagt.

Karim starrte Fouad an. Ein paar Sekunden brachte er keinen Ton heraus.

»Sie waren das mit dem Handkarren an der Sidi bel Abbès«, sagte er schließlich. »*Gott verfluche den Maulesel, der dich zur Welt gebracht hat! Das* galt gar nicht Amina Talal … *ihn* haben Sie damit verflucht!«

Karim holte tief Luft und zog, während er sich vor Schmerzen krümmte, die Hand vorsichtig aus dem Armierungsstahl. Anschließend rutschte er zu Ayesha hinüber und wollte sie hochheben, war dazu aber mit nur einem Arm nicht in der Lage. Also richtete er sie mit Fouads Hilfe auf und legte sie sich vorsichtig über die Schulter. Gemeinsam kehrten sie zur Hütte zurück, wobei Fouad mit der Laterne den Weg leuchtete. Nachdem Karim die bewusstlose Ayesha abgesetzt hatte, holte er rasch von der Standpumpe den alten grauen Umhang. Er kniete sich neben Ayesha und deckte sie damit zu. Fouad zog seinen Übermantel aus, faltete ihn zum Kissen und legte ihn Ayesha unter den Kopf.

Karim schaute zu dem Mann in der schwarzen *djellaba* hoch und verfolgte, wie er das Tuch von seinem Hals löste und zweimal um den Kopf wickelte, sodass nur ein schmaler Schlitz für die Augen blieb. In der Kleidung eines Tuareg wirkte Fouad richtig nobel und eindrucksvoll, jedenfalls vollkommen anders als die jämmerliche Figur, die er noch drei Monate zuvor abgegeben hatte.

»Ich gehe zurück in die Wüste«, erklärte er. »Da ist es sauberer.«

Karim nickte. Er stand auf und umschloss die Hand seines Gegenübers. »Gott schütze Sie.«

Ganz schwach zuckten ein paar Fältchen an Fouads Augenwinkeln auf, dann wandte er sich ab, und kurz darauf hatte ihn die Dunkelheit zwischen den Tamarisken verschluckt.

Karim setzte sich neben Ayesha und strich ihr über den Kopf. Sie atmete unregelmäßig und stoßweise.

»Du verrücktes Mädchen. Armes, mutiges, verrücktes Mädchen.«

Karim betete für Amina und für die anderen Mädchen. Unschuldige junge Frauen, deren einziges Vergehen darin bestanden hatte, abends geschminkt und in einem schicken Kleid tanzen gehen zu wollen. Er dachte an Fouad, der hatte aufpassen müssen, während Rachid sich an den Opfern verging, und beschloss, dessen Rolle in dieser schrecklichen Geschichte nicht weiter zu erwähnen. Vermutlich würde die Polizei rasch alle Versuche einstellen, ihn durch fünftausend Kilometer Wüste zu verfolgen.

Er fühlte nach Ayeshas Puls.

Nicht aufgeben, mein Liebling.

Ihm kam ein Zwischenfall aus Kindertagen in den Sinn, als ein Junge aus der Gasse Ayesha beleidigende Sprüche zugerufen hatte. *Na, du dämliches Findelkind, wo stecken denn deine Eltern?* Sie hatte den unverschämten Kerl damals erst grün und blau geschlagen und ihm dann, als er am Boden lag, die Hand gereicht, um ihm wieder auf die Beine zu helfen.

Gegenüber rauschte der Wind in den Zypressen. »In meinem

ganzen Leben werde ich keine Frau jemals so sehr lieben, wie ich dich liebe«, flüsterte Karim und ließ den Tränen endlich freien Lauf. Er strich Ayesha noch immer weinend übers Haar, als der Krankenwagen in die Zufahrt bog und holpernd auf sie zukam.

Eine wärmende Novembersonne beschien die Bürgersteige in Guéliz. An der Kreuzung Avenue Mohammed Cinq und Boulevard Zerktouni hockten die Schuhputzer am Straßenrand, klopften gegen die Seitenwände ihrer Putzkästen und sahen hoffnungsvoll in die Gesichter der Passanten.

Sébastien saß in einem Leinenanzug vor dem Négociants. Er griff nach seinen Zigaretten, überlegte es sich dann aber anders und steckte sie zurück in die Jackentasche. *Da war er ja!* – Laurent schlängelte sich durch die Menge bis zu seinem Tisch. Sébastien stand auf, um ihn zu umarmen, doch Laurents reservierte Miene hielt ihn auf Distanz, und so reichten sie sich nur steif die Hand.

»*Comment ça va?*«, fragte Sébastien.

»*Ça va.*«

Laurent bestellte eine *citron pressé* und warf einen Blick auf die anderen Gäste. Sébastien betrachtete den hübschen jungen Mann ihm gegenüber. Seit Jahren hatte er von diesem Moment geträumt – und jetzt, da sein Sohn hier war, wusste er nicht, was er sagen sollte.

Laurent erwiderte seinen Blick. »Und? Wie war's im Gefängnis?«

»*C'était un cauchemar*«, platzte es aus Sébastien heraus. »Ehrlich, der totale Albtraum. Zwei Monate in einem elenden Loch.

Die machen dich echt zur Sau, diese marokkanischen Behördenheinis ...« Sébastien riss sich zusammen. »Aber lassen wir das! Wie gefällt dir deine Arbeit in der Serafina?«

»Nicht besonders gut bezahlt, macht aber Spaß.«

»Und was hältst du von dem Gebäude ... von der Architektur?«

»*Pas mal*«, sagte Laurent, und zum ersten Mal spielte ein Lächeln um seine Lippen.

Sie unterhielten sich einige Minuten über dies und jenes, dann fragte Sébastien: »Hast du vor, in Marrakesch zu bleiben?«

»Ich ziehe morgen aus dem Riad aus.«

»*C'est vrai?*«

»Ich habe jemand kennengelernt, da kann ich einziehen. Gegenüber dem *lycée*.«

Sébastien stieß einen erleichterten Seufzer aus. Es würde also noch mehr Gelegenheiten wie diese geben.

»Kay ist nach Beirut gegangen«, fuhr Laurent fort und rührte in seiner *citron pressé*.

»Beirut?«, murmelte Sébastien nur. Traurig dachte er an seine eigenen Träume von Flucht und einem neuen Leben. Andererseits, wenn Laurent hier blieb, klang auch Marrakesch gar nicht mehr so schlecht. Im Herbst und Frühjahr war es in der Stadt am schönsten, außerdem hatte Yves von einer frei werdenden Wohnung gesprochen, billiger als sein Apartment am Boulevard Zerktouni und obendrein in einem ruhigeren Viertel. Und wenn sein Sohn zum Jahreswechsel noch in Marokko wäre, könnte er den geplanten Ausflug in die Wüste vielleicht gemeinsam mit Laurent unternehmen.

Ein junger Marokkaner in Jeans und Lacoste-T-Shirt trat an ihren Tisch. Offenbar ein Straßenhändler, dachte Sébastien und taxierte ihn in aller Ruhe. Schön geschnittene Gesichtszüge, vielleicht sechzehn oder siebzehn Jahre alt, durchtrainierte Oberarme, graugrüne Augen und ein winziges Bärtchen unter der Unterlippe. Laurent erhob sich, begrüßte den Marokkaner mit einem zärtlichen Wangenkuss und wandte sich dann an Sébastien.

»Papa, das ist Younes.«

Mit offenem Mund schaute Sébastien eine Weile von seinem Sohn zu dem anderen Jungen und wieder zurück. Dann warf er den Kopf in den Nacken und brach in schallendes Gelächter aus.

Mit eingeschalteten Warnleuchten surrten die Kehrmaschinen über den Jemaa el Fna und sammelten die Überreste der dreitägigen Feier ein. In der Avenue Houmane El-Fetouaki unterhielt sich Bouchaïb mit dem Polsterer, der gerade Matratzen vor seinem Laden aufbaute.

Im ersten Stock des Kommissariats schaute Karim verärgert von seinem Schreibtisch auf. Seine rechte Hand war bandagiert, ein Auge blau marmoriert. »Ihr wollt den Fall also nicht neu aufrollen?«

»Zu welchem Zweck?«, fragte Noureddine zurück und bedachte den Deckenventilator mit einem skeptischen Blick, während er nach dem Schalter neben der Tür griff.

»Ihr habt den Falschen eingesperrt!«, erwiderte Karim erregt. »Omar Talal ist in Unehren gestorben!«

Noureddine seufzte. »Wir haben ihn verhaftet, weil er im Verdacht stand, seine Tochter getötet zu haben. Solche Dinge sind bedauerlich, kommen aber vor. Seiner Frau haben wir natürlich unser Beileid ausgesprochen.« Er legte den Schalter um, und der Ventilator begann sich zu drehen.

»Euer Beileid?«

»Was sollen wir denn sonst noch tun? Zurückbringen können wir ihn nicht.«

Noureddine schaltete den Ventilator aus und nahm wieder hinter seinem Schreibtisch Platz. »Und was den Vorfall an der Sherazade betrifft, so tut es mir leid, dass deine Schwester von Redouane Jabri angegriffen wurde. Allerdings ist es auch ziemlich riskant von ihr gewesen, ihn auf diese Weise schnappen zu wollen. Hat sie übrigens schon einmal mit dem Gedanken gespielt, bei der Polizei anzufangen? Frauen wie sie können wir bei der Sûreté gut gebrauchen.«

»Viel schlimmer ist doch, dass Badnaoui Bescheid wusste. Genau wie du!«

»Worüber wussten wir Bescheid? Dass da draußen ein Serienvergewaltiger herumläuft? Keiner von uns hat das gewusst. Ich hatte einen gewissen Verdacht, nicht mehr.«

»Einen Verdacht?«

»Warum sonst hab ich dir wohl geraten, dich für den Job bei der Sherazade zu bewerben?«

»Soll das heißen, du hast mich *mit Absicht* dorthin geschickt?«

»Wir hatten Berichte über verdächtige Vorgänge erhalten. Nichts Konkretes, keine Anschuldigungen oder so, *fhemti!* Lediglich ab und zu Autofahrer, denen in der Gegend Frauen aufgefallen sind, die dort verstört und hilfebedürftig herumirrten. Solche Dinge eben. Als du erwähntest, dass dir Geld für die Hochzeit fehlt, fand ich das eine günstige Möglichkeit, zwei Fliegen mit einer Klappe zu schlagen. Wenn da draußen irgendwas faul war, würdest du es merken, da war ich mir sicher. Es hat ein wenig gedauert, aber am Ende hast du den Täter ja auch erwischt.«

Karim war derart fassungslos, dass er Mühe hatte, einen richtigen Satz zusammenzubringen. »Beweisstücke wurden zerstört! Beweisstücke, die Omar Talal entlastet hätten!«

»An deiner Stelle würde ich auf dem Punkt lieber nicht zu sehr herumreiten. Schließlich warst du es, der das wichtigste Beweisstück gegen Jabri zerstört hat!«

Ein Muskel zuckte auf Karims Stirn. »Was meinst du damit?«, fragte er.

»Die Matratze aus der Hütte.«

Noureddine kam herüber und setzte sich auf die Ecke von Karims Schreibtisch. »Wir alle haben Fehler gemacht, Karim«, erklärte er ruhig. »Es war Ramadan. Keiner war in Bestform. Ja, es stimmt, Aziz hätte den Handkarren sicherstellen müssen. Ja, die Autopsie hätte schneller durchgeführt werden sollen. Aber du bist doch selbst vier Wochen in ständigem Kontakt mit Jabri gewesen, hast in seinem Taxi gesessen und Kontrollgänge auf genau dem Grundstück unternommen, zu dem er Amina Talal verschleppt hatte, und dir ist trotzdem nicht der geringste Verdacht gekommen.«

Bevor Karim noch etwas antworten konnte, stürzte Abdou in den Raum. »Badnaoui will eine Pressekonferenz abhalten!«, verkündete er vor Begeisterung fast platzend.

»*Alhamdulillah!*«, stimmte Karim in seine Euphorie ein. »Wenigstens etwas Positives hat das alles am Ende also.«

»Wie meinst du das?«, fragte Abdou.

»Na, in dieser Stadt werden ständig irgendwo Frauen vergewaltigt, und niemand spricht darüber. Eine Pressekonferenz rückt das Thema ins Bewusstsein der Öffentlichkeit!«

»Nein, mein Bruder, da hast du mich falsch verstanden«, erklärte Abdou hastig. »Die Pressekonferenz ist wegen der Operation in Agadir.«

»Der Operation in Agadir?« Karims Stimme war jetzt eher ein heiseres Flüstern. »Wen interessiert denn so was?«

»War nicht böse gemeint, Bruder«, versicherte Abdou und hob entschuldigend die Hände.

»Gefälschte Medikamente kosten Menschenleben«, bemerkte Noureddine. »Hast du selbst gesagt. Es ist wichtig, dass wir die Bevölkerung über diese Gefahr aufklären.«

»Vor allem sollten wir die Bevölkerung darüber aufklären, dass ein Taxifahrer in dieser Stadt jahrelang Frauen misshandeln konnte!«

»Und damit möglichst viele Besucher abschrecken?«, gab Noureddine zu bedenken. »Schon schlimm genug, dass unsere Taxifahrer ständig vergessen, das Taxameter einzuschalten.«

»Aber nur so würden sich vielleicht noch weitere Opfer melden und eine Aussage machen!«

Noureddine trat zum Fenster und schaute hinaus. »Öffentlich machen, dass sie vergewaltigt wurden? Kann ich mir nicht vorstellen. Dafür ist diese Stadt immer noch zu altmodisch.«

Sechs Kilometer nördlich von Marrakesch rumpelte ein Lastwagen zwischen Abfallbergen hindurch über ein Stück Ödland, das offiziell die städtische Müllentsorgung bildete. Von einigen Hügelspitzen stieg Qualm auf, Störche kreisten über dem Areal, und wenn der Wind aus der falschen Richtung kam, zog der Gestank bis zum ehemaligen Elternhaus von Hicham Cherkaoui an der Route de Safi. Selbst die Behörden betrachteten die Müllhalde inzwischen als peinlichen Schandfleck, den sie gerne losgeworden wären. Daher gab es Pläne für eine neue Verwertungsanlage, die mit modernen Recyclingmethoden und einer täglich zweihundertfünfzig Tonnen verarbeitenden Müllpresse punkten sollte. Die alte Stätte würden die Landschaftsgestalter dann in sanft gewellten Ackergrund verwandeln.

An diesem Tag jedoch ging der Lastwagenfahrer noch wie gewöhnlich vor: Er steuerte sein Fahrzeug einen steilen Hang hinauf, hielt an, zog einen Hebel, und eine weitere Tonne Eierschalen, Knochen, Fischköpfe, Bananenschalen, Plastikverpackungen und Kartons rutschte die Halde hinab. Eine Dose überschlug sich einige Male und blieb am Ende auf einem Stück Pappe liegen, auf dem die Worte *Mein Name ist Amina Talal, und ich bin eine Hure* standen. Der LKW-Fahrer kippte den Laderaum bis zum Anschlag in die Höhe, woraufhin auch der restliche Müll den Hang hinabrauschte und das Schild komplett unter sich begrub.

Khadija lag im *salon*, den Kopf im Schoß von Lalla Fatima, und sah fern. Karim und Ayesha saßen auf dem Dach, die Rücken gegen das Bettgestell gelehnt, und betrachteten den Nachthimmel.

»Schau mal da drüben«, sagte Karim und deutete nach oben. »Der Stern da, das ist *Yad al-Jauza*, Orions Hand.«

Ayesha drehte sich vorsichtig ein Stück. Zwei Rippen waren gebrochen, und lange zu sitzen fiel ihr schwer. Ihren Kopf schmückte eine turbanähnliche Bandage, und der Bereich zwischen Mund und linkem Ohr war blau verfärbt. Dennoch brachte sie ein Grinsen zustande. »Leuchtet merkwürdig rötlich. Fast wie mein Gesicht.«

»Das kommt daher, dass er bald explodieren wird«, erklärte Karim. »Die Explosion wird so hell sein, dass die Menschen sie auf der Erde selbst bei Tageslicht sehen können.«

»Auch wir hier in Marrakesch?«

»Vielleicht. Sofern wir dann noch am Leben sind.«

Karim hörte Kinder in der Gasse schreien. Die Pressekonferenz war tatsächlich abgehalten worden, und Badnaoui hatte Karim am Ende sogar persönlich zur erfolgreichen Operation in Agadir gratuliert. Redouane Jabri oder die Sherazade hatte er mit keinem Wort erwähnt.

Einige Minuten schwiegen sie beide, dann sagte Ayesha: »Ich werde zu Lalla Hanane ziehen. Abderrahim sitzt weiter in Kenitra. Außer mir hat sie keinen mehr.«

Karim nickte. Damit änderte sich alles – und doch nichts. Denn in den Augen Gottes würde Ayesha bis in alle Ewigkeiten seine Schwester bleiben. Er zog eine Rolle Banknoten aus der Tasche.

»Was ist das?«, fragte Ayesha erstaunt.

»Das Geld, das für Khadijas Hochzeit gedacht war. Ich habe es dem *traiteur* wieder abschwatzen können. Hier, nimm!«

»Ich will es nicht.«

»Khadija möchte, dass du es bekommst. Wir alle möchten das.«

»Was soll ich mit so viel Geld?«

»Studieren. Mach deinen Abschluss.«

Ayesha nahm die Rolle und verstaute sie in ihrem Kaftan. »Ich frage mich, wie alles gelaufen wäre, wenn mein Vater eine Ausbildung gemacht hätte.«

Karim dachte eine Weile darüber nach und lachte dann leise auf. »Wahrscheinlich würden wir jetzt nicht hier sitzen.«

In diesem Augenblick bewegte sich etwas neben dem Geländer. Erschrocken fuhr Ayesha hoch, während Karim sich auf die Beine kämpfte. Unmittelbar über dem Dachrand konnte er vage ein kleines Köpfchen auf schmalen Schultern ausmachen.

»Eins der Kinder von der Gasse!«, rief er verblüfft. »Es muss die Wand hochgeklettert sein. Was bildet es sich bloß ein ... nein, Moment mal, das ist ... *ein Affe!*«

Momo hangelte sich ein Stück am Geländer entlang und musterte Karim und Ayesha mit schiefem Kopf.

»Du hast recht ... ein Äffchen!«, jauchzte Ayesha und klatschte begeistert in die Hände. Prompt sprang Momo auf ihren Schoß und schlang seine dünnen Ärmchen um ihren Hals. »Oh, Karim ... können wir ihn behalten?«

Nachbemerkung

Dieses Buch spielt 2011. In jenem Jahr fiel Ramadan in den August. Am 28. April explodierte im Café Argana auf dem Jemaa el Fna eine Bombe, die siebzehn Menschen in den Tod riss, darunter viele Touristen. Etwa um dieselbe Zeit verunstalteten Unbekannte an einer Ausfallstraße Marrakeschs einige Reklametafeln, auf denen mit der Schauspielerin Eva Longoria für ein Wohnbauprojekt geworben wurde. Und in Guéliz eröffnete ein neuer Klub mit Namen African Chic.

Danksagung

Die Entstehung dieses Buches hat viel Zeit in Anspruch genommen, und diverse Menschen trugen maßgeblich dazu bei, dass das Projekt es bis zur Veröffentlichung brachte. Eileen Horne, meine erste Lektorin, war ein steter Quell der Ermutigung und der guten Ratschläge. Mary Jones von der Literaturagentur Gregory and Company (heute David Higham und Partner) zog das Manuskript aus dem Berg unaufgeforderter Einsendungen und half geduldig bei allen Überarbeitungen. Mein marokkanischer Arabischlehrer Peter Solomon lieferte wertvolle Vorschläge zu kulturellen Aspekten oder zur arabischen Transkription. Dank an Khalid und Clare Minejem für die erwiesene Gastfreundschaft, die Arabischstunden und vieles mehr. Dank auch an André Attanasio für die Kontrolle der französischen Wendungen. Und zu guter Letzt gilt mein besonderer Dank natürlich meiner Frau Czarina für ihren unerschütterlichen Zuspruch und Beistand.

Glossar

Dieser Anhang dient nur der zusätzlichen Erklärung. Zum Verständnis des Romangeschehens muss das Lesevergnügen nicht unterbrochen werden, um hier nachzuschlagen. So gehen die Bedeutungen der (marokkanisch-)arabischen Formulierungen, deren englische Umschrift dem Deutschen behutsam angepasst wurde, fast durchweg aus dem jeweiligen Textumfeld hervor.

Aid el-Kebir »das große Fest«, gemeint ist das Opferfest (Aid al-Adha). Dieses höchste islamische Fest findet ca. 70 Tage nach dem Zuckerfest (Aid al-Fitr) statt, dem »kleinen Fest« (Aid es-Seghir, s. dort)

Aid es-Seghir auch: Aid as-Seghir oder Eid Seghir. »Das kleine Fest«, gemeint ist das Zuckerfest (Aid al-Fitr) zum Ende des Ramadan (ähnlich dem Bayram im türkischen Raum)

Alhamdulillah »Lob sei Gott«, floskelhaft wie »Gott sei Dank«

Arset el-Maach Stadtviertel Marrakeschs

Aschhadu anna Muhammadan rasulu Allah … Hayya ala salat Gebetsruf. Erst das Glaubensbekenntnis (die Schahada), etwa: »Ich bezeuge, dass Mohammed der Gesandte Gottes ist«, dann die Aufforderung »Eilt zum Gebet«

Asr Nachmittagsgebet

Assas »Aufpasser«, »Parkwächter«

Aywa umgangssprachlich für »ja« etwa: »okay«, »yep«, »weiter«

Badawi »Beduine« (wörtl. »Wüstenbewohner«)

Baraka hier i. S. v. »Friede, Friede«
Besahh! – »Richtig!«, »Genau!«
Besahh? – »Ehrlich?«, »Wirklich?«
Beslama – »tschüss«, »auf Wiedersehen«
Bezaf – »(zu) viel«
Bismillah – »im Namen Gottes«
Briouates – gefüllte Teigtaschen, ähnlich Samosa
Bzar–Pfeffer, hier: (peruanischer) Pfefferbaum
Café nuss-nuss – halb Milch, halb Kaffee (resp. Mokka oder Espresso)
Cherchez le singe! – wörtl. »Suche den Affen!«, hier: »Dahinter steckt doch der Affe!«, analog zum Gebrauch von »Cherchez la femme!«
Chleuh – dt. oft auch »Schlöh«. Berbervolk aus dem Hohen Atlas und Antiatlas mit eigener Sprache und Kultur
Dirham – marokkanische Währung. 1 Dirham entspricht etwa 9-10 Cent (s. a. »milyun«)
Dish-dash – auch: dishdasha; weites knöcheltiefes Gewand mit langen Ärmeln, vor allem unter Muslimen von der Arabischen Halbinsel verbreitet. In manchen Ländern auch »thwab« oder »quamis«
Douar – wörtl. »Dorf«, hier: Viertel außerhalb der Altstadt
Dschallabiya – auch: galabija, djellabia. Langes, hemdartiges Gewand, oft mit Brustschlitz, in der Regel für Männer. Vor allem in ländlichen Gebieten, etwa in Ägypten, verbreitet, im Unterschied zur (eher marokkanischen) djellaba weiter geschnitten und ohne Kapuze
Dschinn – im islamischen Volksglauben für den Menschen gewöhnlich unsichtbare Geister, die gut und böse sein können (s. a. Ghul)
Dua – einfaches Bitt- oder Dankgebet, das zu jeder Tages- oder

Nachtzeit gesprochen werden kann, somit nicht Teil des rituellen Salat

Fadschr – das Pflichtgebet zwischen Morgendämmerung und Sonnenaufgang

Fassis – Einwohner von Fes (im Arabischen und in den Berbersprachen »Faz«)

Ferronier – (frz.) Kunstschmied

Fondouk – Gasthaus, Hotel, urspr. Karawanserei. Auch Fonduk, Funduq, Funduk o. ä.

Ftou – nachgeahmtes Spuckgeräusch, etwa »pfui«,

Ghul – Dämon, im Unterschied zum dschinn stets böses Fabelwesen, oft leichenfressend

Haik – traditionelles Kleidungsstück für Frauen im Maghreb, bestehend aus einem großen, rechteckigen Tuch, das um Kopf und Körper geschlungen wird

Haram – hier: »verboten« (i. S. der Scharia), Gegenteil zu »halal«

Harira – Suppe, deren Basis aus Kichererbsen oder Linsen besteht, dazu diverses Gemüse, auch Rind- oder Lammfleisch

Hay Mohammedi – Stadtviertel in Casablanca

Jabador – tunikaähnliches Oberteil, häufig für festliche Angelegenheiten

Jus panaché – Saft aus diversen Früchten, bisweilen auch mit Milch oder Joghurt

Kasbah – im Maghreb geläufiger Begriff für Festungsanlage

Ki dayr? – »Wie geht es dir?«, an einen Mann gerichtet

Lalla – respektvolle Anrede einer (älteren) Frau

Luiza – Kräuter der Zitronenverbene (auch: Zitronenstrauch)

Marjane – großer Supermarkt in Marrakesch

Mechaoui – auch: mechoui. »Am Spieß« oder in speziellem (Erd-)Ofen

Mellah – trad. jüdisches Viertel nahe der Altstadt von Marrakesch (s. Karte)

Mihrab – Gebetsnische in einer Moschee, die die Gebetsrichtung anzeigt

Milyun – Million. Hier sind »Rial« gemeint, die in Geldform nicht mehr existierende alte Währungseinheit Marokkos, mit der im Alltag jedoch noch häufig gerechnet wird. Dabei gilt: 20 Rial = 1 Dirham. »40 milyun« entsprechen also zwei Millionen Dirham bzw. knapp 200 000 Euro, »eine milyun« etwa 5000 Euro

Moqaddam – trad. Name für lokal zuständigen Behördenvertreter

Mutsharrifin – »Freut mich (dich kennenzulernen)«

Riyal – gemeint sind Katar-Riyal. Vier Katar-Riyal entsprechen etwa einem Euro, 10 Millionen Riyal also etwa 2,5 Millionen Euro

Sahur – im Fastenmonat die letzte Mahlzeit vor dem Tagesanbruch

Seffa – hier: Süßspeise aus Fadennudeln bzw. Engelshaar, mit Zucker, Rosinen, Mandeln und Zimt

Shaitan – »Satan«, »Teufel«, wobei es im islamischen Glauben nicht nur einen, sondern viele Satane gibt

Shiba – auch: sheeba, sheba, schiba. »Wermutkraut«

Shrob-ou-Shouf-Brunnen – Brunnen in der Medina (s. Karte) aus dem 16. oder 17. Jahrhundert, wörtlich übersetzt: »Trink und schaue (staune)«

Sidd – »Na los«, »auf«, ähnlich yallah, gerichtet an Mann. »Siddy« gerichtet an Frau

Sidi – respektvolle Anrede eines (älteren) Mannes

Tadelaktiers –(frz.) Handwerker, die den traditionellen marokkanischen Tadelakt-Putz aufbringen, einen Kalkputz, der mit einem Halbedelstein poliert und mit einer Pflanzenseife (etwa aus Olivenöl) wasserabweisend verdichtet wird

Tajine – hier: ein Gericht, das in dem gleichnamigen kegelförmigen Schmorgefäß aus gebranntem Lehm zubereitet wurde

Takschita – auch: takshita, takchita o. ä. Traditionelles bodenlanges Festkleid ähnlich einem Kaftan, bestehend aus zwei Lagen, deren obere oft kunstvoll bestickt ist

Tbarak Allah! – auch: tbarekllah. Wörtl. etwa: »Gottes Segenskraft (baraka) mit dir«, allg. als Glückwunsch gebräuchlich i. S. v. »Gratuliere!«

Tla – »Steigen Sie ein« (zu einem Mann)

Tla-i – »Steigen Sie ein« (zu einer Frau)

Umma – Gemeinschaft aller Muslime

Ya sayyid – ehrenvolle Anrede für Älteren, etwa: »mein Herr«

yani – auch: yanni. Hier: Füllwort ähnlich wie »also« oder »nun«

Zakat – Abgabe an Bedürftige, die traditionell im Ramadan geleistet wird

Zelligiers – (frz.) Handwerker, die das Verlegen der Zellige-Fliesen (auch: Zellij) beherrschen, einer marokkanischen Tonfliese mit emaillierter Oberfläche, die oft zu Ornamenten gefügt wird